入此门中，
冥顽、猾悍
皆须收敛

作者简介

牛冈，曾用笔名唯阿、色砚楼主等，职业为警察，中国作家协会会员，公安部签约作家。出版有中短篇小说集《不可能有蝴蝶》《嘘，大海》，砚文化学术著作《砚的魅惑》等。曾获中国·后天双年度艺术家奖之小说家奖、苏曼殊文学奖等。

说吧，骗子

看守所里的电诈犯

牛冈 著

世界知识出版社

图书在版编目（CIP）数据

说吧，骗子：看守所里的电诈犯 / 牛冈著.
北京：世界知识出版社, 2025.5-- ISBN 978-7-5012-6884-9

Ⅰ. I25

中国国家版本馆CIP数据核字第2024NE4553号

书　　名　**说吧，骗子：看守所里的电诈犯**
　　　　　Shuoba Pianzi: Kanshousuo Li De Dianzhafan

著　　者　牛　冈
策　　划　席亚兵
责任编辑　薛　乾
责任校对　张　琨
责任出版　李　斌
封面绘图　陈　修
封面设计　北京麓榕文化

出版发行　世界知识出版社
网　　址　http://www.ishizhi.cn
地址邮编　北京市东城区干面胡同51号（100010）
电　　话　010-65233645（市场部）
经　　销　新华书店
印　　刷　北京盛通印刷股份有限公司
开本印张　880毫米×1230毫米　1/32　13印张
字　　数　370千字
版　　次　2025年5月第1版　　2025年5月第1次印刷
标准书号　ISBN 978-7-5012-6884-9
定　　价　68.00元

目录

引　子
看守所里的诈骗“百人团”

2016 年 5 月下旬，也许 6 月初，《啄木鸟》编辑筱谢打来电话，问我是否参与了“大马行动”专案的侦查，愿不愿采访一线民警和犯罪嫌疑人。这是约稿。我说行啊，但，她的领导最好和我的领导打个招呼：

采访和写作希望能给我时间。得稍作解释：

《啄木鸟》，是公安部的机关刊物，是公安文学的主阵地，是两百万中国警察的文学家园。

我，是中国作家协会会员，是海市公安局民警，在海洲分局法制监督大队工作。日常工作并不轻松。

“大马行动”专案，是公安部指派海市公安局主办的一宗特大跨国境电信诈骗案——2016 年 3 月 25 日，公安部率领广东省公安厅、海市公安局专案组，出国远征，在马来西亚吉隆坡、槟城、柔佛等五地，一举捣毁五个疯狂诈骗大陆人民的电信诈骗团伙，抓获九十七名犯罪嫌疑人。4 月 30 日，他们被包机押解回国，同日被海市公安局刑事拘留。

马来西亚在东南亚一带俗称或昵称“马来”“大马”，因此警方将本案命名为“大马行动”专案；参战民警则省事简称“大马案”。九十七名嫌犯，其中三十二名为中国台湾籍。发端于中国台湾的电信诈骗祸害大陆人民已十年，但“大马行动”是继 2016 年 4 月 9

日、13 日肯尼亚向中国警方移交电信诈骗台湾籍犯罪嫌疑人之后，中国警方第二次将在境外抓获的电信诈骗台湾籍嫌犯带回中国接受司法侦查审判。

须强调，“肯尼亚专案”系肯警方查获、审查，然后将台、陆籍嫌犯一体同看，遣返中国大陆；“大马行动”则是中国警方首次主动跨境远征参与抓捕，经过一番强硬博弈，成功将台籍带回大陆……此案经新华社、央视、网络等媒体报道，在两岸及国际产生轰动影响。

“大马行动”专案，我浅浅地参与了一下。当晚，九十七名嫌犯，以其隶属的窝点为单位，分配给海市公安局三个分局侦办。我随本大队领导将我分局的各个审讯点巡视一遍，就执法过程进行现场督察。不论男女，嫌犯给我的观感都非常不好：目光晦暗精神萎靡——很好理解，绝大多数的，不管在外面如何嚣张跋扈，进来了都是如此。另外，他们刚刚经过七八个小时的国际航班、城际大巴的劳顿旅途，衣衫肮脏，蓬头垢面——怎么像难民一样？一年多以后，当我走进看守所采访时才得知，他们在马来西亚看守所、移民局监狱羁押的三十五天里，休息、饮食、卫生都一言难尽……

我想旁听一下审讯。但是，有“法监”在场，审讯员先拘谨起来，他们正襟危坐，把香烟推向桌角，拿一堆文件盖住，还很注意用词用语：“说吧！没证据公安机关怎么可能抓你？！”对面的嫌犯也一本正经地抗拒：“警官，我没有诈骗哦！”我含笑而退。

绵软的尾音“哦”，浓浓的台湾腔。后来，我几近采访了全部台湾籍在押人员，但忘了“调查”此人是谁。

关于“大马专案”，我没有再接触；《啄木鸟》要的报告文学，当然没有写。

2016 年底，也许 2017 年初，我突然想——我从警已二十二年——对自己的职业生涯作个总结；对自己从属的这个集体，一个铁打的营盘，加班加点、流血牺牲、服务民众、打击犯罪的职业群体作个总结；甚至对世界警务作些思考研究，或可泽及后辈……而我能做的，只有写作。

我又想到了《啄木鸟》的约稿，“大马专案”，这是一个相当不错的题材。当然，从新闻时效性上看有点过时，但文学恰恰不能讲时效，它应观察得更为幽微，思考得更为深远，能经得住时间的浪淘。

我给全国公安文联张策主席打电话，说希望成为公安部的签约作家，全脱产进行写作。张老师本身就是一个成就卓越的公安文学作家，完全理解基层公安作家没有创作时间的纠结和焦虑，非常支持。他给了我审批表，让我向海市公安局正式提出申请。

2017 年 3 月 30 日，公安部全国文联下发文件，批准我为部文联签约作家；4 月 24 日，局政治处下发文件，批准我开始工作。工作内容为创作“大马行动”的长篇报告文学，全脱产，时间为一年。文件要求“大马专案”参战单位比如刑侦、案审、看守所等单位配合我的采访。4 月 28 日，政治处给了我每个单位的中队长、教导员、副所长级别的联络员名单。我踌躇满志，当天下午就拨通了看守所联络员的电话，说明天就想走进看守所，接触那九十七名电信诈骗嫌疑人。

还得解释一下：

习近平总书记对文化、文学事业的重视和关怀前所未有。有人统计过，十九大报告中，“文化”一词提了七十九次；与作家座谈时，他谈自己青年时代的阅读，谈文学对自己的滋养，谈文学的意义，让人非常感动。且说公安部门在执行习总书记、党中央的决策部署时，有着纪律部队一以贯之的雷厉风行，各地分县局以上单位都成立了文联机构，大力推进警营文化建设。公安部更是推出了签约作家制度，即公安作家可申报写作主题，经本单位和全国公安文联批准，成为签约作家，从而全脱产或半脱产、较专业化地从事写作，时间为一至两年。可以说，《说吧，骗子》这部关于特大跨国境电信诈骗案的报告文学，得到了时代精神、政治要求、制度保障的加持。

4 月 28 日是个星期五。

进看守所采访，远比我想象的复杂。写作且脱产，对公安体制及相关人员而言，很新奇。所有联络员，他们的直接领导，以及领导的分管领导，都需要一个了解、理解和接受的过程。现在，我翻看工作日记，发现整个 5 月，我都在打电话、写申请、等回复。直到 6 月 5 日，才得到精准答复：九十七名电信诈骗嫌犯，公安机关已完成侦查起诉，检察院批准了逮捕，已进入庭审阶段，因此，他们现在是法院的人。任何人要在看守所内接触他们，必须征得法院同意。公安内部的程序都"走"了一个多月，跨部门的函没准会"走"一年，且结果很可能是三个字——"不同意"。

我不想坐困，更不想作茧。

以前，搞案件时认识一个法官，我就找上门去。她带我去见了庭长，答复很客气："大马行动"专案是最高法全程督导的大要案，采访几乎不可能获准。即便为你专门打报告请示，旷日持久不说，结果也极可能是那三个字。你只需耐心等待一个月。7 月，这宗案子铁定开庭，我们的呈请报告已经打上去了，到时你可以全程旁听。宣判之后，你可以调阅案卷。

等完 7 月，又等 8 月。我家离看守所的直线距离是两公里，我无数次站在北阳台上远眺，感觉它就像卡夫卡的"城堡"——进不去。

我没闲着——我从三个分局拿到了五个诈骗窝点的起诉书，我记诵每个人的年纪、籍贯和犯罪事实；我搜集摘录网络上关于电信诈骗的各种报道；我搜阅核对公安部门内网关于电信诈骗的各种数据；我阅读自古以来关于诈骗犯罪的文章书籍；我阅读世界名记的采访手记——得学着点；我游泳——写作可是个体力活……我写成了两部长篇随笔：《警官手记：诈骗 1994 至 2017》和《诈骗犯罪小史》——上溯历史，下及当下，结合我所感知的中国的电信、金融、经济的发展，解剖这种犯罪类型的流变，探求电信诈骗肆虐的原因。

诈骗犯罪古已有之。

诈骗，按照现在的法律的定义，是指以非法占有为目的，用虚构事实或隐瞒真相的办法，骗取款额较大的公私财物的行为。

上世纪九十年代，中国以令人晕眩的速度腾飞，总之，政治引领，科技加持，经济烘托，人民创造，我们的生活每天都发生着革命性改变。以通信工具为例，我们使用、淘汰或升级的大致有电话座机、B P 机、大哥大、手提模拟机、手提数字机、网络电子邮件、手机智能机……以金融为例，我们经历过携带现金、储蓄汇兑、易地存取、银行卡、银联卡、借记卡、透支卡、ATM 机、网络 U盾……到现今，人手一部智能手机即可完成几乎所有的交流与交易……诈骗犯罪的古老幽灵，青蝇般叮上了历史进程的快车，诈骗分子腾笼换鸟，魔鬼夺体（一是通信工具，二是金融手段），电信诈骗应运而生。

电信诈骗的爆发，与中国社会和人民越来越丰富、复杂的经济生活方式正相关。电信、网络诈骗的盛行，除了科技手段被利用之外，还与中国人的富足相关。简言之，人们有钱了。而人们在管理自身财富时，遇到了许多前所未有的新情况新问题，电信诈骗犯罪充分利用了社会发展阶段的这一特殊性。

上世纪末期，中国台湾，相较于大陆，是先发展、先发达地区。电信与金融，当然也先发、先进与发达。台湾的诈骗分子，也得以率先创造发明现代的电信诈骗犯罪，并使之勃然兴旺。自然地，其侵害的对象只能、当然、绝对是台湾人民。

当台湾人民骗无可骗时，已然欲壑难填、高度成熟、产业化链条化集团化的台湾电信诈骗犯罪分子，乘两岸经济交流之机，将魔爪伸向了祖国大陆。

作为一个普通的手机用户，作为一个基层公安民警，在本世纪初的三五年内，已然感知到这股邪恶风潮扑面而来。

2009 年，是该类型犯罪史上的一个重要节点。据相关资料，6 月，公安部部署全国公安机关开展“打击电信诈骗犯罪专项行动”。最高机关出手，表明在全国范围内，态势已较为严峻。7 月，全国共有二十二个地方告捷，共打掉电信诈骗团伙五十八个，抓获犯罪嫌疑人六百一十二名，破获案件一千六百零九起，缴获涉案银行卡、存折三千七百七十七张，手机卡三万余张。到了 2010 年，专项行动持续近一年后，上述数据为：全国共打掉电信诈骗团伙一千零二十八个，抓获犯罪嫌疑人六千二百零九人，破获案件二万六千七百五十三起，追缴及冻结涉案资金八千零七十四万元。数字向来枯燥，但清晰地一路飙升。

2009年年末，还有要事发生：公安部工作小组赴台，就侦办三起电信诈骗团伙案调查取证；同时，与台湾警方探讨联手打击电信诈骗犯罪的有关问题。这是号准了脉，找到了病灶——但，也仅此而已。

……

故而，2015年3月，观察者网称：台湾近十万人靠电话诈骗大陆人为生，每年骗走大陆八十亿。年末，澎湃新闻网称：据统计，2015年全国电信诈骗发案五十九点九万起，造成经济损失二百二十二亿元。

2015年10月9日，公安部令广东、北京、上海、浙江等地专案组赴印尼、柬埔寨等地，跨国境打击电信诈骗。战果辉煌，成功带回诈骗团伙中的大陆籍犯罪嫌疑人。在“10·9”专案的新闻发布会上，公安部刑侦局领导透露：国务院批准成立的由公安部牵头、中央二十三个部委参加的“国务院打击治理电信网络新型违法犯罪工作部际联席会议制度”正式开始运作。联席会议部署，各部门将于2015年11月至2016年4月，开展为期六个月的全国打击电信诈骗专项行动。

海市公安局的“大马专案”，以及“肯尼亚专案”，都是这盘大棋中的一个局部战役。必须重复或强调：两岸“共打”之后，肯、马两案之前，在境外破获的电信诈骗案，一直都是台籍首恶、主嫌被台方带回自查自究罚酒三杯，陆籍配角、喽啰被带回大陆从重从快依法严惩；至于赃款，则泥牛入海无消息。因为搔不着痒处，反使电信诈骗集团气势熏天。

电信诈骗由台湾不法分子发明，始于侵害台湾，继而将矛头对准大陆。电信诈骗的金主、幕后、组织者、骨干成员、运作机制均在台湾，赃款亦流向台湾。只有将台湾嫌犯带回大陆受审，打击电信诈骗才算找到正解。

终于，有三十二名台嫌在中国大陆，在海市，在离我两公里之外的看守所了，而我，却一直在无奈而又焦虑地等待获准接近他们……

2017 年 8 月，我决定不等了，等不起！批准的写作脱产期是一年，这都快四个月了！

我找到了程序上的解决之道：看守所管理有规定动作，即管教每天必须与在押人员谈话。管教也是我海市公安局的民警。因此，对我来说，只需转换一下身份，就能让采访——不，是与在押人员谈话——名正言顺。而我成为“管教”，不论是临时客串，还是正式调岗，都是政治部门一句话的事。解决问题啊，有时需要禅宗的“一转语”。

8 月 22 日，我终于走进了看守所。我小心翼翼接触了第一个“大马专案”嫌犯马丰。

嫌犯，一群骗子，少不了张嘴就来。文学有自己的说服力逻辑，我得记录下来。当然，我承认我和骗子们谈得很好，公安机关的“教育”，显然功不唐捐。读者将会看到，这部近三十万字的报告文学，基本上是他们的“畅所欲言”。

马来西亚押解回来的九十七名诈骗犯罪嫌疑人——再加上侦查人员后续抓获的在逃者，人数已经上百——分属五个团伙：

侯定民、于素敏等三十二人团伙；

张开捷、吴亭亭等十五人团伙；

叶青驯、胡富武等二十二人团伙；

尤农、苏博等二十二人团伙；

李化文、马丰等十一人团伙。

在这个诈骗“百人团”中，马丰，从属于一个因台湾籍主嫌在逃，从而显得不那么重要的团伙；而且，还只是这个团伙中的一个小角色。

我想见元凶巨恶，见诈骗集团的组织者、领导者、管理者，见团伙的头子……但，会不会引起法院的……同为司法人员，应当遵守工作纪律。

8 月 23 日，百年一遇的台风“天鸽”正面袭击海市。

8 月 24 日，上午，我又和马丰聊了聊。下午，我让管教叫出了与其同仓的侯永方。马丰推荐了他：台湾籍，诈骗犯。侯其实是诈骗集团中的“车商仔”，取赃款的。起诉的罪名是“掩饰、隐瞒犯罪所得”。

8 月 25 日，管教给我推荐了一个诈骗犯。与“大马专案”无关，好逸恶劳的小年轻，用微信诈骗了一台苹果手机，分得赃款二千多元。

8 月 26、27 日，周末。

8 月 28 日一早，我急急走进看守所。我挺了挺背，对联络员说：不绕弯子了——今天，我要聊侯定民。

第一章

疯狂的小目标：“我要骗十个亿”

一

即便在监狱里，侯定民也不是一个“平庸之辈”。

我采访他的地方还不是监狱，是看守所。监狱，是被判罚有罪的人接受惩罚和改造的地方；看守所，是羁押犯罪嫌疑人的地方。他们一小部分会因证据不足等原因被解除拘留，但绝大多数会被认定有罪。也就是说，看守所是监狱的预备队、中转站。当然，嫌疑人被法院判刑之后，假如剩余刑期不足三个月，也会留在看守所内执行。大概就是因为这个原因，老百姓一般将拘留所、看守所也统称为监狱。进这种地方的人，人们都称之为“坐监”。

侯定民注定要被送到严格意义上的监狱里去，并且待一段不短的时间。他自己估计：“十三年，可能性很大。呵呵。”至于账是怎么算的，他笑而不语，只是再次强调了一句：“十三年！”听不出有懊悔，也听不出是否心存侥幸，好像只是接受一个客观事实。

账应该是他尽心尽职的律师算的，而且令他信服。他的家人帮他请了两个律师。我的笔记本旁边刚好有一份打印下来的诈骗罪最新量刑标准：数额特别巨大或者有其他特别严重情节的，处十年以上有期徒刑或者无期徒刑，并处罚金或者没收财产。此外，还有十年以上有期徒刑法定基准刑参照点：诈骗二十万元的，为有期徒刑十年，每增加四千元，刑期增加一个月。还没完呢，有下列情形之一的，重处百分之十：（一）诈骗集团的首要分子或者共同诈骗犯罪中情节严重的主犯……（九）诈骗作案十次以上。

这样一看，十三年应该是一个客观的估计。

2016 年 3 月 25 日，海市公安局“大马行动”专案组在马来西亚捣毁特大跨国电信诈骗案团伙五个，侯定民是其中一个团伙的出资者、组织者、负责人及管理者，手下有台、陆籍“员工”三十一名；他还兼任三线——冒充检察官直接对受害人进行恫吓、威胁和欺诈的犯罪实施者。

第一次见面，感觉他根本没把我放在眼里。我一直在反省自己，在谈话之初，哪一句话不得体，哪一个神态气息暗弱，让他轻视。但是，不得而知。有时候这就是一种感觉。我有我的感觉，他有他的。警察和被讯问人的对话历来充满相互琢磨。在同一个气场之中，两人像是太极中的阴和阳，此强则彼弱，反之亦然。当然，一般情况下，警察总是强势的一方。这是古今中外概莫能外的一种不对称的“博弈”或曰“对抗”状态。

3 月 25 日被抓获，4 月 30 日被包机带回海市，5 月 1 日被投送看守所，5 月 24 日被批准逮捕移送海市海洲区法院起诉，而我去见他是在 2017 年的 8 月 28 日。也就是说，他已在看守所内待了一年四个月。长期的隔绝、囚禁，似乎还不足以“杀”掉他身上的强梁之气。

写作这部深度报道诈骗犯罪的作品，我首先就想和他谈。我还想不以警察而是以新闻记者或者报告文学作家的身份和他聊，但，前提是见到他，想见他就得到看守所去。

从二十三年前起，我一直是看守所的常客。在海市，东西向的梅花路、梅枝路与南北向的金盾路、爱业路框出的这个约一平方公里的长方形区域，人们称之为“公安城”。在城内，从南到北，大致分布着公安局主楼、交警支队、消防支队、刑警支队、边防武警和市武警等机关单位；最北端，临着梅枝路的，是警察居住小区；紧紧夹在办公区与居住区之间的，就是看守所。理论上这样的规划近乎完美：警察，不管是处于工作状态还是休息状态，都在守卫着自己的劳动成果——因涉嫌犯罪而被他们抓获并羁押的一群老百姓避之唯恐不及的特殊人群。走进公安城，在草地、市政路或是球场边，只要略显空旷，你就可以听到训练中的警察、武警在喊口令，或唱正能量的歌曲。接受严格管制的嫌疑人们，每天的日常也有喊口令、报数或者唱正能量歌曲（当然的了，总不能允许唱他们本性中喜欢的抒情小调）等节目。

看守所并不大，像是一座用水泥墙围拢而成的长方形堡垒。墙厚而高，墙头还有滚筒状的铁丝网，每隔一段距离，更有高出墙头的一座便于三百六十度观察和瞭望的塔楼——外围周长多少，墙有多厚，塔楼多高，我都没有丈量、计算或者问过，没那雅兴；即便我是个警察，经过此地，也总是面色严整、脚步匆匆，因为，在塔楼之上，二十四小时，都会有一名或几名手持长枪的武警战士巡逻和警戒——不管墙内墙外。不能让自己任何稍显怪异的举动引起警卫的注意，增加他的工作强度。

以前，也就是二十三年前，看守所是一个特别远的地方——它位于海市主城区海洲区的最西北，虽然不和香山市交界，但与两市之间的检查站仅一箭之遥。围着它的，是凤凰山的余脉，是南方特有的怪树和植物。它就像山林深处的一座孤岛。道路泥泞，每一次警车向看守所投送被拘留人，驶近这里，都是纯粹的郊区或乡村驾驶体验……而现在，它被林立的高楼和密集的人群包围，已处在城区的繁华之中。

看守所由海市公安局管理，但是，侯定民和他的同伙们的诈骗案已被区法院和市中级法院依法受理，也就是说，他们是法院的人了。虽然我拿着上级关于写作电信诈骗报告文学、各相关单位应予配合的文件，由于这是举国乃至世界关注的大要案，我接触在押被告人员，有可能引起嫌犯们思想上的波动，因此我必须小心翼翼……

真不容易……好了，开始吧！

进入看守所要经过七道门。门难进，想必读者对这样的结果是满意的。只有严格管理，才能堵住漏洞，才能避免那些被公安费尽九牛二虎之力关进柙中的虎兕乘隙而出，再次祸害人。首先，我得先在正门左侧的办事大厅按号，出示警官证，换取一张出入门禁卡。然后我从大门刷卡进入看守所前院，这里是办公区和生活区。再往里，就是以前侦查员提审、律师会见办理手续的办事区正门。但现在一部分业务迁往大门外办事厅，另一部分比如提审则迁往更深处，这道门也许已经可以不存在了。不过，从监管角度看，多刷两次卡于安全更有保障。然后是穿过一道笔直的走廊，到一道大铁门面前，这里才是看守所真正的第一道门。它被标注为A门，有武警把守，盯着试图进入者刷卡之后，就打开大门上嵌着的小门，放人进去。一眼看去，这里如同一道不长的隧道，但在正中央，还有一道栅栏式的门，过了它，再向前，就是与A门完全形制的B门，过B门，才是我要进入的监区。

不过，且慢，我没有资格直接从A到B，我得在一道环行的转动铁门前再次刷卡，还得再刷脸——把脸凑到一个小电子屏幕前，它要核对在办事大厅被电脑输入的工作证上的照片是否与进入者一致。然后，还有两道门，但我的卡就无效了，必须工作人员人工操作，我才能进入为投送、提审、提解的侦查员和法警服务的办事区。穿过它们，我将再次面对B门，我想见的侯定民，就在B门后边的监区的某个监室之内……回头数一下，我想见到他，要穿过一二三四……七道门！ 以后的三个多月中，每天都是如此。

我曾经想，最好不在审讯室和侯定民们谈话。那太不像个为采访而谈话的地方了：我坐在就连地基都高出地面的办公桌后，而侯定民们与我隔着一道栅栏门，坐在一张焊接在地板上的铁椅子上…… 我曾经还想，在谈话中，我会告知但绝不强调自己的警察身份。我的角色是一个有警察背景但从事宣传报道的新闻记者，穿着休闲装，在看守所内部某个较为清静的草地上，或是一棵棕榈树芒果树下，我们坐在同等款式和质地的椅子上，两人平等，我问他答，没必要在暗斗上损耗信息交流。（天知道在这种环境下的侯定民会对我口吐何等样的狂言呢。当然，我还是希望能如此。）但现实是，我必须穿着警服（按照最新的监所监规，凡进入监区的一切工作人员都必须身着制服）、暂存手机——更高的公安部门，省厅、公安部等，会通过到处密布的摄像头监督监所内的一举一动……

侯定民在十三监室。每两个监室的外边，骑楼之下，会有一个不大的钢化玻璃款式的谈话室，那是管教日常工作的地方。我们的谈话，也只能在其中进行。这里，还是较为理想的，有一张小桌子，我可摆放文件袋、笔记本，以及茶杯。当然，不平等是存在的：他坐的小凳子比我的矮，铁制的，而且焊在地上。他的身体可以侧，可以扭动，但是，他不可能把凳子移来移去，或者弄出声响。还有，为了和我的脸相对，他必须挺直坐着。

我被他轻视，或许，就与我试图营造一种缓和而非审讯的谈话氛围有关。但是，也许有更深层的原因——他知道自己的案子早已形成固定的案卷和证据，“到了法院了”，跟公安没关系了。此时有公安人员来聊，可能是应检察院的要求，对某些细节进行核实。小事；或者，是想搜集尚未归案的参与者乃至幕后金主的信息。这个，他只需回答不知道即可。公安已经不能把他怎么样了……

我也是这样想的，所以听任他不严肃，对我轻薄敷衍。得让他放松，免得一张嘴就是“不知道”或“不想说”。

“以前来过大陆吗？”

这话问的！这次也不叫“来”，叫“抓回来”或者说“请回来”，当然，若这样说就太刻薄了。

“来过！”

看他答得干脆，我也若无其事地顺着这个话题向下走。“什么时候？去过哪里？干什么——旅游？做生意？”

“我十六岁第一次来。到东莞——嫖娼！”

这是挑衅。他咧着嘴，眉毛一挑，一脸坏笑，盯着看我。没准是真历史。他的神态，绝不仅是青年人特有的血气方刚。我掩饰着尴尬笑了。

他很小就开始在道上混，十四岁，正式跟定了“大哥”。白道和黑道并非处在一条线的两侧，一个正常的少年跨入黑社会，也许并不是跨过地上划的一道线那么简单。十三岁，也许更小一些，他就已经劣迹斑斑，起码人嫌狗不爱。后来，我跟他的团伙中的一位年轻女子谈话，她说在大马收工之后闲聊，侯定民曾有点情绪复杂地抱怨说，他的小学、初中同学搞聚会，大家居然不叫他。我在想，也许他在小学时代就已经让大家不得不“离他远点”。至于十六岁到东莞，既是水到渠成，也是迫不得已。他说：“快十六岁的时候，我就想我得出‘国’了。”为什么？“不走，我要被送进少年感化院。谁想待在那里啊！”于是，他被“大哥”们带来大陆，跳出小岛，在海阔天空中走向不归路。

交谈终于顺畅起来。不过，我依然为自己在他面前的那一丝乱了方寸耿耿于怀。他生于1994年的年末，几乎可以算是1995年生人，也就是说，在我和他交谈时，他还只是一个未满二十三岁的毛头小伙；在他被捕之时，只有二十一岁；他的父亲四十六岁，与我同龄，也就是说，一个儿子辈的在给我难堪。

二十一岁，我还在大学呢，各种懵懂，诸般不谙。而他，已经是“领导”着一个拥有三十一名成员的犯罪团伙的首领。几天之后，当我开始与其同伙交谈，我听到几乎每一个人都对他惊叹不已：他具有与其年龄完全不相般配的冷静、沉稳，以及“领导”风范与才能。李西说：“我收到起诉书，看见侯定民生于1994年，开始以为警察写错了呢！天，我吓坏了！怎么可能？！他绝对有两把刷子，你要说二十七八岁肯定没人怀疑……”同伙中的年轻女孩子对他的敬佩则几乎没法用语言来描述。

他很聪明，也算得上帅气，个头也够高，眼神、肢体都透着精明和精干。大概都是“社会大学”的赐予。不行，我得给他挑挑毛病，他的发际线过于平直，显得额头不宽。以前，我在一本美国的犯罪学著作上看到过，平直的发际线与极窄的前额，是一种典型的犯罪或反社会人格的体貌特征。此类人心胸狭窄、睚眦必报，缺乏任何明辨是非的能力……不过，他的相貌，实在不算是著作所附图片中的那种典型。

父亲四十六，母亲只有四十三，他还是老二——前面一个哥，后边一个弟。父亲在工地上干活，开打桩机那一类的。“很苦”，这是他唯一的评价。母亲的故事很励志，十八岁就生了老大，接着又生了他，然后又去读完高中，后又考上了大学。为了三个儿子，也许仅仅是为了老二，她为用而学，学习并从事过一段时间的青少年人格矫正的教育工作。当他给我讲这一段时，就像叙述母亲的履历一样，语调平静。我从其眼神中捕捉不到一丝情绪或信息，比如感恩、愧疚，或者不以为意、不在乎。当然，母亲的苦心对他全然无用，但母亲并非完全失败，貌似对他的哥哥有疗效。他哥大他一岁，高中毕业后，“也玩了一阵子”，只是很快就收了心，白天打份工，晚上去夜校上学，现在已经大学毕业。从事什么工作？他不知道。弟弟刚上初一。

只有他，相对于父母和哥哥，找到了另一条活法：黑道和罪恶。以后呢？谈这个问题有点儿早，也许，真像他所说的，那是十三年之后的事。不过，他有所展望：“我这样的人怎么会饿死？”这一句，仍是年轻人的自信。十三年之后，他将三十五岁，真不算老。即便是从零开始也完全可以。

他被黑道吸引，也许缘于天性，但更多的，是黑道展现给他的现实图景，是真实不虚的潇洒和富足的此岸生活——他说，像他哥这种大学毕业的，如果能找份工作，月收入大概六千元人民币。“这日子能过吗？！”他呢，十二三岁时，第一次跟“大哥”出去玩，去夜总会。除了他这个小朋友，大哥还带着两个“小弟”——“专门给大哥背钱的！”去趟夜总会至于要背着钱袋子去？背了多少钱？他来了精神，直起身，指着我拿双肘顶着的桌子说：“你这桌子跟夜总会的茶几差不多大。钱啊，一扎扎的，平铺开来，这桌子不够用。”他后仰了一下，又立即俯身，脸上有点微红，竖起大拇指：“哎呀，潇洒！”“大哥”也并不是只有钱，而是能让花钱的事变得潇洒。富足和潇洒，构成了他的世界观，让慈母学来的青少年矫正的屠龙术变成了可笑的江湖杂耍。

粗算一下，他在道上已经混了十年。至于怎么个“混”法，我没有问，他也没有讲。我靠想象力、港台电影，以及自己工作中所遇到的烂仔（以前叫流氓。大陆式的所谓黑社会，永远不可能成器的黑恶势力萌蘖，他们就像禾苗间放肆的杂草，总是被勤劳如农夫的中国警察一遍遍铲除），来悬想他这十年。但是在台湾，显然他“混出了成绩”，有了江湖地位，也攫取到了金钱——组建、领导诈骗团伙需要启动资本。根据警方的调查材料，一个诈骗团伙从开始招兵买马就得开始撒钱：诈骗团伙都承诺包食宿和往返机票，把三十一名成员聚集到马来西亚，粗算都得十来万。谈到这里，他略想了一下，说自己先期投资了两百万，一歪头，说，也许五百万。现在，这身外之物都损失殆尽，看不出他有什么在乎的。也是，人都没保住嘛。两百万和五百万，差距有点大，我也没有去问到底是新台币还是人民币——汇率大约五比一，即换成人民币也在四十万至一百万之间。招人之外，他还得购置设备，电话、电脑等；还得租房子作窝点；还得先期打点——在马来开“公司”，从事的又是带有黑道或犯罪性质的活动，不可能不跟当地人搞好关系，强龙压不过地头蛇。一开始他就要孝敬五万十万。以后，大概是一个月吧，或者对方实施了具体的帮助，他都得识相地再意思意思。

为什么？因为马来西亚官方也抓诈骗犯罪，还有黑道也可能盯上，移民局也会来找点事。求财，得避免惹麻烦。有了保护伞，就能摆平各类滋扰，不再担惊受怕，从此踏踏实实“做生意”。国境阻隔大陆公安来抓，保护伞挡住“风雨雷电”，诈骗分子们就躲进了一个安全堡垒或自成一统的王国，可以心无旁骛大胆诈骗大陆人民。当然，“如果大陆公安真来了，就没办法了——但从来没见过嘛，怎么会有这种可能嘛……”破天荒，有了！这一次，大陆公安“打”上门来，完全超出他们意料和认知。

提到被抓获时的情景，他居然笑了。他笑起来还残存着年轻人的稚气。马来西亚警方先冲进小别墅，“以为又是例行检查，变着法要点钱”，谁知不是，“紧跟着你们就进来了”。

他穿着看守所的深蓝色无袖无领号衣，下身是到膝盖的蓝色短裤，脚下是拖鞋。谈到马来同行，我还不想说什么，只好再次给他递烟。我们就这么一边聊一边抽烟。

其实，我们刚坐下，我就拿出了烟民特有的社交利器，问他抽不。多此一问，看守所内，特别是男仓，不抽烟的凤毛麟角。他接过烟，却调转来看海绵烟嘴处的商标，露出疑惑的表情。我还是有点自信的，我的烟，再怎么说也比审讯他的警察给的诱惑物、比看守所给的奖励品高档一些。但他却并不满足于这一点，直接问我烟的价格。我又有点不自信了，呼风唤雨的黑道人物自然抽过许多极品香烟，但现在环境不同了嘛。于是我抱歉但又坦然地说：一般的烟。

警惕犹存，也没有张扬，但能感觉到他的肢体渐渐活跃起来。我找话说。

“看看你的文身吧。”

他把大臂转给我看，又撩起裤腿。

右臂文了一位女士的头像，他说是在泰国文的。那么，该是南传佛教的菩萨吧。右腿，从脚踝直到大腿，是在台湾文的，我看不出是什么主题。他说：“这是艺术。”神态严肃。我笑了一下。我对刺青文身有生理不适感，不能细看，但在约略一瞥中，还是注意到了有红、绿、黑等颜色，有树、草或藤萝状东西。醒目的是，上下各有一个女子的头部，明眸皓齿，烈焰红唇，然而似乎称不上美丽—— 我想，这大概跟他的身体状况有关。假如文身之时，他肥或是壮些，那么，当时的女子面部将是舒展开来的。而现在，他可能是瘦了，刺青内容在松软之后的皮肤上，就显露出某种疲态或衰微。这样一想，我对他的刺青更没法欣赏了。假如他老了之后，浑身松软、干枯，骨头都像枯枝，皮肤布满皱纹，这些刺青会萎缩成什么样子—— 恐怕只剩下暗黄色的皮肤之上的青黑色斑块吧。

文身刺青，现在日益寻常。看足球，就连中国国家队队员的手臂（不仔细看，会以为是短袖球衣下套了件黑毛衣），甚至脖子上都满满当当。社会宽容了许多，大多数人认为文身刺青展示的是个性，增加的是个人魅力，是一种无伤大雅无须外人置喙的小自由。西方运动员文身刺青者更多，拳王泰森的大臂上刺有毛主席像，足球明星贝克汉姆的肋腹部刺有“生死有命福贵在天”汉字，还是行草书。西方人刺汉字，东方人刺英文或拼音（因工作关系，我在许多年轻的女嫌疑人手臂上看到过“Love”一词），体现的正是东西方文化的相互交融。

在我青少年时代，文身在中国算是重新复活但仍处于萌蘖状态，最重要的是，人们依然认定它是流氓无赖的标配，是只能远离正统、主流社会的青少年的自暴自弃宣言。它带给正常人的，无一例外是恐惧和厌恶。我高中同班同学中就有这么一位，读书无望，整天社会上混，整天被父亲揍。高二时家里托关系让他参军求前途（城镇户口服兵役后转业国家会安排正式工作）。但他手臂上刺了条小龙或是小蛇，而这是解放军这个集体断然不能接受的。他爸又揍了他一顿，带他去了一家大医院，用激光打掉了那些青纹青斑。

在中国历史中，文身一直与犯罪相关联。这有厚重的文化心理、道德伦理作支撑：身体发肤，受之父母，“盖此身发，四大五常，恭惟鞠养，岂敢毁伤”。这是儒教中国对文身的基本态度。即便在儒教统御中国人的意识世界之前，文身也被古华夏人排斥。周文王的祖父想让三儿子季历（周文王之父）继承西伯侯之位，季历的两个哥哥太伯和仲雍（按古人嫡长子继承制，他们的顺位都在季历前面）高风亮节，为了不让父亲为难，为了让小弟名正言顺，主动逃到了蛮荒之地，“二人乃奔荆蛮，文身断发，示不可用”。当地的吴越人民有文身的风俗，“被发文身，黑齿雕题”，不但文身，还要涂黑牙齿，就连额头都要黥刻花纹。这与华夏风俗迥异。太伯、仲雍仅仅是入乡随俗吗？ 人们往往忽略了这四个字“示不可用”。二人想表明的，其实是我们坚定地自绝于周、自绝于华夏、自绝于文明，就当我们已成化外野人好了。

五代后周开国皇帝郭威，流氓起家，脖子上刺了一只啄谷粒的麻雀。当他渐渐得势、暴露取代后汉皇帝的野心时，使者质问他，他指着脖子回答道：“世上岂有雕青天子？幸公无以我为疑。”

文身者想向社会传达的信息非常明确：对现存社会秩序持敌对态度，正统不齿，我偏崇尚；蔑视教化而好勇斗狠；对普通人进行心理威慑；这是一种流氓无赖的群体认同标志。唐代长安流氓张幹就在左右胳膊上刺了一副对联：“生不怕京兆尹，死不畏阎罗王。”这大概是刺青文身者最激烈的宣言，能获得所有文身者强烈的情感共鸣。史进、燕青、鲁达们的刺青花绣，意义也是如此。

刺青文身传递正能量的例子极为个别，岳飞之外，似乎只有北宋初年的将领呼延赞，他在自己及家人的身上都刺上“赤心杀契丹”五个字。宋时开明的政治使刺青文身成为广泛的社会时尚；呼延赞同样在表达家国情怀，只是他不但刺自己，也刺妻子儿子以及仆人，初心正义，但略觉得出格。我们宽容以对吧。

我个人接受不了文身，但赞同社会以宽容乃至欣赏的心态面对新时代的刺青文身风潮。因为我非常明白，中国当代的刺青文身，也许并不是对古代某种社会意识形态的线性继承（中国曾成功让其断绝三十年），它更多是西方传来的某种类型文化的启迪和熏染。它的精神内蕴有一定的青春叛逆性，更重要的则是现代人开放、张扬、特殊、有趣的情感表达。而且，抵抗这股时尚潮流看来已经不可能——我在网上看到，三年前，就连中国军队都不禁文身了，只是有限定：脖子以上部位文身不可超过两公分，身体裸露部分不可超过三公分。

我想到了马丰——他在与侯定民一墙之隔的第二看守所。

六天前，当我走进“二看”内院，打算搜集一些关于建筑、格局、氛围之类写作素材时，陈副所长安排杨管教陪同我。

我和杨管教坐在他所管理的监仓对面草地边上的小石凳上聊天，他一边用眼瞟自己的监仓门口—— 两三个在押人员正在干活，他们购买的方便面、饮料、零食等物品，由一辆电瓶车运送来，需要按购买名单给仓里分发。他突然指着其中一个说：“这个就是个诈骗犯，你想不想跟他聊聊？”我当然想，可是，法院似乎不大同意我接触这些人。但我又想，法院的谨慎有道理——管教们每天都跟他们接触呢。而且，管教必须每天与在押人员谈话，这可是严格的规定动作。于是我说：“好。就跟他说另一个管教与他谈话。”得到我的上级和看守所领导的批准，我的身份就可以算是管教。

马丰三十出头，人很健壮，当他从地上直起身时，身体立即绷得笔直，两手自然下垂至腿侧。杨管教看来管仓有方。聊开来才知道，马丰当过兵，而且时间不短。也因此，他被委任为仓内的管理员，集合、列队、喊操等，都由他负责，也算是人尽其才。当过兵的人有很多优秀特性，即便是混迹社会，也仍比许多社会人表现突出，比如能辨是非、可以讲理、守时、言出必行、能应对危局，等等。我为他惋惜。

他是个诈骗犯，还是个电信诈骗犯，还是从马来西亚包机抓回的电信诈骗犯！突然之间，我就跟“大马专案”接上头了！不过，他是一个不起眼的小角色，以至于我匆匆翻阅过专案的概括材料之后，对他没有一点印象。谈话较为顺畅，我问，他答。话不多，但都在要点上。

他的父母多年来一直在南方谋生，而他在北方当兵，渴望能有点出息，但事与愿违，于是就复员南下。在广州、深圳，他能干的工作也与多年的职业训练有关——保安，或夜总会中的内保。在工作中认识了一些所谓的台湾朋友，其中有一个就说给他介绍个出国多赚点钱的工作。没有说是诈骗，只说打电话给客户。一到马来他就发现自己被骗了，于是阳奉阴违，比如，谨言慎行低调内敛。背诈骗“剧本”（诈骗集团事先模拟写成的诈骗情境、套路、对话、应答等的台词范本）时，故意背不熟练；拨打电话时能少打就少打，并且内心希望不成功。总之，两个礼拜之内，这个精干的前军人，强迫自己扮演一个四肢发达头脑简单的角色。他没有诈骗成功的记录，这也是他愿意跟我坦率交谈的原因。

我刚介入电信诈骗案，但有心理预设：一般犯罪团伙都是乌合之众，并且他们本身有可能就是被欺骗而加入的。所以，我相信他所言属实。不过，我看了看他粗壮的胳膊，还是心生不满。我说：“没有试着脱离吗？毕竟你算是参与犯罪了。”他有点不好意思：“没办法，护照、手机都被他们扣了。再说，要回来得自己负担往来机票及食宿，这也是一笔钱。我的签证只有一个月，很快就到期，他们肯定放我……”我不依不饶：“为了一点小钱，现在……”他忽然正色说道：“也有点不敢——你不知道，我们那个团伙领头的几个台湾人，一看就是混黑社会的，每个人都是一身刺青，嘴里全是黑话。谁稍有不服从，他们就甩着膀子攥着拳头围上来。我要提出离开，怕被‘做’了扔海里。”

这，不就是侯定民的形象吗？

现代年轻人的刺青，谁说仅仅只是一种开放的时尚？侯定民和马丰团伙的台籍管理者内心一清二楚：他们的刺青可以对普通人形成强大的威慑。这些人会有意无意地利用这一点。

我明白，侯定民在我面前流露出的青年人的真率、自然，是“今时不同往日”使然。假如换一个场合，他大概就会拿出另一副嘴脸，就像马丰的团伙头子一样。这个几乎可以定论。

“说说，你是怎么管‘员工’的——控制员工？”

“没有控制——不需要控制。”

“怎么可能？”

“不存在！”

侯定民很激烈地反对。显然，他和律师早已透彻地研究过起诉书，没有指控诱骗、强迫他人参与诈骗的情节。我，虽然打着管教闲聊的旗号，但毕竟是个警察，还穿着警服，由我口中说出新的犯罪情节，让他警惕。

他大概知道，面对大陆警察，光反对没用，于是心平气和地解释道：“我直接带出去的人，每个人都明明白白，就是以这种方式赚钱的。至于其他人拉的人头，有没有明白告诉人家，老实说我还没想过这事。但是到马来之后，我都要给大家再开会，讲清楚我们做什么、怎么做、有什么前景，也许，有什么风险也会讲一点。还有，日常管理，我基本上会跟每个人都友好谈话。你也知道，作为一个团队，如果成员心里有解不开、想不通的问题，怎么可能好好给我工作？我又怎么可能发达呢？”

“有没有扣留护照、手机？”

“不能叫扣吧。上班玩手机，你说行不行？护照嘛，是集中到我这儿管理。我这就有人提前离开的，跟我要就行了，当然你得自负机票钱。来的人并不是一批次来的，申领护照也有先有后，这就存在着有人签证到期的问题，他们哪里懂这些！要到哪里续签，该安排谁回国，他们都不懂。作为领导，这些问题都得我来考虑，都得我来做。”

我相信他有这样的领导艺术。而马丰，遇上的是“耍横的来硬的”那一类，显然低一个层次。

他提到了“前景”。

“诈骗有什么前景？”

“赚钱多，来钱快！”

“高利润，零风险？”

“比捡都容易。每天晚上收工时候，我的手机不断地有‘叮咚叮咚’的短信提示音响起。一看，是一笔打进自己银行账户的进款信息；再看，又是……手指划着屏幕看，看都看不过来，数字都记不住，反正都是钱。那个开心啊……干什么都不如干这个。”

“贩毒呢？”

“那个是要杀头的，划不来！”

他大笑。

我还是纠结于刺青和黑社会，问他是不是黑社会。他不回答，不接话，也没表情。

我回想起自己工作中接触到的黑社会。二十多年前，也就是上世纪九十年代中期，我刚参加工作那会儿，一次，跟随一位所领导对辖区进行巡查。我们走进一栋高层楼宇，随机敲开一些门。有一户，应声和开门的动作都太过缓慢，我不禁有点紧张：是不是有什么情况？不过，见到屋主，我就顿时放松：这是一个六七十岁的老年人，头发白灰、萧疏，只穿条大裤衩，肚皮微凸且松弛，双脚在地上蹭着后退，延请我们进入。领导很客气地表示要检查证件，他面无表情，侧身挪向沙发旁的茶几。我这时又大吃一惊：这人没有左臂！天，那是从肩膀头处斩截而断的。我不敢再看，但又告诉自己这是在工作呢，不得不看。他从茶几上的杂志下面拿出一个用小塑料袋装着的东西，两个尾指按住贴在肚子上，大拇指和食指打开袋子，从里面夹出一些花绿色的硬卡片。我看领导，他一言不发，淡定地旁观老人的迟缓和艰难。证件没问题，于是领导客气地告辞。出得门来，他告诉我说，这是一个台湾黑社会，退出江湖了，现在回大陆投亲。这房是他买的，应该是要在咱辖区终老。我想，他的残臂，大概就是黑社会生涯的代价，也许是“勋章”。

还有一个黑社会，香港人，五十多岁，在高沙街开了间小小的茶餐厅。这算是退隐闹市。不过，他仍然像个有缝的鸡蛋，香港的小苍蝇偶尔还会叮他。他脾气很大，谁的账也不买——包括警察。有一个小混混和我谈起他，满脸的不屑，说“他那一套早过时了”。意思是说此人一味地好勇斗狠，年既老而不衰；而新一代的黑社会，要讲脑子，还要懂法律，要灵活地和警察打交道……

假如侯定民是道上的，他绝对是有脑子的新一代。

正胡思乱想着，他质问我了。语气就像一个老师责备偷懒的学生，或者像一个学生挑衅偷懒的老师：

“你怎么不记录？”

谈话过程中，我一直在做笔记。谈话开始之前，我就很郑重地对他说，我是奉上峰的命令，对电信诈骗案做一些研究工作，因此，我会做一些记录。但是，我的记录不同于侦查民警的笔录——那是一种法律形式或司法程序，而我的记录不会对他们的定罪量刑产生任何影响，它只是有助于我的研究——最简单的，我的记录不会要求他们签名捺印。因此，我希望谈话对象能敞开心扉，知无不言、言无不尽，就像聊天一样。

“你又没说什么有趣的事，叫我记录什么嘛！呵呵。”

“你想听什么有趣的？呵呵。”

“起诉书指控，你领导的诈骗团伙共犯案两次，一是 2016 年 3 月 17 日至 25 日，在马来西亚吉隆坡，实施诈骗十四宗，得赃款十五万；二是 2015 年 10 月 7 日至 2016 年 1 月 24 日，在河北三河市燕郊镇，实施诈骗数宗，其中最大一笔赃款是八十六万元。这些，不是你的全部犯罪事实吧？”

“对——你们要讲证据嘛。”

“我们没证据的，说说看。肯定有意思。”

“我肯定不是干了一天两天了，这都不用说的事。呵呵。”

“不是一两天，也不会是十来年——十年前你才十三岁嘛。说说，你这辈子靠电诈总共骗了多少钱？”

“我一开始还挺怕你的，现在不会了，我们聊得挺好的。”

我给他递烟，为他所说的友好加注释。“怕”，大概是因为正如他所说，他是电信诈骗的老手、惯犯，他怕警方挖掘新的犯罪事实，加重对他的指控。而我，穿着警服，一开始，他可能以为我就是一个诱供者。不过，我是没有感觉到他“怕”，一开始，我就觉得那是一个浑不吝的少年好勇斗狠，挑战、刺激他的对手。

“我不是办案的。我是搞研究的，就是想让更多的老百姓知道电信诈骗是怎么回事。放心，不会把你说的做成笔录报给法院的——那也得你签名捺印啊。”

“我知道。你是搞宣导的——几千万是有的。”

“什么？”

“人民币！不过，钱来得快，去得也快。肯定不止一千万，也没怎么数过记过。”

他的态度是严肃的。不像是年轻人吹牛，也不像是为了“配合”我的宣导而搞亩产万斤的浮夸。

“天！那么，假如这次没被抓，你打算骗到多少收手——就是觉得满足了？”

“十个亿！”

“什么？”

“人民币！”

“我靠……”

“你们报纸、电视也说了嘛，我们台湾一年从大陆骗走两百个亿，我个人分十个亿算什么呢？！”

十个亿，一百元一张，一万元一捆，得在我面前的这张桌子上怎么摆，能垒多高？会不会直达天花板，阻挡住我们两人对视的脸？ 黑社会老大在夜总会茶几上显摆台币的场景，让一个十二三岁的少年从此有了疯狂的奋斗目标。我突然想，他的黑道大哥，应该也是靠电信诈骗“潇洒”起来的……

“你……觉得这次自己能判多少年？”

“十三年！呵呵。”

“怎么算出来的？律师帮你算的吗？”

“差不多吧。呵呵。”

我翻看打印下来的《最高人民法院、最高人民检察院、公安部关于办理电信网络诈骗等刑事案件适用法律若干问题的意见》（2016年），看最新量刑标准，看起诉书对他的指控。十五万加八十六万，一百万，已经算是诈骗情节特别严重了；再加上组织、领导诈骗团伙等加重从重情节，十三年，算是他的最低消费。他的人生小目标——十个亿——像是无数条疯狂的蛇围绕着我，对我吐芯子，引起我生理、心理非常不爽，我想抄起竹竿反击。

“徐玉玉案，看报纸、电视，主犯判了无期……”

“这是我们被抓以后才发生的！”

他非常警觉，身子快速地提了起来，好像有一团黑影在玻璃房内上升。

什么意思？哦，他的尽职的律师——还是请的不同的律师事务所的两个——一定及时向他通报了整个案件，以及舆论导向。也许还对案件作了专业的解读，让他不能太乐观，但也不必太悲观。我还猜，律师一定对他说，他的案子发生在徐案之前，法律原则是从旧从轻。

徐玉玉，一个可怜的女孩子，一个令人悲愤的故事。我打算跟每一个诈骗嫌疑人都谈一谈她。

“我们，不一样吧，又没有骗死人……”

“你肯定啊？”

“反正你们警察没说我骗死人啊！”

我的出手够分量，也许，还过了点。我不应该带入情感——接到这个工作后，我恶补了许多中外名记的采访手记。我一直告诫自己，要学别人那样，不动声色、循循善诱，从而挖出猛料。过度地表露自己的情感，强加自己的判断，是新闻采访的大忌。写作也需要零度情感嘛。

“你看。我现在不是在办案，不是在挖你的犯罪证据，咱就是闲聊。”

“对啊。所以我也啥都对你说嘛，连坏事都说了嘛。”

“那么，骗的时候，有没有发生过你担心会有严重后果的事，比如说人给气得不行了那种？”

“有过吧。”

“说说。”

“有一回，以前我做三线，接电话，还通着话呢，对方发现被骗了。我就听到电话里咕咚一声，应该是那人一头栽倒下去了。”

“老年人吧，就算没事，没准也一病不起……”

早年海市——那时还没有电信诈骗——发生过被骗老人受刺激导致半身不遂的案子。

他把脸扭向一边。

我递烟给他，自己也点了一根。

“人蠢啊，没办法。呵呵。”

抽着烟，他缓过神来了。

“怎么说？”

“被骗的都是因为蠢。”

“这个……怎么说？”

“有一个，柜员机转账以后，发现钱没了，打电话跟我说‘我钱没了’。我就在电话里对他说，你对着柜员机学三声狗叫，钱就吐出来了。真的，我们就听到那人在电话里‘汪汪汪’三声。哈。”

“哪里的人？”

“上海那一带的吧。”

“还有什么‘有趣’的事？”

“柜员机转完账，发现被骗了。报了警，又不死心，又跟我们通话。我们都听到警察到场了，还对他讲他被骗了。但是我们在电话里说，你千万不要相信他们，那是假警察，他才是真正骗了你们钱的人。你现在赶快跑，往人多的地方跑！他真信我们了。我们在电话里都能听到他一边跑一边呼哧喘气的声音。呵呵。”

我有点坐不住了，打算结束谈话。但还是告诫自己：零度情感。

我又给了他一支烟，自己也点上了一支，同时慢慢地收拾笔记本、茶杯。得冷静地结束。因为，作为主谋、团伙领导，在我与其同伙谈话之后，一定还需要与他再谈，得核实、校对其中的真假难辨欲隐还藏——这是一帮骗子，他们不会对我尽吐实情。对于刑讯，侯定民能“坦白从宽”；对于调研，他愿意畅所欲言，非常难得。我不能因小失大，坏了他的兴头。不过，不说点什么，自己憋得难受。

“想当初，不会想到今天这样吧？”

他不说话了。

“你现在有什么想法？”

“我希望能遣返回台湾。”

“基本上没可能！”

“判了以后呢？会不会驱逐出境？”

二

侯定民坦然将其团伙的首恶责任揽上己身，他对讯问他的警察，也是这么招供的。但我认为一个二十二岁的年轻人——虽然经过十年社会历练——担负这样的全责，肩膀还是稚嫩了点。我猜他一定有幕后老板，他不置可否。我还猜他的老板以及侯定民本人，都具有黑社会背景。他一脸沉静，不回应也不反驳。

台湾的黑社会，我所知道的，不会比任何一个使用百度的读者多。略加综述吧——台湾黑社会有三大帮派：竹联帮、四海帮、天道盟。台湾早期的黑社会，不论本省外省，都有帮规。我读到过并约略记住的有什么不欺压良善、不诈骗他人财物、不奸淫妇女、不白吃白嫖等江湖道义内容，说来叫人难以置信。特别是不许诈骗一条，现在想来不禁哑然失笑。但这又有充分理由：自恃道义的黑社会，不屑与一般市井流氓混同。

但到如今，台湾的黑社会都在从事电信诈骗犯罪活动。侯定民以不耐烦或不以为意的口吻说："现在都在干，没有不干的！"

黑社会就是黑社会，百度的定义是：以获取非法利益为目的，信奉一套与法律秩序相悖的规则的地下有组织犯罪的团伙集合。百度总结的黑社会的危害特征有三十九条之多，我都赞同。黑社会就是暴力和犯罪的代名词，是正常社会中的毒瘤式存在。它们的所作所为见不得光，且不为主流社会所容，但目的一定是：获取非法利益。台湾电信诈骗每年骗取大陆民众两百亿人民币，黑社会能不垂涎、染指吗？电信诈骗需要犯罪的组织化以及集团化来运营，除了黑社会，还能找出第二个具有如此能量的组织群体吗？

新中国曾令包括黑社会在内的诸多人类丑恶现象绝迹。改革开放之初，港台黑社会向中国大陆渗透、转移，而大陆的黑社会也不断滋生。原因在于大陆的经济开始加速度发展，产生了显在或潜在的巨大经济利益，又因为追逐利益的游戏规则不成熟不稳定，才催化了有组织犯罪的滋生和活跃。不过，中国政府不承认黑社会，对有组织犯罪的弹压向来不遗余力。自我参警以来，公安部门就曾数度发起关联全国的声势浩大的打黑除恶专项行动。1998 年，广东警方抓捕和消灭了香港的世纪大盗张子强黑社会团伙，海市警方就曾深度参与侦破工作。

我和侯定民聊到了这个案子，他知道这事。他还知道竹联帮的帮主"白狼"张安乐居住在深圳。至于他领导的这个诈骗团伙中的台籍人员——

"你肯定是了。其他人呢，还有哪个是黑社会？"

对这个话题，侯定民表情严肃，嘻哈之色悄然从脸上退却。他既不肯定，也不否定，仿佛我在自言自语。

侯定民诈骗团伙，除他之外，还有五个台湾人：电脑手彭衣国，管理者、培训者以及一二三线负责人徐为车，骨干付人豪、李伟轮、谢宗左。其余二十六名，都是大陆籍。

彭、徐、付、李、谢等人是否具有黑社会背景，或具有刑事犯罪前科（在台湾），很难确知。他们的个人简历，只能听任其自述，大陆警方无法核实。

比如徐为车，绰号“光头”，外表倒也不算凶神恶煞。三十四岁，未婚无业，到处游荡。他承认自己违法吸毒，但反对我说他是黑社会。为了谈话气氛宽松，我自以为是地批评他：“三十多了也不成家，就算你没玩够，你老爸恐怕也急着抱孙子吧。”他大笑。后来，我听其同伙中一个大陆籍员工说，在马来，工休时聊天，徐为车坦然说自己因贩毒被台湾警方通缉，很多年都不敢回去。而他的父亲，也因为贩毒被关在台湾监狱里。

他爽快承认自己听命于侯定民，这个小他十一岁的团伙首领。他是团伙的管理人员之一，警方认定他是“团伙骨干”，他没有异议。团伙内，他确实干大量工作：一线人员的入职培训；每天工作结束之后，召集一二三线员工进行业务点评，总结经验，以利再战；诈骗成功之后，要将涉案嫌疑人以代号的方式录入电脑 Excel 表格，以便统计业绩，确认每个人的奖金和分成，等等。

他否认自己和侯定民是合伙人关系——地位的抬升，现在对应的可是量刑的加重。他也否认他的劳动能从老板侯定民那里拿到更多的奖励和薪酬。他说，侯给我一定的底薪；有时候我也接听诈骗电话，充当二三线人员，这些是有提成的，但跟一般的二三线人员的提成相同。都是事先说好的。

“我就算是给朋友帮忙呢，从来没想过靠诈骗赚更多的钱。”

“不会吧。你们这样一群人，不谈利益谈友情，谈帮忙，我信你都不信吧。”

“真的。我在台湾欠了几百万台币的债，没法回去。就只能在大陆、国外到处飘荡，反正跟着朋友混口饭吃就行。”

“你跟侯私交很好吗？”

“还行。他朋友多，门路广，我就跟着他。”

“有人脉，能量大？”

“是的。”

“你怎么会欠那么多债？”

“我吸毒啊。”

“吸了多少年？”

“很多年，打小就吸。”

吸了很多年，按我的工作经验，该人离死就不远了，起码形销骨立，按广东人的说法：典型的一副“鬼”样。可是他倒还好，皮肤还白，眼睛也不算呆滞——能从事诈骗，绝对不可能是吸毒吸傻了的那种。

“我吸 K 粉——不是冰毒和海洛因，那个是要命的。呵呵。”

吸毒应该是真话。吸毒、赌博，都是加速败坏身体、心智，当然还有财产的快捷方式。貌似能说得过去。但是，只吸 K 粉就能吸出几百万的债，有点离谱。我想，还是他的大陆同伙所说为实吧。他犯不着对我说实话。

他家境一般，有一个哥哥，也是吸毒的，现在，“人间蒸发了”。三个姐姐均已出嫁，有的已经有了第三代。父母年过七十，姐姐们会照顾一点，但根据台湾习俗——其实也是中国旧俗——女儿嫁了就是别人家的人，所以父母基本上得靠他来赡养。

这次与他会谈，我还没有得到他父亲也是毒贩的信息。因此，我只嘲讽了他所谓的赡养。

“你拿什么来养？居无定所、东游西荡、光棍一条——现在跑看守所了……”

“我也干过一些正式工作嘛……”

2003 年，服兵役后，在台湾干过水电工、电焊工等。他人精明，但是没有学历（初中文化），不可能获得更高的收入和职务。再加上吸毒，交了一些此道中人，对这种打工生涯就再没法忍受了。很快，他就结识了搞电信诈骗的人，轻松、来钱快、不需要学历门槛。他跟着他们到东南亚、到大陆，一路骗。赚了些钱，花得更快。他的“业务”能力得到了极大的锻炼和提高，成了行家里手。这一次跟侯定民干，没料想翻了船。唯一值得庆幸的是，毒瘾戒掉了，是彻底地戒了。我想，关在看守所，有助于巩固戒毒成果。

他跟着侯定民讨生活，也不是一天两天的事。在我与这个诈骗团伙中广西籍的李西谈话时，李曾感叹说侯这人真不一般，为了赚钱，也是挺拚命的。我不解。他说曾听侯和徐说，去马来之前，为了在大陆“招兵买马”，他们两个是在海市过的年。正是在海市，侯与团伙中的煮饭阿姨罗锦红接头、吃饭，罗还带了自己女儿的同学来入伙。李西最后感叹了一句：“为了挣钱，把亲情看得够淡的。过年嘛，总该回台湾跟爸妈一起过吧。”他哪里知道，侯和徐，都是受台湾警方通缉的人。他们是有家回不成。

徐为车也是一身的刺青，左大臂，一大团青黑色。他说是年轻时给一个学文身的朋友练手的作品。朋友显然是个二把刀，现在几乎看不出文的是什么，动物、人、植物？都像，又都不像，但徐笑着说他并不在意。再往上，掀起囚服短袖，肩膀头上，是一个卡通片里的日本美少女。我讥笑他，他开心地说是初三那年文的，那时候流行这个。嗯，正是知好色慕少艾的年纪。刺青是青春期叛逆之举，叛逆行为可能上升到对社会主流的背弃，从此入邪道，行邪行。仅以侯、徐二人为例，绝对说得通。

我再次想到了马丰，想到了他所说的文身对正常人心理上的威慑，于是坦率向其发问：

“你们团伙中，有没有一开始蒙在鼓里，到马来发现是搞诈骗之后，不愿意做的？”

他也坦率回答：

“有。一个广西女人。农村的，年纪有点大，五十多，不记得谁了，哭闹过，她本意也是想出国做个保洁阿姨赚点钱贴补家用。这不怪侯定民，也怪不得我们台湾人，是广西那个带她们来的于素敏没有对她们说实话。于只想着拉人头赚抽头，哪里管别人的感受，有点骗人的意思。”

“对这一类人，你们怎么办，会威胁、恐吓吗？”

“那绝对没有！”

像侯定民一样坚决否定。

“不愿意干当然可以回家。但是，办签证啊去马来的机票啊，都是老板侯定民预先垫付的，这钱你得给吧。还有回去的机票，也得自己想办法。”

“这得多少钱？”

“几千块吧——住宿、吃饭的钱还没算呢。”

“还钱就给走？”

“她不想干，强留有什么意思？！肯定也干不好。”

“不怕他们出去了报警？”

“有一点。所以，他们也得保证嘛……一般不会吧，没人想惹麻烦。”

我有点打不定主意，是先与所有台湾人聊呢，还是去找一下他所说的这个广西农妇。

“台湾搞电诈的人很多吗？”

“多。”

“真能赚到钱？”

“当然。基本上都能赚到钱。我认识高雄一个朋友，月入几百万很轻松。但是，认识的朋友中，也有不行的——不是说被抓了，主要是老板管理不行，员工没有赚钱欲望，没有紧迫感，混日子，等着‘大单’从天上掉下来。有些受害人咬钩了，又有点犹豫，他们也不懂抓紧机会攻克难关，只能听任时机白白丧失。这种就差点。还有一个朋友在大陆找了个女朋友，就要她管理公司。那女的哪有什么管理才能，没脑子的，只知道享受，公司只能烂掉……”

一个诈骗团伙，也需要一个执鞭子的狠角色才行？

三

对于网络电信诈骗案，在警方的起诉书中，电脑手一般都排在金主、主谋或组织管理者之后，列为第二嫌疑人，其角色特殊且重要。所谓电脑手，就是通过电脑，将诈骗信息以语音包的形式向不特定人群群发，或将从网上购买的公民个人信息分发给诈骗团伙的一线员工的人，由他们向特定人群拨打电话。所以，在和侯定民聊过之后，我立即就去找他们团伙的电脑手彭衣国。

彭衣国，三十五岁，表情较为忠厚、木讷。他家境一般，寡母养着两儿两女。他自称较宅，喜欢上网聊天，久而久之，学到了一些电脑、通信等现代知识技能。

谈电脑他的话较多一点。早在十一年前，2006 年的时候，他还和一位大陆女孩网恋。女孩就在距离看守所两三公里的香山坦洲镇工作，为化妆品做导购。他当时在台湾工厂做工。为了相见，他平常总是不断地加班，积攒假期，也攒钱。每隔三四个月，他就乘坐傍晚或夜间的飞机（价格相对便宜）从台湾到澳门，经过海市拱北关闸，再到二十多公里之外的坦洲，与女孩相会半个月左右。这段跨境异地恋虽然辛苦，但持续的时间不短，他说大概是这辈子离结婚最近的一次。后来，不知什么原因，女孩提出分手，他猜是她移情别恋。我想可能不是。他说每次到海市、香山来，都不去哪里玩。女孩上班，他就待在两人租住的房间里玩电脑。我打趣道："你这副死样子哪个女孩子愿意跟你过一辈子？！"

在台湾的电子设备厂，如果他每天工作十三小时，并且每月只休息四天，那么，每个月能有折合人民币一万元左右的收入。在他这小半辈中，他干得较长的就是这份工作。当然，这样的劳动强度是叫人找不到生活的意义的。所以，短暂地，他还干过保安之类。两年前，在老家桃园，经朋友介绍，他认识了一个叫"阿杰"的男子，问他愿不愿意出去赚点快钱、大钱。他当然愿意。很快，阿杰帮他联系上了侯定民。他可以发挥特长——每天对着电脑；工资很可观，底薪一万元人民币；假如老板侯定民赚到了钱，统计业绩之后，还会有奖励。这些都只是口头约定，他还没领过薪水，更没见过奖金，就老板、员工都吃上牢饭了。

在马来西亚吉隆坡，作为窝点的别墅，是侯定民一早就租好的。电脑手所需的电脑、网线、电话，也是侯定民联系当地专门服务电信诈骗集团的系统商准备好的。他所要做的工作不复杂，接线、安装、调试。正式开诈后，他通过短信发送平台，在信息供应商提供的号码中点选目标和区域，然后按键将语音包向中国大陆境内发送。某一段时限内，语音包内容基本相同，就是谎称事主有邮件未领取，引诱事主按键回复，从而一线诈骗人员介入，对事主下套布局。在一二线工作时，他还得负责设备及线路的维护。一天结束之后，他通过电脑做一些业绩统计工作。他一般从早上开始群发诈骗短信，至下午三四点结束。有时候情况特殊，主管人员也会中途叫停。

彭没有文身，这是台籍男性嫌犯中的例外，他大概是真正没有劣迹前科的一个。他还是台籍男性嫌犯中少有的没有服兵役经历的，因为自幼患有哮喘。但是，他是诈骗集团中一个重要角色，没有他，诈骗公司不可能高效运转。

可是，不管是面对警方的讯问，还是与我闲聊式的对谈，他总是想把自己打扮成一个略微受到冤枉的角色："我只是个吃技术饭的宅男，挣一份固定的薪酬，而且，还没有领到一分钱……"

我打算结束采访，收拾笔记本、茶杯，给他最后一支烟。突然，他仰起头来，以可怜的神态说，希望我帮他一个大忙。

他最近疝气发作，疼痛难忍。说话时，他脸部的肌肉呈现出扭曲的样子，仿佛此刻又发作了。他还用两个手的拇指和食指环成圈，比出一个桃子或苹果状，向我说明肿块的大小。我面现为难之色，他又急切地站起身，要撩起衣襟给我看。但我低下头看笔记本，他只好又坐了下去。

"病的事，我真的不懂。你可以向监所医生反映。"

隔着玻璃墙，不远处，一个身穿白大褂的女子推着一辆小车，车上都是药品。她就是医生，正在冲着监仓门旁边的一个小窗口喊着里面的在押人员的名字，向病号派发药品。以前，监所医生由有医学学历的公安民警担任。为了进一步保障在押人员的权益，看守所管理方主动切割这一部分工作，转而聘请海市中西医结合医院的医生专司其职。医生是领取国家俸禄的公务或事业单位人员，在押人员就医用药，也都由国家承担。

"没用。他给我推拿过。当时缓解了一下，过一天肿块变得更大了。"

在押人员还能享受免费推拿？这是非常非常非常人道的医疗服务了。

“多静养吧。干活不重吧，可以向管教反映，把活停了。”

“活不重，每天个把小时，做花。”

“觉得累就反映。现在的管理很文明、人性，不会强制你。”

“闲着也是闲着，动一动还好。可是，躺着也疼啊……”

“在大马的三个月，疝气有没有发作过？”

“没有。”

“那么，会不会是心情引起的？是心理病？你看，你在大马每天忙着‘赚钱’，啥病都没有。一回祖国大陆，马上就犯病。”

他有点儿不好意思了。

他的疝气确实发作得“正当其时”。2016 年 3 月 25 日，他在马来被捕，其后一直辗转于马来的警局、看守所、移民局监狱。那里的生活条件，据他的同伙们说，差到不能再差：喝的是自来水，水有点发红；吃饭用塑料袋装着，米饭上面盖一条小小的煎鱼；地板从未清洗过，每一次走过，都会留下清晰的脚印，而脚掌上那种已成胶质的体液和灰土混合物用水都冲不掉……但是，直到 4 月 30 日回国，他既没有犯哮喘，也没有犯疝气。5 月 1 日，当他被投放进祖国大陆的海市看守所时，疝气立即就发作，转到中大五院重症病房一边羁押一边治疗，时间长达四个半月。治疗方式是保守治疗，服药、静养，加医生每天的推拿。但现在他想要的不止这些。

“我希望动手术，彻底解决这个问题。”

他三十五了，从小哮喘，在台湾每天工作十三个小时，每月只休息四天，这都没问题。现在沦为阶下囚，却得到了四个半月的免费医疗，甚至还想再来四个半月乃至半年或一年，以手术的方式，一劳永逸解决疝气病痛。疝气手术大吗？手术及住院需要多长时间多少钱？在台湾又需要多少？得，他这是因祸得福啊，对大陆人民犯罪，却还要享受大陆纳税人支撑的公费医疗，享受社会主义的优越性……

“手术与否，医生决定。这是个专业活，警察管不了。得由医生决定。”

“医生只给我开止疼药……”

"这个专业问题你自己和医生探讨吧！"

我说："大陆对你不错啊，你看，你住院四个半月，住院费、医疗费得多少？吃饭你得用多少？每天二十四小时还得有人守卫，行政成本又是多少？这可都是大陆纳税人的钱啊。老百姓要是知道我们这么优待你们这些诈骗犯，那估计得民怨沸腾啊——你知道网上有多少人建议枪毙你们？"

他低头不语，但很快又把头抬了起来。

"确实疼啊……"

四

李伟轮和彭衣国同岁，但健康得多。他绰号"啤酒"，因为一次能喝两箱啤酒。神情也较为爽朗，能被一个警察提出仓聊天，他是欢迎的。我也欢迎他，他显得懂事。这样的人，比一个宅的、只知道叫病叫疼、偷奸耍滑的人让人感觉愉快。同时，我稍稍提高了警惕，因为他很沉稳。

他也是一身的花绣：右臂上是丘比特，长着翅膀，张弓搭箭；左臂上是喷火的龙；左腿是泰国的象神——在印度，象头神是创生和破除障碍之神，在泰国是财神；左手腕上还有一条黑色的小龙。

为什么搞电信诈骗？交了女友，要结婚，对方要彩礼。哇，台湾居然也讲究这个！跟大陆农村一样嘛。

然后：在台湾，大家都认为电信诈骗是一个来钱快且能挣大钱的"好营生"。

他陷身囹圄，前因久远。

起诉书上他的文化程度是高中，但他说其实没有就读高中更未毕业，初中毕业后，他上了军校。与同学喝酒，对方出言不逊，他用啤酒瓶敲了对方的脑袋，被军校开除。那一年他十六岁。然后打零工，又上了个技术学校，算是补足了文凭。但这个学历还是太低，不可能给他带来较高的薪水，也不可能有更好的未来。他现在有点儿后悔，本来会跟我差不多——军、警，都是“终身俸”。

还可以往更深远处追究。他的父亲以打零工为业，也爱喝酒，并且经常酒后棍棒伺候家人。母亲做保姆谋生，早前做裁缝。她身体不佳，乳房生了个硬块，割掉了一个。又因为眼睛患病，裁缝也做不成，只能帮人看看小孩。还有一个姐姐，大他四岁，因为身体原因，成了家但没有生育。案发后，姐姐来过两次大陆，有一次是和母亲一起来的，帮他请了律师，还给他监中账户存了钱，供他零用。他提到母亲五十七岁，我算了一下，她大概十七八岁就生育了他姐。

谈论家庭时他的情绪没有明显的变化。

2010 年前后，他跟朋友第一次来大陆，去厦门玩。诈骗团伙中的台湾人，多是这时候认识的。他跟侯定民特别亲近一些。这时他二十八，侯定民十六。是不是这个时候就开始一起从事电信诈骗？他淡淡地说，就是一起玩。

玩需要钱。从被开除到 2016 年，都一直在和朋友玩吗？他说不是，他先是服兵役，退役后打各类散工，电焊工、送货员等，月收入能到六千元人民币。也曾犯过错误：因危险驾驶摩托车违法。至于 2016 年去马来西亚搞诈骗，是他一个人去的，落地签，没人介绍、组织、帮忙。我笑了一下。

根据起诉书，侯定民团伙于 2016 年 3 月 17 日正式开始实施犯罪活动，25 日被查获。其间的工作流程如下：每天八点开始诈骗，由李伟轮通过 Skype（一种聊天工具）和用户名叫“风生水起”的“车商”（洗钱组织）联系，对方将银行账户（即用于诈骗的“安全账号”）发来。李先判断收到的账户与前一天使用过的是否相同，如相同就继续使用，有新账户则要打印出来，将先前的撤下不再使用，以确保所使用的账户能够接收被害人转入的资金。诈骗的钱是否到账，也由李伟轮通过 Skype 向“车商”查询确认。而他的收入，是抽取整个团伙总收益的百分之七到八——用台湾的说法，“百分之”直接用中式英语发音，叫“趴”。七到八趴。

就这了。

他不是个一般角色。而且，起诉书中确认的，一定是得到了他的笔录供述，也就是说，他本来已经向讯问的警察讲过了。可是现在，当另一个警察拿着笔记本而不是笔录纸和他谈时，他却不想再说。

我推开玻璃门，以便我俩抽出的烟雾能尽快消散。墙角靠近天花板的抽气扇，像空调一样不给力。

今天是 2016 年 9 月 6 日，阳光慷慨，小小的谈话室内，非常闷热。也许，只是我心里感到闷热：李伟轮话少，问了才答，答得都言简意赅。当然，除了案子，有问必答，比如连母亲的病都对我说。我明显感觉到，关于这次马来的诈骗，他不会给我透露更多的隐秘 详情。我扭头去看外面，不远处的一个仓室门口，一个在押人员为另一个剪头发。电动剃头刀吱吱有声，鬓角处得修剪，绕着耳朵，很用心。看得出，“理发师”是个正牌的。我走出去，一旁的管教笑着对我说：“要开庭了，理个头。”而被剪发的也睁开眼，笑着说：“对，得理精神点，漂亮点。”更远处的草地上，另一个管教带着他仓里的人席地而坐，他们在谈心。虽然芒果树的阴影遮不住他们全体，但有风，不热，甚至叫人感到惬意。我想，要不要换个环境，把李伟轮也叫出来，我们坐在草地上聊聊。但似乎没有必要，我也不想多事。

我翻看起诉书，又翻看笔记本，想着是结束谈话呢，还是再找个话头。这时，我发现他盯着我的烟，只是在我挑起眼的一瞬间，他又若无其事地把头轻轻转到另一边。

我恭维他，说他稳重，能干大事；也批评他，说他城府很深。他不好意思地笑了，然后，说了实话：他的案子，担心并估计会判很重。他感到悲观、灰心。我说判刑是法院的事，我们——包括警察——都只能猜测。我拿出打印下来的最新诈骗罪量刑标准，但他没兴趣看。也许律师早已告知他了。

这时，他似乎有点委屈，有点不满，说像这样的电信诈骗案，在台湾，只有金主、负责人及一些干部必须收监，像他这样的喽啰，都可以取保候审。大陆这边倒好，连煮饭的阿姨都一起关，都关一年多了。

我说大陆也有取保候审制度，但像他们的案子，不太适合用。我想给他背一下取保的条件，但想他未必感兴趣。

“在台湾取保了能老老实实等到开庭吗？”

当然不是。他笑了，说有些诈骗犯被取保，还趁“禁止出境令”下达之前，赶紧潜逃到海外，继续诈骗，只求多赚些钱。然后再回来面对官司，一般情况下可用罚金来抵刑期。所以，加紧再赚一笔钱很重要。

也就是说，只要骗得更多，多过罚金，就是只赚不赔的好生意。

“你们前一批的诈骗犯，遣送回台湾，当天就放了，还去卡拉OK潇洒。我们生气了……”

他说是的。即便是他们这一批诈骗犯，在马来西亚移民局时，台湾驻大马办事处和台湾警方也立即介入了。他们给李伟轮这些台籍诈骗犯每一个人都做了笔录，明确告知台湾正在“积极和大陆抢人”。他们要求李伟轮们必须认罪。认罪他们就有理由和大陆交涉—— 他们向台湾警方认罪了，我们将根据台湾法律来处罚。

这对我来说可是个劲爆的料！我啊，还是不够沉稳，立即就表现出震惊和狂喜的神态。我的狂喜大概感染到了他，他神情放松了——高兴地和我天南地北一通闲扯。

黑社会，是一个合适的话题。他先否认自己是黑社会，然后谈了点儿黑社会——都是大路货的知识。我问他老百姓怕黑社会吗？他说为什么要怕，与普通人井水不犯河水嘛。我说这怎么可能，不侵害正常人的利益，怎么谋生，难道靠政府拨款？他说黑社会从事的生意都是偏门，正当生意人不做的生意，比如黄、赌、毒之类……

看来他不认为黄、赌、毒是对社会乃至正常人的伤害，反而是一个正常社会必需的阴暗供求。

我一鳞半爪地关注过台湾新闻，顺嘴说了几句。他说选举当选的议员中，就有人是搞这些营生的黑社会。黑社会也有高端、低端之分。低端的，还在积累阶段，搞黄赌毒之类；高端的，早就华丽转身，经营庞大而正当的商业帝国。现在积极投身政界的，也以黑二代为主。有太多劣迹的黑一代大家还是不怎么认可。

黑社会是人世间的毒瘤。人民百姓，只有在更强有力的组织即政权，不能或不愿意弹压黑社会时，才会无奈地屈服于他们的淫威。

我说，大陆人不会认同黑社会，不管他一代二代。大陆公安部门一直对涉黑也就是萌芽状态的黑社会保持高压打击态势。

黑社会问题，虽然各聊各的，但还算热络，因此我不死心，想再往诈骗上聊。我说，有没有他认识的朋友靠诈骗赚到大钱的。他爽快地回答说有，但强调是朋友的朋友，有赚到几个亿的。我都懒得问单位是人民币还是台币。赚得最多的，有十几个亿，但是，这类人一般都有不良习气，比如好赌，一般都很快败落。

“你没赚这么多吧？”

“哪里！”

他笑了，又认真地提醒我看起诉书，上面几乎没有他个人成功实施诈骗的指控。但是，他的神态又很快阴暗下来。

他担心判得重。

我没法安慰他。他是重要的组织管理者，跑不掉。

“起诉书认定我们诈骗的才十五万元。可是，我们每天发送的语音包（诈骗信息）可都是十几万二十万条啊……”

《最高人民法院、最高人民检察院、公安部关于办理电信网络诈骗等刑事案件适用法律若干问题的意见》提到：发送诈骗信息五千条以上的，或者拨打诈骗电话五百人次以上的……认定为刑法中的“有其他特别严重情节”。我个人赞赏这一最新司法解释，否则无法遏制电信诈骗狂潮。

我开玩笑说，不会冤枉他的。只认定十五万，谁知道他这么多年诈了又花了多少个十五万。

他呵呵。又说，反正没来大陆搞过诈骗。这边查得严，出手又狠（处罚重）……

没来大陆骗，骗的难道不是大陆人？！我问他来过大陆几次，都干什么。

很多次。他经常到厦门玩。因为“小三通”，台、厦联系较紧密。他“积攒”了一些钱，曾和朋友合资在厦门经营餐饮小店，但是赔了。认识了一些朋友，还曾较长期地和一个在夜总会工作的女子以男女朋友相称并同居，为她的生存提供男人力所能及的某种保护。李伟轮，一个无业、生意失败且无固定经济来源的台湾男子，论相貌，只能算极为普通，谈情说爱，大概也不属于能说会道甜言蜜语的唐璜。他只能以自己满身的刺青，以好勇斗狠的习气作交易资本。只是，在监仓里，他的好勇斗狠一点也感觉不到。

五

我得接触一下付人豪。作为侯定民团伙中的又一个上层管理者，我希望能挖出有助于揭秘诈骗犯罪的有价值的信息。

付人豪将满四十岁。正当壮年、阅人无数、能干诈骗，这智商没准轻描淡写就打发我了。

他是台北县人，李伟轮是高雄人，侯定民是新竹人，彭衣国是桃园中坜区人，徐为车是桃园龙潭乡人，还有一台籍谢宗左是南投县人——这个团伙的上层建筑，倒不是因为狭隘的乡党之情而结伙。在岛上，从南到北，大致每个地方出一个人，刚好勾勒出一幅台湾电信诈骗地理图。

起诉书指控：2016 年 3 月 20 日 16 时许，被害人郑文在家中接到侯定民诈骗团伙的电话，一线人员郑佳惠冒充银行工作人员，谎称郑文借款三万元未还，从而涉及犯罪；二线人员赖永明、郭相跃冒充公安民警，付人豪冒充检察官卢文斌，恫吓郑文参与洗钱，将伪造的资产冻结管制令传真给郑，要求郑将钱转到指定账户。21 日，被害人通过 ATM 机向该诈骗团伙提供的所谓安全账户转账三次共两万一千零一十八元。

付人豪坦承被起诉，但坚决反对称他为团伙管理者，“不能因为我是台湾人就认定我是干部嘛”。不等我反驳，又立即声明：“起诉书说得对，我就干了这一单啊。按照最新的诈骗罪量刑标准，诈骗所得两万的，起刑标准为三年以下有期徒刑。三年我认啊。但是……”按照侯定民与管理层所定的“工作合同”，付人豪能从这笔赃款中抽成百分之七到八，即一千六百元左右。他又对我强调：“这钱我也没拿到啊。”

“诈骗之时，每个人都嫌自己的‘业绩’太少；量刑定罪之时，都怕自己挣得太多。”

听我说完，他嘿嘿乐了。

“你绝对是一个资深诈骗人士。”

“为什么？”

他淡淡地问道。

“还有两个月，你就满四十了。说你中年失节、误入歧途，谁信啊！你的诈骗史估计有十年。绝对的老江湖！”

他看着我，抿嘴、翻眼、扭头，然后一笑。

“可是，你们没证据啊！”

还把双手微微一摊。

我算是蒙对了。1997 年，他二十岁，服兵役两年，陆军，驻金门。津贴折合人民币一千二至一千五，在台湾肯定不怎么够用。退役后，各种打工赚钱。他一笔带过，然后就到了十年后，2011 年左右，他开始跟着一个老板做诈骗。从一线做起，五六年来，已能自如地应对三线工作。这一次，2016 年 3 月 18 日，他进到侯定民的诈骗窝点，21 日开张，直到 25 日被抓，他就只做成这一单。当时叫不走运，现在得说庆幸。当然，一切漏网之鱼，都只能是侥幸一时。

他不是与侯定民一起去马来的，也不是从台湾出发，向窝点汇聚。他就在马来。3 月的一天，有一个台湾的叫“阿伟”的朋友打电话给他，说一个朋友侯定民准备在马来开“公司”，问他愿不愿意加入。他正无所事事，就答应了。阿伟和他简单地谈了条件，说好了做三线，拿诈骗所得的七趴抽成。然后他联系了侯，侯叫了一辆出租车接他，车开了一个小时左右，到达侯租的别墅。

他长期在马来。2011 年左右，就在马来西亚跟着一个台湾老板搞诈骗。因为都是往事，已如烟消散；因为大陆警察“没有证据”，不能拿他怎么样，他讲述时心情愉快。

“老板总在幕后——当然了，能叫警察抓到的，总是我这种小角色——所以不知其姓名，见过几面，四五十岁年纪。高矮胖瘦你也别问了，靠这个能定罪？他同时在马来开三家诈骗公司，各有一套人马，从一二三线直到管理干部，各干各的，各赚各的。当然，有时候两家公司就在两栋相邻的别墅，互相走动是有的。而且，为了工作的需要，也会人员调动，也互相交流经验、互换人员培训。就以我参与的那家公司来说，每个月能诈到四五百万，嗯，人民币。老实说我自己也赚到一些，具体多少就别问了，再问我就只能说不清楚。呵呵。当然肯定跟老板没得比。反正，钱来得容易，也来得叫人心里发虚。所以，大概一两年之后，我就收手了。2012 年至 2015 年吧，我就到厦门，打算将挣来的钱洗白，跟一个台湾人合伙经营小食店。刚开始有盈利，当地人对台湾小吃还是感到新鲜嘛，再加上还有一些认识的朋友帮衬。但慢慢地，生意就不行了。”

“怎么就不行了？”

“唉，做生意嘛，肯定有行也有不行……”

“你是快钱挣多了挣习惯了，挣慢钱不适应。”

“呵呵。”

他还有四五万块的积蓄，于是收拾铺盖卷再到马来西亚。没有立即再次投身诈骗行业，他结识了一个马来华人女子。女子三十岁，帮其姐姐经营管理一个酒吧。他们同居，酒吧他也帮忙照看一下。但这不是长久之计，所以，在以前的诈骗朋友阿伟一个电话打来时，他就出山了。

他跟这个女人是有感情的，都过三十岁了，想安定下来。他想，赚点钱是应该的和必须的。25 日当天被抓后，他们被送到一家派出所或是警署，当时手机还在身上，他告诉了她一切。女朋友当即表示要用钱将他保释出来。紧接着，他的手机就被警方暂扣，后边的情节他就不知道了。

“台湾警方想要‘抢人’，有这事吗？”

有。被送到移民局后，当地台办工作人员曾来探视，叮嘱所有台籍嫌犯先配合警方的调查，也就是承认犯罪。

“他们明确告诉我们在和大陆抢人，还叫我们耐心等待。”

“对‘抢人’抱有希望？”

“当然了。以前都是这么操作的嘛——4 月 30 日，出移民局到机场去，台籍与陆籍分乘不同的大巴。我们想，肯定‘抢人’成功，各回各家。但是，在机场只看见南航的飞机，没见到华航，觉得有点不妥，但还没丧失希望。想着大陆可能争个面子，把所有人先带回大陆，最终再从大陆遣返回台。飞到广州后，海市的警察到停机坪接机带人，然后坐大巴回海市，当晚连夜讯问。还想着这次情况有点不同，看来要在大陆接受审查，配合你们把案子办完，也可能还得接受大陆的审判。但，最终还是在宣判之后再遣返我们，最多就是以后来不了大陆。直到在看守所待了两三个月后，才彻底把心死了。感觉你们这次是来真的了。”

付人豪们的信心是有道理的，台湾警方的“抢人”也是有成效的——2016 年 3 月 25 日，中国大陆警方会同马来西亚警方，在吉隆坡、槟城、柔佛、雪兰莪等处，一举查获五个诈骗团伙，抓获嫌疑人一百一十九名。其中台湾籍五十二人，大陆籍六十五人，马来西亚籍二人。五十二名台籍中有二十名被台湾警方抢到了手。4 月 15 日晚间，这二十名台湾嫌犯遭驱逐出境，乘机返回台北。16 日凌晨 2 时左右，台湾警方称，因犯罪事证不完整且无拘票，二十名嫌犯在台湾机场被当场释放。我们在电视新闻里看到了这一幕：获释的嫌犯在入境大厅集结，大多戴口罩，有人拿纸遮脸。他们数度阻挠媒体拍摄，甚至出言恐吓。从后续的报道中，我们还知道这些嫌犯啸聚在台北一家卡拉 OK 厅里歌舞饮宴。不知是庆幸劫后余生，还是在向法律及受害者示威叫板……于是，大陆也来真的了，4 月 30 日，包括付人豪、侯定民、彭衣国在内的三十二名台籍嫌犯，与大陆籍嫌犯一起，被包机押回广州白云机场。现在，他们都待在海市看守所内。

“很想回台湾？”

“嘿嘿，还用说。”

中国新闻网报道：2011 年以来，陆台两岸警方联手，先后组织多次两岸同步抓捕电信诈骗分子的行动。然而，由于台湾“法律”对电信诈骗犯罪量刑较轻，证据认定标准与大陆存在较大差异，导致很多犯罪嫌疑人或无法定罪，或重罪轻判，判处刑罚的不到百分之十。

“像你这样的，回台湾会被立即放掉？”

“我这样的算什么呀！总案值只有十五万元嘛。就算都能认定，也很快会被取保候审，反正不用坐牢嘛。几个月后到庭参加审判，又能判多重？也就负责人、干部判几个月，很快就重获自由。”

自由了，就又可以重操旧业。循环往复，直到干到一票大的，或发财致富，或可供挥霍许久，才选择退出，洗白自己；洗白失败，那就再操旧业。

“对被骗的人，心里怎么想的？”

“能上当受骗的人，都有点儿……不是无缘无故吧。我们这一行有两句话：‘你不骗他，其他人也会骗他；他不给你骗，也得给其他人骗。’不是没有一点道理吧。”

不管别人信不信，反正“他们这一行”都信。

“就没有一点罪恶感？”

“开始有一点儿。后来，就没有了。”

“还记得第一次诈骗成功的事吗？”

“记得。一个女的，我提成了五万多块。用的就是现在的剧本，说她涉嫌犯罪，我冒充检察官，叫她把钱转到安全账户。很简单就成功了。”

“有什么感想？”

“感想？感觉女人比男人心理素质差，很容易轻信。在哪方面都这样吧。”

“对她，有没有负罪感？”

“这事很多年了，就记得个大概。当时心里怎么想的，我不记得了。具体情节真不记得了。”

“‘资深人士’，我没说错吧。”

“小角色——根本不值一提。”

大角色呢？那些漏网的吞舟大鱼呢？

“台湾，大概有十万人在搞诈骗。呵呵，我也是看新闻的。”

是的。大陆的新闻也是这样说的——引用的是台湾媒体的报道统计。

十万台湾诈骗犯每年挣二百亿，挣来的钱怎么花？第一是要将黑钱洗白，可是，一个满身劣迹的人，一个以非法手段赚到钱的人，一个心藏罪恶的人，真能在其后的生活中把自己洗白吗？能问心无愧吗？十万个这样的人呢？简直没法想，拥有十万个诈骗犯的宝岛会是什么样子。

对台湾的黑社会，付人豪有宽容的见解。他说台湾很多人有黑社会背景。“很多人，这就是民意嘛。”从法不责众的角度来看，他们已经具有一定的司法豁免权。比如有的“立法委员”，大家都知道他以前就是黑社会老大，但有什么问题呢？他是混过黑社会，但是到了一定年纪，混到一定的资本，他就金盆洗手，接着华丽转身，进入正当行业。以前的钱完全洗白，以前从事的产业，经过腾笼换鸟，也完全洗白，他成了如假包换的成功的正经生意人。然后就投身政界，成为民意的代表，并代表民众发出呼声。这又有什么不对呢？

什么意思？他这一段话想说什么呢？想了想，大约可以总结如下：成功不问出身。哪怕你是黑道人物，大家也并不关心你的财产是如何积累的。只要你有钱，便进了这个社会公认的成功者俱乐部。在俱乐部中还出类拔萃，你就可以成为社会的代表。于是乎，对付人豪他们这些诈骗犯来说，这些黑道人物便成了应该效仿的榜样—— 赚到钱是一切的根本，哪怕是诈骗来的赃款。然后，洗白、转身、做正经生意、投身政界……从此踏上辉煌的阳关道。这大概就是十万个诈骗犯的强大的人生驱动力。

但是，他还没有成功，便折戟沉沙。

“你家里人呢，愿意谈谈吗？”

公安询问、讯问中，有一项重要的内容，便是要求供述个人家庭情况。此一问的制度设计初衷，植根于新中国早期的政治管理和社会管控的现实需要。现在依然延续着，可能出于行政惯性，也可能仍然具有现实意义。在有些人看来，颇有点探人隐私的味道，但我以为不能一概否定。家庭是社会的重要细胞，公安机关的使命是打击犯罪，但更重要的是预防犯罪。而要预防，探究犯罪形成的家庭原因或社会学成因便必不可少。

他的母亲六十七岁，是一个退休教师，有退休金，因此日子过得去。至于父亲，他似乎不愿多谈，说他没有每月进账的退休金，当年离职时资方一次性付清了，“这么多年大概也被他败光了吧”，好在还有健保（医保）。他还有两个姐姐，成家都很晚，现在的情况不大清楚。

为什么姐姐成家晚？而他，更是年近四十而未婚。

“因为姐姐眼界高！”

说这话时，他将眼皮迅猛地往上一提。

我搜索着新话题。当然，得围绕着诈骗。

他知道的真不少。毕竟，四十岁了，不像侯定民那些年轻人，阅历还是有的。

“电信诈骗就是我们台湾发明的。具体什么时间，我说不准。以前，台湾电信业发展快，就催生了这一门新的诈骗敛财方式。台湾人骗台湾人，最后就是台湾人不够骗了，而大陆的电信业也开始起步，两岸的交流多起来了，那么就开始骗大陆人。很容易，就是照方抓药嘛，剧本稍微改一下就行，比如把‘中华电讯’换成‘中国电信’，把‘台湾警察’换成‘公安局’‘检察院’。十几年来，没有什么大的变化。”

“你觉得诈骗为什么能屡屡得手？深层次的原因是什么？”

“普通人对司法的恐惧——我们就利用这一点。”

“普通人对司法其实也有信任，你们利用的是这一点吧。”

“这个……”

他显然没有从这个角度思考过，愣了一下，很快又轻轻地摇了摇头，好像是想把这个问题赶走。他没兴趣去思考。

恐惧、信任……有一点可以肯定：肆虐多年的电信诈骗严重透支大陆法律体系在人民群众中固有的公信力。

“假如没被抓，你想过什么时候收手？”

他愣了一下，应该没想过这个问题。

“以后有什么打算？”

“谁知道什么时候才出去……做点小生意吧，能月入两万左右，我是说人民币，就可以了。”

“月入两万的工作在台湾好找吗？”

“那得干到高级管理层才成。我的学历肯定不够，所以我说要做点小生意。”

被带回大陆，关进海市看守所，对他这样的老江湖是一个致命的打击。最后，大约是为了安慰我，他总结或是忏悔道：

“常走夜路，注定撞鬼——违法犯罪的事肯定是不能干了。”

六

几天前，台风“天鸽”正面袭击海市，据说是一百年来风力——十四级——最大的台风。虽然有着标志性的象征和平的名字，但却给这个城市带来了前所未有的灾难。我自己也两度惊魂，一次差点被风吹进地下车库的匝道，一次差点被飞落的大玻璃拍中脑袋。海市是一个只有三十多年历史的新城市，先于城市而存在于街头的大树、古树，是城市历史和市民记忆的重要组成部分。而今，大多倾颓，露出了根部，或者枝残叶断，成为秃树。台风走后，太阳一晒，没了绿色的妆饰，这个年轻的城市进一步年轻到一无所有，让人心里空荡荡的。看守所周边是一些起码长了二十三年的大树——当年第一次来就对它们有印象——如今也是一派狼藉。环卫工只是截断拉走横在路中央的大树主干，而细枝树叶还没有时间清理。其他地方大概也都这般模样吧。全市范围内，消防、武警、公安，从机关到基层，都抽调了大批警力，上路上街，参加灾后工作，几天来就没间断过。

我照常工作——去见侯定民团伙中最后一个台籍嫌犯谢宗左。九零后，小角色，但是是一个有故事的人。

我对谢宗左抱有希望，我拟定了计划：先从台风谈起，缓缓进入正题。

但谢宗左不是个易与之辈。

我去第一看守所，操作流程总是如下：办好入所门禁卡，就去找所里的内勤。她在电脑上查询我要谈话的人的仓号，然后带我过一道道关卡，进入监区内部，把我介绍给该人的管教。管教会为我找一间空着的全透明谈话室，再从仓里提人出来。在押人员有一套行为规范，当仓门打开，管教喊他名字时，他必须立即应声、出列，快步走出仓门，并且蹲下来，举起右拳至腮部，向管教说“报告”。管教会指一下我，说有领导（这是工作中的玩笑）找你谈话。我则站在谈话室门口，向他点头。他就小碎步走过来，再次蹲下、举拳、报告。我会示意他省掉对我的繁文缛节，“进来吧”。他就脱下拖鞋，赤脚走进谈话室，在靠墙角的小铁凳子上坐下。我会问“抽烟吗”，谈话就开始了。

谢宗左向管教行礼如仪，但到我这里就简化操作：没有再次蹲下、举拳、报告，也没有脱鞋，看都不看我一眼，直接登堂入室坐下。我回头看，管教正在背身和另一个在押人员谈话，但这不是全部理由。我来到看守所提询台籍诈骗犯，已经一个礼拜，他应该已知道了。对我这样一个“调研诈骗”的闲事闲职人员——既不是管教，有直接训诫之权；又不是经办民警，可以决定其定罪量刑——他的轻视完全正当。

我想让谈话具有一点讯问的意味——不问他抽烟吗，不和颜悦色与其寒暄，不自报家门我是搞调研的，我低头翻阅起诉书。

“谢宗左，你祖籍哪里？”

“不知道。”

“怎么不知道？”

“我父母都是台湾人。”

谢宗左不高，单眼皮，面容冷峻、白皙，刮过的脸上留下了连鬓须的青黑色痕迹。我特意看了一下他的文化程度：高中。他不会不理解“祖籍”的意义，但，现在的年轻人确实不大在意甚或不知道。我一时语塞，不知道该调侃他“数典忘祖”呢，还是不啰唆切入诈骗正题。但我突然想，他也许是台湾高山族同胞，也许有血缘，那么，祖籍有可能真不可考或不知道。我看起诉书，文化程度前面，是其民族：汉族。

“是汉族吗？”

“我们台湾不讲这个……”

哇塞，原来在强调“台湾”！

我还注意到，他悄悄地把腿架了起来，只可惜坐在小矮凳上，这二郎腿没一点威仪。他还把背往墙上靠，这个我倒想提醒他。我有点强迫症，置身其间的这间全透明玻璃小屋，总觉得稍稍用力推撞，就会碎成一地玻璃碴。但我没有制止他，出声地读他简历中的户籍地址。

“南投县？在什么地方？”

他说南投在台湾中部。问我知道日月潭吗？我露出被小瞧的不悦神态，说当然。他又说，日月潭之外，南投还有一个游览胜地，叫清境农场。知道吗？我说我只知道日月潭，大陆每一个人都知道，小学课本里就有介绍——祖国宝岛台湾的日月潭。

我的表情没什么异样，怎么说他都只是个生于1990年的青头仔（我敢肯定他比侯定民差点火候），而我是他父亲辈的中年人，不能叫他带动气场。我再次点上了一根烟，还不经意地说了句“抽烟吗”，顺手把烟盒推送到桌子前方靠近他头的部位，又拈起打火机，放在烟盒旁边。

他犹豫着，但我伸出手掌，作出请用的手势。他一把抓起烟盒，一下就抖出来一支烟。点上烟，他似乎愿意跟我谈点什么了。话题还是围绕着南投。

“我们南投出了好几个有名的政治人物，吴敦义，肯定知道吧—— 还有两个‘立委’呢……我和他们许多人认识，也跟县长吃过饭……”

我不露笑意，微微点了个头。吴敦义的消息他应该是从大陆的报纸上看到的——每天早晨，都会有一个辅助管理人员拿着《海市日报》和《海市晚报》挨监仓派发。当然，报纸是交到管教手里的。我坐在谈话室时，每次他都会敲门，然后从门缝中给我塞进来。报纸里往往还夹着信件，监仓在押人员可以与外界通信。我觉得可以放松地聊点什么了。

“你们南投……不算是‘绿营’吧。”

他满脸不屑。

“‘台独’啊？嘿，很狭隘，真的是井底之蛙！对大陆全凭想象，满嘴胡说！”

既然如此，那我就说了茶叶蛋的故事。这是我自认为台湾最好笑的故事之一——他居然没听过——台湾教授高志斌，在 2011 年的一档综艺节目中称，普通大陆老百姓连茶叶蛋都吃不起。他还说台湾人在深圳火车站吃泡面，引起大陆民众围观。

他笑得眼睛都挤到一起了。

谈到了吃，自然可以上升到生活。我问他以前干过什么较正式的工作，他说没有。我又问在大陆干过什么工作，仍答没有，但略显惭愧。我知道他在大陆交了个女友匡妮，柳州乡下的女孩，和他一起诈骗，一起被捕，现在关在香山市看守所，起诉书中都有。我略有不满，表情也有点严肃起来。他马上补充说年轻人都贪玩。

“玩，那也得有资本。”

他说自己服过四年兵役，十九岁至二十三岁，是志愿兵，所以，退伍时一次性有几十万的退役金，“够我玩了吧？”他面露不快之色。

几十万，应该是台币，但听着也有点吓人。付人豪的津贴只有一千五，服役地还在金门。可是，付是义务兵，谢宗左后两年是志愿兵；付年长十三岁，也许近年来台湾军制改革，薪酬大幅提升……我感觉他不大会跟我什么事都实话实说，因此也不想说什么，任由他说。我取烟，插进海柳烟嘴里，再点上。他大概觉察到我的不信任，又补充道：

“我服役在金门，那里最苦最偏，每个月的薪水都有几万块呢。也没处花钱，除了少量孝敬父母，其余的都存着呢。”

那么，他的资本应该够他退役后在台湾玩，然后再到大陆玩，带着柳州的女朋友一起玩。我点了点头，但还是揪住生活的话题不放。

“总得干点正当营生吧——听说你和匡妮还准备结婚呢。”

他说曾想在桂林开个台湾小吃店，跟匡妮一起打理。

小吃店，几乎所有的台籍嫌犯都提到过台湾小吃店。他们没有学历，也没有技术，只有少量的资本（且不论是退役金还是诈骗所得），貌似只能从事稍带异域情调的台湾小吃店。但是，还是资金的问题——既然已经有了几十万退役金，既然两人都已到谈婚论嫁的阶段，既然已有了创业目标，为什么还要带着女孩去马来西亚加入诈骗团伙？难道是想再来一笔快钱？我觉得终于有机会切入正题了。可是，这话题居然引得他切入了自己的“正题”。

“我的钱都被你们骗了！”

他的情绪突然坏起来。

所谓“你们”，是指海市的警察；所谓“骗”，是民警在办案过程中，在谢宗左和匡妮同意之后，通过司法程序，把他们的积蓄扣押、提取，让他们积极退赃。

“不可能。”

他说自己不想退赃，但是，办案民警，不同的人，先后三次向他提出，希望他能积极退赃。他和匡妮是在桂林被抓的，且当时刚好身上携带着银行卡，卡内还有现金。不像其他从马来遣返的人员，行李物品都在那里“没了”。他没有说得非常明白，但从他强调“不同民警”“三次提出”等字眼，也许他感觉到了某种压力。所谓“骗”，大约是民警描述了退赃的好处，但现在他没感受到；或者，好处太少，价值不高，对不住他和匡妮银行卡里的钱。

“你退了多少涉案赃款？”

“我自己卡里有两万块，都退光了。我女朋友匡妮卡里被退了多少，我还不知道！”

侯定民、谢宗左、匡妮团伙共计三十二人。台籍六人，广东籍五人，福建籍四人，其余十七人均为广西籍。据起诉书认定，广西籍参与的诈骗涉案金额为十五万元，其中谢宗左直接诈骗所得为两万九千一百一十元。他退赃两万是必须的，至于匡妮，先不论退赃金额是多少，作为同案人，或者代替同籍退赃，也有法律依据。我忽然想到他的“几十万退役金”。退役以来，没有正经工作，忽而台湾，忽而柳州桂林，忽而马来西亚，最后还想带着女友潜逃回台湾，一路都得用钱，但他的卡里只有两万！哦，匡妮的卡里还有，匡妮退赃，也是他的损失，她是他的女朋友嘛……他愤恨不已并非没有理由。

我代同事解释了一下。根据中国法律，犯罪行为人积极取得被害人谅解，积极赔付，最终会体现在量刑上。也许，你们因为这些退赃能少坐不少时间的牢呢。这事你现在想不通，但最终会有非常良好的客观效果。

“有什么？！不就是坐三五年牢吗？！”

这种人可真少见，宁愿坐牢，没有自由，也不愿意破财消灾。这是得有多爱钱或是多缺钱啊。

他有量刑从轻的情节：2016 年 2 月 21 日，侯定民、徐为车、罗锦红、谢宗左四人从广州白云机场出境抵达吉隆坡，开始诈骗集团的先期筹备工作。3 月 7 日，匡妮等人随后赶往马来。但是，谢宗左与侯定民、徐为车产生了矛盾，3 月 19 日成功诈骗一起完成“任务”之后，他携女友匡妮离开窝点。这算是主动中止犯罪，再加上积极退赃，因此，他和匡妮有可能判刑较轻（相较其他人而言）。那么，在看守所里待了一年多的谢宗左，不会像其他同伙那样惶惶不可终日，而是，我猜测的啊，他已经开始谋划宣判之后出狱的未来生活，而钱，正是外面的世界不可或缺的。

办案民警主持赔付，这有制度支持，具体到他和匡妮，前因后果如何，也许别有实情，也许根本不是他——一个骗子—— 所说。我说我会向相关人员询问此事。不过，我也提出了自己的质疑。

“笔录中是怎么写的？一般赔付会由你本人主动提出，而民警会记录下来。”

“我哪里知道啊……”

“怎么会不知道？！笔录是需要你看过的，你确认无误后还要签名、捺手印。”

“我看不懂简体字——我们台湾从小学的都是繁体……”

“呵呵。”

“我是看不懂啊。”

我想说“这话谁信啊？骗子嘛，在一般老百姓眼里，那是比猴还精的。谁能骗你们”，但觉得不妥。于是换了套一本正经的说辞。

“这我知道。学简体的看繁体大概有一点障碍，学繁体的看简体很容易。这都不关键，看不懂，可以要求办案民警读给你听。讯问中有格式化的这一问，就是针对文盲人群而设的。并且要求被讯问人写下这么一句‘以上笔录读给我听过，与我说的相符’。”

“我哪里懂啊。”

他有点不耐烦。这就不是不懂了，而是不想懂。看得出，不管当时是怎么同意赔付被害人的，现在他后悔了。

“庭审时向法官提出来！没任何问题，庭审时你有自我陈述环节，啥话都能说。你的律师怎么说？向他反映了吧。”

他没有请律师，海市司法局为其提供了法律援助。这倒令我有点惊讶，一个与南投上层建筑过从甚密的人，居然都没请个律师。

我们还不至于谈崩——他很享受我一根一根的香烟，大概很久没抽过了——但这个话题没必要进行下去了。我得切入正题：在看了起诉书之后，我对侯定民团伙的人员构成形成了一个轮廓性的印象（当然有点先入为主）——谢宗左，是一个很关键的人物。他是台籍，与老板、管理人员有乡谊；他的女朋友是广西人，而这个团伙中过半是广西人。台、闽、粤、桂四地人会聚一起，没有一个枢纽是很难达成的。

“聊点别的吧——‘桂系人马’，你女朋友刚好也是桂系。”

“什么意思？”

我对他们这个团伙的纠合过程与路径很感兴趣。

“广西的人都是于素敏招募的！”

于素敏，一个刚过四十岁的山村农妇。去年六月，我看过侦办单位的一份工作简报，就是关于她的。文中说：她负责招募了广西籍嫌犯，她掌握着该团伙的一些核心秘密。但自从到案之后，一个半月以来，虽经多次审讯，她不但不如实供述自己的犯罪事实，也不对其他犯罪嫌疑人进行指认。民警对她的印象是：虽是女性且只有小学文化，但是智商特别高，抗拒心理、反审讯能力特别强。

谢宗左说得不错。但是，在警方的简报中，紧接着“广西籍犯罪成员由于素敏负责招募”的，是“她与台湾籍犯罪嫌疑人谢宗左单线联系”。我还不想把这一句抛出去，按照南投青年现在的态度，他要是一口否认谈话就难以为继了。

“你跟她熟吗？”

“熟什么？！认识。”

“在广西认识的？你女朋友介绍认识的？”

“什么？！在印尼认识的！”

什么？！不是马来吗，怎么又冒出个印尼？！马来西亚和印度尼西亚，同为“西亚”，且有高度的相似性，但是两个国家，搞混不容易。

确实是在印度尼西亚认识的，还是在2015年。

怎么认识的？因为一起搞诈骗！

起诉书未涉及于素敏、谢宗左等人于2015年的诈骗犯罪事实，简报中也未提及。他们面对侦办民警，也根本不可能主动供述。他们连2016年3月被现场抓获、证据相当确凿的犯罪还百般抵赖呢。

我太想知道更多的细节了：2015年是谁组织的团伙，诈骗成果如何，有什么有意思的事发生……

可是，谢宗左突然发现自己说多了，然后他就什么也不说了。

谢宗左2015年就参与诈骗，似乎可以推论，在之前还参加过，而且，就像2015年那次一样，他和他们很幸运，没有被警察抓获。

这也就能解释自退役以来，他从来没有从事过任何正当一点的职业，却能玩四五年。有理由怀疑他也是一个诈骗犯罪的老江湖。

“这有什么不好意思说的？你不说，难道于素敏就不会说吗？”

接下来我就打算和于素敏交谈，但她是否会竹筒倒豆子，我一点把握也没有。侦办民警的印象、感受，我记忆深刻。而且，现在回头来看工作简报，才知道于素敏供述的，也只是警方已经证据充分，从而不能不供述的。这个女人，水深着呢。

“有什么不好意思的——都是她招募的。她为了赚钱，什么人都招！”

侯定民，也包括其他诈骗团伙，都有行规：“带人”入伙，额外给这些人总业绩百分之一或二的提成。这不是一笔小数。

“是怎么招的？”

“我哪知道？！”

“匡妮没对你说过？”

“没有！”

“匡妮也是她招的？”

“我不知道。”

这就不实事求是了。据徐为车说，谢宗左以广西籍成员的招募者自居，并以此为资本，想跟他争一线管理员的角色，但是侯定民看不上他的能力，他才带着女友负气而走。但现在，承认是招募者既不划算也不明智：量刑会加重。

我想起了工作简报中的“单线联系”，隐约地点了一下他。他沉吟了一会，终于修正了供述：

“广西人都是于素敏招募的。我是先到马来的，她们后来。来之前她给我打过一个电话，说她叫了一些人，问我们要不要。我又不是老板，答应替她问问。刚好那时候我跟侯定民在酒店里住隔壁，就过去问。侯同意，我就代替侯说‘欢迎’。仅此而已。至于谈什么提成，我不知道。她也是老手了，又不是没干过，还用得着我招募？”

3 月 10 日前后，于素敏和桂系人马到达马来吉隆坡窝点，但闽系、粤系还陆续在来，也就是说集团还没正式开工呢，谢宗左就闹分裂，并最终于 18 日开工的次日，与女朋友匡妮决然跳槽。这里没有隐情？

“说我和徐为车争领导权，分成谈不拢，才要分道扬镳，哪有这种事？！”

“那么，为什么离开呢？”

“这个公司不行……我预感到不安全。就是这么回事，就是这么奇怪，我的预感一向很准。”

谢宗左闹分裂，起诉书语焉不详，谢宗左闪烁其词。犯罪集团“不安全”，那是一定的；参与人有预感，也极为可能。但就事而论，谢宗左王顾左右，且藏且掖，令我越发好奇。这个问题我曾问过侯定民，但他甚为平静，只是淡然说“他想走就给他走喽”。争领导权或者说争人头费，这解释很合理。不过，总觉得还有些什么。所以，几天后，我抽空又向徐为车求证。

“他呢，太年轻，好面子……呵呵。”

“怎么讲？”

谢宗左是赌气离开的。徐认为是年轻气盛。于素敏等十几个广西籍入伙，应该算谢宗左拉来的，他自认是有功之臣。因此，他想干徐的工作——一线人员管理者、业务成绩的统计者，以及每天经验、教训的总结者和讲评者。一句话，他想在团伙中当干部。但当他向侯定民提出时，侯却不同意。因为，徐作为老手兼老臣，能力侯认可，而谢，还不行。谢宗左就提出要散伙离开。侯也不客气，说第一，你和匡妮得做成一单再走；第二，你得自负回国的机票。3 月 17 日，开张第一天，15 时许，作为一线人员的匡妮，以银行卡透支为名，成功诱使江苏一男子上当，电话转到二三线，最终成功诈骗到一千七百二十三元。18 日 13 时许，一线崔燕燕冒充中国邮政工作人员，以信用卡透支为名，成功诱使河北一女子上当。此时，二线的谢宗左展示了他的“实力”，他同时冒充湖北省公安厅民警（二线）和最高人民检察院检察官（三线），使被害人把近三万元转账至诈骗集团的所谓“安全账户”。他和匡妮终于可以展翅双飞。

我认为徐所述当为实情——当然，他也有所隐瞒：谢宗左之所以要抢占他的位子，跟这一职位能带来的丰厚利益（更高的业绩提成）有关。他却闭口不谈这一点。我正这样想着，徐仿佛看穿了我的心思，继续解释道：谢的女朋友匡妮就在一线，他如果做一线管理者，肯定在她面前会更有地位和尊严。

“你们是几号回国的？”

“不记得了。”

“几号被抓的？”

“不记得了。”

我紧急翻看起诉书，终于发现他和匡妮与其他三十人不同的地方：侯定民们是 4 月 30 日押解回国之日宣布刑事拘留的。而刑拘匡妮是 5 月 26 日，谢宗左是 5 月 27 日。我提醒了他。

他们离开马来之后，没几天，侯定民的窝点就被端了。4 月 30 日晚，他们从新闻中看到中国警方在马来收网，并包机将犯罪嫌疑人押解回广州。电视镜头中的侯定民们都戴着黑头套，但“预感一向很准”的谢宗左还是感觉到其中有熟人。也许，他和匡妮这一对亡命鸳鸯，还曾为他的“预感”、他的果断和决绝击掌相庆。但是，很快，更多的抓捕消息传来，他终于“预感”——不需要预了，开眼可见—— 末日的到来。这一回他们玩大了，而中国警察也玩真的了，作为被捕电信诈骗团伙的漏网之鱼，作为还曾在印度尼西亚（也许还包括在其他地区）犯有前科的一对男女，他们也将在劫难逃。不，在谢宗左看来，还能逃，逃到台湾去。即便是台湾警方以诈欺罪逮捕、起诉他们，也可能因证据不足而安然无恙。即便是大陆警察不依不饶，依据两岸打击犯罪协议把证据提供给对岸，也能很快取保候审，最多坐几个月的牢……

他们谋划着尽快离开。五一节，都在惶惶中度过。节一过，立即为匡妮申请去台湾的通行证。匡妮去了台湾，到期后不还得回来吗？难道要非法居留下去？他们想不到那么远，得过且过吧。申请获批了，根据规定，大陆人赴台需要预存一笔保证金，十万元。没问题，虽然谢宗左卡内只有两万，但匡妮家里有。5 月 26 日，他们到桂林市一家银行办理存款时，匡妮的身份信息触动了银行与公安联网的网上追逃系统。很快，警察就赶来了，将匡妮当场抓获。

“只抓了匡妮一个？”

“是啊。”

“怎么会这样？”

“我还质问警察怎么回事。但警察说不关我事，叫我走开。呵呵。”

这事奇怪，通缉令上应当有“伙同台籍谢宗左”等简要案情，现场警察完全可以判断形势，同时盘查与匡妮偕行者。那么，谢宗左即可被拿获，也不至于大难临头自己飞；但也可解：处警的警察，可能接到的指令明确，就是被通缉的女子匡妮。而谢宗左的质问，会让警察以为是一个好事多事的旁观群众（这样的人不少），客气地制止他，不让其妨碍公务即可。

我对谢宗左“质问警察”的勇气有点怀疑。

梁园虽好，不是久恋之家。谢宗左想立即回台湾，虽然大陆警察迅猛如雷霆，但躲上宝岛，他就万事大吉。他马上购买飞往台湾的机票。在机场排队过安检时，谢宗左的心将最后再悬几分钟，只要坐上飞机，他就得到解脱。可是，安检人员在核实他的身份信息时，再次触动了与公安联网的追逃系统。他，也落网了。不过比匡妮多了一日自由。

“这就叫‘天网恢恢’。”

我这人就是沉不住气，心里想着呢，脑子没控制好，就脱口而出。谢宗左颇不以为意。

“不过就是三年牢嘛。”

三年？这可算是很乐观的自判。但他有充分的理由。

“本来我一点事没有……”

怎么可能。他中途停止了犯罪，没有一路走到黑，但犯罪是既遂。何况，还有 2015 年在印度尼西亚的既遂诈骗犯罪呢——哦，警察没有证据。他为诈骗团伙招募成员，企图居功提成，还想跻身管理层呢？哦，他不承认，且同样没有证据。他只是有点怨怒侯定民——本来他清白如纸，一天牢也不用坐，但是，侯逼着他走之前干一单。他现在只能为这一宗轻微的诈骗犯罪坐牢。

匡妮会怎么说？

匡妮生日是 1996 年 3 月 26 日。3 月 25 日，海市警方的“大马行动”在马来西亚收网，她躲过了二十岁生日前一天的被捕之劫……有点意思啊。不过，她，还有煮饭的阿姨罗锦红，以及团伙中最年长的白梅（生于 1963 年），因为同案过多，海市的看守所关不下，经省公安厅协调，羁押于邻近的香山市看守所。要见她们，很不容易。

七

看守所是一方小天地。每一个监仓，也是，只是更加具体而微——它由两间通连的房间构成，一间睡觉，一间活动。能走出监仓，是管教给的福利。

每天早上，我提着水壶、夹着文件袋进入，总是会有人趴在铁窗口向外看。有时我走过去，还会有人跟我打个招呼，一看，哟，正是前几天谈过话的。并不是每一个人都有权趴在窗口向外望，那是仓里被委任为管理员或轮值员的角色。他得听一切响动，回应仓外的召唤。

我坐进谈话室，我的谈话对象有时会分神，怔怔地向外望。我扭头一看，才发觉是他的同案出仓，或者被管教叫出来谈话，或者出来做点简单的工作：饭盒、零食到了，他们分拣派发。或者什么都不干，就是蹲在仓门口快速地抽一根烟。这都算是福利。

侯定民大约经常性地享受这些福利。面对管教，他乖巧、听话，让人放心。

第一次谈话之后，我一直避免跟他接触——包括目光相遇。但有时就躲不过去，我也就大方地走出谈话室，去给他派一根烟。管教自然是允许的，我的举动，也会叫他在同仓或同案面前有面子。而他也会千恩万谢。

但我第二次和他谈话，则已在三个多月之后。这期间，我已将他的同案几近走访完毕。有人说真话，有人说假话，但是，我还是自以为将整个案情摸透了。他们的案子，自从 2017 年 2 月召开过一次庭前会议之后，一直没有动静。我记不得多少次回答他们所有人的这个问题：什么时候开庭？

找他时，他正和两个同仓蹲在仓门口抽今天的第一支烟。天凉了，不再是蓝色号衣、短裤，换上了绿色的运动装式的绒衣。三个人都是剃得光溜溜的青脑壳，我还真没注意到他。要管教帮我提他，他猛地站起身来，吓了我一跳。

他指间夹着正抽了一半的烟走进谈话室，没有久别重逢的喜悦。我先拿出烟来。

“来，抽根烟。”

“正抽着呢。”

“我的烟好一点嘛。”

他们聚在监仓门口抽的烟，是管教提供的福利，自然质量一般，只能过个瘾。但这一回我判断错了。

“我的也是好烟啊。”

他捏着海绵烟嘴给我看商标。

“比我的好。”

我大方承认。我的烟，他问过价格。他正抽的烟，每包比我的贵十块。

“你的人，我大体上都走访了一遍。”

我大方坦白。显然，他也知道，三个月来我每天都到看守所，约等于全职且全勤的管教。而他，也在这三个多月中积攒了许多猜疑、迷惑，也许还有抵触。我装作毫不觉察，先寒暄——天凉了，昨天和一个女在押人员聊，说整个冬天都要洗凉水澡，不好受。

“有热水澡啊！”

他困惑地反驳。

“真的吗？可是，昨天韦丽丽说两年来都是冷水澡啊。”

为了表示诚信，我说出了韦丽丽的名字。

“今年早就有了——扳手式的水龙头，往右边拧是冷水，往左边拧是热水。”

他还拿手比画。应该不是杠我，应该是实情。有了热水，确实使他开心。难道是逐步更换，还没到女仓？

我们就这个问题很认真地扯了很久。

我才发现，上次居然没有留意，他的右脸蛋比左脸蛋大很多。这让他的青春添了几分滑稽。还有，三个月没见，他又沉稳了许多。磨砺，所谓看守所的意义，大概就在于此——入此门中，冥顽、猾悍皆须收敛。

三个月中，有外面的人找过他——律师和法官。他的案子，他的两个律师找到了突破口。他们认为，起诉书中指控的 2015 年在河北三河市燕郊镇的诈骗事实，也就是侯定民团伙成功诈骗八十六万元一案，存在太多疑点，法院不应认可检方的指控。现在的侯定民，当然咬定不能把这罪加到自己头上。

“讲证据，我就骗了十五万，在马来西亚吉隆坡骗的。那八十六万，不应该算。十五万，你从严从重，判我七八年我没话说；但是你证据不全，还要判我十三年，那我肯定不干了。”

语气间残存着年轻气盛，但无疑现实主义了许多：他并不想丧失自由十三年。卖力的律师打算减掉五六年，而他不再好勇斗狠，要积极配合了。

“怎么会到河北干一票？”

他祖籍河北，现在还有父辈的亲戚在，他也去拜访了他们。案子不愿意多谈，但提到了亲戚们令人羡慕的好日子：有房有车，蒸蒸日上。然后，他提到大陆的姑娘：傲气得很。以前呢，作为台湾人，因为经济的强势，在姑娘面前多多少少是有些心理优势的。而现在，这种优势只在乡下姑娘面前有效。城里姑娘呢，“根本不当我们一回事”。他坦率而又有点不好意思地说。

他十六岁初来大陆，既是来玩，也是躲官司。之后的五六年呢？是否一直潜藏在大陆躲避？他不想说。不过，2015 年，他二十一岁不到、丧失自由的前一年，是在大陆漂着。9 月，探亲之余，他决定就在祖籍之地干一票老本行。他先在燕郊镇租了一套高层楼宇作窝点，11 月，又转移至燕园别墅继续作案。诈骗的工具，平板电脑、无线发射器、电话等，都是他从网上购买的。铺设线路及无线网络，则由一大陆籍的合伙人兼电脑手完成。诈骗集团成员，多是他纠集的——有徐为车，有广东籍的罗锦红以及谢晖、卢瑞林、两个郑姓姑娘，也有广西籍的李西。他们中的大多数人，2016 年都在马来西亚落网。

诈骗手法还是老套路，与在马来作案大同小异：由电脑手通过电脑使用短信发送平台，向中国大陆境内不特定人群群发语音包……

被诈骗资金进入所谓安全账号后，在台湾的洗钱组织迅速将资金转走。2015 年 12 月 4 日，被害人郭宗在河南洛阳做生意时，接到侯定民团伙的诈骗电话。郭在惊恐之中，将八十六万元转至侯定民团伙的诈骗账户。

“怎么会‘证据不全’？”

“很多……”

他有点不好意思。

他当然不好意思。这笔大额诈骗，是在马来西亚查获的侯定民团伙的电脑业绩存档中发现的。留有较完整的电信痕迹；被抓获的成员中，有具体实施诈骗者；因为数额巨大，成员人人尽知，干的人有供述，同伙有指证；为了庆贺，侯定民当晚还带领团伙成员外出喝酒、唱歌；被害人郭宗的口供以及出示的其他书证，比如话费清单、转账记录等…… 证据链条完整、闭合，用通俗的语言表述就是：就是侯定民团伙干的。他作为团伙的头子，罪责难逃，可现在不想背这笔罪债。

因为律师发现了“疑点”。比如，2015 年 12 月，侯定民诈骗集团的电话群发指向江苏省的手机号码，而被害人郭宗是贵州人，被骗时活动在河南；比如，郭宗指认诈骗他的人自称是湖北公安厅民警卢文宾或检察官卢文宾，律师从网上关于诈骗案的报道中看到，有多个诈骗团伙冒充“警官卢文宾”；虚构的洗钱案同案嫌犯，在郭宗的笔录中写为“李金”，而在嫌疑人供述的笔录中，有的写为“李金”，有的写为“李军”；郭宗提供的作为书证的自己的一个账户也有问题，被诈骗之时，该账户尚未开户……所以，由于警方对于这一宗诈骗并未随发即破、抓获现行，导致部分证据流失、现有证据可疑，疑罪应当从无。诈骗八十六万元这一宗案件，极有可能是其他诈骗团伙干的，起码不能确凿认定系侯定民团伙所为。检方的指控是拿着帽子找脑袋。

八十六万元无疑属于诈骗数额特别巨大。剔除掉之后，侯定民不但可能判不了十三年，没准也判不了七八年，也许只有三五年……律师为其委托人指明了方向，他们共同努力奋斗。

而在侦查阶段，侯定民的笔录对这宗诈骗供认不讳。我想和他深谈一下，但他只是严肃而又淡然地强调说：“这得讲证据。一个十年以上，一个十年以下，不能马虎吧。既然国家说重证据轻口供，那就得拿出过硬的证据吧……”这是律师灌输给他的法律精神，不然，以他的性格，他会坦然认罪。是他做的嘛。

律师给了他“尽快重生”的信心。

“我听说‘十年以上’的，得坐两年才可以申请减刑；‘十年以下’，一年半就可以了。判了，就老实服刑，争取多多减刑，早点出来……”

所以，十年以上和十年以下，从这个角度看也“不能马虎”。

我问“卢文宾”真的是许多诈骗团伙都用的名字吗？他说是的，还爽快向我爆料，“卢文宾”实有其人，是真正的警察，也是很多诈骗团伙所用剧本中的“男一号”的名字。“不信，你去查。”至于卢警官是怎么“躺枪”的，他就不知道了。

也就是说，当诈骗分子伸出魔爪时，受害人如有疑心，向真正的公安机关核实卢文宾，会得到肯定的答复。他的疑心会冰释，或者减弱。此后，他会唯犯罪分子是听。

我半晌无语。后来终于想到了一个话头。

“你被抓，对台湾诈骗分子有震慑吗？”

“肯定有啊。他们会说‘猴子’都没出来呢，生死未卜，得收敛一下……”

“猴子”是他的绰号；“小黑”也是，还是昵称。

“也就是说，你在这个圈子还是有分量的人物啊。”

“呵呵。”

“你什么时候开始诈骗的？”

“几年前，2012 年吧。”

十八岁左右入行。成为圈子内的“人物”，也就用了三四年时间，有点“天赋异禀”啊。

“我入门后，先后几个老板都是很欣赏我的，所以我‘走’得快点。一二三线都干过，有了资本，然后就独立出来开公司。徐为车以前还是我师傅呢。”

“他现在成你手下了。”

“李伟轮是我二线的主管。他以前跟别的老板干，但那个老板人品有问题，经常拖欠或是不给工钱，所以，他也就一直跟着我干。”

三四十岁的老江湖，忠实地追随他这个二十出头的小伙子老板，他确实是有“才能”的。他的大陆籍手下，则既有未成年人（案发时十七岁），也有头发灰白的外婆、奶奶（五十四岁），还有初为人父人母的小年轻（男的二十，女的十八）。既有累犯（服刑刚结束），也有刚跨出校门的中专生……管得住，且能得到普遍的认可，他这个领导真不简单。

广西籍十七个，年龄跨度为祖孙三代，我已接触过几个，发现沟通、交流有较大的障碍——非语言的，是性情或执拗或难以捉摸。

“没有难搞的人！”

他立即不以为然地否定。略微顿了下，又补充道：

“只有不接受我的人，没有搞不掂的人。人与人交往，就是一个投其所好、顺势而为。”

这算是人生哲学，抑或领导艺术？我不认为是别人教授的，应该是他混迹江湖的观察和领悟。

“煮饭的罗锦红阿姨……阿姨很疼我。她只是好赌，输了很多钱，想靠干这个赚点快钱。她也招募员工，香山的几个，就是她带来的。她只是想赚点钱。”

罗锦红只管煮饭，侯定民给她开一份不菲的固定薪水。至于带人入伙是否另有提成，大都不肯说。不过有人说过，罗甚至把自己的女儿也带入了诈骗团伙，就是上次在河北燕郊那次。但后来女儿半道退出，所以在关于燕郊诈骗案的调查中，大都费事再提她女儿。本次马来被抓的香山籍嫌疑犯中，两个女孩就是罗锦红女儿的同学。

“这次被抓，你作为老板，会补偿他们吗？”

“这个谈不上！”

同样地迅速否定。“补偿”，这议题可是够沉重的。但他再次补充道：“出去以后，跟过我的人我都会照顾。这个没问题。比如我开公司——正规的啊——只要他们来投奔，我都尽量安排。但补偿…… 这个，没办法。”

有悟性，有水平，也算有担当。有没有坎坷呢？我想知道这三四年间他有无翻过车——被警方查获过。

没有。他一直“一帆风顺”。赚了不少，当然钱也没留住。

这个圈子被警方查获是家常便饭。

“我的一个朋友，2014 年的时候，在东南亚同时开三家公司，警察抄了家。但是，台湾人都被遣返回台湾。证据不足，也没判，过一段再出来干呗。马来、印尼的警察自己也抄，一般被抄家，我们内部就说‘日本地震了’。其实台湾也抓也查。”

这句暗语似乎透露出台湾的某种社会信息，我琢磨着。他却叹气。

“唉。其实，我想过这次干一票，把钱留下来，转身去干别的……”

我想，这是马后炮，是被抓、被羁押以及可能被判长期徒刑的悔不当初。上次谈话时他说过，目标是十个亿。这可不是只干一票就能达到的。

我想听他说说台湾的这个圈子。

他说：台湾电信诈骗第一人，外号叫“火锅”。他个子不高，瘦瘦小小的，最高峰时曾同时开十二家诈骗公司，诈骗所得大概是五亿或七亿，是人民币！他很高调，到哪儿去玩都有一个专门背着钱的秘书跟着。到夜总会玩，一次就叫开一百瓶酒，也不一定请人喝，就是叫服务生开，摆个排场。还好赌。“火锅”也曾在马来被抓过，遣返回了台湾。台湾司法机关当然会调查他，查扣了他的所有资产。但他请了个律师团，这帮人很能干，成功证明他的巨额来源不明资产是从澳门赌场赚回来的，所以政府就又把现金、豪宅、名车都还给了他。

“‘火锅’也是跟过老板的。他以前的老板，也曾经是我的老板。”

他和“台湾电信诈骗第一人”“火锅”还师出同门，可称师兄弟。难怪有“分量”。“火锅”骗了五亿或七亿人民币，还什么事没有。所以，更年轻的侯定民野心勃勃，为自己定下十个亿的小目标。

“‘火锅’的一个得力的手下，是我的好朋友。”

“就是合伙人吧？”

他不置可否。

“你有合伙人吧？”

有。绰号叫“鬼豺”或“阿豺”。他和“鬼豺”各出资二三百万台币开公司。他负责具体业务的管理，而“鬼豺”负责“公关”，所得五五分成。

“‘鬼豺’真名叫什么？”

“这个说来就尴尬了吧。呵呵。”

所谓合伙人，就是幕后金主。他不想说，很正常，他是道上的，“出卖”可是大忌，但我不问实在说不过去。

“只谈了分成，没说‘翻船’吗？比如像这次这样……”

“事前有讲，出了事要帮着捞人，但也只是讲讲而已……‘鬼豺’还有自己的公司，但他想扩大经营规模，就主动来找我。我推过几次，唉，最终才答应下来……”

海市警方的“大马行动”，一举查获五个诈骗公司，这里面还有“鬼豺”的吗？比如在马来西亚柔佛州查获的张开捷团伙，幕后老板居然无人知晓。但是，就连张开捷都不愿意供述，问侯定民更是白搭。

“除了‘火锅’，台湾还有诈骗牛人吧？”

“有啊——‘火锅’之后，就是台中的一个，外号‘要命小万’。绝对牛人！后来因为拿刀砍人，被警察抓了。还有一个‘阿妈妮’，当年曾是‘火锅’的手下，靠诈骗赚了大钱。但他也很任性、高调，叫黑社会盯上了。人家做局，把他的钱全搞光了，还把他‘卖’给了警察。后来出来了，也不搞诈骗了，听说在工地上打工。”

大名鼎鼎的“火锅”，下场比徒弟还惨。一方面他大肆挥霍不义之财，另一方面黑社会做局引诱，他也很快败光了家产。后来，在过年的时候，自己在家中烧炭自杀。

“我在书上看的，说以前台湾的黑社会是不准搞诈骗的？”

“是的。很反感，看不起，骗人是要收拾的。”

“现在听说也参与了？”

“是的。都参与。来钱快嘛，潇洒！还有，走电信诈骗这种偏门行当的，没有黑道背景，最终一定一无所有下场悲惨！”

“你也有黑社会背景吧？”

“嗯，跟了‘角头’……”

侯定民所说的“角头”，就是台岛本省派的地方性黑社会。

“你祖籍大陆啊，怎么跟‘角头’？”

“唔……”

我的意思是说，他是陆籍，在那个省籍矛盾（经常被政治操纵利用）非常突出的岛上，他应该加入竹联帮或四海帮。他不解释。我只能猜：所谓的本省、外省藩篱，地域偏见，黑社会可能并不当回事。“道义放两旁，利字摆中间”，一切都只为非法利益而聚集。现在，更是目标一致：电信诈骗——这可是每年两百亿的大蛋糕。于是乎，黑社会，即台湾的犯罪集团，哪里还管什么本省外省，无不踊跃投身其间。密匝匝如蚁排兵，乱纷纷如蜂酿蜜，闹嚷嚷如蝇争血……

黑社会早期攫取非法利益的模式是老三样：地下钱庄、保护费和赌博，后来引进六合彩和日本的黑道经济。赚到钱，然后需要将钱洗白，于是投资酒吧、美容院、歌舞厅。更为“成功”的，搞报纸传媒、影视公司，甚至经营现代的大型商业企业。有好几个在押人员告诉我说，台湾当下黑社会从事的实业主要还是“八大偏门”。至于哪八大，他们也说不全，只是笼统地说，就是黄赌毒那一类。现在，当然还得加上诈骗。按侯定民所说，以前的黑社会是拒绝诈骗的，“是要收拾的”。但现在，则几乎没有不投身电信诈骗的。台湾黑社会，可谓穷斯滥矣。

与侯定民合伙的，是否就是他所跟的“角头”？如果是，那么，侯其实也就是个马仔，是这个诈骗集团的二号人物。也就是说，他的团伙有一个隐藏很深的幕后老板。当然，我想他是不会说出来的。原因很多，不外乎不能出卖老大，以及为未来计，等等。我相信当下他们还是有联系的——没有不透风的墙嘛。他委托了律师，而律师有权利和委托人的家属、朋友联系。罩着侯定民的“角头”，可以堂而皇之地以家属、朋友的面目自由活动。但是，我还是想稍稍涉及一下这个问题，然后结束我们的谈话。

“你的合伙人，‘鬼豺’，说是出了事要帮，具体帮了没有？”

我笑着问，但是，我的笑大概不友好，或者，是他从我的笑里读出了别的信息。然后他就沉默了，然后他似乎狠下心了——“你刚才问我他的名字，你们肯定还在抓他吧。我想，可以告诉你——他不仁，也别怪我不义。”

我吓了一跳。这，可真出乎我的意料。

我问他的幕后的名字，无非是服务于本篇报告文学。我和每一位采访对象都反复声明：我不干涉他们的案子，也不会将他们所说提供给侦查、检察及审判部门。他就算告诉了我，我也不知道该如何处理这个名字。这里，是有一套复杂的程序的……

我有点尴尬地笑着，再给他派烟。

“以后我请你吃饭。”

晃了一下身体，又立即补充道：“当然是……出去以后。”

我笑得更不自然。三个月未见，这个年轻人显然深刻起来了。他有了后怕，想逃脱惩罚，也想着外面世界和未来岁月的美好。他的未来之约，可能只是真情流露。但我实在没法对七八年或十三年后的一个约定点头。

“我已经走访过你们许多人了。兄弟、情侣等，我都带过话，都是人嘛。但是关于案情的，我是严守秘密的，毕竟我是二十多年的老警察。还有，我得声明一下，我对你们，一点都不同情。”

我居然有点尴尬。不同情可没毛病。

“还有，我并没有权限干预对你们的侦查和审讯……一开始我就声明过，我只是奉命做调查研究，对民众做防范电信诈骗的宣导工作……”

我想拒绝他“出卖”他的老板。

但他还是告诉了我一个名字。这说明，他顾忌不了太多了。我记录了。我之所以拒绝，是我相信侦查机关早就掌握了“鬼豺”的情况，只是，他在台湾，我们没法抓，而这话不适合对他明言。我要告辞了，他的表情瞬间凝重起来。

“你在想什么呢？”

“我想遣返回台湾。”

台籍的都这么想。

“这个不用想，恐怕没这个可能。呵呵。”

“判了以后呢？”

第二章

女骗子与乌合之众

一

研究侯定民团伙的人员构成，你会惊讶电信诈骗犯罪的门槛之低：白梅，五十四岁，小学文化；崔桂花，五十二岁，小学文化；全小岚，四十九岁，小学文化；苏利真，四十七岁，小学文化；罗锦红，四十五岁，初中文化；于素敏，四十岁，小学文化；田月，十七岁，初中文化……

你会感到这是一群乌合之众——他们中间的很多人，不要说出国务工，就连生活的乡镇都没有走出去过一次。即便使用方言土语，她们也很难清晰明白地进行表达，但现在却要以标准的普通话，进行以“花言巧语”为表面特征的诈骗。

五十二岁的崔桂花，就是徐为车所说的被广西籍召集人骗来的，她本以为是干保洁阿姨（这工作才适合她）。她哭闹过，不想干，但当侯定民说要自己负担来往机票、办签证以及食宿等费用时，她没办法了。她没钱，身上没有，家里也没有。

李西对我说：在吉隆坡窝点，最先冲进来的是一群荷枪实弹的马来西亚警察，命令他们集中到一起，枪筒子在他们面前晃着、指着，气氛很紧张。可是，突然，一个华人警察大笑起来。他说，他抄过许多台湾、大陆人的诈骗、赌博窝点，从来没见过这么多中老年妇女。李西转述时，一边笑一边摇头。

韦丽丽对我说，她们太笨了。侯定民气得不行，曾发脾气说，三天再背不下来剧本，就不给她们吃饭。她不屑地评论道：三天能背下来？！三十天都不行！

杨丽容对我说：我人品又差……我吃了一惊：“人品？！”她羞愧地把头一低，让头发盖住脸，又拿手把嘴一捂，说，就是长得难看嘛！我很不得体地大笑。外面在劳动的邻仓的几个女子纷纷停了手里的活，向我这边看。

我曾问侯定民，其团伙成员是否“难搞”，正包含着上述意思，只是用词稍稍欠妥，因而使他会错了意。他反驳了我，我有点吃惊，那一刻，脑海中蹦出了韩愈的名句：“占小善者率以录，名一艺者无不庸。爬罗剔抉，刮垢磨光。盖有幸而获选，孰云多而不扬？”可是，团伙中的老妇女们，大概除了能吃苦愿吃苦顺良听话——从事诈骗又恰恰不需要这些品性——之外，既不“占小善”，也不“名一艺”。除了诈骗团伙吸纳员工“贪多务得，细大不捐”之外，没有办法解释。

于素敏绝对例外，她是一个精明能干甚至还有点狠劲的乡下妇人。我读警官们的审讯简报，感到若不是公文需用中性词语，不能意气用词，他们一定会对她使用“狡诈”。

她矮小，肤色黧黑，躯体干瘦。相形之下，眼睛较大，但深陷眼窝——从深处射出来的目光，叫人觉得阴冷，也许内心深处没有多少温暖存在。我第一次领受这目光，当然是在看守所里。那天我站在女子监区一间管教谈话室的门口，两米之外，管教将她从仓里提出来。她恭顺地下蹲，举起右拳报告。管教告知有领导找她谈话，并用手指了指我，然后背转身关仓门。她缓慢地直起身，脸上的温顺瞬间消失，两个大眼睛迅速向眼窝深处退缩，同时两道冰凉目光就那么地向我射来。第二次，是在半年之后的法院庭前会议中，我坐在旁听席上。当三十二名被告依次被法警带上庭时，我还曾想过，侯定民他们发现了我会作何反应，会惊讶吗？会偷偷向我打招呼吗？可惜都是空想，他们的左右都是法警，有人遮挡视线，而他们也目不斜视，到了座位前，就背对着我坐下。只有于素敏，是的，只有她一个人，从左侧的门进来时，她的眼光先是向左——法官、书记员，向前——三十二个律师辩护人，然后向右，旁听席——寥寥几个亲属和我，简单地扫视，她发现了我。她的扫视像两道刀光。然后她坐下，冗长的庭辩过程中，她忙里偷闲，两次回头看我，用同样的怀疑、戒备也许还有愤恨的目光。

所以，开始谈话之前，我有点怀疑侦查员的简报，即于素敏经过教育、感化已如实供述自己的犯罪，是否言过其实。

阳光灿烂，但一点都不酷热。因为是在女监仓的管教室与女性在押人员一对一谈话，我将三面玻璃墙上遮阳光的布帘全部升起，还把推拉门半开。我尽量不让自己的举止慌乱或不自然，但还是忍不住向外看，管教、勤杂工，以及被叫出来干点零活的女在押人似乎也在时不时地往我这边看。我和于素敏只是互相笑了一下，代替了寒暄，仿佛双方都认可谈话可以开始了。她没有再用阴冷的眼光看我，而是斜坐着，望着外面。一个女在押人搬着一把椅子走向小操场，于素敏偷偷地向她摇手打招呼。我没有制止她。那女子没有回应她——根本就没看向谈话室。

外面小操场上来了几个管教、在押人员（有男有女），或交头接耳，或迅速地走来走去，仿佛在忙着什么。我觉得奇怪，小小的谈话室内，则充斥着另一种异样的感觉。这感觉还在生长，挤压空气。两种微妙感觉复合起来，影响到了我的情绪。我有点不安，迟迟找不到恰当的开场白。

我低头看起诉书和公安简报。她不看我，还是看外面。我觉得她有点刻意。

起诉书的信息简单且与他人大同小异：小学五年级辍学，后在广西各地务工。2016 年 3 月 16 日到马来西亚从事电信诈骗，25 日被抓，4 月 30 日被押解回国，同日被刑事拘留，5 月 24 日被逮捕。简报更丰富些：电信诈骗的关键人物；所有广西籍成员均系其负责招募；与台湾籍犯罪嫌疑人谢宗左单线联系；掌握着该团伙的一些核心秘密……但是，直至 6 月 20 日，虽经多次讯问，她不但不如实供述自己的犯罪事实，也不对其他犯罪嫌疑人进行指认……她“虽然是女性且只有小学文化，但是智商特别高，抗拒心理、反审讯能力特别强”……

“你抽烟吗？”

我是面无表情地问的，她当然不抽。但婉拒的神态，已经有了点女性特有的但也是稍纵即逝的羞赧。

“不好意思啊——烟味难闻得很。”

我借机把椅子往后挪了挪，右手伸出去，把推拉门再开大了一点。室内有空调，外面也不热。今天将是个艳阳天，不过现在还是早上，太阳只展现无边的明亮，还未释放浩瀚的酷热。外面（当然是在看守所内）空气更新鲜，也更让我感到舒服。

在简报中，审讯民警写道：于素敏被带到了审讯室，她侧身而坐，脸色阴沉，一坐下就开始低头玩弄自己的手指。两名审讯民警都换人了，但她似乎并不关心今天讯问她的是谁。

从看守所中轴线的路上，走过来一群穿着深蓝色马甲的男性在押人员。两个人抬着一块巨大的像是拍照用的背景板似的木板，还有人捧着黑色的电器类物品。我刚想看仔细点，起码辨认一下木板上花花绿绿的图案或字迹（他们拿倒了）。几个女管教和男女辅警迎上去搭手，她们的背遮挡了大部分的字和图，想认全已成徒劳。我索性不去关注，喝了口茶，又点上一根烟，打算全力对付于素敏。这场对话有一定的不平等性：我是警察，穿着警服。我和抓捕她、审讯她、起诉她以及羁押管理她的人身份相同。

"于素敏，我们谈谈你的案子。"

她坐正了身子，表情也严肃起来。

我突然又不想这么直入主题。我没把握，怕谈崩。"你老公来海市看过你吧？"

"是的。给我存了零用钱，没见人。"

"当然不能见面了——我们民警给你带话了吧。"

"是的。"

"家里都好吧。"

"是的。"

在公安简报中，突破于素敏的心理防线的原因——这当然是我个人的解读——有三：一，专案组证据过硬。主审老民警的个人业务能力也很关键。二，请客吃饭，百试不爽千年不坏的中国传统——审讯进入中午休息时，两位审讯民警给自己叫了打包外卖，给于素敏也叫了同样的一份，算是改善营养、换个口味。边吃边聊，于的态度没那么硬朗了。三，亲情感化。她的丈夫接到《刑事拘留家属通知书》后，挈女将儿来到海市，拜会侦查民警，又给监所内的于素敏存了零用钱。由于与丈夫关系不睦，于一直以为钱是她的“老板”存的，因此铁心包庇团伙成员。民警将于的儿子、女儿对母亲的问候录了音，播放给她听，她才知道内情。最终，于素敏放弃了“攻守同盟”，交代了自己及团伙的部分犯罪事实。

被刑事拘留的人，不能与亲属相见，包括打电话；可以通信，但不能涉及案情。

我的路数，自然也从家庭入手。

她愿意谈谈儿女。女儿考上了初中，还是不错的学校，甚至获得了四千元奖学金。女儿八岁的时候，她又生了儿子。她对丈夫一直挺好的，但乡下女人嘛，生了儿子，就“居功自傲，昂起头做人”。丈夫也更加宠惯，不让她去打工，怕累着她，自己倒是忙上忙下，到处赚钱养家，只是人却不怎么着家。儿女都大了，操心的事少了，她就不安分了，交了许多朋友，有好有坏。他们怂恿她走出去，到外面的世界去闯荡、赚钱。有钱总比没钱好，花自己挣的总比老公给的理直气壮。所以，她才会加入诈骗团伙——没想着害人，只想赚点钱。最后，她检讨道：唉，我出去走这一趟，还是因为太骄横了。

这番深情讲述让我有点不舒服，因为，未必都是真情相告。她的一个同案、老乡对我说：于素敏跟老公从来没好过，一辈子打打闹闹，尽人皆知。他老公外面有女人。她是个“老江湖”……但我想，也许，是丈夫千里探监感动了她，让她回忆起曾经的恩爱，于是重新将婚姻质量鉴定为美好。毕竟，家庭的幸与不幸还是当局者最有发言权。

“怎么会入这一行？”

“其实就是想找个工作，上当了，去了才知道是搞这个。想回来又没钱。”

天，张嘴就来！这是从刚才陷溺其中的家庭温情中自拔出来了？还是她看我没有刑警的刁钻劲，道消魔长，恢复了老江湖的斗志？且慢，没准还有我不知道的隐情。

“怎么找到这份工作的？”

“县城的广告栏上贴着小广告，说是出国务工，能赚大钱。我就打电话过去了……”

“干什么工作？能赚多大的钱？”

“说是搞家政，再就是接接电话之类的。说是五六千，还带提成。在广西哪里能找到这么好的待遇？！”

“你们广西其他人呢？”

“我不知道啊。”

“呵呵。”

“反正我按照电话里的人的要求，办了护照，他通知我三月几号——记不清了——到广州白云机场。我去了，才发现有几个老乡一起去。”

这个谎太扯了：一同前往马来西亚的，有一个叫张震，是她的亲侄子，管她叫姑姑。

“给你们办护照的，是台湾人谢宗左吗？”

“不是。”

“那你认识谢宗左吗？”

“去了以后才认识。他的女朋友匡妮是我们广西的，柳州的。听说他们在一起两三年了，可能结婚了吧。”

这就不能愉快地交谈了嘛！她已经大体上向审讯民警如实供述了犯罪事实，怎么轮到我问，又重新开始东拉西扯、不着边际？应该是我看着面善，太不成对手；或者，她技痒难熬，不讲鬼话骗人就不舒服！

关于谢宗左和匡妮，倒还有点有价值的信息：匡妮刚满二十，也就是说，她从十七八岁起，就跟那个“到处玩”的台湾退伍、无业青年在一起。

我决定换个话题。

“我以前搞案子的时候，广西有几个县，有印象——我不是地域黑啊——有的县是街头扒窃，有的县是溜门撬锁，一窝一窝的。这也不怪，一个人用一种方式发财了，邻里乡党就跟着学。你们灵川是不是搞诈骗的特别多？”

“不多。我娘家的县，恭城，出国搞电信诈骗的特别多。”

“ 娘家 ？”

“对。我在印尼、马来都见过。”

露马脚了！她，一个小县城的妇人，自称第一次出国务工，去的是马来西亚，还是被骗入伙，怎么突然又冒出一个印尼，并且见过许多恭城籍的电信诈骗人员？是的，谢宗左说他在印尼搞诈骗时与于素敏相识，可是，后边的话他全吞回肚子里了，还紧闭了牙关，这让我难辨真伪。于素敏也提到了印尼，那么此事一定有了！呵呵。我不点破她，且让她自我煎熬一下。

且慢，她表情无一丝一毫变化。关于印尼，她同样牙关紧闭了。我扔下笔，合上笔记本，扭头向外看。一看，我决定走出谈话室好好看看，把她一个人晾着。

刚才那一阵子，虽然效果不佳，但我的工作态度相当不错：或直视缩在墙角的她，或低头翻阅资料，或俯身奋笔疾书，心无旁骛。也不知道时间过去了多久——我平常不戴手表，用手机看时间，而进入监区必须将手机存放在控制室——我没有觉察到外面小操场上，一件颇为罕见、显然超出我的认知和经验的事情正在进行中。

女子监区是一个长方形的独立区域。监室排列布局于一条短边和一条长边上，呈现为一个躺倒的 L。另半边，当然也是一个躺倒的 L，长边是男监室高高的后墙，短边本是整个看守所的中轴线——一道长长的带着遮雨遮阳功能的走廊，但因这里是看守所的最深处，因而被改建成了管教们的集体办公室。两个 L 围成的，是一块比标准篮球场略大的长方形水泥空地，女子监区的集体活动经常在这里举行。我和于素敏待的谈话室，位于监室所在的那条长边的正中央。走出来我立即看到，刚才男性在押人员抬来的木板已经立在了集体办公室的墙下，上面写着“创建书香监区、文明监区——‘我的悦读’颁奖仪式暨文艺表演”，板子前面还铺了一块红地毯。几个男性在押人员正在舞台的一边调试音响、麦克风。哈，今天有一场文艺演出！可惜在谈话室里，他们的一切举动都在我的侧右后方进行，我居然一点没有察觉。于素敏倒能一览无余，不过，她闪烁游移的眼神，一直被我当成这个女人心不在焉、骗心复萌的微动作。

我不由得回头看她，她却没有看我，也没有看外面。她身体缩了下去，眼睛里空洞无物，显得情绪低落。也许，没了我这个对手，她心里的戒备、斗志暂时消除。小小的谈话室仿佛突然间成了监室，她回归到一年多来的常态：一个忐忑、低落、前程未卜等待审判的犯罪嫌疑人。我再看舞台，一辆电瓶车开进操场，几个管教、在押人员迎了上去。车上是叠在一起的塑料圈椅和凳子，它们将被摆放在操场的正中间。温和而明亮的阳光下，穿警服的管教，穿保安服的辅警，穿深蓝色马甲囚服的男在押人员，一起忙碌着。

女子监区的任队长带着另外几个管教走过来，她们要打开监室门，放一些在押人员出来：有些是汇报者和演员，有些则是观众。我注意到并非所有人都被放出来，所谓观众，大概也算是奖赏的资格。监室门再次关上以后，大铁门上带着栅栏的小方窗口，同时有几双眼睛错落有致地出现，仓里没资格的也趁机看看热闹。

“任队，于素敏有节目吗？要不叫她……”

“没事。她不用。没她的事。你慢慢采她。”

我倒有点失望。起码给她派个捧场观众的活儿，这样，我也能摆脱这个难缠的角色；搬把椅子到芒果树下，欣赏一场表演，完成上午的工作。

大概是觉察到我站在谈话室门口有点怪异，任队忙里偷闲，折回来，抓着门，对室内的于素敏说道：

“于素敏，你好好跟牛警官谈啊。要实话实说。”

于素敏站了起来，两手下垂，恭顺地答应。

看来我还得跟她继续操练。我踱回谈话室，坐下，喝茶，再点一根烟。我打算撕破脸，不管她难堪与否——是她让我难堪嘛。可是，玻璃墙外更为热闹了，一走神，我的装腔作势就瓦解了。

我右侧后方是铺着红地毯的颁奖仪式舞台，正右方就是观众席，不需扭头，都能看到最后几排椅子。于素敏似乎也躁动起来，她的细脖子伸长了许多，眼光从我的肩膀上向后望去。我也就扭头，原来，靠近舞台的监仓的门口，两三队女性在押人员在排队。以监室为单位，两人一排，由矮到高。她们都穿着粉红色马甲，背后写着各人的号码，腿上是浅蓝色将及膝盖的短裤，脚下是粉红色拖鞋。各监室的管教站在边上看，不需要喝斥或说话，整个队列无人喧哗，动作谨慎，甚至连太过明显的晃动身体的动作都没有。接着，于素敏的监室，即谈话室门口，也有这样的队列出现，再然后，队列出现在我的前方。我刚想说些什么，队列开始移动，我好像没有听到有人喊队列口号。队伍从舞台的前方入场，在观众席前停止，后转身，一排一排走到椅子前方，以监室为单位依次入座。

我终于想到了话题。

“这里边，有跟你一起从马来回来的吗？”

“唔……”

她假装寻找，头扭来扭去，好像队列中的人辨识度不高。不至于啊，她们团伙中就有十来个，其他窝点的也有十来个，在马来被抓获后，共同在警察局和看守所度过三十五个日夜。我已得知，马来警方并没有同案回避，都关一处，只按男女分开——男与女也相隔不远，听得到说话，也看得清面容。他们的攻守同盟，就是那时结成的，而且，于素敏执行得最为坚决。

“那个黑黑的，看着不像大陆人，台湾的？南亚人？”

侯定民团伙没有女性台籍犯罪嫌疑人，其他两个窝点有，但我还没有开始采访接触她们。

“你说哪一个？”

在阳光下，所有的女性都显得苍白或者说白皙，那个女孩子的小麦色非常明显。

“好吧。哪一个是台湾的，跟你们一起回来的？”

她“认真”寻找。几乎所有队列都入座了，一大半人呈现给我的是后背。与我平行的，因为都挺腰，也只能看见最边上的一两张脸。于素敏与我相对，看到的只能是更多的后背，要想把人挑出来，不可能了。她虚晃了一枪，躲过了我的刁钻问题。

“不会吧，一个都没有？”

“那个……”

“ 哪个 ？”

“背对的那个，好像是的……”

“是什么？”

“是个台湾女孩，跟我同仓过。”

“跟我说说她——也许明天我就要和她谈话。”

那个台湾女孩，其实我根本不知道是哪一个，于素敏不拿手指，也不愿意说第几排左起或右起。我不大好意思老瞅她们，管教、所领导，还有几个身着便衣挂着来访人员牌牌的人此时都聚拢在舞台之下、观众席之前。我扭动身子看，不得体。

那个台湾籍女诈骗嫌疑人，于素敏说了她的小名，我没记住。于素敏说，她们在马来就同处一室。那三十多天，她们面对的是相当不卫生的饮食和拘留环境：天热，赤脚踩在地板上，混杂着汗水、灰尘，久而久之，地板成了黑色的胶质物，走或站，都留下清晰的脚印痕。吃的饭用白色塑料袋装，用手抓着吃。洗手间的水龙头经常流出黄褐色的水，盥洗，也饮用。回到海市，因为不同案，她们又被分到了同一个“新兵”仓。进仓在凌晨，仓门关闭后，那个女孩子蹲在地上号啕大哭。于素敏安慰她，还搂着她的肩膀，抚拍她的背。很久，那个女孩子才说了话——于素敏转述道——“于姐，我并不是因为进了这里哭，我是看见饮水机才哭的。我本来以为一辈子都喝不到干净的水了。”

于素敏总结道：“我们这里的环境真是强太多了。”

我喜欢这样的细节。可是 ……

“新兵”仓，就是过渡仓。新人——需同案回避——先集中起来，安定情绪，学规章制度，然后，根据监所相关规定再分配到其他各仓去。到今天，于素敏已经被羁押一年三个多月。侯定民团伙之外的在马来西亚被抓的电信诈骗女嫌犯，不管台籍陆籍，不可能一个都没出现在操场上，她也不可能一个都认不出来，但她就是一个都不指给我看。我追问，她就怔怔地看着玻璃墙外，仿佛在认真辨识，只是不回我的话。我一点办法也没有。

又有一队从玻璃墙外走过，要到舞台左侧，列队入座。我不由得就瞟了一眼。

“这个小女孩，把她父亲杀了！”

她饶有兴趣地努嘴让我看。

“哪个小女孩？是香山市的案子吗？”

“海市的。我和她同在一个仓待过。”

海市发生过少女弑父案？我一点信息也没收到过。也不奇怪，我已经两年未经办过案件。我只约略记得前年或是去年，报纸或是手机新闻报道过香山一个十六岁的女孩弑父。——凶杀及其他重大刑事类新闻，我向来避之唯恐不及。

“还有哪个你认识的？”

她的讲述，含着一丝泄恨的戾气，我的语气中也含有讥讽。

短发的弑父少女身后，是一个中年女子，还有点知识分子气质，转头向我们看一眼，又迅速直视前方。于素敏笑容可掬向她招手。

“这个女的，是个医生呢。把人眼睛治瞎了，就叫你们给抓了，说是非法行医。”

我不置可否，也不去看野郎中，我等着于素敏指认电信诈骗犯呢。接下来我将一个个采访，希望先有点感性认识，起码让手头起诉书中的人名字和外貌挂上钩。

少女杀手、野郎中的队伍缓慢走向舞台，又走入操场，她们也落座了。观众席，也包括将表演的在押人员，并不多，约略五六十个。于素敏提醒我看最后一排的那个老女人，满头银发，她还特地和前排空出一行座位，孤独地一个人坐在最尾。她还跷起了腿，粉色拖鞋挂在脚尖上。虽然没有晃腿，但我以为她的举动有点太个人主义了。可是，管教、辅警并没有制止她。

“不简单，大老板，董事长啊——警察说她非法吸收公众存款。什么‘公众’，自已也想发财嘛……”

风度不倒嘛，即便沦落，犹可使人想见资本的嚣张和狂傲。但是，有意思，于素敏一个电信诈骗犯都不指给我看，却对不相干的人津津乐道。

“那个女的，最冤枉——空姐来的，跑国际航线的。每回从国外带点东西回国来卖，就犯了偷税漏税的大罪！”

我一进女子监区就注意到前空姐——她身高近一米八，鹤立鸡群是一个恰当的词汇。她一早就被管教叫了出来，和管教谈话，又打扫监室门前。梳了一根粗大的辫子，圆脸，裸露在囚服之外的肌肤非常白净，动作舒缓，没有表情。胖了点，毕竟不是空姐了，不大注意体形所致吧。

“也关了一年多，听说有可能判七八年呢。”

“是吗？看来涉及税款数额……”

“你们就会抓这种只是想赚点钱的人……真正的罪犯，都在外面逍遥法外呢……”

于素敏小声嘟囔。我全听到了，但并不接她的茬儿。“判七八年啊——你觉得自己能判多久？”

“我们啊，肯定是三年起跳。”

“什么叫‘三年起跳’？”

“就是最低消费是三年呗……”

提到未来的刑期，她终于没有那么昂扬了。

按诈骗的刑期，“三年”算是有从重情节。于素敏和她的许多同类仓友每天都在探讨这个问题。她们较为一致的意见是，这次真是走了背字。被抓，还被包机带回国，肯定是国家打算出重拳了。当然了，她们（于素敏与其仓友）自认都没诈骗多少，远远算不得罪大恶极，可是国家不会轻饶她们，肯定是三年以上。

我很想讥刺她一句：三年太便宜你，你还有招募团伙成员的情节。但是，我忍住了。这一句一出，肯定话不投机半句多；也不严肃，判刑是法院的事，公安民警无从干预或事先知晓。

“唉，当时在马来的时候，我们老板一直在积极联系外面的老板，答应每个人出价三十万人民币，叫马来警察放了我们。后来中国大使馆出面了，这事才没办成。唉……”

三十万一个？我觉得不大可能。但她是相信的。

感激？遗憾？她的眼睛里好像还透露出别的信息。

我终于明白，作为审查员眼中最抗拒的对象，于素敏既有自保的心理，也有攻守同盟的约束，还有，对团伙首领的知恩图报——想想，她甚至一度以为，不是丈夫而是漏网的大老板不抛弃不放弃，雪中送炭给她存了零用钱。

外面，节目正式开始。

我把椅子悄悄往门边移了点。我的脸、左半边身体能吹到冷气，裸露的右臂和手，时不时被外面温温的热气拂一下。我很想坐到外面去。一台与读书，与规训、惩罚和救赎有关的文艺演出，正在阳光下进行。

两个主持人登场。一个穿着粉色的纱质裙子，一个穿着浅蓝色的，露肩，胸前缀有花朵样的纹饰，几年前大概算是很时髦的款式吧。都三十出头，不算漂亮，但挺大方，右手持麦，左手持小卡片，主持人都这样。另外，普通话标准得有点让我意外。是从外面请的准专业人士吗？

她们说，一人一句，对仗而又抒情，以诗的语言，全面赞美书籍和阅读的优胜，“阅读，能让人气质优雅……在书海里，每一个人都为生命画一条优美的抛物线……书中有勇气和力量……读书，可以让人沉静，找回最初的自己……充满阳光，充满爱……”这是节目的主题，而词也很文艺——现实中，文艺还是有广阔而深厚的生存土壤适应场合，它是人们内心永恒的需求。她们还说，本次活动得到了海市图书馆的大力支持，它为海市看守所捐赠了一千册图书；另一家单位捐赠了八百册价值两万元的图书，因此看守所建立了一个在各监室之间流动的小图书站。好啊！在背景板的右下方，写着联办单位名字，图书馆之外，还有市团委的“阳光之家”。一棵芒果树挡住了它，我一直没看全。

“你在这里看书吗？”

“看啊，在以前的五十二仓，我还担任过图书管理员的工作呢。”

我心态可能有点坏了，于素敏说什么我都不打算全信。“是吗？那你看过什么书？”

“我看报纸。徐玉玉的案子，只要见报的，我都搜集起来认真看。

最近的判决报道，我看了好多遍。跟我们有关的，我都认真看。”

徐玉玉，一个即将步入大学的少女，因为一个电信诈骗电话，姑娘羞愤难当，气绝身亡。她的事件在中央电视台播出后，群情激愤。公安部门很快破案，2017 年 7 月 19 日，也就是上个月，山东省临沂市中级人民法院公审了此案。当然，于素敏关注的重点不是这个姑娘和她的不幸。

“读书，嗯，看报很好……”

图书馆的女主任，也可能只是一位女嘉宾，上台讲话。她说犹太母亲会在书本上涂上蜜，以教育刚出生的孩子“书中自有甜如蜜”；她提到联合国教科文组织关于人均阅读量的话题，还站了起来，走向观众席，问道：“谁知道中国的人均阅读量是多少本书吗？”人群里有人窃窃私语。她从观众席的左侧边走边问，想发现能回答这个问题的人。不过，她没能得到答案，又退回主席台。不能怪这些在押人员，她们拘谨、羞怯很正常。于是，她只好自己公布答案：根据联合国教科文组织的调研，以色列每年人均读书六十四本；俄罗斯人年均读书五十五本；美国五十本；日本四十四本；小国匈牙利有两万家图书馆，平均五百人一家……而中国，每年人均读书是零点七本。而且，读书最少的年龄层是二十六至四十岁，正是各行业的中坚和骨干。她笑着感叹说：“差距太大了——希望各位拼命看书，把这个数字提升起来！”

主持人问大家最近看了什么书，有什么感受？她再次拿着话筒走向观众席，一个女在押人员说了些什么，一片掌声；一个头发半白的男在押人员说了些什么，一片掌声。

于素敏接着我的话说：

“是啊，读书看报才让我知道自己犯了罪……”

她一直对我转述徐玉玉报道。我很惊讶，报纸居然报道过这么多内容和内幕。我只是暂存了许多资料，打算开写本书时再细读。她的阅读，是紧迫的现实主义，她在字里行间寻找自己的前途（刑期）的关联和暗示。当然，读而后知罪仍然证明开卷有益。

假如面对的不是于素敏，而是一个诗人或作家同行，我可能会大发感慨：无聊就读书，阔了脸再变。公门可能是最好的修行道场，狱中大概是最佳的读书地方。看守所里的在押人员，真应该利用这些时间读书。铁窗物理性地为他们屏蔽了海量的喧嚣信息，外面的世界，人们则因自由而个个一部智能手机，从此“智能”就被踩踏成马队跑过的泥坑……

“你有什么真实的感受？”

“我可以说实话吗？”

“啊？当然！”

“我觉得我们很不走运。”

“怎么说？”

“他们骗死了人，最低的判三年，主犯判无期，也没话说。我们就惨了，国家正在气头上，也没骗多少钱，肯定最低消费三年起跳。”

“国家正在气头上”，嘿，这话说的，俗而近诗。

一个辅警从我前面的仓里提出一个女子，她给那女子戴上手铐，然后跟着她从我们的谈话室外面走过。这是有人要提审她。文艺表演在进行，看守所的日常工作并不会暂停。她犯的什么罪？会判几年？于素敏只是盯着她的背看了一下，就又低下头。她自己的“三年起跳”消沉了自己的意志，无心关注他人了。舞台上的表演开始了，有点奇怪的是，戴手铐的女子和提解她的辅警都不看舞台，她们都低头走路，绕到舞台的背景板后面，从我的视线中消失。

五十二监室上台表演歌伴舞《从头再来》。三个人主唱，第一段是个小姑娘唱，第二段是一个中年妇女唱，第三段是一个较老的中年妇女唱，然后连同伴舞一起合唱。伴舞的也是三个人，她们将纸箱裁剪成帽子、皮带以及背在背上的翅膀。舞蹈不热烈，动作也不复杂，不过是举起双拳，或者弓起腿之类。排练大概不足，动作不整齐。但似乎每个人都很投入，很认真。观众，包括抱臂旁观的警察都为她们鼓掌。偶然回头一瞥，我发现伴舞的一个小姑娘的小腿上有一大块青斑——应该是刺青之类。看她的脸，倒是挺漂亮的，还有，因为在舞蹈，她的脸上微微洋溢着兴奋和喜悦。

“判个三年还过得去，要是七八年，出去都五十岁了……”

于素敏皱着眉，神态幽怨。

“这个……你自己犯的罪嘛。再说，你可是关键人物，有一定的组织责任，广西的……”

“我根本没有招募任何人！我自己一开始也是受骗了！台湾人判个七八年还说得过去，我要是超过三年真接受不了……”

“广西的”，当说这三个字时我停了口。因为我突然意识到，自己将于素敏等十七人笼统地称为广西籍，因而认为都由她招募，这存在着某种粗疏，还是应该听取她的辩解。也许警察总有点想当然，这是我们的职业习惯和思维固化。我再次阅读起诉书，细析之后发现，他们分属于三个地方：灵山（于的婆家）、恭城（于的娘家）、柳州（匡妮的家）。

“你们都是在马来认识的？以前真不认识？”

“是在印尼认识的——2015 年的 10 月，我还跟着台湾人去印度尼西亚搞过诈骗。那时候隔壁一家公司有恭城人，就这么认识了。”

谢宗左提到过印尼，于素敏这算是佐证了！我有点激动，但很快就平复下来。于素敏主动讲出印尼案情，应该是确信警方不会再调查了，证据早已灭失，有啥可查的。还有，她大概经过小半天的试探，已确信我就是个搞调查的，而不是要命的侦查的。

舞蹈《光芒》。又是五十二监室，应该还是《从头再来》中的那六个女子，只是衣服换了。起码骨干是她们——我又一次注意到小腿上的刺青。

“五十二监室节目不少啊。”

“五十二监室是文艺仓。”

“文艺仓？”

“就是有文艺特长的。她们经常给大家准备一点小节目。在这里，闷啊……”

我点头称是。文艺，就是给人们解闷的嘛。

我不知道该和于素敏谈文艺，还是谈被羁押的闷。或者，揪住她提供的新线索，不留情面挖一下警方未掌控和起诉的印尼诈骗历史？她神情很平静。可是，我又想聚精会神看节目——她提到的那个短头发的弑父小女孩登台了。她将与大家分享自己的“悦读体验”——题目叫《读〈目送〉有感》。

所有登台表演、讲演的在押人员，都不自报姓名，而是只提自己的仓号。但小姑娘自报家门了——声音很小，我没听清楚。她十七岁，来自未成年监室。关于她所犯罪行，只是一语带过，“去年因为一念之差，铸下大错”。然后言归正传：她读了散文《目送》，很有感触，想和大家分享。

开场白有点长，我感叹这孩子记性真好，表达能力真强——左手里没有小卡片，但几乎一个绊子不打，语言流畅，如在背诵。她其实就是在背诵一篇自己写就——也许经过其他高手润色——的长篇读后感。真下了功夫。首先，她用浪漫主义的语汇表达在监中对书籍和阅读的感悟、理解和赞美。然后，提到去年市局提审她时，与母亲匆匆见了一面，而后又被押回看守所时，母女互相的目送。她含泪说道：“我终于明白，所谓母女一场，无非就是看着对方渐行渐远。”作为一篇中学生的散文，算是有深度了。但这并不是高潮，接着，她又提到了自己的目送：一位在监仓里一直像母亲一样照顾她的中年妇女，被判决服刑离开时，自己一直盯着她的背影目送。满心希望她能回头看自己一眼，但她的仓中母亲居然绝不回头，直到背影消失。这个转折、递进就连我都有点感慨。她这是不懂，很早之前，应该还没她的时候，我就听一个“资深犯人”说，出监的规矩就是绝不能回头看。“上次出去，我就一路走一路念这个咒，妈的跨出大门之前，没忍住回头看了一眼，这不，又进来了……”然后弑父少女开始总结：每个人都是彼此生命中的过客，在这里相处再好，或是再坏，都未必会有重逢的那一天。看着别人离去的次数越多，也就明白自己也快要走了……人生，无非就是我目送你走远，你目送我离开……结尾尽量往正能量走：孩子们会目送父母老去、离去，但自己却无能为力……还有，人都会目送昨天的自己、稚嫩的自己、错误的自己……

我其实一直没有半转身看向舞台。我只是把椅子稍稍靠后一点，然后，盯着案头的材料，但耳朵一直竖着听。听得出，她很动情。我以为这篇散文相当不容易，甚至比一些年纪大得多的女作家写得都好。原因嘛，大概是女作家们的情感在纷繁的外部世界耗散过多，以至于无法凝聚在文字里。作家只有自处于类监仓之中，才能写出好的作品吧。

在她收获掌声时，我笑着问于素敏：

“你有没有什么心里话想跟我聊的？”

她笑而不语。

我只好再次竖起耳朵听节目。

男仓和女仓合作朗诵散文《一封家书》。主角居然是女性，她在监仓里，和外面的丈夫通过写信，谈她们的爱情、家庭以及现在彼此间的思念。一位男在押人员扮演她的丈夫。伴舞的还是文艺仓的六个女子。这次她们又换了服装：粉色 T 衫，黑色紧身裤。然后又是读书感悟节目《以书为翼》。朗读者还是女性。她是一位大学毕业生，曾在香港读研。之后和丈夫——大学同学，现在，他羁押在男仓——一起在广州生活。关于他们所犯罪行，同样是一语带过：两人在一起打拼，一念之差，双双触犯刑律。这个朗诵叫我感到新颖的地方是，她讲述自己的故事时，始终紧扣着监里的流动图书站的主题。她读过的书，会流转到丈夫手里吗？她对一段描写的一瞬间的感受，丈夫是否也会心有灵犀？我不由得想起红叶题诗的旧典。然后浅蓝色纱质连衣裙的主持人登场，她的节目是《读万卷书，行万里路》。她回忆数年前和丈夫儿子一起前往清远的一次自驾游。

“我这次，真是不该出国。人家都预言了我……唉。”

“什么人？和尚？道士？”

我收拾笔记本、茶杯，淡淡地问了一句。

2016 年 2 月 14 日，西方情人节，农历丙申正月初七，于素敏回娘家省亲。一位种地的老同学在自己家的场屋摆了四围台，宴请回到家乡的男女同学。于带着一儿一女赴宴。刚见面，才一握手，这位老农民东道主就一本正经地说：“你气色不对啊——今年肯定有牢狱之灾！”

我不大相信有这么神的人，何况，大过年的，当着许多老同学的面，对一位远嫁的女同学不留情面地显摆自己的神。

“他到底是种地的还是在县城摆摊算卦的？”

但是，我很快就想到那里是大山深处，是少数民族聚居区。巫文化气场或许是有点强大。

于素敏坚称是真事。那一晚，她过得很郁闷，也很愤怒，拼命喝酒。她曾多次询问种地的为什么这么说，究竟有什么根据。但他那个同学蛮得很，只一口咬定他是看出来的。后来，其他同学掺和进来，说他是不是当年暗恋她，但不敢或是没有表白，如今见人家牵儿带女，心里愤恨，喝了二两，就犯浑了；或者是看人家老公没来，就用这种耸人听闻的泡妞大法进行勾引。但种地的矢口否认，甚至赌咒发誓。至于怎么“看出来的”，却只字不说。

“那么犹豫过没有？”

“只有一点点……”

于素敏可能想的是：她虽是出国，且干的是几乎没有风险的小事，应该没有问题。

其实——

“我根本就没想到这件事上去。以为会是跟老公……”

跟老公搞出牢狱之灾？那除了故意伤害他……但这话不能说，于是就扯“这件事”。

“上次去印尼，不但没啥事，恐怕也是赚到钱了——有这个刺激或是诱惑，只要赚到钱，又没叫抓，恐怕就不会去想什么牢狱之灾了。对吧？”

印尼之行三个月，她肯定赚到钱了。多少？跟哪个老板？怎么纠合在一起的？我都不问。这次马来之行，按她的说法，是想再赚一点，就老老实实在家，再也不出去了。跟老公也得缓和一下，“牢狱之灾”还是得躲一躲。

假如马来之行就像印尼之行一样顺利，且赚到更多的钱，她没准还会开启下一次的什么菲律宾之行甚至卢旺达、开曼岛之行。至于种地同学的诅咒或预言，当其不能应验之时就仅仅是一个笑话。

二

张震是于素敏的侄子。亲的，他喊于姑妈。这是好几个广西籍嫌犯都对我说的。不过，于和张都不承认。于说跟他们（同籍嫌犯）不熟，张的辩解还靠点谱，他说："我们山里乡下嘛，又是瑶区，'姑'啊'姨'啊都是乱喊的。"也对。叫姑的话，他应该姓于。

张震生于 1998 年，案发时刚刚十八岁过一个月。他的学历是三年制中专——自治区广播电视学校毕业，专业是影视剧制作。这让我对与他的交谈充满期待：普通话肯定过关，思维和表达一定不差，交流一定顺畅。不过，一位同案、其老乡对我打了预防针：他狡猾狡猾的。庭前会议时，徐法官曾直斥他道："就你不老实！"

见了面有点失望：一枚呆若木鸡的乡村小青年，说话也是吭哧带结巴。问他一句话，他总会盯着我看半天，在我重复之后，才慢慢作答。我甚至想他是不是被关得久了，有点失语。再者，就是因为年纪小，在仓里迅速形成谨小慎微的个性。但是，我又想到他老乡的揭底：在马来时，一条"鱼"逡巡很久，但就是不咬钩。张震——那时他进入诈骗界还不到一周——自告奋勇接过话筒，再次耐心地说教。但结果依然无效，当"鱼"最终表示将亲自去属地公安局核实自己的罪行时，张震不急不躁地说："你可以去。但是，我们上级公安局的案子，他们会知道吗？知道了敢告诉你吗？记着，你自己的选择，你自己得为后果负责。"他老乡还说，旁听的侯定民对他大加赞赏，号召一线的都学着点。因为张震所说结语，是剧本中没有的，而他的发挥，又是极为恰当妥贴的。

十八岁，那应该毕业没多久，在失足诈骗集团之前，他的履历如何，我很想知道。但是，这可累死我了。2015 年 6 月，他走出校门，是实习还是毕业，他表示记不清了。之后呢？他来过广东东莞打工，去了好几个单位，其中有一家是电子厂，但名字忘了。他难道就没干过一份专业对口的工作？干过，在不知道是广西还是广东的一两家婚纱影楼干过摄影、布景之类的，但是工资太低。

2016 年 3 月他就去马来了。毕业后短短大半年时间，往来两广数番，跳槽四五次，阅历不可谓不丰，闪转腾挪功夫更是了得。

“你姑带你去干这个，是因为工资高吗？”

“我姑怎么带我？是我自己找的。”

因奶奶去世，他从广东返回广西。到网吧上网，一边打游戏，一边关注求职信息。2016 年过年期间，某天，屏幕上突然弹出一个网址，注明是食品加工厂的招聘启事。工资五千包吃住，不要求他在网上填写姓名、电话等个人资料。很快，有人打电话给他（来电不显示对方号码），嘱其加一个微信（忘记名字了，手机里有，但手机被马来警察给“黑”了）。微信中再次确认福利好，差旅费都报销，但工作地点在国外。他刚出校门，“涉世不深”又“好高骛远”，立即就答应了。按对方要求，他到恭城公安局办理个人护照，并将其寄到“你们海市”的某个旅行社。之后没多久，对方通知他到广州白云机场，会有专人带其前往马来西亚。

我听得目瞪口呆。

“你玩什么游戏弹出了招聘启事？”

“《王者荣耀》！”

“什么？”

“《王者荣耀》！——年轻人都知道。”

他把双手一摊，像王一样荣耀，接着又一合，双手抱拳，搁在了谈话室的办公桌边缘。嘴角露出王一样的浅浅的笑。

于素敏应该是他亲姑。他们家人品性相同。“常及人、张小森、田月，认识吧？”

“不认识。”

“鬼话！你们是一个乡的啊，这村名……”

“哦。你说他们啊，知道。张小森是我同村的，田月是他女朋友。常及人是我表哥。”

“他们说，是你姑带他们去马来西亚的。”

“不是的。”

“那你们是怎么混到一起的？”

“他们也是在网上找工作，也弹出了一个食品加工厂的招聘广告。觉得工资待遇还不错，就都同意出国打工。”

“天下居然有这么巧的事！呵呵。那么，你们是怎么商量一起去马来的？”

“我们没有商量。有一天，他们来我家玩，无意间谈起，原来大家都被同一家食品加工厂录用。然后我们四个人就一起乘动车到广州白云机场。有一个三十多岁、矮胖、有肚腩、成熟、稳重、看着有钱、普通话很好的男子接我们，把我们带到一家酒店住。并再次明确告知我们，我们要做的就是食品加工厂的流水线工作。”

“继续……”

“3 月 16 日，接待我们的男子给了我们护照和机票。机票上全是英文，我也看不懂。他送我们上飞机，说到了马来会有人举一个牌子接我们。牌子上写的是‘旅行社，接中国朋友’。”

“到了马来你们加工了什么食品？”

“到了马来我们在一家酒店住了两三天，然后去了工作地点。没干什么，就是老板叫我们抄稿子、背稿子。”

“稿子”，就是诈骗剧本。

“加工食品还要抄稿子、背稿子？”

“是的。”

我得出去透口气。我点了根烟，推开了谈话室的门。我还不想结束谈话，所以尽量平静地叮咛了他一句：

“你就坐在那儿！”

跟张震同村的张小森，比他小一点，但已经是拖家带口的人。他的女朋友田月，生于 1999 年 7 月，案发时还不满十七岁。她十五岁时，就给张小森生了个儿子。他们一起去了马来西亚，对张小森来说，是得赚钱养家。对田月来说，只想着能跟张小森在一起。刚满周岁的儿子，交给婆婆带。

张小森给我的第一印象就是：乖巧、懂事。他诚惶诚恐，有问必答，唯愿司法机关早点查清、早点宣判，然后他能早点服刑。也就是说，能早点刑满出狱，回到女友、儿子身边。从头再来，年轻，有资本。

他对侯定民心存好感、抱有希望，“我挺崇拜他的，有本事，有水平”。他们在马来蹲班房的时候，叫来的饭，侯定民总是让手下人先吃，剩下的他才吃。不够了，他就抽根烟当饭吃，或者等下一顿叫多点自己再吃。这跟别的团伙（都关在一起）的“领导”的作风完全相反。那些台湾人都只顾自己，虽然也跟自己的手下关在一起，但甚至都很少跟他们说个话聊个天，完全一副大难临头各自飞的嘴脸。还有，侯定民说过，事了之后，每个人都会有一笔安家费。不一定多，但一定有。他保证。

盗跖风范。

张小森纠正我说：张震是于素敏的外甥，他喊于小姨。他的妈妈是于的亲姐姐。他和田月也喊于小姨，论起来也算是亲戚。一个村的嘛。

于素敏过年时确实回了恭城娘家。省亲是一个方面，另一方面，就是让她的亲外甥张震招人。张震找到了他、郑捷、常及人。张震，也就是于素敏，为他们描绘了一幅美好的前景：轻松、来钱快、零风险。于素敏已经出国两次，都是跟台湾人搞诈骗，啥事没有，也赚到了钱。因为是过年，他们在饭桌上谈的都是这事。大家都很新奇，都有点兴奋。

我提到于素敏所说的“牢狱之灾”，想知道这是不是真的。他愣了半天，然后低下头说，看来真是天注定。张震和他们决定去马来之后，大家去当地的关帝庙——不是为这事问卜，纯粹是过年没事干到处瞎溜达。当然，至于别人的小心思那不得而知。在庙跟前，张震戴的一个玉戒指掉在砖石地上，碎了。不知道谁开玩笑地说了句“玉碎人亡”，其他人骂大过年的这话真晦气。但是，没人跟去马来的事联系到一起。现在想来，恐怕也是关帝爷的警告。

张震、于素敏招募他们，有没有更直接的证据？

“这要什么证据？这就是事实嘛。”

过完年，就准备去马来。他、田月、郑捷、张震、常及人一起，从恭城到灵川于素敏家会合。吃了饭，还喝了酒，住了一晚上。第二天早饭后，乘公交车去高铁站。在高铁上，碰到了韦丽丽、李西、向里等十几个广西老乡，有恭城的，也有灵川的。大家心知肚明，都是去马来西亚赚快钱的，都是为同一个老板打工的，也都是于素敏叫的。

“高铁票是谁买的？”

“这个我没问。反正我和田月没出钱。”

“报酬是怎么说的？”

“我们去了肯定是干一线。于素敏说过，五千底薪。另外每干成一单，都有百分之六的提成。”

对张震的印象——他其实口才很好，也有幽默感。有一次接打电话，是骗被害人说他透支贷款的，张震对那人说：“你爱还不还，你欠的是银行的贷款，又不是欠我的钱。”他总是别出心裁编点剧本上没有的话，但都很到位。侯老板夸他有水平。侯老板让我们严格按剧本来说，特别强调绝不能跟客户对骂、吵架。“你一个客服骂人，谁会相信你啊！”但他认可张震的出格发挥。

并不是所有人都佩服侯老板，记得被抓后，就有人——忘了是谁——抱怨侯老板不行：他应该在别墅（窝点）外面装上摄像头，有人靠近大家就能提前准备。警察摸过来，人都跑光了，他们抓个鬼啊。

“被抓时有什么记忆深刻的细节？”

“马来警察好像是拿斧子劈开门冲进别墅的。先是两个人，拿着枪，穿便装，也听不懂说什么。后来又有人跟进来，有一个讲华语，叫我们别动。他们在屋里到处乱翻，我看见一个警察在厨房里揭开锅盖，直接拿手抓里面的白米饭吃。”

“侯定民像个老好人啊，怎么管队伍？何况你们广西的，白梅、全小岚、崔桂花等，都是五十多岁的奶奶外婆。”

“他是有本事的人。不怎么发脾气，他曾对这些笨阿姨说：‘七天之内，你们再接不到单，赚不来钱，就送你们回去！’私下里他也抱怨过手下人不得力，业绩很低，一个月各类花费都要好几万。

再不来钱，就得赔本。”

“侯定民说给你们安家费，是真的吗？”

“是的。在马来移民局，听说要遣返回国，他还说让大家一定要记住他的微信号，说一定给大家请律师，还要给安家费。”

“请律师了吗？”

“可能没有吧。我的律师是政府的法律援助律师。”

“你们这个团伙有后台老板吧？”

“有。后台老板曾在公司出现过一次。我也不认识，只是听人说是大老板。他头发向后梳，扎个马尾，三十到四十岁年纪，也没跟我们打招呼。你们没抓到他吧？侯定民对我们的保证，肯定就是在外面的大老板对他的保证。否则他拿什么保证？”

“怎么看待自己的犯罪？”

“我们一般不骗年纪小的或老太太，一般就骗中年的，事业有成的。我其实就像在工作单位里混日子一样，田月也是。曾有一个老头打来电话，再追打回去，肯定能骗到手，但她不愿意打，于心不忍嘛。我们最喜欢网络出故障，这样就可以不用打电话骗人。上班一般坐后排，七个人，韦丽丽比较能干，负责主动拨打电话出去给人，我们就负责被动地接听打进来的电话。

“这事说来是有点没良心。2015 年的时候，我的一个堂伯，就被电话诈骗过。他的女儿在乡政府工作，骗子说她出车祸了，送进了手术室，急需医疗费。堂伯给汇了三千元。我自己以前也接过骗子的电话，一听就是骗子，我在电话里狠狠地骂了他祖宗十八代。”

后来采访的广西人，都跟张小森差不多，也就是说，多少有点避重就轻吧，但还算能如实讲述自己所知的侯定民团伙及个人的犯罪事实。不像张震，在马来西亚长达一个月的时间里，他们所结成的攻守同盟，他一直坚守着，甚至在其小姨都部分认罪之后依然倔强。真是“我心匪石，不可转也”。哦不，恰当的用词应当是“怙恶不悛”，更通俗的表述则有：“背着牛头不认赃”“不见棺材不落泪，不到黄河心不死”……

“张震，你没有参与实施电信诈骗吗？”

“没有 。”

“你每天抄稿子、背稿子，稿子是什么内容？”

“我记不住。我脑子不大好。”

“你脑子不好使？”

“是的。侯定民就当着大家的面骂过我‘猪脑袋’。”

“出国一起待了有十来天吧，就算‘猪脑袋’也应该能感觉到大家是在搞诈骗。”

“我不知道。”

“有人管理，有人培训吧，他们叫你干什么？”

“就是叫我把稿子上的话对着电话里的人说一遍。”

“你说成事了吗？”

“没有。我笨，整天被骂。说不好，就罚我抄稿子。没几天就被抓了。”

“谁骂你？侯定民吗？”

“他也骂。‘光头’就整天说来说去，经常骂我。”

“‘光头’是徐为车吧？”

“不知道。像是台湾人。”

“OK，我们谈得非常愉快——烟你就别想抽了，你说我应该给你烟抽吗？你抽了两根了，我都心疼死了。其实你们这些人我都见过好几个了，想知道的都知道了，不一定非得你说。”

“于素敏怎么样？”

“什么怎么样？”

“她……身体还好吧。”

“不是不认识吗？怎么还关心她的身体？”

“嘿嘿。”

“ 哈哈 。”

“你笑什么？”

“我心情好啊，不可以笑吗？”

“我说的都是真的。”

“徐玉玉案知道吗？”

“知道。电视、报纸经常说。”

“你怎么看，说说。”

“我不想说。”

“今天来之前上了下网，二审下来了，驳回上诉，维持原判。呵呵，该！”

“我这个你觉得能判几年？”

“判几年法院说了算。不过我可以给你看看最新诈骗案量刑规定。”

“‘不足四千元，为罚金刑’——这个是看个人还是集体？我个人是一分钱也没有骗到的……”

“你个人可能会判得比较重，七八年也说不准。你虽然脑子笨，但肯定也知道国家正在气头上。”

写作应该零度情感，采访应该中立客观，我后面的表现有点失态。

常及人，年纪大点，1991 年生。他承认自己与张震是老表——两人的母亲为姐妹。是，他母亲也姓于。那么，他母亲也是于素敏的亲姐姐了？但他想了想，说他跟于素敏不怎么熟。

他瘦小，脸上有许多雀斑。谈话过程中，时而皱眉，显出内心深处的忧郁；时而警觉不安，隔着玻璃墙四处张望。有管教或辅警提解在押人员出来，他总是显出费力地辨认的神态。

有了张震的经验教训，我决定悠着点来——不咄咄逼人，多观察，多倾听，不急或不必拿出自己的判断。

他先问我何时能开庭。是啊，关了快一年半了，这是他们所有人都关心的问题。也是他们第一个就问我的问题。曾经有人——谁呢，不记得了——被管教叫出仓，被我带进谈话室时，一脸喜悦，身体也在抖颤。他说，听说有警察找，高兴坏了，以为要开庭了。我说叫你失望了。不过，跟我聊聊天，抽抽烟，也比总闷在仓里好吧。

何时能开庭，我不知道。我曾问过认识的主审此案的法官，不知道是因为工作保密原则还是别的，她给我的信息也不准确。而我也不好多问。

自己能判多久？

我拿出打印下来的刑法相关条款给他。他看得极细致，一页半纸，像新体诗一样，不断地敲回车键写就的条款，就那么多字，他却一直低着头看。就算那些字是珍珠，所耗时间也绝对够他一个一个地擦拭、把玩一遍。

他自认三年以下：他知道是去搞诈骗，也抄了背了稿子，还在电话里跟“客户”通过话，但是，他只干成了一单啊。但按条款及解释所说，似乎远不止三年。他非常惊愕，手捧着纸，眼却微微抬起，透过玻璃墙一直向远处望。我也跟着往外看，外面是草地、树、对面的监仓。如果把眼光抬起，跃过树梢，会看见看守所的高墙、墙上的铁丝网，以及一座水泥砌成的三层塔楼，每层都是三百六十度的透明玻璃窗，里面有持枪的武警；再向高处看，就是一片灰蓝色的天空。

“我就弄成了一笔，七千多块……”

他嘴里念念有词。

我说账不是这样算的。

他好像缓过神来了。

“一开始，我真不知道去国外是搞诈骗的，到了两三天才知道。”

“哦，那你有没有向侯定民、其他人提出过不干了，我要回国？”

“没有。我也没路费，所以没有提。”

“这个……你们一起去的有三四个人啊，有亲戚，有老乡，大家总有办法吧。何况，你们内部也可以商量一下对策啊。”

他一言不发。这个问题，他是不想再谈了。

包括跟于素敏不熟，这都是亲亲相隐，都是对在马来移民局结成的攻守同盟的小小坚持。但是，关于自己的犯罪，他是供述了的。他还对我表示，认了，是自己犯罪了。都向审讯的警察说了，在庭前会议上也认罪了。现在，不想多说了。

说点别的。

“仓里的人很复杂。有些人谈自己干的坏事，真不是东西，真想揍他一顿！”

我没有问什么人什么事惹他大动肝火，但是宽慰了他。我说有人的地方就免不了矛盾，得想开点。

“是啊，我忍了。我可不坏监规，我改造自己。”

家里怎么样？

父亲几年前出过车祸，脑部受了伤，智力就像十几岁的小孩。

爷爷奶奶都在家，七十多岁了。母亲一个人在深圳打工，做保姆，经常受人的气。他还没有成家。做这个之前，在桂林的桑拿城干过按摩捏脚师。“苦是苦点，但收入还算可以。唉……”

他还算是个实诚的乡下小伙子。

他们都没有提及阮涛。

阮涛，生于 1989 年，比张震、张小森、常及人他们大那么一点。按照恶俗的代际划分，阮属于八零后，和九零后们玩不到一块很正常。另外，他们确实同县而不同乡，有地理上的间隔。

但阮涛真和张震们不熟——当然是据他所说。他进入侯定民集团从事诈骗，另有路径。严格而言，他已经不能算是广西大山深处的山民，很早（他都记不清了）他就出来打工，如今，家也算安在了广东。还有，他根本不想再回老家生活，不习惯。他全副身心——除了城市生存技能差点——融入中国的人口大迁徙和城市化进程之中。他跟老家的旧友们也甚少联系。他说，他是到了马来西亚，住进公司别墅，听到口音，才发现居然来了这么多老乡。

2016 年春节期间，他刚好在深圳打散工，休闲时间，他在坂田一个小杂货店打麻将，认识了一个叫“亚当”的福建人。这人三十不到，戴个眼镜，知道他今天上班明天被炒、吃了上顿没有下顿，就说他的朋友刚好有一份输出劳务的工作，地点在马来西亚，月薪五千人民币，出国的机票公司承担，问他有没有兴趣。他太有兴趣了，连干什么活都不问，就一口答应。很快，就有一个在手机屏幕上不显示来电号码的电话打来，指点他去办理护照，再将护照寄往海市某个旅行社；之后通知他到白云机场集结……

讲到这里，他突然问我，当时一去护照就被他们扣了，假如我偷跑出去，或者反抗，被他们打了，我还算犯罪吗？我立即回答说，跑出去，报警，或寻求大使馆的帮助，那么，他就是受害人，自然不算犯罪；因反抗、不从而被殴打，被迫参与电信诈骗，只要能证明这一点，那么，也有可能从轻、减轻甚至免于刑事处罚。他似听非听，陷入沉思，等我的官话说完，他说："其实人家也不打，明说了不想干可以，承担来时的机票钱，以及住店吃饭的费用就行。我哪里有这么多钱，我是指望着来赚五千块的……"

阮涛块头算不上大，但有点胖，显得壮实。他笑着说，原来体重一百八呢！又叹口气说，在马来瘦了三十多斤。我说犯事了嘛，心理压力大，能理解。他说，是，也不是——在马来关那一个多月，一辈子的苦都吃了。天热，环境极为恶劣，吃饭用手抓，没有牙刷、毛巾，整个人从里臭到外。他不断地摇头。

"你一个山区农家子，世人眼中标准的苦出身，马来监狱一个月，有一辈子的苦？"

"呵呵，没认真干过农活。出来打工自由啊，玩，赚钱，花钱。"

我这一职业，大概总是把人往坏处想：他一定有好逸恶劳的品性。

但是，他这一代年轻人，的确不需要吃太多的苦。他们离开农村来到城市，虽然飘荡无根，工作三天打鱼两天晒网，不是老板炒就是炒老板，一言不合就提桶跑路，但是真的自由。他们以一种乐观、享受的心理来面对生活，故而从来没觉得苦过。

我突然想到了扣护照的事——其他人没提过。"真的不打？威胁不？有什么管理规定？"

"不打。唉，怎么说呢，一个人出门在外，还是外国，还是有点怕的嘛。管理倒是挺严的，墙上贴有员工守则，我记得有一条是工作时间或其他时间，擅自离开工作地点，罚款五千元。"

"罚五千？"

"就是不让人随便离开的意思……还有，公司规定，相互之间不许说方言，只准用普通话交谈。包括我们想跟家里通电话，也得说普通话，旁边还有台湾人盯着……”

不，没这么简单。对这种阴暗行当而言，员工外出存在着巨大的风险：他可能报警，他是非法劳工，可能被发现……

“你肯定自己不是于素敏、张震招去的？是不是你跟他们也有亲戚关系，想保护他们？”

“我根本就不认识他们。我都没怎么在村里待过嘛。到白云机场，有一个男的把我们集中到一起，也没怎么说话。到了马来，人很多，是分批接的。后来一起住到酒店，听说话，咦，一问，才知道很多都是隔壁村的。”

看来，于素敏并非招募了“所有”广西籍的团伙成员。

“聊聊吧，你这么多年都是怎么混的？”

“我在广东到处混。嘿嘿。”

“干过什么坏事？”

“打工，打工。”

“二十八了，也没想过成家？”

“早成了！儿子都六岁了。我老婆现在还在东莞纸皮厂工作。儿子在老家爷爷奶奶带着，在东莞没学上啊。过年我们就一起回去。对了，我想起来了，刚去两三天，听说是搞诈骗，我就不想干了。我打电话给老婆说不想干，可是，要回去得承担七千多块钱，费用自理。这个算不算我不想干的证据？”

“你老婆说什么了？”

“不记得了……我们也没那么多钱。”

“这么多年，你干的时间最长的工作是？”

“东莞黄江的一家电子厂，零零碎碎干过近一年。我干活都干不长，一般几个月。没啥意思。”

“什么有意思？”

“嘿嘿，我就喜欢打点小牌。多时输赢一千多，少则几百块。赢了钱就给家寄点，没钱了就不寄——大哥，再来根烟呗。”

“那你讲讲你干过的坏事呗——游手好闲，不是良民。”

“2015 年，下半年，我在东莞打牌的时候，认识了一个山西人。真名忘记了，他真给我说过，戴个眼镜，大家都叫外号‘四眼仔’……”

“喂，福建人‘亚当’戴个眼镜，山西人也戴个眼镜，你都不读书不看报的人，怎么净结交戴眼镜的？你是不是看我戴眼镜，变着法骂我啊？”

“不不不——这个山西人，可能是个干坏事的。我那时没钱啊，准备跟着他干。他带我去斯里兰卡——这你可以查我护照——说是搞代购。但是，在香港海关，我被拒绝入境，因为我不知道前往哪里，做什么，住什么酒店。都是英文，我哪里懂啊。他后来又带我一次，可还是被拒签。这下我死心了，这事肯定干不成。哪有这么邪的，就盯着我，干了肯定也没啥好结果。我就不跟他玩了。”

“代购什么？”

“带一种药品。一个人带的数量有规定，我就帮着‘运货’。”

“什么货这么值钱？要贴你往返机票，包你住宿、旅游，是毒品吧。”

“不是的！不会吧……”

“看来你进这里是注定的，2015 年没进，2016 年不就进来了嘛！”

“唉，以后老老实实打工。”

“你们仓里都有些什么人？”

阮涛的背后，当然隔着一道玻璃墙，他们仓的管教打开了铁门，三个短裤、马甲的在押人员排队出来，立即蹲下，围着一个漆黑的铁罐子开始抽烟。他们吸得很快，吸得很猛，瘦削的脸凹成窝。管教扶着铁门，喊一声“好了”，他们立即将还未吸完的烟往铁罐的边沿上一架，或者往玻璃墙的铝合金墙基沿上一放，直起身一个跟着一个闪回仓。而另外三个又一个紧跟着一个出来，蹲下，捡起还没抽完的烟蒂就吸。两眼微眯，两只手又从扔在地上的烟盒里再抽出一支，对着烟头续上，又是一顿猛吸。烟雾缭绕，久而不散。六个人，其中有两三个，给我的印象相当不好——他们的凶相还没有褪去，虽然就像饥饿的野兽进食般抽烟，但那眼光时不时地就挑起来，跟我对视一下。我正襟而坐，迎着他们的目光，而他们并没有一丝退却或慌乱的神色。

“什么人都有。”

阮涛并没有觉察到背后有人。当然，我们的谈话，抽烟的恶徒们也听不到。

“说说。”

“有两个广西老乡。一个盗窃，一个是老婆跟人跑了，他把人打成重伤还是打死了。还有一个台湾人，四五十岁，贩毒的，自己也吸，人不人鬼不鬼的。还有一个马来西亚人，华人，关了三年了吧，说是诈骗了八千万。还有一个贵州的，也是四五十岁，也是在国外搞电信诈骗的。不过他不是包机运回来的，他是回到贵州，你们海市的去他家里抓的。分了八千多块，关了一年九个月，还没有判。你们诈骗的判得也太慢了吧，我这都关了一年多了……其实我在里边也不大跟人聊，一般都是熟的，能聊得来的就说几句。里边的人也有些不愿意跟人聊的，整天闷闷的，不跟任何人说话……”

海市警方在马来的行动抓获的嫌疑人，没有贵州籍的。当然，他也是电信诈骗，我想，以后如果有时间，可以找他聊聊。至于马来华人，不管是关了三年，还是诈骗了八千万，都没有引起我的注意。我想，他应当是以海外华人的身份，采用传统的人与人接触的诈骗方式犯罪的，而且与经济或金融活动有关。与我的写作主题不符。

“我们这案子什么时候能判？”

“我实话说——也不知道该说不该说——我问过你们的主审法官，她当时告诉我七月底八月初一定开庭……”

“现在都九月底了嘛！”

“是啊——你们应当也知道吧，准备开庭前，你们总会得到书面通知的。”

“我是真想出去了！以前判得轻，这回可能重一点，我希望过年前能出去——我都坐了一年四个月了，这也折算刑期啊。我骗的也不多，我愿意退赃，希望轻判。”

我想起于素敏的“国家正在气头上”的话，但忍住了没说。与阮涛的谈话，难得的顺畅，他也算诚恳，我不想取笑他。

“你们的诈骗，你还有什么信息能告诉我的？”

“徐为车你谈过话了吗？我对他熟一点，他教我们这些新手。电脑手阿国坐我前面，他每天都看着电脑。”

“除了徐为车，还有谁教你们？”

“于素敏啊，我老乡！徐为车说他不在的时候，有什么不懂的，可以问于素敏——我听说这女的不招，其实她挺能说的。是个老手，听说以前就出国干过。还有可以问广东的两个女孩子，她们普通话很好，听说也是老手。一开始徐为车就安排我们广西的坐在她们身边听人家怎么说，就跟听课一样。她们接电话比较多，好像成功的也不少。有一回不知道因为什么，可能是表现好吧，‘猴子’当众奖励了她们现钱。马币，就是马来西亚币，比人民币还大，一个三百，一个五百。我们菜鸟，平常还要练习朗诵，还要抄稿子、背稿子。”

“具体怎么做？”

“等电话响啊，响了就接，照着稿子念一遍。如果有上钩的，有希望骗成功的，我们就按稿子说，有‘差佬’跟你联系，按个 # 号键，电话就自动转到二线。剩下的我们就不用理了。二线三线骗成了，我们跟着拿提成。”

同为广西恭城的向里和李西，年纪又比阮涛大。一个三十三，一个三十二。也许，他们对诈骗的内幕，以及嫌疑人之间的纠合，知道的更多一点。

向里，一个颓丧的而立青年，但不拒绝和我聊天。我既不疾言厉色，也不逼他认罪，对他可能扯淡的话题，也不穷诘细究，使其难堪。

起诉书上，个人信息一栏，写着绰号“大向”“阿建”。我问，你怎么叫“阿建”？好像没有什么可联系的嘛。他笑了，说是诈骗圈子里的人——很可能是个女的——给起的，因为他嘴巴总是不咸不淡，惹人烦，他们说他“嘴贱”。后来就简称“阿建”。

“以前对电信诈骗了解吗？”

“是个人都知道一点的啦！”

他的一个朋友曾被“猜猜我是谁”骗过几千块钱。“这种事嘛，谁碰上算谁倒霉吧。”

还是直奔主题：他是怎么加入这个团伙的。

电信诈骗这事，道上的多少都知道点。他家在恭城县城，一个酒吧的老板，不知道有什么关系，跟“我们老板‘猴子’”还能接得上。侯那时候正广发“英雄帖”招人呢，老板一推荐，很快就有电话打来给他。来电不显示的，可能是国外打来的。他也想发财，一谈就拢。

他在海市和侯定民见了面。

他对侯定民大加赞赏：那时候侯才二十一岁，天，真看不出来！老练、成熟，待人接物，有领导风范。细谈之后，“我感觉这个人把我的思想、理念、工作态度、人生规划等都理顺了！”侯也很会照顾人，请他喝酒，陪他聊天，让他感到非常愉快。

“什么什么？思想？人生规划？都是什么？”

“呵呵，积极进取呗。还有，干他一票，赚笔大钱，然后洗白，过上幸福生活……”

向里不是那种没见过世面的乡下人，但是，侯定民在他眼里简直是思想家、理论家，以及人生导师。

他的生活有点狼狈：有两个老婆。与前妻生了儿子，离了，当然还得尽抚养义务——给钱呗。现在的老婆，还没领证，摆酒就更别提了，已经生了个女儿。生计艰难，想钱都想疯了，但是，身无一技。

2015 年夏天，他跟着侯定民去了印度尼西亚的巴厘岛。租房、布线、开会、学习，他满怀激情准备实现侯定民启蒙的“人生规划”。可是，据说国家总理要访问印尼，还是中国和印尼有什么重大活动，印尼警方严查各种犯罪，特别是侵害中国人民利益的电信诈骗，各家诈骗公司纷纷偃旗息鼓。侯定民带着他们在酒店住了近半个月，但风声始终很紧，一直没有开张。他没闲着，每天背稿子，练习讲话，还“在理论上充分理解了电信诈骗的操作模式”。可惜，理论是屠龙术，但在印尼连条蛇都没得宰。最终，侯定民决定终止本次诈骗。他狼狈地回到了家乡，继续艰难的生计。

9 月，他追随侯定民，与广东籍嫌疑人罗锦红、四个女孩子一起，从白云机场乘飞机。这次没有下南洋，而是上北京，之后去了河北三河市燕郊镇。这一回，他开张了。而且，整个团伙的诈骗所得，远不止警方、检方起诉书中所提到的八十六万元。他也有所斩获。多少？他只是笑了笑。

冬天，过年前后，他又来到海市——因为侯定民在海市。他待了一天，与侯定民、罗锦红以及香山的几个女孩子一起吃了饭。算是一起过年吧。

“侯定民过年也不回台湾吗？”

“他说他在台湾逃兵役，不敢回去，也不想回去。所以，趁现在机会好，先在大陆发展事业，多赚钱，赚大钱。以后回台用钱搞掂法律官司……”

“‘远大’的人生规划啊，呵呵。”

“唉！”

他最近情绪才好了一点。刚进来时，精神一直处于崩溃状态。要坐三五年牢，光想一想就让他万念俱灰。

早知今日，何必当初？警察们看饱了这一类人生状态。“徐玉玉，知道吗？”

“知道。这事干得，太缺德……我们，会判得那么重吗？”

“你们，觉得呢？”

“不知道啊。仓里的广西老乡，也给了不少安慰，听天由命吧。这种事，谁都说不准。有一个老乡，他已经‘上场’了，偷了一点东西，判了十年！天，出来都要拄拐棍了！我听了胸闷得很。”

“偷了一点什么东西？”

“他说是撬了个保险柜。”

入室盗窃，还撬盗保险柜，金额肯定不少。“上场”，监中黑话，就是说案子已宣判，人到真正的监狱去服刑。

“广西老乡，我是说你们公司的，有认识的吗？”

“认识李西、郑家杭。郑家杭是镇上的，李西一直一起玩。算是我叫他们的吧。”

我刚好打算下一个采访李西——特别的一个，“大马行动”中的漏网之鱼。趁着这个话题，我对他进行了教育——警察们的老生常谈。

“李西被抓了，知道吧。干了坏事跑不掉的！‘天网恢恢’，还真不是吓唬人的大话、空话、套话。他‘自由’了几个月吧，六月份抓到了。”

“他不是六月份抓的，是 5 月 14 号左右抓的。”

“你怎么知道的？”

我吓了一跳，急忙翻阅起诉书——我看过，记得李西 6 月 16 日被批准逮捕，但抓获时间则没看到，或者没记住。

“我记得很清楚，我们进看守所刚好两个星期的时候，早上，隔壁的二十四仓——‘新兵’仓——在练习队列和报数。我听到一个声音非常耳熟。我激动得很，但猜不到是谁。想了很久，是李西！有点不敢相信，他不是跑掉了吗？！此后我一直很留意二十四仓的动静、人声，但再也没能听到李西的声音。我又想，是不是听错了。”

“两天之后，终于有了验证的机会：管教让我出仓值勤——搬运仓里订购的食品。‘新兵’仓也在干同样的活，而且出勤的正是李西。我们互相看了一眼，就赶紧低头干活。”

要是知道向里这么念着想着他，李西大概会感动吧。不过，他们要互诉这一幕，恐怕得等到几年刑期之后。

李西不是被警察抓获的，他是主动投案自首的。投案，即自行前往司法机关或公安机关报告作案情况，听候处理。自首，是指犯罪后自动投案，向公安、司法机关或其他有关机关如实供述自己的罪行。最高法院、最高检察院、公安部、司法部 2011 年曾联合发布通告，敦促所有在逃犯罪人员投案自首。认可“投案自首”，体现了中国刑事政策的宽严相济，客观上能有效降低司法成本，还能给予犯罪人员改过自新的机会。在逃人员投案自首且如实供述自己罪行，可以依法从轻或者减轻处罚；犯罪较轻的，可以免除处罚。相反，在规定期限内拒不投案自首的，司法机关将依法从严惩处。

因为是主动投案自首，李西不像向里那样每天心慌慌。

他比向里还大一岁，但认为向里“城府很深”。多年的朋友，这应该是准确的观察。我立即想到了向里反复强调的“生计艰难”，苦难的生活会让人沉默寡言。但是，城府深也许是他根深蒂固的秉性：他和侯定民相见恨晚，当然是因为惺惺相惜或臭味相投。

是向里把他带进这个团伙的。也许“带”不存在，他们是朋友，算一起玩。

他参加了侯定民集团的三次行动：印度尼西亚巴厘岛、河北三河燕郊镇、马来西亚吉隆坡。

他见过侯定民背后的大老板：“豺哥”，四五十岁，梳个马尾，“气度不凡，一看就是个大老板”。“豺哥”来公司视察，但他没好意思跟人家交谈。

他一度以为自己逃过一劫。2016 年 3 月 25 日，下午两三点钟，马来警察冲进来时，他正在二楼窗边。掰开窗上的铁栅栏，钻出窗，沿楼层隔板突出的边缘走，最后跳进隔壁一栋别墅的小院内。别墅空置，近乎废弃，没水没电。他在房间内一直躲着，竖起耳朵，听隔壁的动静，但不敢伸出头去探个究竟。得藏好了。水龙头偶尔会滴几滴水，手捧着喝。吃的没有。直到天黑，再到天蒙蒙亮，他走出别墅向山下城区跑去。不敢走盘山公路，在树林间挑能走的地方走。

到了山下，运气很好，遇到一个正在砌墙的中年男子，华人。他向侨胞借手机，别人借给他了。他拿手机登录微信，联系一个叫“小惠”的女子。他告诉她出事了，她让他联系“赵哥”。他和赵哥约定在山脚的某处碰头。告别时，华人中年男子还给了他二十块钱。

可以想象他当时有多狼狈：丧家之犬、漏网之鱼。饥肠辘辘，也许衣服、手脸还被野生的树枝、藤蔓撕扯了一番。

且慢，“小惠”是什么人？

“小惠”是山西人，在河北三河市燕郊镇搞诈骗时见过。她是侯定民的女朋友，两人那时同居。但这次没跟着去马来。

我突然想起侯定民说过的，现在大陆的女孩子，傲得很。我还想，这个李西还挺有生存经验的，在手机、钱包这些现代人不可或缺的物件不存在时，能找到求救的线索，还找得挺准：侯老板的女朋友当然是最佳人选。

“赵哥又是什么人？”

“不知道。”

赵哥接他下山，住进一家酒店。自由了！在赵哥那里，他还见到了同伙张富龙——他也跑掉了？！赵哥等他们惊魂甫定，就提出把他们推荐给另一家没有被警察动过的、他认为很安全的公司，也就是说让他们继续从事诈骗。他和张富龙都拒绝。这事，谁还想干？！谁还敢干？！他们只想回国！赵哥立即变脸：他们的护照在侯定民处存着，肯定被警察抄走了。他得动用关系拿回来，那么，这得需要钱。还有，他们返回国内的机票也得自负。他想，也许护照就保存在赵哥这里，但是，没办法，他们只能按他的要求来办。赵哥安排“小关”和“小马”负责收他们的钱——打钱到他们指定的国内的账户，给张富龙的是工行账户，给他的是农行的，要打两万三千元。但是，不能一次性打两万三千元，必须分批打，一次二三千元不等。

为什么？

谁知道啊！但这血得放啊，也愿意！只要能回国。

在酒店里，他们看电视，马来的新闻报道了抓捕电信诈骗的行动。听不懂，但从图片、影像中可以看到他们的别墅、公司里的电话电脑等。侯定民们都戴着黑色头套，他基本上能认出每一个人—— 衣服、裤子、脚上的拖鞋，还都是昨天的。

再也不干这事了！提也不跟人提！从此，夹起尾巴，沉默寡言，有点城府，打工、赚钱、爱家人！

2016 年 4 月 30 日晚，在恭城家里，他上网，在腾讯上得知马来西亚的好几个诈骗窝点被扫。抓了九十七个，不论台湾、大陆，都被包机带回广州白云机场。刚刚平复下来的心情再起波澜，“人生规划”又得改了。

他有一个女友，离异的，带着一个小孩。在马来西亚时，就是托她到自己父母家里要的两万三。她感到很奇怪，为什么要两三千、两三千地存？她认定他干了什么神秘的坏事，但还是帮他办了。他想到了自首，他判断没可能跑得脱，没可能平安一辈子，长痛不如短痛，得了断这事。他对她讲了一切，和她商量，她支持。5 月 13 日，在她陪同下，他去了恭城派出所。

“本来是想跟她一辈子好好过的。现在进来了，以后还不知道得多少年，这关系恐怕是不行了……”

徐玉玉案七月份判了。他感到压力很大，肯定重判。我说他有自首情节，他点了点头。

正在这时，我发现他向墙外看了一眼，神态异样起来，又点了点头，这显然不是对我的安慰点头。我半转身看过去，嗬，七八米之外，十三仓的侯定民出来了，正蹲着抽烟呢。我再看李西，发现他把身子向实体墙这边扭，头也低下去了。显然，很刻意地不看玻璃墙外。

我没有说什么，从保温杯里倒茶水，仰着头，慢慢地喝。一杯喝完，我想，侯定民过了瘾了，该进去了吧；扭头一看，嗬嗬，烟是抽完了，身子也直起来了，但手里多了块抹布，正在擦拭他们仓管教的谈话室外墙呢！男管教们一般连桌子都不怎么擦，怎么会安排擦外墙？ 这一定是侯定民的自选动作。而且，他一边擦一边往我和李西这边瞟，还有，擦的动作那叫一个舒缓。但是，管教并不管他。在押人员表现良好，管教一般都会对他宽容些。

李西的头始终不抬。在现实中，侯是老板；在男人意识世界，他曾“畏”或“敬”他。因此，即便同为沦落人，他仍感到既定的尊卑有序的压力，他不敢或是不便于挑战。

我突然想起世纪悍匪张子强。1998 年，张在珠海市受惊后，往江门方向逃窜时被抓获。几年后，一位参与过预审的省厅老警察给我们讲课，说张子强在看守所时，向警方提了唯一一个要求：每次提他出仓，能否不戴手铐？因为，他还想在手下面前保持一点尊严。

作为交换条件，他将积极配合大陆警方，如实供述一切罪行。专案组经研究后，同意了。讲课的老警察说，我们侦查、预审人员，适当地照顾嫌疑人、审讯对象的情绪、尊严，对工作有好处。

我走出谈话室和侯定民打了个招呼，还对他的管教说："我请他抽根烟可以吗？"管教乐乐呵呵地说："可以。"侯定民微弯着身体向我连声致谢。我对他说："今天跟李西聊——你们的人，我都见了十多个了。"他显示出不好意思的神态，收起抹布，退回仓门和谈话室之间的那个墙角，蹲下去抽烟。这里没什么秘密，我每天都来看守所，侯定民们都看在眼里。我和其中的某一个人谈话，总会遇到另一个同案出来做勤务，而趴在铁门小窗口偷偷监视我的，恐怕更多。

侯定民终于回仓，李西也缓了过来。

"我觉得你怕'猴子'。"

"那……哪里会呀……"

"对。其实人与人，没必要谁怕谁，互相尊重一下就挺好。"

"是的是的。"

"我给他烟，是感谢他对我谈了许多——他要是给我藏着掖着，满嘴胡勒，何止抽烟，理我都懒得理他。"

"我……对你说的，都是实话。"

"我信。我也对你们每一个人说过，我跟你们，不是补充侦查遗漏或是新发现的犯罪事实。我奉命做调查研究，是为了公安宣传工作，以便更多的人能避免受到类似伤害。"

"你还想知道什么，我都愿意说。"

"我也不知道该问什么，你随便说吧。"

他得想想。我觉得不是在编造或者试图迎合，而是我的要求实在太过笼统。

在河北燕郊，他充任诈骗的一线二线。庆幸的是，他中途回家，所以，希望那八十六万诈骗案值不要算到他头上。家里出事了，那时他还没有赚到钱，因此向"猴子"借路费。借了两千。事后，"猴子"的女朋友"小惠"一直通过微信、短信催他还钱，说是"猴子"

叫她催的。“猴子”这个人原则性挺强的，一码归一码，你挣的我会给你，你借的我就得要。

“小惠”没跟着去马来西亚。她和“猴子”的关系，他也没有太多去问去管。人家说是男女朋友，他也就信了。倒也是好事，不然，在马来西亚逃过抓捕之后，他依然是叫天不应、叫地无门。

煮饭阿姨罗锦红和“猴子”关系很好，他们很早就认识。罗是广西人，早年嫁到香山。好赌。河北燕郊那次诈骗，她把自己的女儿也带去了，想一起挣点快钱。她带到马来的四个香山男女孩子，都是她女儿的朋友。

他觉得台湾人亲情比较淡漠。

我想，大概是催着他还两千元路费让他心里不舒服吧——不给朋友、忠心的下属任何面子嘛。但还是问了一句为什么。

他说，2016 年过年时，向里到海市来过，和“猴子”、徐为车、罗锦红吃了个饭。“猴子”、徐为车居然一直待在海市，也不回台湾过年。咱们过年怎么着也得回家团聚，不管有什么困难。

这里当然是有隐情的。向里果然“城府很深”，没对他吐露实情。

他说，徐为车的父亲，这老鸟也不是好鸟，因为贩毒，现在正在台湾服刑呢。这是徐在马来时，工余闲聊时亲口说的。

天，我跟徐为车聊天时，还曾嘲笑他不给父母尽孝呢！

话题又回到侯定民——太令人惊讶了，他是看到起诉书才知道侯居然是 1994 年年尾生的。讲原则之外，是他与其年纪绝不相符的沉稳和干练，做事有领导才能。还有，作为一个九零后，他跟我们这些八零后太不相同了：我们做人做事，多少还有点顾忌，总要思前想后，权衡利弊得失；这帮人什么都不管，什么都不怕，只要是想做事，就一往无前地去做，并最终把它做成！印尼、河北、马来，带着几十号人马，天马行空。

我倒是听过一个八零后对九零后的评价：那帮孙子，标准脑残一代。其实和李西所概括的，都是一回事。还不能叫魄力吧，应该说行动力较强，或者说意识中的自我束缚相对薄弱。而这一特征，包括“脑残”的恶评和行动力的强大，一度是我们这些七零后对八零后的定评。看来，时代确实在进步，一代是比一代强。另外，就我对李西的印象而言，他更像是七零后，忧虑重重、瞻前顾后，困惑于人际关系，等等。但这可能是牢狱生活的教导和压制使然。我们见面时，他第一句话就是“人待在这里，脑子都不好使了。空间太小，信息太少了……”也许我们在另外一个环境中相遇，他这些情绪会荡然无存，摇身一变，成为一个有暮气的七零后眼中标准的八零后“脑残”。

广西籍的中老年妇女们，我一直推延和她们见面……认为她们不难搞的，那是侯定民。我曾很想见白梅——她们之中最年长的，因而很具有代表性——但她关在香山的看守所。我舒了一口气。但次年长的，第三、第四年长的，可都在海市呢，且就跟于素敏同处于不大的女子监区，算是左邻右舍。这是工作，不能带个人情绪，我多次翻检起诉书，最终还是选定一个相对年轻点的崔燕燕。她生于 1985 年，最重要的是，她的文化程度一栏填写的是中专。

她的身材、相貌都是中等，肤色有南方山乡水曲女性特有的白，还有，一看眉眼，就有中专气质。文凭真的是有用的——她说：我诈骗成功了两宗；但是，起诉书中说第二宗诈骗金额为两万九千一百一十元。这个不对啊，多了一万块，“业绩统计表”中有嘛。是不是警察打字时不小心写错了？我向我的法律援助律师提出过，但律师自称是法学硕士，学识、能力比我高，会负责任地为我辩护，劝我不要纠缠这些细枝末节，不重要，不关键。在庭审时也不要提，给法官留个好印象更重要。

“你说，这个金额真不重要吗？”

我从资料堆里拣出最新诈骗量刑标准打印稿，用指头划过黑体标题《三年以上十年以下有期徒刑法定基准刑参照点》。

“你看，诈骗四万元，三年起。所以，两万九跟一万九应该没什么区别。”

她直起腰，侧着头看，我索性把文书掉转头，递给她。她很快就把打印稿推到我眼前，用指头划着黑体标题《三年以下法定基准刑参照点》。

“一万元的，六个月。每增加一千，刑期增加一个月。怎么不重要？！多一万多十个月呢！”

“这个……你有没有听说——不是我说的——我还是听你们的人说的，你们啊，都是三年起跳……”

“三年我受不了！不接受！”

“也就是说，有可能一刀切，你的律师是对的……”

“那也得切公平了！我只去过一次国外，就干过这一次，成功了两个，一分钱都没拿到，凭什么切我三年？！其他人，我也不说是谁，你们要查肯定查得到，不止一次两次了；还有，八月份刚有一批上场的，诈骗两百多万。有一个在我们仓里，是台湾老板的情妇，分了几十万，在老家开了个茶庄，还买了汽车，享受了犯罪所得，才判了三年。她的那些手下，才判了两年四个月。”

我又想起“国家正在气头上”的话。但是，和较真的人，特别是女性，开玩笑不宜。但在话尾，还是没忍住。我可真轻浮。

“八月判的，是以前的案子吧。你们是新形势、新情况嘛。人家都是自己买票坐飞机回来，在家里给抓的。你们嘛，可是包机请回来的。”

“那也不能太过分啊——他们其他人都上诉了，说凭什么老板情妇才三年。后来改判了，其他人都减了半年。这会估计都出去了。”

“他们那是 2014 年的案子吧……”

“台湾的大老板你们怎么不抓？”

“你怎么知道我们……”

“初次犯罪的和多次犯罪的，起领导作用的和一般员工，也应该区别对待。不能一刀切。”

“是的 ……”

“我是准备过年时回家的。再长的刑期我真的受不了。”

她其实语气一点都不急迫，但也不平和。感觉得到，那是文化或教养使她自我克制着。这让我有点不自然，拿出一根烟来，试探着问她吸不。但我立即就后悔了，在男仓这是营造氛围的绝佳利器，但在女仓，特别是对她，有点不太庄重。好在她只是瞥了烟一眼，轻轻摇了摇头。我如释重负，把烟塞回盒子里。女管教的谈话室就像少女的闺房，有香水味，墙上有卡通贴纸，挂着小公仔，地板、桌面都一尘不染，烟灰乱飞确实不合适。我决定这场谈话就忍着不抽。

“我11月24日要出狱！我已经算好了，等着了，一天都不想多待。”

2017年11月24日？为什么？这是什么日子？哦，2016年3月25日，她们在马来西亚被抓，从那时起算，至2017年11月24日，整整一年零八个月。同仓已上场的“前辈”，骗的比她多，罪行比她重，分得了赃款，还挥霍掉了，才判两年四个月，又经上诉减半年，最终羁押加服刑为一年十个月。她自定的一年八个月，有参照，而且是参考诸种情由之后的理性结论。她认为法官只有这么判才公正。

她怕我脑子跟不上这个大跳跃，笑了一下向我解释。

“我们刑拘是4月30号，我问了律师，是从3月25号起，可以折抵刑期。”

“也许严格来讲是的……”

严格来讲，抓捕之后，经讯问，发现有犯罪嫌疑，应在二十四小时之内转刑事拘留。日后判刑，拘留期折抵刑期。但是，她们是新形势、新情况：中国警察虽然参与了抓捕，但官面上说，其实是马来警方单方面的主权行为。在马来期间的留滞、看守，是根据马来法律来实施的，能否折抵中国的司法刑期，我不敢肯定。

“我们都认为是的——我们管教也认为应该折抵。否则没道理。”

管教的用语是慎重的：应该。对管教而言，能让几十号人情绪稳定，是工作的重中之重。

“管教……你们……”

“我们每天都在仓里研究、分析这些问题。谁的起诉书送来，或是一审判决下来，大家都围起来，一个字一个字地读，学习研究，都快成法律专家了。呵呵。”

“学习好！管教对你们好吗？”

“好。她1965年的，刚好跟我妈同岁。”

“好。”

“我们有时候也跟她开点玩笑。叫她给领导反映一下，伙食改善一下嘛，我们都成非洲难民了。”

“还有劳动吧？”

“每天上午一两个小时，插花、糊纸盒子之类的手工。简单。大家其实还挺想多干点活的，又不累，时间还过得快点。”

“据说是西方司法文明的成果……不能强迫他人劳动……”

“……像现在，每天下午都闲着，难免胡思乱想，有时候也吵点架，搬弄点是非。女人在一起嘛，难免的。”

男人在一起嘛，自然就是挥挥拳头喽。

“你们仓还有些什么人？”

“三十多个。莫名其妙的，好人！”

“扯淡。呵呵。”

“很多莫名其妙的罪名，什么‘虚拟币’‘虚开增值税发票’，什么卖保健品，还有‘掌中宝’的，成天骂马云呢。又没有杀人放火，大家都只是想赚点钱罢了。你就说卖保健品的，那跟电视广告差不多，多少有点骗人的意思，但老年人信啊。卖保健品的被抓了，老人还跑到派出所说情呢。老实说这种东西虽然吃不好人，但也绝对吃不死人，老年人吃了，起了心理作用，身体还真就好了呢……”

“我抽根烟。这有没有空的矿泉水瓶子之类的？”

“你拿那个报纸给我，折个烟灰缸给你。”

“就没坏人？”

“有一个台湾女孩，吴忆华，1991 年的，学法律的大学生，也是电信诈骗，从马来抓回来的。她跟男朋友一起做，男朋友关在第二看守所……”

我立即翻阅资料，找到了。张开捷团伙的，采访完崔燕燕们，我就会她们。

“她们台湾做电信诈骗的太多了，说是十几年前就开始做了。她讲自己的邻居、朋友，突然有几个月就消失不见了，等一回来，马上就买房子买宝马车，任何一个正常劳动赚钱的看了都会心态失衡嘛。她是抱着侥幸心理才去做的。不过，她们的起诉书上说是诈骗了六百多万，她肯定要比我判得重……”

“这个应该肯定……”

“但她也只做了两次，个人金额跟我差不多，她从法律的角度也反对共同承担六百万……”

“骗时只恨骗的少，埋单时唯恐名下‘财产’多。”

“我们所有人都没有拿到钱。”

“你们也不想想被骗的人的感受。”

“这个看怎么说呢。说点题外话：我觉得一个人一生被骗一次是不可避免的，也是必要的。每个人的某个时刻，都得命中注定舍点财，不可能只进不出。而且，被骗一次，就像上了一课，可以积累人生经验。这种经验是宝贵的。就像女人吧，总得找男人，哪个女人姑娘的时候就能看透男人？都得经验积累。就算当时经过了解没啥问题，一结婚就现原形了，喝酒、打女人、好吃懒做。离呗！再找人时，就能排除这一类糟粕。未尝不是好事。”

“看来还抓错了，人民群众还少了些教经验的人生导师？”

“也不是这么说。抓得好，抓得及时！真的，要让我干得久点，骗个几十万，那我这辈子也就完了，肯定在这里一辈子。用公检法知识说就是‘制止了更大的犯罪’。但是，你应该知道的，有一个老教授先后被骗了一千多万！他为什么会犯这么大的人生错误呢？他有知识有文化，但他一辈子没被人骗过，没积累经验。还有，他的钱肯定来路不正，心里有鬼，内心有恐惧……”

我摁烟头，把纸烟灰缸碰翻了，两个烟头、一点烟灰掉在了地板上。她停止喋喋，从桌上女管教的小棕熊形状的纸筒里抽出卷纸，蹲下去捡拾擦拭。边擦边说：“还有，我们做一线的，就是打打电话。二线三线那才叫诈骗……”

“徐玉玉，知道吗？”

“知道。”

“这女孩子内心有恐惧？有鬼？”

地板恢复干净，烟灰缸摆到了我右手边，她坐直了。

“她……心理为什么那么脆弱呢？我们女人心理总是很脆弱……”

“唔。”

“她那么年轻，身体又那么好，怎么一下子……整个社会都有责任……你比如产后抑郁，可以说是妇女病，但也可以说是家庭病、社会病。我们仓里就有一个，生下小孩，然后把小孩子掐死。你说枪毙这个女的公平吗？！这都是有因果的。”

产后抑郁，我倒是办过这样一宗案子。三个月的婴儿，午睡的时候，母亲拿湿毛巾往孩子脸上盖。盖了三张。我想友好地和她谈谈，问她为什么，她平静地回答说，怕孩子着凉，盖着让他暖和一点。

“假如说徐玉玉是你呢？”

“你比如说吴忆华吧，她是大学生，找个好工作没问题。但她周围都是什么情况啊，不管你什么学历，什么长相，只要普通话好，敢做一点不大光彩的事，立即就能暴富，几个月胜过你奋斗半辈子……”

我走出谈话室呼吸新鲜空气。晴天，阳光明亮，且不热。一个身材高而苗条的女人抱着军绿色被子到操场上去晒。被子一张挨着一张，灰白色的水泥地面就像刷了绿漆的篮球场。看见我，她停了脚步，微微鞠躬，说“管教好”。我点头作答。玻璃房子后边的监仓门口，一个管教正在跟两个女子谈话。见我出来了，就招手叫我过去，“我们这个，你想不想跟她谈谈——也是马来带回来的”。背对我蹲着的女子突然站起，半转过身，对着我站立问好。我笑着和管教打哈哈：“一个一个来——都谈！”女子起身的动作有点迅猛，头发散开，又柔顺地落下，包裹住一张挺漂亮的女孩子的脸。还戴着长方形的黑框眼镜，镜片背后一双眼睛忽闪不已。我随口问了一句，“你叫什么，老板是哪个？”她说叫韦丽丽，老板是侯定民。

“侯定民”如雷贯耳，我马上应道：“好啊，明天就和你谈吧。”

她名字我并没有记住，但她的管教我却认识好多年了，“明天我上班，来找我吧——就用我的谈话室。”我似乎心不在焉，所以她又加了一句：“说定了啊！”我倒不是敷衍她们，聊天时我还得拿眼睛余光盯着玻璃墙里背对着我们坐着的崔燕燕。谈话时，算是交给我管理，可不能出问题。崔燕燕挺健谈的，说得我两个太阳穴疼。但是，健谈却不能代表精神健康，我怕她干点“谈后抑郁”之类的出格举动，那我可是有责任的。

“我刚才说的，可能有点不对。实话说，我们这些人就是个‘坑’，我确实希望被骗的人最终能跳过去。”

“说得好——崔燕燕，我猜你老公对你不好吧？”

“很坏！”

她来气了，脸都抽搐了一下。我赶紧转换话题。

“还是说你们的事——于素敏你认识吧？”

于素敏也算是她的亲戚，但她是经过哥哥（同父异母）介绍才认识的。于素敏出国搞诈骗不是一回两回了，而且每次回来，似乎都赚到了一些钱。她的精神状态也好了很多，跟人谈笑风生，请朋友们玩，吃点小吃。在某种程度上，她是挺羡慕于的：于生了一儿一女，但是生活一点也不幸福。她生了女儿后，夫妻就分居了。后来有一段又和好，才又生了儿子。丈夫以前是偷采河沙的，现在到处都盖楼修路，很好赚钱。男人有钱了，不一定变坏，这还是看个人秉性，但家庭麻烦多少都会增加一点。“于的老公没怎么变坏，但在外面有女人。”于其实不怎么缺钱，但她的精神是很痛苦的。自从出国搞诈骗之后，从两重意义上说，她摆脱了人生痛苦：一有了点钱，可以不看老公的脸色；二情绪得到了释放，整个人脱胎换骨，走路都轻盈起来。

崔燕燕是一个比于素敏不幸得多的女人。她的家就在美丽的漓江边上，但乡村生活是贫穷的。她父亲是一个不务正业、不负责任的男人。她十一岁时，父母离婚。母亲命苦，是因为外婆命就不好——她抚养了四个女儿，个个命都不好。外婆说过一句话，崔燕燕一直记着，她认为很经典：“女人不幸，生的女儿也会不幸。”

她的不幸自八岁开始，洗衣服做饭，被大人打骂。她还算出息，长大上了个学，可是，这不足以改变命——像母亲一样，她也找了个不负责任、不务正业的男人。男人家在南宁，算是大地方的、富裕地方的人。她自己娘家只有八分山田，但老公家有二十二亩地，只要勤劳，肯定有好日子过。但男人不安心刨土，整天好高骛远，说什么南宁是水果之乡，但是“一带一路”不过南宁。这里的水果运不出去，太可惜了，所以自己要把水果运出去赚差价……反正一通折腾，一事无成。这倒也算了，关键是男人婚后凶相毕露，喝酒，打她，打得很厉害。后来据说跑到柬埔寨边境的地下赌场去干。他本身就是个赌鬼，赚了钱自己又很快输掉，从来不给她和孩子寄。日子没法过，只能离。她生的是男孩，现在都十岁了，跟着外婆过，也不知道现在过成什么样子了。唯一能放心的就是，母亲命虽不好，但人能吃苦，大概不至于饿着孩子。

我只能听着。

“我跟你说说，心情好很多了。”

“那就好那就好。”

“我其实进来之后看很多事都透彻了。我其实不想回忆苦难，想畅想未来。就像跟老公吵过打过之后，离了，就结束了，不理会以前的事了。”

“对——今天，谢谢你跟我讲了这么多……”

“再坐着聊会。”

“我怕耽误你吃饭……”

电瓶车早就驶进女仓区域。车后是许多塑料筐，筐里是盒饭。每到一间仓前，车就停一下，一个穿白色厨房服装的男子就跳下来，拎起一筐，往仓门口一放。然后管教开仓门，仓里再出来两三个女子，把筐抬进去。崔燕燕仓的饭筐已经放下来了，管教正在捏着一根钥匙对锁孔。

“没事。她们会给我留的。”

“我要聊的话，还是你们的案子。”

“问呗。”

“也是闲聊——侯定民这人，你觉得怎么样？”

“不怎么样。”

“哦？很多人赞赏他啊……”

“赞什么？！很小气的男人。”

“小气？！你认为他小气？！”

“我们六点钟起床，八点上班，晚上要开会点评，到十一点才能睡。没有业绩，他就给你脸色瞧。所有人业绩不好，他就叫厨房别做新饭菜，打几个鸡蛋，炒米饭吃。生活只比这里好一点点。还有，每天都念业绩表，谁挣了多少，谁是‘鸭蛋’，黑板上把排名都写上去，鼓励竞争。我感到很有压力，感到很压抑。”

“管理上，似乎挺有办法的吧。”

“脑子挺好的。他买来的那些电话号码，就把四川的号段分发给我们广西的。他认为四川人和我们广西人口音相近，普通话都不标准，听到的人不会起疑心。”

“有针对性。”

“也不一定是吹牛——刚开始的时候，我们也有点怕被抓——侯定民说，他的公司投资大，方方面面都打点到了，肯定不会出问题。就算中国大陆警察来抓，马来西亚警察局里的也会通风报信，绝对不会有风险。让我们放心。还不是叫抓了……”

因为中国生气了。我微微一笑，没有嘲笑她的意思。一点也没有。

“这是有因果的……”

她很认真地总结道。

这也是非常恰当的结语。我收拾茶杯、笔记本，但总觉得应该说点什么。2017 年 11 月 24 日，她肯定出不去。这里的日子，以及上场的日子，恐怕不会特别短。要见儿子和母亲，还得等。她会“判后抑郁”或者说“判后崩溃”吗？

她站在门口等我，我再次确认一下：空调、灯是否关了，地上的烟灰是否清理干净了，桌面上是否遗留了我的资料。谈话室里的烟味一时半会消散不掉，门就大开着吧。尽量别叫明天上班的管教觉察这里来过男人。此时，从铁门的小窗中飘出一阵妇女的吵闹声，然后是一个女人尖叫，然后是另一个女人喝斥。我有点头晕。

“这里的女人都多多少少情感上不如意，都是有因果的……”

“你是中专生，也算是有文化的人。现在监里搞读书活动，看点书，既能打发时间，又能移情。看点实用的，以后求职啊干个事也能用得上……”

“我是学广告设计的，现在搞活动我还帮着设计一下，画个画什么的……”

“很好啊！”

“唉，没什么用。艺术最没用。当初还不如挑旅游专业，干导游更赚钱。”

整个女子监区的外面，只有我们两个人。我有点职业性的警觉，尽量离她远点。她的管教去吃饭了，还得等一会。但我后退一步，她就怯怯地前进半步，脸上满是愁苦的表情。

“以后出去能干什么，很茫然。好像稍微来钱快点的营生都可能犯罪。你叫我们怎么办？”

在我的谈话名单上，韦丽丽其实很靠后——她是广西柳州人，我本打算将恭城、灵川这些于素敏的“部属”先搞掂。不过这又有什么关系呢，计划外而行，也许有意想不到的收获。何况她和她的管教都已做好准备——韦丽丽被带进谈话室时，手里还捧着一个方形的铁茶叶盒，这是我在女仓很难找到的“烟灰缸”。

谈话室朝东。我将卷帘升到最高处，早晨的阳光无阻挡地照耀进来，我和她的脸上，我的茶杯、笔记本上，墙上地板上，都一片明亮。我喜欢。

谈话对象也叫人喜欢——年轻，漂亮，还不满二十岁。最重要的是，脸上没有于素敏的阴暗，没有崔燕燕的愁苦。

“在这里，还行吧？”

“还行——在这里，人得学会保护自己。”

“哟，怎么保护？”

“听管教的话。对其他人，我保持中立。明白吗？”

“你是柳州的，那匡妮应该认识吧？”

“她是我初中同学。她们全家住柳州市，她的男朋友，台湾那个，谢宗左跟她一起住。”

“也认识谢宗左啊，印象如何？”

“他，总是一副高冷的神态。”

她突然把身子一挺，双臂一抱，同时把脸扭向一边，眉毛一挑，做出一个摆拍的姿势。

“他们俩，是谁把谁带坏了——带到犯罪的路上了？”

“不知道。你说呢？”

“我的烟是不是呛着你了？”

“不是——我想抽烟。可以吗？”

“其实我想先跟匡妮聊，因为谢宗左的关系，我觉得她很关键。她，煮饭阿姨罗锦红，还有于素敏，是三个关键人物，不过她在香山看守所。五桂山，有点远。呵呵。”

“匡妮不会对你说任何实话。找也白找。”

“为什么？”

“因为我太了解她！”

我给她点烟——并非绅士风度，而是还不信任她。我以前办过的案子，就有嫌疑人将打火机迅速吞入肚中，我们不但要送他进医院，还得承担一定的责任——她围拢火苗的手指像蝴蝶翅膀一样扇了扇，触碰到了我的手背。这是烟民表示感谢的动作，就好像食客在服务员斟茶时，用食指轻扣几下桌面。她非常享受香烟。持烟在手，两只细长的手指伸展开来，在我眼前晃；舔了舔嘴唇，嘴唇霎时红润；然后又深吸一口，然后弹烟灰——用食指的指肚敲击烟体，快速、灵活，像一只多肢昆虫捕食前伸展身体，还发出轻微的关节活动时的声音。我立即猜到了她和匡妮的职业。她们不对我说实话，很正常。

“我不是小气啊——感觉你烟瘾挺大的，一会两支就抽完了，赛过我了。头不晕啊？”

“有点——这是我一年半来第一次抽烟啊。”

她吐烟，如同长舒一口气一般。她会不会一时兴起，对着我的脸吐出一个烟圈。

“我们仓里百分之八十都吸烟，烟民扎堆……”

“到了这里，很多人抽不抽的都想叼根烟。一种情绪吧……”

“不是。因为我们仓里毒贩子很多。”

还有她这样的人多吧，都有抽烟的习惯。

“不要跟她们深交，交不来。吸毒，基本上就是踏上不归路了。我以前送进来一个女毒贩子，自己吸，扎大腿，肉都烂了，隔三米都能闻到臭味……”

“扎大腿算什么呀！现在人家都扎颈动脉、扎手指。我们仓里有一个女的，整个人又黑又瘦，脚指甲都掉光了，手指痉挛，胳膊上看不见血管。”

“这个……”

“我们仓本来是无烟仓，因为我们管教最讨厌女人吸烟，也不喜欢染头发的文身的女人。谁知道她怕啥来啥，吸毒的文身的吸烟的全分给她了。哈哈。上个月我们做花工作完成得非常好，监所给物质奖励，我们希望发烟，她要的全是牛奶，叫我们多喝牛奶！哈！但是无烟仓还是顽固地保留下来了。”

“你们管教人很好，我认识很多年了。”

“她很传统，刀子嘴豆腐心。她也觉得有些人难受……但她也很主观，两人吵架，一般谁先告状她就认为谁对。犟得很，辩解没用。”

她太健谈，聊仓友聊管教，估计都能跟我聊一上午。得转入正题。

“匡妮是不是也犟得很？你说她不会对我说实话。”

“你试试呗。没准我也不会对你说实话。”

“那我就试试——你是匡妮带进圈子里的，匡妮又是谢宗左发展的。于素敏是另一派的，恭城、灵川的，很多是于素敏带的。我说的对不？”

“于素敏怎么说的？我猜你肯定在她那里碰钉子了。”

“呵呵。”

“于素敏，绝对的老油条。干这一行，她入门早、经验多。但我跟她代沟很大，没什么可聊的。在马来监狱里，她以领导人自居，很强势，命令我们回来后要怎么怎么说。切！但是她带来的人都听她的，在马来就是她说了算。她在这里的过渡仓待过，后来跟她待过的人有流转到我们仓的，夸她，说她讲义气，重情义。我说你有没有搞错！”

天，我还真小瞧于素敏了！

在起诉书中，韦丽丽、匡妮等人3月8日到达马来与侯定民、谢宗左等会合。她们应该不是于素敏招募的，难怪她不把于当干部。

“你牙尖嘴利啊，脑子也活，怎么才干成了一宗？不科学嘛。”

“我一单都没有好不好！呵呵，去了十多天，一单都没成功过。17号那天，匡妮成了一单，她是怕我没业绩，人家给我冷脸，报的时候把我的名字跟她一起报了。唉！”

叹气，但看不出不满，还嘻笑呢。朋友也是好意。另外，金额不大，一千七百多块。

“反正你是有了。”

“21号，还有一单。我还记得事主的名字，董卫。他不大相信我，但也不挂电话。我感到说不下去了，就说‘那我叫我同事跟你核实一下’，就把电话塞给了身边的郑佳因——一个广东女孩。”

“为什么说不下去了？”

“其实，对这些人还是很愧疚，也有点害怕。想对他们说声对不起，但我估计他们不会原谅我们。”

“徐玉玉案，知道吧。”

“我是仓里的书报管理员，她的报纸我都收集了看了……”

韦丽丽齐肩短发，戴着黑框眼镜。假如没有抽烟给我的印象，以及因此产生的不好联想，模样还是挺知性的一个女孩子。事实上她不但管理书报，还帮大家写点东西，申诉啊自辩啊，完全是仓里的女秀才。她告诉我，有一期的“悦读者”汇报表演，第一个节目就是她创作的。

“骗她的人刚被抓，新闻报出来，我们仓里诈骗的——有好几个人呢，还有马来西亚的女孩子——一起讨论了很久。有人认为要判死缓，我认为是无期。毕竟骗死了人。要是我骗死了人，一辈子都赎不了罪。”

“你觉得自己得判多久？”

“得四五年。听说是三年起跳，不过，三年我都不想接受。我们仓以前也有一个在马来干过的，还是个老板娘的角色，也才判了三年。”

情绪有点低落了。整个谈话过程中，她都情绪不错。活泼，话多，肢体语言丰富，特别是手，或五指张开，或转动，或抓握；头和身体也轻轻地晃着，头发在我眼前跳舞。

“还有逃脱审判的呢。我看起诉书里说河北燕郊的诈骗，里面提到‘宝丽’括号‘在逃’。你知道‘宝丽’是谁？她应该就是煮饭阿姨的女儿。侯定民的女朋友‘小惠’跟她关系很好，她们俩都没去马来，所以没被抓。她们不会跟你们说实话的。”

“你对侯定民印象怎么样？”

“他，赚钱、玩女人喽！他和徐为车那些台湾佬每天下班后就讨论去哪玩、玩什么。经常就一句‘去嫖啦’。有一回他还把一个四川女的带回公司。我问是不是他女朋友，他说：‘不是！三千马币！’三千马币，合人民币五千多呢，他们从酒吧带回来爽一下。”

这似乎是她喜欢的话题，说得眉飞色舞。

我想起侯定民对我讲的韦丽丽的逸事：某一天，郭相跃（福建籍团伙成员，一个盗窃刑满释放人员）把韦丽丽“办”了，“关上门，摁在床上就干。我们都在外面呢”。不过，我没问侯定民两人之间太多的情感细节。不合适。

“见过公司大老板吗？”

“外号叫‘鬼豺’吧。来过公司，远远地看了一眼。不了解。”

“你如果没蹚这浑水……”

“‘鬼豺’你们没抓到吧？大的，也逃脱审判了。”

“你毕业后干过正式的工作吗？”

“我没毕业，读到高二辍学。做过工，服务员之类，都不长，一般两三个月。不喜欢。”

“总得养活自己吧。”

“我干这个之前，在柳州跟一个大姐一起住，算蹭她呗。”

“那她又靠什么生活？”

“她三十多岁，不用工作，老公是做工程的，很有钱。她就炒炒股、做点基金，然后就带我玩，酒吧呀什么的……嗯，我也不想干什么正式工作，我，算是我们家的变异。”

有人对我说过，韦丽丽和一个所谓姐姐住在一起，那女的是夜总会的妈咪。

她父母离异。父亲冷暴力，爱玩，不顾家，从她小时候就不知道玩哪儿去了，记得只给家里写过七封信。他也做过生意，被坑了。“脑子笨笨的”，韦丽丽拿一根手指在自己脑袋上画着圈说。还有一个哥哥，已成家。她虽然跟父亲亲一些，但父亲从小没怎么抱过她。父母都爱哥哥，重男轻女嘛。父母都在城里打工，儿子从小跟他们，所以，哥哥是城里人，她在乡下跟老人，是乡下姑娘。等她长大后，父母都跟哥哥闹不到一块，他们两个又转而回头跟她亲近。“我觉得不怪我哥嫂。我嫂子其实很乖——很传统的女人。我不传统。我是变异。”

“你词还不少，‘传统’‘变异’的，都什么意思？”

“变异就是不传统。传统就是封建呗，保守、封建思想、女人……”

“封建”，出自一个九零后（1997 年，算是末尾了）女孩子的口中，还是令我惊讶。在中国的语境中，“封建”完全成为负能量贬义词，自辛亥革命开始，后来的新民主主义革命认同并延用，直到我成长的上世纪七八十年代。我少年时代记忆中的“封建”已经极度琐碎，比如看不惯女人把头发烫成波浪卷，嘲弄男人穿喇叭裤……一百年来，每一次人们批判、指斥人与事或现象“封建”，每一次必有一波或整体或局部的社会解放和人性伸张，也就是说，反“封建”对应的是人渴望自由的某种意识或心灵状态。但在韦丽丽她们出生成长之时，中国社会生活中已不再具有任何“封建”的意识及其载体，作为批判的武器，它彻底成为无用之用。

不过，也许在韦丽丽生活的那个偏僻、边陲的小地方，还有些“封建”残余，如同米粥中一块较大的硬团，刺激她强烈的不满和激烈的反弹。但更多的可能，仅仅是她为自己的“变异”胡乱寻求理论支持，并随手抓住了一件古董武器。我约略猜想，当她将嫂子定位为乖、传统、封建之时，仅仅是因为嫂子固守主流人群的按部就班：结婚、生育、相夫、抚幼、养老，没有情感上的波动、绯闻，还包括追求经济生活的稳定。

而这一切，都是这个年轻、漂亮的壮族姑娘不愿意去承受的。她有被打开的世界——抽烟、不劳而获、用玩来养活自己，甚至于出国以犯罪的方式寻求发财的快捷道路……她年轻，而社会也足够宽容，这让她的“变异”成为可能。

即便刑期之后，她仍然是年轻的，具有长远的未来的。

“以后啊，还是得干点正事，哪怕是‘传统’的，别被这些观念束缚住。”

“我爸爸给我写信了，也叫我安心，说以后路还长呢。”

突然，不但情绪低落，她还摘掉了眼镜，用手指擦眼，眼睛充血般红。

“他说的对。”

突然，眼睛又明澈如初，还睁得很大。

“能请你办件事吗？”

“说。不违反规定一定帮你。”

“你能不能见见我爸？”

“这个恐怕有点难度……”

我很想见见这些在押人员的家属。了解更深层次的犯罪环境，没有比见家属更好的了，这还会让我的报告文学内容更为丰富。可是，我想起了蔡庭长的话，“怕引起嫌疑人的情绪波动”。我现在的谈话，严格来讲并不光明正大。一旦再把家属搅和进来，庭审之时，他们一闹，可就麻烦大了。

“那，你给我爸写封信，叫他给我寄点药。”

“信你自己不是可以写吗？”

“太慢了！”

“身体不舒服，这里也有医生啊。可以向他们反映。”

“我要的药他们没有！”

“什么病啊？”

“我感觉左边乳房长了个硬块。医生却说没什么事。”

她把胸挺了起来。

我不敢正看她的眼睛。因此无从判断她所说为真为假。

后来，我想了很久，都搞不清楚结束之时她说这事意欲何为。

广西籍中老妇女成员……我还是先见一个中间阶层吧：三十五岁的杨丽容。

“最近怎么样？”

“生活挺好的，吃睡都好。就是很担心自己的案子。”

“你的绰号很特别啊——‘钱钱’。”

“我就想打工赚钱，就用了这个名字。”

绰号，其实是诈骗集团内部每个人的代号。在他们的业绩表上，没有真名，只有绰号，成员之间往往只知绰号而不知真实姓名及籍贯。这是犯罪分子的自我保护措施。一般而言，绰号与真实名姓有关联，比如侯定民绰号“猴子”，向里绰号“大向”，匡妮绰号“妮”，韦丽丽绰号“小莉”。有些绰号很特别，比如杨丽容的“钱钱”，于素敏的“鑫”，这些也不算难理解，大约都是想有钱、多金的意思；但，年长的全小岚绰号“驰”，崔桂花绰号“代”，就很费解。而最年长的白梅则没有绰号——她也没有机会让绰号出现在业绩表上。侯定民大概认为她永远不会有这个机会与能力，索性没有赐予她绰号。

“特别想赚钱啊？”

“穷嘛，谁不想。”

“你说话挺流利啊。”

杨丽容还有另一个绰号：结巴。这只有灵川老乡才知道，它来源于生活现实。

“怎么说呢，流利也不算很流利，结巴也不算很结巴。有时候流利，有时候结巴。嘿嘿。”

“怎么会想到去干这个？”

“我以为都是打工赚钱嘛，没想太多。”

“这下该想很多了吧。”

“打工嘛，都是很辛苦的事。”

“现在不是辛苦，是痛苦吧。”

“你以为找工作容易啊，一般都是一千八到两千，于素敏给我五千呢……”

“于素敏给……”

“就是一般的工作我都难找：文化水平低，人品又差。”

“人品——差？！”

“哎呀，长得没人家好看嘛。”

她羞愧地拿手捂嘴。我大笑，又赶紧低头，假装在资料上看。她面相有点苦，也显得老。2014 年离婚，儿子十一岁，纸上（判决书）说归她老公，但事实上一直由她妈妈养。我问为什么外婆养，她说老公的情况比她家还要惨，很穷，家里也很破，到处都有老鼠什么的。有一回儿子睡觉，几只老鼠从他脸上跑过。受惊吓后，儿子死活不肯在父亲家生活。她家其实也强不到哪里去。她十五岁那年，父亲因车祸死亡，寡母一个人拉扯两个哥哥和她。问她为什么离婚，她说两人都在县城打工，租房住，都找不到好的工作，赚不到钱，整天吵架打架，没意思，就离了。贫贱夫妻百事哀。问她做过哪些工作，她说摆过摊卖过水果，也做过服务员——因为“人品差”，端盘子都不行，只能到后厨洗盘子。她自己也出过车祸，花了很多钱，现在额头上还有一道疤。她撩起前额半灰半白的头发给我看。怪不得她留着一坨遮住半边脸的头发。

于素敏发财了，在县里很招摇。她找上于家门去，于素敏不肯要她，她是有名的结巴，怎么能干电信诈骗。她求人家，“人家也是可怜我，也是好心，就同意我跟她们去马来西亚”。

“干什么工作，待遇有没有说？”

“只说接一下电话，底薪五千。我高兴坏了，问都不敢多问！五千啊，扫厕所都行……”

我觉得没什么可聊的了，但不忍心这么快就把她交还管教、送回仓里。

“你说在这里过得挺好？”

“是的。吃得也行，睡得也行。”

“说说，每天都干什么？”

“我每天六点钟起床，六点半洗漱，然后是列队操练。七点半早餐，搞内务。九点多到十一点半做花，然后是午餐。十二点半到下午两点午睡，起床后排队洗漱、冲凉，自由学习，看书看报啥的。四点钟晚饭。晚上七点看新闻联播，然后看湖南台，湖南台的节目好看。十一点关电视。但是之前你想睡就可以睡……”

终于，我提出结束谈话。她要我帮个忙。

“她们说审判时要个人陈述，你帮我写一个。”

我推托，说仓里经过审判的，每个人都会写，可以问问她们。

“我没跟她们说过我家的情况，她们肯定写不好。”

“怎么会呢。跟她们聊聊，也算解个闷，肯定能写好。”

“肯定没你写得好。你看我说了那么多，你也没记几个字……”

“我用脑子记住了……”

“对啊。你脑子肯定好，再说你还有那么多纸呢。”

留下字迹肯定有麻烦，我就说我说你用心记住。我按照一般的格式，口述了一份简单的、但也有其个体特征的个人陈述。她听得很满意。我再次说了遍，问她记住了吗，她肯定地说记住了。

一进女监区，所有的管教都没有轮休，都守着自己的工作室，或与人谈话，或处理自己的案头工作。任队长只好指了指西南墙角的一张桌子，问我行不行。地面不平，桌子有点倾斜，这问题不大。不过，这里刚好处在夹角，两边监仓的人，只要有心，大概就能听到谈话。假如是同案，就存在泄密的可能，但我想注意一点就行。今天要谈的，是广西籍五十二岁的崔桂花。小学文化，又能和我谈些什么呢？走个过场，与这张墙角的桌子没有丝毫违和感。

太热了！我刚坐下，汗水立即从胸口、背部、臀部、小腿肚直接涌出，后枕部的汗，透过衣领顺着脊梁往下掉。我希望老太太第一能配合，第二不要中暑。没有一丝风，烟头燃出的烟，仅在其自身重量的作用下缓慢运动，甚至在我脸前聚而不散，仿佛被施了定身法。

许多仓都开着门，在押人员抱着被子、衣服出来晒。被子就直接铺在操场的水泥地上，衣服则高高挂在北面墙下一条笔直的钢筋晒衣绳上。我感觉被子十分钟就能热得发烫，而那一排纤弱的粉红色囚服能晒得化成一堆粉红色的水。

崔桂花情绪却相当不错，大概很高兴能出仓来和人聊聊。她一开口，就是乡下大妈唠家常的风格，话多、琐碎，但是如果能静下心来听，也不乏趣味。

她家在灵川乡下。三弟在县城开了家瑶医个体诊所，恰好就在于素敏家隔壁。过年期间，于素敏来问三弟："阿姐在哪里啊？"她没在县城，也没在乡下，她在湖北女婿家带外孙女。她的女儿，1988 年生，长大后到桂林打工，认识了在桂林当兵的女婿，恋爱、结婚，又随丈夫转业回到了荆州。现在，外孙女两岁多。

崔桂花的个人生活也不幸福，与丈夫已分居二十多年。这样一算，三十岁上下，就没了正常的家庭生活。她还有个儿子，生于 1992 年，在家乡开挖土机，算是有技术的人。她出国前儿子谈了女朋友，不知道现在结婚了没有。亲戚之间三弟只跟她来往，跟她夫家，以及自己的一儿一女都不来往，就跟不认识一样。她三弟跟于素敏的丈夫关系挺好，于素敏的老公知道她和于都在海市坐牢，应该会告诉三弟，但三弟不一定会转告她的儿女，甚至也不会转告他们俩的乡下老父母。应该是没转告，反正，坐牢一年多了，儿女都没给她来过信。

她的老父亲也是个瑶医，在乡村挖草药往城里卖。从前，于素敏曾亲自去过她的乡下老家，叫她父亲帮着找一种药。她的母亲七十八岁生日，于素敏和她老公还一同去乡下给老人拜寿。两家关系其实很好。现在父母身体都挺好的，她有了外孙女，算是有了第四代。当然，四世而天各一方。

于素敏这次找她，就是想带她出去打打工、散散心。于说，月薪五千起，这让她很心动。她一个五十二岁的乡下女人，五千的工作到哪儿去找啊！女儿不允许她去，担心这担心那的。她也不是不想帮女儿带孩子，只是，在湖北，周围人的话她都听不懂，闷得很。还有，她做的饭菜女婿不爱吃，而女婿做的饭菜她和女儿又都吃不惯。崔桂花不禁抱怨："在我们桂林当兵八年，居然还吃不惯我们的饭。真是的……"所以，于素敏一召唤，她迫不及待就回乡了。

护照，是于素敏领着她去办的。车票、机票，都是于买的。她一点都不用操心。

这时，她第二次突然中断叙述，还是问我是干什么的。"调研诈骗"她估计始终没弄懂，大概也不想懂，然后就是问自己能判几年，还得坐多久。我拿出打印的刑法量刑标准给她看，她抬起头眯着眼看了好大一会儿，说："我看不来。"但，终于拐上正题了，她说自己一开始真不知道是去搞诈骗的，于素敏从来就没提过这事，只说是去接电话。到外国肯定挣钱多，毕竟离家远嘛，这谁都想得明白。至于犯罪事实，她说从来没犯罪过，她看不来字，稿子不会背，一个电话没有拨打或接听。电话来了，她把话机拖起来还看不清来电显示，更记录不下来。

她说，还指望着赚点钱呢，谁知道还亏了钱。她显出愤愤之色。

"亏钱？怎么还亏钱？"

她出国带了一千多块零花钱，马来警方查抄时，十块面额以上的都拿走了，只给她留下一些五块的。手机也给拿走了——三弟、儿子、女儿、女婿的电话都存在里面，号码她记不住。这很麻烦。

与丈夫分居二十年来，她一直在县城打工，租房住。房租得四百块，但因为二十年来积了些家当，所以出国也没退房。她给三弟、母亲写过信，叫他们把房里的东西搬回乡下，把房退了。没回信，也不知道他们做了没有。

是不是联系丈夫更好一点？

她和丈夫分居时，儿子四岁，女儿八岁，虽然一人带一个，但孩子都懂事，都跟她联系多点。二十多年前，是她先提出离婚的，但老公不同意，说是要她赔偿他二十万。这个账那个账，算法怪得很，算出了个二十万。她当然不肯，也拿不出。后来他提出离婚，她一分钱都不要他的，只想离了好好过日子。他们约好了到民政局去办，可是，她在民政局门口等了两个多小时他都不来。打电话，他关机了。

为什么呢？

这男人不好。比如，一直不叫她妈“妈”。

反正她能打工挣钱养活自己，还能帮儿子女儿，她不指望他。

为什么绰号叫“代”？

不知道。他们说要起个小名，她也不懂，后来就给了她这个名字。公司里的人说“‘代’就是你了”。

公司里到底是个什么样子？公司就是个房子。

到公司的第一天，说让她们每一个人给家里报个平安。手机给收了，拿电脑打电话，她拨打了乡下老母亲的电话，但无人接听，管电脑的人就说“下一个”！“结巴”——杨丽容——给她妈说到了，想回家，管电脑的就把电话卡了。全小岚——四十九岁——刚给家里人说这里挺困难的，也给卡掉了。不给讲。

应该求助于素敏啊。

“跟她说了，说做不来，想回家。她说六千块的机票钱得我出。我身上有一千多块，想借她五千多块，但她不肯借我。她说我带这么多人呢，身上没点钱怎么应付啊怎么管啊！”她知道于素敏身上有很多钱，离开灵川时，所有老乡（除了一个胖胖的不知道名字）一起吃饭，然后又去卡拉OK。她亲眼看到于素敏拿出一沓银行取出来的一万块钱，钱上还有银行的封条。

“结巴”——杨丽容——也想回来？

本来于素敏就不想要她，话都不会说，但她死命要去，于素敏就说那你机票钱自己出。我们的机票钱都是公司出。“结巴”同意了，这才叫她去的。

全小岚也是自己想去。她曾经跟于素敏打麻将，因为吃牌的事吵过架，两人两年多都不说话。知道于素敏出国赚到大钱了，主动打电话给于，说自己想去，于素敏倒同意了。五千块一个月啊，对她们都很有吸引力。

她们都生活在灵川县城，都算认识。对侯定民、台湾管理层有哪些印象？

侯定民对她们广西的不好，对广东的两个女孩子好，经常跟她们聊天。感觉这些台湾人看不起她们这些广西乡下妇人，也可能是怪她们笨，没有帮他们赚到钱。第一天给家里打电话时，操作电脑的是阿国（彭衣国），叫阿国卡了她、杨丽容、全小岚三个人电话的就是侯定民。还叫她们靠边等着，所有人都打完电话走了还不让她们走，别人都上楼休息去了也不让她们上楼。

侯还说，好好背稿子，一个礼拜学不会，就别想吃饭。

断餐的惩罚，应该是侯定民的口头威胁。他制定了较为详尽、严格的《员工守则》，其中并没有这一条。

1. 为顾及全体员工安全，保障公司生产效率，故规定下述事项并实施，罚款币值为马币。

2. 一般日 07：50/ 周日 08：50 就定位，一线人员抽签换位置，后线就位报案台，如迟到扣 500，下班时间视当日业绩而定。

3. 就寝时间为 23：00（含交手机），熄灯时间为 00：00，各房门严禁上锁，熄灯后不得吵闹、喧哗，及在寝室以外地方逗留。

4. 上班时须坐姿端正，严禁趴在桌上、摔电话、爆粗口、打瞌睡，违者罚 500。

5. 所有人员于上班时注意个人音量，不得影响他人作业。

6. 一线人员抽烟或上厕所须告知射手，单次仅限一人，违者罚 500。

7. 所有人员工作表现未达干部要求者，由各干部负责于下班时间将其留置原地并加强学习。

8. 当月工资隔月 10 号发放，无任何理由提前领取，到职后未满一个月欲离职者扣除当月薪金 + 奖金并支付机票钱后方可返国；正当理由请假者需暂押薪金 + 奖金，待返岗后领取。

9. 车马费、签证、机票如由个人支付，于到职期满二个月方可报销。

10. 休假制度：每人当月二天假期（不得连休，须隔 15 天休一次）。另公司将依照人数调整，若身体不适须先就医再以病假休息，如当月已排休完，须延扣下个月休假天数（包含女性同仁例假）。

11. 所有员工上班前须将手机（包含空手机）交出统一保管，下班才可领回（如业绩未达标准，随时更改为禁止使用）。

12. 严禁擅自外出，因故外出须先报备并审核后由公司安排，如违反规定，当月底薪、业绩奖金充公，并加罚 5 万元人民币。

13. 全体员工无条件接受任何职务调动。

14. 本公司严禁饮酒，违者罚 5 万元人民币。

15. 严禁打架斗殴，先动手者为主犯，旁观者未劝阻视为从犯。

16. 如有任何异动事项将随时宣布并明列奖惩。

同仁签名处

这是我从警方缴获的书证中原文抄录的。所谓“射手”“干部”，均指台籍管理人员。

断餐不可能，但可以炒冷饭给她们——这是崔燕燕说的。

崔桂花没有接听诈骗电话成功的记录，但是全小岚、白梅（年纪最大的）都有。她们也不是自己说成的，只是碰巧她们面前的电话响了，拿起话筒就不会说了，旁边会的人就拿起话筒接着说，最后骗成了。别人也想分她们点业绩，就把她们的代号报给了侯定民。

广西厉害的就是于素敏，还有个韦丽丽。男的有一个恭城的，个子高高的，不知道名字。他们都骗到钱了。

抓了好。抓了就解脱了。

马来看守所真不是人过的生活：很苦。每天没有青菜，只有小小的一条鱼，臭臭的，很硬；饭是用纸包的，用手抓着吃；牙膏都小小的，也没牙刷，发个小牙套，套在手指上刷——我们都不会用；地板从来没人洗过，一脚下去就留个脚印，就像踩在晒化的红糖上面，走起来吧唧吧唧地响；厕所经常停水；喝水拿塑料袋接水龙头的水——不敢喝，水都是红色的；晚上就睡在地板上；天太热，走廊里只有一台摇头大风扇，还要吹好几个监室；每个人身上都是臭的，洗了内衣就只穿个外衣，洗了外衣就只穿个内衣；晾衣服也没地方，大家拿烂衣服结了个布条，绑在铁窗上，结果看守来了一把就给扯了下来，一边叽里呱啦，一边拿着布条往人脖子上一挂，做出要勒死人的样子。吓死人了……一个多月后，来了讲广东话、普通话的中国警察，感到很开心。终于可以回家了。到海市看守所，她们五十二仓有一个台湾女孩子林婷君，一进来就大哭。我还安慰她，她说哭是高兴，因为看到了饮水机，看到了碗，看到了筷子和饭菜。

“唉！”

“在这里就好多了！”

她大发感慨。

每天做花，有定量吗？完不成有没有惩罚？

没有。做得多有奖励。她不用做花，她眼花，看不清楚，没法做，姑娘们就不让她做。

没想到崔桂花能对我讲这么多。从写作的角度看，她提供了许多毛茸茸的细节。还有，讲述时她情绪很好，笑谈往事一般——我不恰当地想到了唐诗“白头宫女在，闲坐说玄宗”。大概是看开了，释然轻松。

要结束时困难来了，她愀然不乐。

“我判刑完了要出去怎么办？我可不会回家啊。我听说判决书副本是通知直系家属的，我老公肯定随手就丢了，他才不会去通知我妈呢！那我怎么办？能不能叫法院直接寄给我妈？她才会给我寄路费呀！我最希望能跟于素敏一起释放，她有办法，肯定能带我回家……”

三

广东香山的两个女孩，都是罗锦红招募的，都是罗的女儿的同学。两个女孩又都带了男朋友参与诈骗集团。

郑佳因 1995 年生，男友谢晖 1993 年生；郑佳惠 1995 年生，与男友卢瑞林同岁。二郑并非姐妹，只是同一个村罢了。罗锦红外嫁而来，如今也是村里的长辈。谢、卢则是初中同学。

我来海市工作时，谢晖才一岁，其他三人还没有出生。假如我没有晚婚，儿女应该也是他们这个年纪。事实上我大多数同事的儿女都这么大了，我被叫叔叔已二十多年。香山与海市毗邻，对广东本土人来说，两地语言、风俗无甚区别，他们这个年纪的孩子的长相、习惯，基本上也没法区别。所以，见到他们，感情有点复杂。

郑佳因一见我，爽利的粤语就脱口而出，我则用普通话回答或发问。她有点困惑地看着我，我只好大大方方用不是非常地道的粤语向她解释："北方人，白话，我识听不识讲。"不需细说，广东人认为五岭以北都是"北方人"。她流露出不怎么排外的广东人特有的笑，然后用相当标准的普通话和我交谈。

2013 年，她在香山上了个幼师，毕业后在一家公司做文员。我惋惜她没有专业对口，从事幼教工作。我开玩笑说，即便是最粗鲁、最蛮横的人，对幼儿园老师也是尊重的，因为"孩子在你们手上嘛"；何况，收入也相当不错啊。她不好意思地笑了，但没有解释原因。

她和阿姨（罗锦红）的女儿曾韦丝是小学同学，后来一直有来往。再后来，就被她们娘儿俩带进这个圈子了。2015 年 9 月，一起去了河北燕郊。曾韦丝为什么没有去马来西亚？阿姨和侯定民的关系很亲，而曾韦丝又和侯定民的女友"小惠"关系密切，"小惠"这次没去，所以曾韦丝也没去。具体什么原因她并不清楚。我突然想起有人反映过，河北燕郊那宗八十六万元大案，整个诈骗流程中，正是曾韦丝充任的一线。于是向她求证，她乖巧地说，她没干多久就因为身体不适请假回广东了，那宗案子正是她不在时发生的。意思是内中详情，她并不知晓。

罗锦红还有一个儿子，上小学五年级，罗外出参与诈骗，儿子就交由住在石歧的小姨照管。

郑佳因其实在河北干了三个多月，她拿到底薪加提成一万元左右。第一个月的底薪是五千元，第二个月好像就是三千多，这是与整个诈骗公司的业绩挂钩的。去马来，侯许诺的底薪是六千，还有百分之五的提成。显然，这比于素敏她们的待遇高。

河北的经历使她精通了诈骗的各个环节，特别是对一线讲稿的熟稔，她够资格当老师了。在马来，侯定民就安排她和郑佳惠向广西籍的新手传授经验。那些老阿姨们，抄稿子背稿子之余，会坐在她们俩的办公席旁观摩、学习。

侯定民有无扣押护照，逼迫不愿参与犯罪者只能留下来，被动实施犯罪？她否定了扣押，她们所有大陆员工持有的都是旅游护照，需要经常性地办签证，故由台湾的管理者保管更合适些。

突然，她开始流泪，接着就哭出声来。头一点一点的，她说，“超后悔！”

这是真情流露。毕竟，因为犯罪，丧失自由一年多。她才二十二岁，且还不知道要被关多久。这是她始料未及的。

在马来，她和郑佳惠还曾受过——仅有她们两个——侯定民的公开奖励，金额为一百马币，不到二百元人民币。她解释说，获奖并不是因为诈骗到了巨额赃款，甚至也不是普通的诈骗成功（这些都有提成）。仅仅是因为在与客户的对话过程中，她们能较完美地完成侯定民的要求，还有，电话接到了四个（不管成功与否）。奖励在晚上收工之后的讲评会上当众发放。

“受到奖励你有什么感受？”

“没有。”

“现在呢，有什么感受？”

“超后悔。”

又流泪。

大都是这样，进来了，才知道后悔。我步出谈话室，操场上正举行新一期的“悦读分享会”。早上一进入女监区，任队长就告诉我了，我也表示愿意听听。此时，节目正是朗诵。六个男在押人员，穿着他们的囚服，手捧着纸箱皮制作的活页夹。十六开大，制作还算精美。正面用浅红色彩纸糊裹，边缘还加了条一公分宽的边，用蓝色的纸糊。夹子呈现给观众的，一边是“热爱生命”四个汉字，一边是 love of live 三个英文单词，都用图画笔写就。“这是美国著名作家杰克·伦敦的名著……”他们声音洪亮，非常投入。

这时，郑佳因的管教走了过来，她问谈话结束了吗，我说可以了。我又说，接着提一下郑佳惠。她说，她的管教在忙，我帮你提吧。于是，我就陪着郑佳因回仓，再把郑佳惠迎出来。

又一个典型的广东女孩，肤色略黑，瘦，故而显得小巧。还有，话不多。她也对我说，她和郑佳因并非姐妹，只是碰巧名字相近。

想不出要问什么，只能把问过郑佳因的再问她一遍。

在河北的三个月，她拿到的提成是两万多元，这比郑佳因多了一倍。我问她是不是有诈骗成功的犯罪经历，她低头不语，头就那么一直低着。这个问题也许让她感到沉重。不过，我们谈的是她的犯罪，这里没有一个问题是轻松的。

为什么会犯罪？

她倒坦诚，贪玩，不想好好上学、工作，但是有强烈的发财欲望——这欲望不但使她和许多人走向犯罪的道路，而且，这欲望正是侯定民们的诈骗集团之所以能纠合能存在的重要原因。

外面，一个年轻的女孩子登场，自我介绍是四十五监室的0175号。我问郑佳惠认识她吗，犯的什么罪？郑看了看，只是摇了摇头。

0175忘了拿话筒了，而主持人、管教都只管听着，也没人递一个给她。她将右手虚握，伸到嘴前，然而声音已经足够洪亮，我和郑佳惠都听得清楚。她显然准备得很充分：不需要麦克风，也不需要看稿子，属于默诵。题目是《我愿做一生的读者》。

"每个爱读书的人，在阅读时都是一个读者，读者是一个美丽的身份。历史上有许多伟大杰出的人物，在他们众所周知的声誉背后，都有一个不为人知的身份，那便是终身读者，他们一生都在学习。"

咦，这见解还有点新颖。假如是她的原创而非暗引，真得给她点个赞。郑佳惠又自我批评了。

"我就是不爱读书，才会走上犯罪的道路。"

我点头。但不禁有点虚妄：这里貌似没有必然的逻辑联系，监仓里有很多读过大学的。不过，老传统、习焉不察的观念都是：爱读书，不但能有美好的前途，也可使人避免走上错误的人生道路。

0175说，刚入监所时，她母亲就寄信给她，鼓励她趁这段时间多看点书。自从所里有了流动图书站之后，她已经读了《平凡的世界》《活着》《在细雨中呼喊》《追风筝的人》。阅读量挺惊人。

"你在这里读了什么书？"

郑佳惠再次把头低下去。

那么，还是谈谈案子吧。在骗人的过程中，是否有过愧疚之感？

她说有。第一次，就是到河北燕郊，知道是骗人后，就想回家。但是，“猴子”，自称对阿姨罗锦红有感情，爱屋及乌，对她们——香山的几个人——很好，讲话很客气，表情很亲切，总之相处挺愉快。另外，阿姨说了，回去得自己负担机票，这是公司的规定，没情面可讲；你现在也没个工作，还不如安下心来，给家里，也给自己挣点钱。她哭过，后来就想开了，做就做吧。

第一次挣了两万还不够吗？第二次又去，就难以解释了。

河北回来后，过年期间，阿姨又带着她们四个来海市，跟侯定民、徐为车吃年饭。在拱北一家高档海鲜酒楼吃。侯、徐没有回台湾，就住在拱北富华里。侯定民的母亲还带着他的弟弟一起来了，过年嘛，大家都很亲热，像亲戚一样。所以，过完年，侯定民、阿姨又决定到马来西亚开业，阿姨她们办护照。大家都去，叫她，她不好意思一个人拒绝，半推半就跟大家一起去了。

侯定民的母亲还带着他的弟弟一起来了！

她刚提到罗锦红的劝说，我以为有效的是这一句，“给家里，也给自己挣点钱吧”。我问：“你家里情况怎么样，很缺钱吗？”

她说她还有一个弟弟，1998 年生的，在上学。父母都在打工，母亲给她最深的印象就是生活上“很省”。

“不会吧，广东城中村的村民，个个都很有钱啊。”

她低头不回答。

她们家大概是少有的例外。

不过，用贫穷来解释犯罪的原因，广义狭义而言，都不具备充足的说服力。

她的男朋友卢瑞林并不是香山本地人，广东陆丰的。但从 2002 年七岁起，就随父母生活在香山，仅在过年时回老家看看。这是中国改革开放以后人口大迁徙、大流动并最终相对固定的一个样本。父母在市场批发蔬菜，他还有三个姐姐一个妹妹，这又是潮汕人的特点：不生个男孩绝不罢休。也因此，男孩往往成为娇生惯养者——但潮汕人家中的此类独子，成为骄奢淫逸的八旗子弟的，倒真不多见。他们根深蒂固地重男轻女，但是男孩子大都事理通达勇于奋斗，当然，为了发财走灰色道路也是有的。

卢瑞林初中毕业后读了中专：三乡理工学校，专业为旅游。哦，崔燕燕曾说，读艺术类专业没用，当年还是应该挑选旅游专业。不知她跟卢瑞林交流过没有。

刚开始，女朋友、女朋友的同学的妈妈带他参加进去，她们——主要是阿姨罗锦红——没有讲实情，他真以为只是打电话接电话，干一种现代大公司的文员工作。到了河北燕郊窝点之后，看了稿子，跟其他人一说，才知道这就是骗人。内心里有很大的矛盾。不过，团伙中的干部、老员工都给他洗脑，比如："该上当的人一定会上当；不被你骗一定会被其他人骗；干这一行的人太多了，没见一个被抓住过……"

这都怪罗锦红。

不，不怪阿姨。最终的路是自己选定的。刚进去就知道是骗人，想跳出来也没人拦着。

阿姨人不坏，听说好赌。以前家里是开厂的，后来都卖掉了。是不是她好赌败掉的，不好说。她和她女儿都没提到过她老公。她经常到澳门去赌，那里怎么可能发家呢？！

他跟侯定民也聊得来——侯只比他大一岁，但论社会阅历，论待人处世，这个小哥哥都让他佩服得五体投地。他的生活圈子里，根本见不到这种人中龙凤！侯也跟他们聊得来，他说自己初中就退学了。上学期间，不喜欢跟同班同学玩，太幼稚，他只跟高年纪的，以及校外的，总之比他大的来往。但是，他自认为很照顾同班同学，谁想欺负他们，他都会帮他们出头。离开学校后，初中的同学搞同学会，他们居然不叫他参加。这让他有点伤心——初中，也就是十四五岁。对侯定民而言，也仅在七八年前，但离了故土，因而回想起来算不得久远但又有一定的距离。都混世界这么久了还提这事，看来伤得挺重。

侯定民还对卢瑞林们说过，他小时候有一台摩托车，叫一个社会上的老大骗走了。他没有出声——既不告家长，也不告警察，甚至也不求助其他老大。他想靠自己的实力把车拿回来，把被骗的羞辱送回给对方，而当时他“实力不够，只能忍着。但总有一天对方会来求我”。果然，几年之后，这事圆满解决。怎么做的？细节侯定民没有谈，听者卢瑞林也不需要问，靠想象就能完成。所以，对“猴子”，他除了崇拜、追随，还会想啥呢？离开他，没理由。

侯定民滞留大陆，是因为在台湾犯了事没法回去吗？

是的——他从小叛逆不羁（我想，这词用得真好。家人不能羁，台湾欲羁而不能，大陆现在是彻底羁押起来了）。他老家新竹逢年过节都有庙会，正是贪玩的各路人马难得的快乐日子。他爸爸把他反锁在家里，他撬窗户又翻院墙跑出去，照玩不误。

在马来西亚监狱，侯定民大哥风范尽显。相比之下，另一个窝点的一个四五十岁的台湾老板，就很叫人看不起。他在仓中大喊大叫，又吼自己的员工，又在背后吼马来的看守，但谁都看得出那就是虚张声势色厉内荏。吃饭的时候——仓里的饭太难吃，基本上从外面买——台籍员工和大陆员工的标准明显有差别。侯定民就大不一样，他说：“进来这里，我不会再以老板的身份命令你们干什么，大家一律平等！”那个台湾老板的手下，不光是大陆人，还有几个台湾人，都跟侯定民拉关系，甚至说以后出去了就跟他干。那个台湾老板狼狈不堪。

“他这是有难同当、同舟共济的意思啊……”我刚评价了两个成语，卢瑞林就“是是是”地应和。我其实还想说：这段逸事，活画出了侯定民年轻人特有的好勇斗狠。他丝毫不给那个“老前辈”面子，拆他的台，打他的脸，就好比动物王国里年富力强者对衰老无能的领袖表示不敬乃至蔑视。那是僭越的前奏，是取而代之的情绪勃发。他知道自己立于不败之地，他不但有担当有允诺（表示愿为同伙聘请律师、给每个人一笔安家费），他还有实际作为（比如语言安抚、吃饭时无差别等）。但这一切的前提都是，此时的他，还不知道狂徒末路是他的未来，他还寄希望于他背后的大老板能捞他出去。

只要出去，就有大把的未来。卢瑞林又补充点评道，“谁都知道，他的话明着对我们说，但同时是给另一团伙的人听的。他似乎很享受自己的现场发挥”。

侯定民还安排每个人都给家里打电话，一个电话马来看守要价八百马币，差不多一千三百多块人民币（等到了移民局，也就是遣返大陆之前，一个电话就涨到三千马币了）。这钱当然都是侯定民出——大老板在外面，那时候还在积极运作。侯定民跟看守的领导也谈过，说放他们一个他愿意给三十万人民币。但后来中国很强硬，这笔交易没能完成。

卢瑞林似乎只愿意谈侯定民——做事极沉稳，极有领导才能，等等。他们业绩不好时，侯定民会叫员工外出喝酒、聊天，一一开导。然后是开会分析，问题到底出在哪里，应该如何解决。开会的时间会很长，感觉很有启发，很有收获。大概是因为阿姨的缘故，他对香山的两对儿很客气，跟他们两个男生交谈也肯掏心，他曾劝告他们离徐为车——自己手下第一干将，一同漂流大陆，就连过年都回不了台湾的伴当——远点，“跟他不可能学好，因为他吸毒，脑子都坏掉了”。远离毒品绝对正确。侯定民还以身作则，树立更好的榜样：在马来期间，他连烟都不吸。

其他的台湾人嘛，大部分都不想回去，因为他们要么在台湾没法混，要么就是混不好。当然，相比来大陆进看守所，他们所有人又都愿意回去。相比大陆司法的严厉，台湾就像挠痒痒。

谈谈你自己。

“我干这个是因为利欲熏心。我在仓里从不跟任何人聊我的案子。待几年吧，就当是赎罪。”

谢晖，大他们三个两岁不到。广东云浮人，但自幼儿园起，就随父母生活在香山三乡。父亲经营一家模具厂，投了七八十万，但都积压在产品上；买了两辆车，还雇了一些人，这些花销致使资金无法周转。谢晖本来算个富二代，但高中毕业后，家境急转直下。干诈骗之前，他在桌球室、酒店等做服务员，月薪两千左右。家庭还出了其他问题：他的奶奶一直跟着父母过，等于奶奶只抚养他这一个孙子，这让远在家乡的叔、伯很不高兴，吵闹着要分家。父亲生意失败后找叔、伯借钱，当然遭到拒绝。进来前，父母的身体都不好，母亲还出了车祸，腿骨骨折。

他和卢瑞林是初中同学，与郑佳因认识了两年，确立了男女朋友关系。但现在这种境况，已不敢对郑佳因有什么承诺。他戴个黑框眼镜，语句平缓，但调子沉重。他对前途极为悲观。

他在公司的代号叫“百万”，寓意自然是发笔大财。但他否定这是自己起的。他本来为自己起了个英文名，但“猴子”赐给了他这个俗气名。“他（‘猴子’）求个好意头！”

在河北燕郊，他是挣到钱了：两万多。与他诈骗的总额刚好相当。他成功了三宗，第一宗骗得四千多，第二宗七千多，第三宗九千多。但是，从另一个角度计算，他第一个月的底薪是六千，第二个月锐减到三千（公司总体业绩不好）……加上提成，他从侯定民公司拿到手的也是两万多。

他最初的想法，也就是拿个底薪——这已经比他干服务员高太多了。

一开始，他和郑佳因曾谈过干这种活的违法性，但侯定民的洗脑“我们不骗，肯定有别人骗”是管用的。而他们从实际出发，还进行自我洗脑：应该是很安全的，台湾人干了十几年了，没见几个出过问题；钱来得快，花起来也不心疼，今天花完，明天又挣回来；又没有别的来钱门路，只能继续做下去……

他说：干这个很有诱惑性，还很刺激。人生第一次到手一笔大款子，挺兴奋的，“并不觉得自己很夸张”。对被骗的人“一开始没感觉”。后来在公司待得久了，看到一些二线三线的诈骗记录，以及被骗人的个人信息及家庭情况，才发现原来被骗的人并不像想象的那样钱多人傻、不骗白不骗，而是一看就赚不到大钱的普通人。他们骗到手的，几乎是这些人的全部家当。这才开始有了愧疚。

但是，已经没办法了，只能做下去。

曾经想过逃离这个罪恶的行当。在河北燕郊，就曾有一个女孩子逃走。台湾人发起火来很厉害，因为一人逃走，就会给大家和公司的安全带来不可知的风险。所以就不想逃了，这不是一个人的事，而是所有人的事。再者说了，他想走，就得叫郑佳因，还得叫上郑佳惠和卢瑞林，四个人得一起商量。只要有一个人不走，有一个人犹豫，自己就不好意思，结果是大家都走不成。此后再接听电话骗人，心里很过意不去，但还得把电话转接给二线三线，只能盼他们最终做不成功。反正他只要接听了电话，就有底薪拿，就可以满足。

侯定民对他们几个很好，但其他管理人就不一定了。也许，“猴子”还赞同其他干部对所有人都凶一点呢。在燕郊，侯定民有一个合伙人，起诉书上注明在逃，叫杨森。他骂起人来就很凶狂，连电脑都砸过，郑佳因就被他骂哭过好几次。但是骂完之后，侯定民就来安慰被骂的人，请吃个夜宵啊什么的，大家的心情也就得以平静。

手下唱白脸，自己唱红脸。又是侯定民的领导艺术。

八十六万元诈骗案，他有无参与？

没有。他知道这事，这是公司的大事，几乎每个人都知道。“猴子”也很高兴，当晚就请大家外出吃饭、喝酒。被骗的人，他一直都以为是个傻大款。直到进看守所后，海市公安局的民警告诉他，才知道那个人为了洗脱自己的“罪名”，差点卖了房卖了车。生意都干不下去了，女儿要结婚都没结成。

那么，当时实施诈骗的一二三线是谁？

他想了很久，说一线是个女的，没去马来，你们没抓到。二线三线好像是福建人。

四

台、桂、粤、闽——侯定民团伙的第四个组成部分是福建籍的郭相跃、赖永明、张富龙、蔡之清。四个九零后，福建漳州一个小地方的同乡。

“你们这个地方，离安溪县远吗？”

这个问题，我问过他们中的三个人。

“不远。呵呵。”

他们都这么回答。

郭相跃还加了这么一句：“小小安溪县，大小都会骗——福建民谣。”

诈骗山东女孩徐玉玉的六名嫌疑人，就是福建安溪的。

我先见的是张富龙——像李西一样传奇：马来警方抓捕时，他也跳窗逃跑了。不同的是，李西感觉到了国家和警方的强大威慑力，选择投案自首。而张富龙则自以为逃出了生天，回归自以为的日常生活，以至于警方抓获时他还莫名其妙。

“你……这么胖，能跳窗逃走？”

一个矮胖子，后颈涌起两道肉梁。以貌取人，谁都会以为他是个伙夫。

“原来体重一百三，进来一年又重了三十多斤。”

看来看守所只是“苦其心志”，并不“空乏其身”。以前曾存在的“劳其筋骨”现在也没了，张富龙这样的就只能长肉了。

“厨师以前还真干过。现在——不是，是以前，不是，是被抓前，还有干诈骗前，我都是开蓝牌车的。被抓的时候正开滴滴打车呢。”

跑车的司机们会在经常前往的异地某处合租一个宿舍，以供远途的、不愿空车驶回的司机休息。2016 年 6 月 6 日，中午，在照安（福建与广东汕头交界处）的休息点，他下楼到车（白色丰田卡罗拉，按揭购买的）上取充电器，刚打开车门，旁边几个人围了上来把他按住。这是漳州的便衣警察，他们一直盯着他的车。回漳州的路上，警察一直拿他开玩笑，问“知道为什么抓你吗”。他不是个干净体面的人，猜了一大堆自己的鸡毛蒜皮违法犯罪，警察都笑着说不是。后来，海市的警察来接他，他傻眼了：都逃出来两个多月了，本来以为啥事没有了……

谈到买车的事，他笑着说，虽然自己大手大脚，而且妻子刚生了女儿，但挣的钱其实够用。之所以去马来诈骗，是想来点快的、更大的钱。

关于在马来逃脱抓捕，他说自己当时在别墅三楼，但并不是直接从三楼跳下去的。三楼二楼之间有一道凸出的沿，他在三楼垂下身体，踩到了上面，再跳到围墙上，最后跳进隔壁院子里的草地上。然后沿着草丛、树林一路狂奔到山下。

到了山下，巧遇李西。李西刚好有一台手机——我有点失望，李西描述的手机来源很有故事感，但他就这么一句——打了好几个电话。过了很久，终于有人来接他俩，把他俩带到一家酒店，住了两三天。他说想回国，接的人管他要两万块钱——一万是办假护照的公关费，一万是机票钱和食宿费用。他叫家人寄了钱，于是就顺利回国了。

挺复杂一件事，他倒言简意赅。

“我读书就不灵——诈骗也没啥成绩。稿子都没背会呢——稿子就像你的材料加笔记本那么厚，我哪里背得过来？呵呵。”

我翻看起诉意见书，想找出提及张富龙的地方。在开端，三十二名嫌疑人的简介中，第四页，他排名第十六；翻到第八页，综述简要案情时，我看到了这一句：“2016 年 4 月 30 日，上述二十八人被押送回国。通过审查，又陆续抓获涉案在逃犯罪嫌疑人李西、匡妮、谢宗左（台湾籍）、张富龙、蔡之清。”我正想翻页，想在罗列的犯罪事实中找他，一根胖胖的手指突然伸上来，一下子按住了“张富龙”三个字。

“你看，我排倒数第二！这里的排名是对的，前面把我列为第十六被告人是不对的。蔡之清根本没去马来，我去了，但实际上什么诈骗的工作都没做，我连一个电话都没接听，也连一个电话都没拨打。”

他的手指就那么死死地按在起诉书上。这让我很惊讶：不是读书不灵吗？怎么还有反读汉字的本事？！但我突然又有点明白，他们在监仓中的一年，无非就是吃饭、睡觉、研究起诉书。事关命运前途嘛，能倒背如流也不稀奇。

我拿笔在纸上敲了敲，示意他拿开手指。但他把另一只手也伸上来了，两只手捏住材料上面两个角，往自己怀里拉。他想继续向我解释第八页的正确和第四页的不正确。

“我排倒数第二被告人是合适的……我的罪应该只比蔡之清重一点。就一点。”

蔡之清，看着就比张富龙顺眼得多：身材精瘦，眉眼清晰。但我感觉他没有张富龙那么坦率，交谈中，他表情一直处于轻微的躁狂之中。已在仓中“修行”一年半了，不大正常。

他没有去马来西亚，他有自知之明：他的普通话太差。不是差，而是带有浓重的鼻音——广东人，包括我这种在广东生活久的人，只需听他说一个短句，哪怕只是一个词语，就会问他“你是潮汕的还是福建的”。

河北燕郊他去了。侯定民曾在福建——很正常，台湾人更适应福建——流窜过，因此，拐弯抹角，他这一类不安分的小青年总能和侯搭上钩。一开始，他也试图从一线做起，挣个底薪。但很快台湾的干部们就否决了他：他那“湖建”（福建）、“灰机”（飞机）一张嘴，只要对方不是个十足的傻瓜，都会直接骂一句“臭骗子”挂机了事。

这话太苛刻太绝对。他说，自己曾在河北接听过一次电话，最终还诈骗成功。

他有特长：开车。于是侯定民就让他做自己的专职司机，一开始月薪六千，后来还涨到一万。侯定民自租的住宿地和公司之间有三四公里，因此他长租一台黑色的大众车，每天由蔡之清接送其往来。有时，公司成员有生病的，或者有人入伙需要去北京机场接的，侯都安排蔡驾车接送。

这么轻松的活就赚一万块？我表示怀疑，但他瞪大眼说就是这样。我想，侯定民曾说过自己成功诈骗过上千万元，那么，奢侈享受摆个谱，完全正常，再说后边还会有钱追着他来。有钱人的想法我不一定能理解。

他在老家就是开黑车的，跑长途，厦门漳州周边，每天能挣两百块左右。干这一行相当愉快：艳遇频频。搭他车的有公司白领，也有居家少妇，还有不安分的女青年。他们会互留电话，双方都方便时，就约出来喝个酒、唱个K，然后，就春风一度，“每个月都有十几次一夜情”。

既然这么爽，为什么还要去干诈骗？他欠了十几万块外债——怎么欠的，他没说，我没问——挺急着还钱。诈骗，侯定民们描绘了灿烂的图景：来钱快、来钱轻松。如果运气好，只一个电话，就能把外债一举清掉。

2016年3月25日下午，张富龙从马来西亚给他打来电话，说出事了。过了几天，张富龙回国。他们都不再把这当回事。翻过那一页，张富龙开他的滴滴，蔡之清开他的黑车。倒数第一第二被告各忙各的，依然逍遥自在。

6月6日，张富龙被捕他并不知道。他的好日子又过了二十多天。

6月28日，不，是6月27日23时许，他驾车载着三个客人自厦门回来，在距离漳州十几公里处，警察设卡拦车。他以为是查酒驾呢，谁知道这卡是专门为他设的。

谈得还让我满意。我就随便说道，你的黑车开得挺好啊，没有河北那一趟远行，现在不是隔三岔五喝个酒、唱个K，神仙日子嘛。

我大概态度不太端庄，他听出来是调侃他艳遇那一段，突然神情严肃了起来，两个大眼睛瞪着我。我吓了一跳，以为激怒他了，立即跳转话题。

“昨天刚见了张富龙，你们都开车啊，有没有干过其他工作？”

“当然做过工的啦……我们这个年纪，谁愿意去工厂做工？谁愿意给别人打工？一个月两三千块，累死累活，没有自由，谁想干？ 可能深山穷地方的年轻人愿意干，反正我周围的没人想干。赚钱要轻松，还得快点，没耐心长命功夫长命做。确实没想过这是犯罪啊……”

“诈骗团伙的事，你还知道些什么？都说说。”

他的眼珠突然转动了一下。

“煮饭阿姨，不只是个煮饭的，她还自己物色人呢。带人进团伙是有提成的，就是你带的人诈骗到的钱，你有一定的分成。她连自己女儿都带入伙了，在河北燕郊，她女儿就干过。你们没抓到。”

我点头，但没有记录。

“侯定民亲口给我说过，台湾很多搞诈骗的，都是家里支持的，他的父母就都支持他诈骗。他每个月都给家里寄一两万人民币，改善家里的生活。他骗的钱，他们全家一起享受。”

这个，倒是极为有价值的爆料。郑佳惠说过，2016 年春节，侯母携幼子来海市与老二侯定民团聚。她不可能不知道老二在外面以何为生，她也不可能走这一趟就为规劝儿子走回正道——她这个自修来的青少年人格矫正师早就失败了。那么，剩下来的，也许真如蔡之清的转述：索性全家支持并享受儿子的诈骗成果。她就如同洪太尉，误走了一个魔鬼。她试图与魔相斗，那样，即便失败，她也是一个可敬的母亲。但最后，她也着了魔道，与魔同流。

蔡之清说这句话时，一副咬牙切齿的愤怒表情。我在笔记本上奋笔疾书，也许，脸上不自觉地溢出获得至宝的快乐表情。我不知道他为何愤怒，应该不是我那句调侃所激，否则他不会告诉我这些隐秘的事实。我希望他能继续愤怒。

“你能……帮我个忙吗？”

可是，他的语气突然软了下去，近乎哀求。

“我，能帮啥忙？”

我吓了一跳，同时感觉不祥。他爆料，是要索取回报的。而且，他要的我不一定能给他。

“这里的卫生条件太差了！”

他再次咬牙切齿。

怎么会呢？每个监室都有两间房，一是睡觉的大通铺，唯一的蹲坑厕所在最里边墙角位置；二是活动室（相当于起居室、客厅、多功能厅），墙边有一排供洗漱用的水龙头。洗手台靠近墙边，整齐地摆放着在押人员洗漱用的塑料杯、牙刷、牙膏，还有香皂。两道墙的夹角处，有一个带花洒的淋浴装置。我无数次见到有人光着屁股冲凉。怎么可能卫生条件太差？

“怎么了？”

“我的这里……‘小弟弟’，长了个疙瘩。”

这话题令人不快。而且，这事得向监区医生反映嘛，我能帮什么忙呢？再者说，这跟监区的卫生条件扯不上关系，只能说个人卫生不讲究所致。我想到他所说的每个月十几起艳遇，也许病根在那些风流快活上，现在才爆发出来。当然，也许，这里还有其他隐情……

“这事，你得向医生反映嘛……”

“他们只给我一点药膏，没用的。还有……”

“医生你都不信？！”

“我怕以后生不了小孩！”

“你得给医生说——其他事，你得向管教说。”

他的脸上瞬间就无表情了，没有愤怒，没有可怜，那是失望之后的平静。他是江湖青年，知道再对我哀求只能自取其辱，索性平静以对。而我也知道，谈话已不可能继续。关于侯定民，作为专职司机，他自然有很多我感兴趣的言与行，但机缘已灭。

赖永明，本来有机会步李西、张富龙后尘，成为第三个从马来抓捕行动中暂时脱逃的嫌疑人。但是，最后时刻，他放弃了逃跑，选择就擒。

3 月 25 日下午 3 点左右，他也在别墅三楼。听到一楼二楼鸡飞狗跳，他就知道出事了。逃！他用手掰窗户上的防盗网，右手被钢管的破损处划破，血流了出来，最终还是掰开了一个能钻出去的孔洞。他的身体已经钻过去了，只等往下一跳，就能逃出生天，就在这时，叽里呱啦的马来警察冲上三楼。他不该回头看，一回头，他看见警察举着枪对着他，表情亢奋地对着他大叫。他怕他开枪，还怕跳下去摔伤，而警察从窗户向他补枪。于是，他又钻了回来。而在另外两扇窗户处，与他同时掰防盗网，但只比他快了那么一点点的一个人，成功逃脱了。

“不是一个人，是两个，李西和张富龙——你老乡。都抓回来了。昨天我见了。”

他愣了一下，看着我，点了一下头。

李、张二人归案，他是知道的。庭前会议已经开过两次，他们都见了面，也知道大家殊途同归。但我这话还是太不留情面了，我应该由着他说，我只管倾听、记录即可。但也只能顺着话题说下去了。

“他跑掉了，你没跑掉，怎么看？”

“有什么区别嘛，还不是都……”

他尴尬地笑了一下。

他的左上臂文了一条龙，右大臂文了一个大佛的头像。他自认为信点佛教。佛头是二十岁时文的，一个简约的构图。2015 年 9 月，在河北燕郊加入诈骗团伙后，可能是有了点钱，也可能是走出家乡，眼界开阔，他请人扩大了刺青的范围，增加了内容和纹饰。他否定文身、刺青是坏人的标配。

他和郭相跃是同村人，离张富龙、蔡之清家也不远，从小就认识。福建、潮汕等地的所谓村，极为庞大，有的是上万人的聚落。倒不一定都以宗族为纽带，但千百年来聚居而生，盘根错节，枝繁叶茂，共存共荣。谈及“同村”，另有深厚的意味。不过，他自认从严格意义上讲，他和他们不是同一路人。

“哦？你们都想来点快钱，都搞这个。”

他说他赚钱并不为自己花天酒地，他只想着给家里赚点家用。毕竟家境很一般，他得分担责任。他是家中独子，有父母和奶奶，从小受他们溺爱，但他懂事，“不是懵懂的二逼青年”，他得回报家人的爱。

初中毕业后，他在省内到处打工。渐长之后，他跟舅公的儿子学习修车。作为学徒很多年，收入仅够自用——抽点烟，与朋友小聚一下。后回到村里，与父亲、叔叔三个靠小三轮运货，收入还可以。后来又觉察到建筑业日益发达繁荣，于是购买了一台农用车，给各工地运送建材，倒卖各地拆迁后的旧废料。无序的发展引来城管的干预，也许还有更强势的资本的介入，很快，他这种个体户就生意清淡、生存艰难。农用车是二手车，几万块钱买的，但对一个刚起步的年轻人来说，也不是说拿就拿得出的。他靠朋友，同村有几个玩得好的朋友，这个借一点那个凑一点。而他，靠这台车赚到钱后，也是立即这个还一点那家还一点。还有，这已经不是钱的问题了，逢年过节，他还会买些烟酒茶的到这些朋友的家里表达谢意。后来生意彻底没得做，只好将车当废品卖掉。

然后就是河北燕郊之行。

在河北，他赚到了底薪加提成三万多块。在马来，他也业绩突出。我翻看起诉书，不断看到“二线人员赖永明”“冒充湖北省公安厅民警的二线赖永明”“二线赖永明兼任三线”等等字句，不禁惊叫了一句：“天，你这不是‘业绩突出’，你简直是侯老板的第一号员工嘛。”

他把头深低下去。此一时彼一时，彼时的业绩突出，此时就是罪恶深重。

我让他谈谈这个团伙。奇怪，他倒没有首先提侯定民，而是立即说：“台湾人里边，李伟轮‘技术’最好。他教我们，能把一件事讲解得非常清楚。”看来，他是个讲究技术的人，是一个不务虚、肯钻研的专才型人物。只可惜，没用在正道上。关于侯定民，他仅提到了他大而化之的领导艺术，最重要的当然是他的洗脑教育：“侯定民说的最多的就是：你不骗他，也会有其他人骗。”

他加入诈骗，跟不远处的安溪县所营造的“乡风”有没有关系？ 他否定了。他说知道安溪人骗得厉害，但那是别人的营生，他想有自己的事做。其实没想过去骗，加入团伙后，只是随波逐流。钱来得容易，一时没顾得上更深入地想一些问题。

是郭相跃介绍他进团伙的。当时正好没事做，有底薪嘛，就想着先打个短工，挣点小钱快钱。谁知进去后“进步”有点快，就刹不住车了。

“郭相跃害了你……”

他犹豫了一下说：“其实你们应该也知道，他是有前科的人。”郭曾因盗窃被判三年刑，但他提的是更重要的事：几年前，郭在村里借过一个朋友的摩托车，但他把车卖掉，钱自己花了。作为当事双方的共同的朋友，一个有担当、有一定面子的朋友，他主持了调解。结果是郭以自己的尊严保证，这笔钱以后一定还上。

他也不喜欢郭的家人。他的朋友的父母，跟自己的父母一样，对待儿子的朋友，当成子侄辈看，关怀、疼爱、讲义气。郭的父母则像他儿子一样，是一种异类。他说自己入狱以来，好多朋友都来海市探过他。虽然人见不到，但都给他存了零用钱，给他写了信，说过年过节都会去家里拜见叔叔、婶婶，家里有事，肯定八方支援，让他放一百个心。他说这些朋友都混得不错，有些还是“像你一样的政府的人”，但对他不离不弃，以前不曾因为他贫穷，现在不因他落难而远离。正是因为这辈子交到了这样的朋友，他很有信心三五年后重整旗鼓，再创美好未来。

古典的乡村义气主义，在中国现代化的社会生活中，仍有一定的意识和情感基础。

“怎么看那些被骗的人？”

我不能让他沉溺在自己的美好情感里。

“有时候心里酸酸的。打电话骗的时候，有些人会说自己钱的来源，大部分是辛苦赚来的，省吃俭用攒下来的。很同情，但是没办法。因为我那时候是个骗子，我在骗他的钱啊。”

“怎么看徐玉玉？”

“从来没想过把人骗死……”

我对每个采访对象都提徐玉玉，不管你怎么回答，我都记下来。我也不发挥，不追问，我只提一下这个无辜的姑娘，我得让他们所有人知道这个事实的存在，不能让他们绕开她。

“我冒充的湖北公安厅民警卢文宾，这个是真实的，是有个民警叫卢文宾。”

我们都沉默着，他突然说了这一句。侯定民也说过。当然，警方早已掌握了这一事实。我想，赖永明对我说这一句，大概也是徐玉玉使其内疚之后的坦白吧。

我点了点头。

我决定让他再聊聊马来西亚的事就结束谈话。

“……马来的警察，哇！就跟当年……呵呵，上班带枪又带包——装财物。现场抓人时，刚过完年嘛，广西的小孩身上还有没拆封的红包呢，嘻嘻哈哈抢过来就往自己的包里塞。台湾人戴的金链子，当着那么多人的面，指一指，示意摘下来，直接就往自己脖子上挂。一些女孩子的拖鞋，新一点的，那些女警察也塞自己包里。哇！我有一个金戒指，爷爷传给我的，我藏在牛仔裤挽起来的裤脚里——我特意把那里撕开了一点塞进去的，绝对不可能掉出来。到看守所后，让我们把旧衣服脱下来保管，再给回我时，戒指就没了。那个翻译官华人警察更坏，直接说有钱就给我，等一会我就放你们。结果侯定民啊我们都给了钱，可是，中国警察来了，谁都没给放了……"

郭相跃的父母在江苏常州做生意三年，批发水果之类，他也就追随父母一同生活。他"贪玩"，家人想找个能管一管他的地方，想送他去当兵。他听说之后，就在右手背上文了一只蝎子，左手背上文了一面海盗的旗子。兵当不成，乐得继续玩，而且刺青也就一直刺下去，右臂、大腿，满满当当。其中有一个人头像，他说是马超。我居然过了一会儿才想起是《三国演义》中的一个狠角色。因为话题已转，我都不好意思问他什么寓意了。

那年他十六岁。

回到家乡，继续玩。就在那一年，跟一个大他三四岁的女子恋爱，很快就生米煮成熟饭，女子怀孕了。女方家人说这你家得负责，他的父母就带着女子去验了 B 超。医生说是男孩，郭家决定负这个责。迎回了家，结果生了个女儿。现在，他仰着头想了想，说："有十一岁了。"女儿由爷爷奶奶在家带着读小学。至于女儿的母亲，他说："也贪玩。"孩子两岁多的时候，出去玩，并且再没回来。

"玩，得有本钱吧。"

我说这句，是想听他主动谈谈他的盗窃，以及借了朋友摩托车倒卖掉的不仗义。

他又想了想，吞吞吐吐地说，在厦门，有许多地下赌场，他一直在里面打工。具体做什么？他说帮人看风——有警察来时，通风报个信。能赚些钱，但大都被他玩掉了。十多年来，基本上没给女儿寄过抚养费。当然，偶尔会打个电话。假如回家，也会带着小孩到处玩玩。

回家也不会空着手，每回都能带些钱。但是，他的母亲很古板，拒绝收他的钱。钱其实不多，三千五千的，他说是给女儿的，母亲也不收。她知道儿子没正经营生，这钱来路不会正。母亲表示，孙女她和老公完全养得起，连他也养得起，只求他别到处混了，哪怕只在家带小孩就行。但他是独子，从小被溺爱坏了，哪里在村里待得住。时间一长，再加上外边狐朋狗友一召唤，立即就拔腿开溜。

这回溜不掉了。

此时，他的浪荡之心收敛了一点：没了讲述浪游往事时的轻快，换上了忧虑重重的表情。他害怕十年以上的漫长刑期："十年，太可怕了。"他絮絮叨叨。是啊，十年太可怕了，尽管他才二十六岁，十年后也才三十六。可是，十年后，女儿就二十一了，假如她自带父母的"贪玩"基因，没准出狱时他都当外公了。亲家会不会在女儿怀孕时也拉去验 B 超？可是，生个像外公一样的男孩又有什么用？

他玩到泉州的时候，经一个朋友"范小兵"介绍，得以进入侯定民的诈骗团伙。并没有见到老板本人，只是通过电话联系。底薪五千，这个还是有吸引力的。他又找到了赖永明，以及张富龙、蔡之清一同前往。在北京机场，"小林"（侯定民的合伙人）亲自接他们。到了河北燕郊，才知道是搞诈骗。这对郭相跃没有任何情感和道德上的障碍。"小林"和"宝丽"一男一女向他们传授经验，他们都很聪明，上手很快，运气也相当不错。

2015 年 12 月 4 日，燕郊诈骗的最大成果，也是警方、检方重点起诉的郭宗八十六万元被诈骗案，就由闽籍的郭相跃和赖永明具体实施。一线人员"小念"冒充中国邮政工作人员，谎称正在河南洛阳做生意的郭宗申请的三万元贷款即将发放，取得郭信任后，将电话转至二线。二线正是赖永明，他判定这个客户有钱。郭相跃马上向侯定民作了汇报。当天，赖永明就轻松诈骗到八十六万元。当晚，他们觥筹交错庆贺"丰收"。

第二天，侯定民意犹未尽，想把这个很容易骗的人榨干，命令郭相跃继续打电话给郭宗，让他接着筹钱。事主说没钱了，郭相跃就让他再借十万元转存至安全账户。但是，事主似乎觉察到不对劲，没有再汇款。侯定民这才决定放过他。

“也就是说，我并没骗成功。”

他把自己择了出来。

而且，他也没有在河北燕郊待太久。仅仅两个月后，他母亲出车祸，他就回福建了。为了回家，他还向侯定民借了几千还是一万块的人民币。是借还是支取薪酬？借是要还的，而薪酬是侯定民该给的。他说记不清了。具体金额是多少？几千和一万差别可不小。他说记不清了。

他应该是尝到了电信诈骗的甜头，所以第二次，当侯定民把公司开到马来西亚时，他和赖永明又欣然前往。

他对公司里的台湾人颇有微词：一是台湾人“抢食”，碰上“大鱼”，或是能轻易得手的，台湾干部就会抢过话筒，说这单我来做。二是在管理上，台湾人与大陆人——甚至是他们这些福建人——存在不同等待遇。比如一到公司，大陆人的护照手机立即就被没收，而台湾人不用。比如背稿子的时候，大陆人经常被台湾干部呵斥辱骂。即便是他这种脑子活泛上手很快的，也没少挨骂。有一个广西的，男的，三十多岁，就受不了了，坚决要求退出。侯定民要他退还机票、护照办理费、食宿费等共计六千多块，也许是七千多，但那人还是退出了。他回国了。

哦？这个信息没有任何人对我提及，起诉书也没有他的一丝影迹，仿佛不曾存在过。他这算是在预备阶段中止犯罪，应该可以免于起诉。

“瞧瞧人家，这才叫有脑子。”

我嘲讽他。

“本来以为能靠这个轻松来点大钱，但其实赚不到多少，还弄成这样……我们只是替台湾老板骗大陆人的钱罢了。”

他感叹。

第三章

“富贵险中求”——台湾诈骗生态

一

吴忆华，女，生于 1990 年，台湾台中市人，台湾侨光科技大学财经法律专业毕业。

女子监区“悦读分享暨文艺表演大会”那天，我在排队准备登场的观众当中，发现了一个肤色较黑的女子在押人员。我想当然地以为，她一定是具有南亚血统的台籍电信诈骗人员。可是，于素敏顾左右而言他，始终不告诉我她的名字。一个多月后，当我开始与其他犯罪团伙的台籍成员谈话时，在女子监区，我却再没能见到她。公安工作很敏感，我不想私下打听。

“表演大会那天，我似乎见过你——排队登场，你站中间一排？”

她显出惊讶的神色。我的提示也太笼统模糊了。

“那你有没有注意到我，在五十三仓管教谈话室，我和于素敏在谈话。”

她还是有点茫然。

引我关注的，倒不全是相形之下较为明显的黑肤色，最重要的是那姑娘专注的神情举止，与周围看似遵从纪律但其实眸子眊焉的白姑娘对比太过明显。后来，她们坐下，她隐身于人群中，我不再看得到她。而现在，坐在我面前的吴忆华，迅速地调整姿势之后，就凝固般等待着我发问，又使我回想起一个月前。

张开捷团伙成员十五人，除了广西厨师和一个福建新手，都是台湾人，算是地道的台湾团伙。我第一个见吴忆华，是记得崔燕燕对我说过，她是一个学法律的大学生。与大学生聊台湾，与学法律的聊诈骗，再合适不过了。

吴忆华不算黑，相貌也是中等。家境很一般，自幼父母离异，有一哥哥。父亲在她大一时去世，母亲是幼儿园的接送阿姨，月薪八千多台币，合人民币不到两千。从高一开始，她就不向父母要钱，半工半读，所以，直到2015年二十五岁时才大学毕业。

2016年，就进了海市看守所。现在，她担心的是："我的医保、健保可能需要哥哥来缴纳。"

"毕业后没有正式的工作吗？"

她在一家镜片厂工作，工资有三万多台币，合人民币六千多，这比做见习律师收入高。她有自己的人生规划：一边工作攒钱，一边上司法类的补习班，争取最终考入台湾法务部门，成为公务员。那么，月薪基本可到五万，还不包括各种福利。再往后，有稳定的退休金。

"为什么会干诈骗？"

想挣点快钱，好全身心投入到补习班的学习。也就是说，为长远的人生规划赚一笔启动资金。

这回答坦率，但不完备。她有一个男朋友，李杰远，是他带她跑偏了人生方向。他在第二看守所，稍后我会去见他。

他们交往了两年，渐渐地，她开始偏离大学同学的圈子，较深入地进入李杰远的圈子。李杰远高一辍学，服了兵役，"蛮老实的人"，在工厂做集装箱，加点班，每月能收入四至五万。她跟着他去玩，到朋友家吃东西，自然少不了交流分享人生经验。她渐渐见到和听到许多关于诈骗的人和事：某某出国三四个月，赚了一两百万；某某发了，买了宝马、奔驰靓车；等等。李杰远的发小黄国元（在第二看守所），就曾参与过诈骗。终于，吴忆华和李杰远就是否加入诈骗团伙开始了较为深入的讨论。

"现在想来有点好笑。人们常说情感的和谐，必须包含生、心、灵三个方面，但我感觉我们在精神层面并没法完全沟通。"

那"三个方面"理论，应当是台湾女性的心灵鸡汤，我没听说过。她解释说，生，生活所需的柴米油盐，现实性；心，感受性；灵，精神追求。她说她的感受他不懂，比如，她向他谈一个较为具体的人生目标，那得两人携手奋斗。而他无法理解，但他是个"蛮老实的人"，他会赞许她说好，然后，看着她奋斗。

讨论由她主导：收益，当然很可观，能迅速改善生活的品质，能让人生规划驶入快行线。风险，父母、亲人知道两人干这种冒险的事怎么办？……都是她提出问题，再由她来回答。

且慢，“风险”难道不应该包括法律后果吗？比如像现在，双双走进看守所？还没完，可能还要预支未来的好几年。

“没有。没有谈过这个问题，因为在台湾根本没听说过有这种风险。周围没听说过有一个人因为从事诈骗被抓被判的。”

那时他们的小日子刚刚开始，租了套一室一厅，房租就得八九千，但算稳定下来了。两人上下班、生活，她觉得挺好，也不大想去改变，何况是去冒险。但是李杰远可能被朋友洗脑煽动得厉害，已经跃跃欲试了。显然，他更想尽快地富起来。这时，她的法律意识苏醒了，开始考虑“万一被抓的事”，还问男友“你负不负这个责”。

但这也就随口一说，最终她同意干。

她给我的感觉是独立，以及女学霸那一类的，思路清晰，需要思考时眼睛会在镜片后面轻轻转动一下，然后慢条斯理说出经过一定组织的语句，甚至基本上不存在口语常见的语法错误。但在与男友的讨论中，她完全丧失了智力上的优势。

她说了那么多，李杰远只说了一句：“要不试一下吧。”她就说：“那我就陪你去吧。”

她说，电诈，以前都是台湾骗台湾。但是，做尽了，没得做了。

“骗子太多，人不够用了。是不是还包括被骗过的，转而也开始骗了？只是对象转向了大陆人？”

我不友好地插了一句。她愣了一下，点头同意我的说法。

初一时，她就被诈骗过，只是没有成功。当时她在雅虎购物，很快，就有“客服”打来电话，说她转账不成功；另外，她还购买了其他物品，也将一同发货，需要尽快付款，“客服”要求她到邮政储蓄柜员机转账。她在“客服”的隔空指引下，一步一步按照要求操作。可是，始终无法成功。她们都没留意重要的一环：银行账号是父亲帮她开通的，因为她还未成年，父亲设置了禁止转账的程序。就这样，“客服”耐心指点，未成年的吴忆华老老实实照着做，但是，依然无法成功。最后，“客服”累了，说“算了算了”。多年以后，她才明白这就是一起电信诈骗。

我问，台湾真的不管诈骗吗？她从法律的角度解释说，也不是不管。比如合同诈骗，起刑就是五年。但电信诈骗是一种新兴的犯罪形式，法律上可能存在一些漏洞。现在电信诈骗基本上都是针对大陆人，所以即便被抓，一是由于被骗人不在台湾，二是犯罪地点不在台湾，台湾“法律”没有管辖权；但这毕竟是犯罪，所以一般都会收押一两个月，然后宣告释放。管，也等于不管。

李杰远带她参加的这个诈骗团伙，自 2015 年 9 月以来，先后两次组团赴马来西亚诈骗，两次她都参加了。第一次是 2015 年 9 月下旬至 2016 年 1 月中旬，去槟城；第二次是 2016 年 3 月中旬至 3 月 25 日，在柔佛州。这个团伙“战果辉煌”，起诉书指出：经侦查其主要犯罪嫌疑人所使用的 U 盘中的绩效表，共核对出诈骗案三十四宗，涉案金额是 6083434……我从个位数开始数起，是六百多万元。

“是六百多万吗？”

“是的，起诉书上说是。”

但他们俩所获不多。男朋友不大会做，她则运气不好，作为一线，她每天转送五个单给二线，但最终要么二线要么三线都搞失败了。没有成功，就没有提成，就只能拿底薪。底薪，她说折合人民币也就四五千块。

“男朋友笨，我是没财运，看来我们都只能正当劳动来赚钱。”

但他们第二次还是又去了。这次“运气”更差，双双身陷囹圄。仓里有人问过她，恨不恨男朋友，毕竟造成现在的处境，他的责任较大。假如她遇到个好点的男人，也许不至于此。但她说，她从未恨过、怪过他。这是自己判断之后的选择，不能怨天尤人。

“你还会去见李杰远吗？”

“会——也许明天就见他。”

“你能给我带个话吗？”

“可以，与案件无关的话。”

于是，她的眼睛又在镜片后转动了一下，然后口述了一封短札：

“ 8 月 24 日写过一封信，内有照片一张，收到没有？好好照顾自己。写信给我。”

“你怎么会有照片？什么照片？”

“是台湾家里寄来的，我的照片，我转寄给他。”

我得问点跟案情有关的，不能白做一个信使。

“六百万，你这个团伙厉害，也就是说，处罚可能会很重。”

“对，起诉书上说是六百万。庭前会议时，大家都说没这么多，每个人的律师也都这么说。一定是哪里搞错了。”

“不止吧。起诉书还说，发现一个名为‘秦伯伯’的 CDR 话单，从中核对出诈骗案一百二十宗，涉案总金额人民币 7674038——七百多万！”

“是的。我不清楚。”

“怎么看？”

“想悔过自新。我不对自己做什么辩解。”

“在马来的事，能讲讲吧，其他细节也行。”

“我们两次去马来，开始都是先用一至两个礼拜打扫房间，技术人员铺设线路、电话，等待其他人到来，然后才开工。在公司附近走了走，逛了一个商圈。第二次开工一周就被抓了。抓的时候马来的警方很搞笑，当场试穿带品牌的鞋子，连女生的拖鞋都装到包里带走了……”

我复述了一遍记录下来的她口述的短札，问就给李杰远带这些话吗？她沉吟了半天，点了点头，但终于说，她和男友的关系一直很微妙。知道两人思想、意识上有差距，但一直就这么凑和着过。特别是第二次去马来，她很不想去，但是李杰远已经答应老板了，说没法拒绝，她只好再次跟着去。早知道还是应该留在台湾，一边工作，一边等他。

“老板就是张开捷？背后有没有更大的？”

“是张开捷，管公司的一切事情。”

“这人怎么样？”

“他不骂人，以鼓励为主。”

李杰远，男，生于1990年，台湾台中市人，初中文化。

他见到我非常高兴，甚至可以说有点激动——他进来不久，就在仓里和人打架。受到惩罚，不得出仓。抽烟，更是别想了。

我转述了吴忆华的口信，他的眼睛和较黑的脸皮，同时亮了起来，仿佛有人调拨显示器的亮度。怕他不相信，我把笔记本调过去，手指着我快速记录下来的句子给他念了一遍。记录没有加字，也没有减字，就是吴忆华的原话。过了一会，他说，你问吧，知道什么我都告诉你。

他们的起诉书，关于每个犯罪嫌疑人的户籍地址，都较为简单，仅写为"台湾台中市人""台湾苗栗县人"。他马上对我解释说，我们都是台中市后里区人。后里区，是一个比较郊外的地区。他和吴忆华初中时就认识，后来终于走到了一起。同案之中，有同龄的，也有比他大点的。以前不认识，是去了公司之后才认识的，但都是后里区人。

他和吴忆华都有较正式的工作。租房一起生活，钱大体上够用。有时也缺一点，但问题不大。生活，总不可能想买什么就买什么，想怎么样就怎么样。至于想去赚点快钱、大钱，确实是看了朋友的生活发生了巨大的变化，有点心痒难熬了。

黄国元，是他从小的玩伴。2015年的上半年，他跟一个老板到国外去了一趟，就是做电信诈骗的。回来以后，"整个消费模式都变了"，很刺激人。

怎么个变法?

比如，一块手表几万块钱，折合人民币也要万把块钱，他就敢买，戴出来给我们看。请我们吃饭喝酒，出手很大方。

他再也无法从平淡的生活中咂出滋味了。是他最终决定去的，吴忆华没有反对，跟他一起去了。

老板是张开捷，曾因诈骗被台湾司法机关处理过，详情不知道，但有前科是一定的。

吴振为是桃园市人，他曾因诈骗被判过缓刑。

公司里都是张开捷说了算，是主要的管理者。幕后应该还有大老板，但他们这种员工不是很清楚，也没有问过。

江宗影是电脑手，也算是公司里的干部。被抓的这次，他俩就是和他一同飞到马来西亚柔佛州的。

黄国元只去了一天。去得晚，是因为要带新员工何伯君、林婷君等人一起来。

……

“张开捷有前科？台湾不是不抓电信诈骗吗？”

“也抓。张开捷他们一开始就在岛内做诈骗，但后来台湾防范打击严起来了，他们好像是刚准备好窝点，就都被抓了。台湾处理较轻，一般都是取保候审，审判的话也是缓刑。毕竟不好做了，于是他们就转移到境外继续诈骗。”

他第一次参加去马来西亚槟城，加入的就是张开捷诈骗团伙。他和吴忆华一起干了三个多月，没有成功一单，所以只有底薪。他是六万，吴也是，两人合计十二万。

十二万台币，合人民币两万多，分成两份，也有一万二三左右。但吴忆华却说只拿到了底薪四五千人民币。哦，也许她说的是一个月的底薪是四五千吧。我不想相信她骗我，但我相信她说的另一句话：李杰远“蛮老实的人”。至少跟我谈话期间，感觉到他挺忠厚诚恳。但，也仅限于某些方面吧，干起诈骗别人的事，不会含糊。只是，意志以外的某些事干扰了他的业绩：公司所在的别墅，居住空间不大，又是多人合居，有些人抽烟很多；还有，这些犯罪分子为求平安，每天烧香拜佛，搞得室内乌烟瘴气，他的视网膜沾上了焦油。公司的翻译“阿 KEEN”（马来华人）带他去了医院，清洗了眼睛，又买了眼药水备用，休息了好多天。

“十二万，其实比做正常工作收入要少。”

但正因为没做正常工作，他们两个就正常不了了。2012 年，他买了台汽车，三菱牌的，总价八十三万台币，首付三十万，月供一万四千台币（人民币三千左右）。这笔钱没法省，再加上生活用度，而所赚并不够，所以，只能向张开捷借了五万台币。要还钱，就只好继续做下去。

一做，就走上了暂时回不了台湾老家的路。

“我们台中市，你知道吗，是一个诈骗洗钱的中心！诈骗并不仅仅是出境打电话，赚了钱还得取出来洗白啊。台中每天都有人到提款机提赃款，很多人干这个。但是现在也抓得严了，洗钱的就雇小孩子，抓到了也是未成年人——基本上都是初中生。”

“小孩子也挽袖子上场了？”

“诈骗的也多。在台湾生活，每个人都有几个不同的生活圈。不管什么样的圈子，都有搞诈骗的朋友。这都成我们台湾一个巨大的产业链了。有打电话的，有提款的，有洗白的，一条龙服务。”

嘿，真是奇了怪了。与吴忆华交谈时，我曾提到过圈子的话题。我还好意劝她，即便是跟李杰远在一起，也不要断了与大学同学的那个圈子的联系。两个圈子在层次上是有区别的，接受的信息广度不同，处理信息的意识维度有别。社会变化很快，需要及时分享信息，分享处理信息的新方式新思维，否则现实中会遇到障碍，解决障碍也会不得要领。千万别被低层次的人拉下去。假如她能跟大学同学多联系，恐怕不至于混进诈骗团伙。可是，不管什么样的圈子……

“台中是洗钱中心，这个我还真第一次听说。”

“台湾的柜员机有限额，每台每天放钱三百万。有一天，台中的一个大区，商业中心的，所有柜员机都被提空。都是诈骗得来的款，你想想有多少！几亿台币！当时台湾新闻都报了。”

“几个亿，一天……”

台中市商业中心区每天的现金流动是多少？应该没有几个亿，否则不可能被提空，还上新闻……几个亿台币，折合人民币一亿左右吧，一天时间……天！

“不用看新闻，生活中也很常见。以前很普通的朋友，一两年没见，哇，人全变了，有钱了，不是一般的有钱！不用问，大家都知道出去干电信诈骗发了家！”

他两手小幅度地张开，又合在一起，两掌轻轻互捏。

社会风气如此，漫说李杰远、吴忆华，只怕自诩为淡泊君子，也会眼红心跳。虽说第一次赚的其实比两人干正常工作还少，但毕竟“远景宏大”，于是就有了第二次南下马来。

“第二次，去了柔佛州，直到被抓的 25 号，都还没有正式开张，还在拉线路、装电话；墙上还要贴上隔音棉；大陆员工还陆续有来……”

准备工作还未就绪，人员还未完全就位，但不碍事，张开捷团伙已经按捺不住赚大钱的欲望，他们边准备边开工。据起诉书，3 月 21 日、22 日、24 日和 25 日，他们已经成功诈骗四起，涉案金额八万六千二百元。

“你们干这个，有没有业务培训？”

“没啥吧。就是第一期时，老板叫一个普通话好的大陆员工，注意纠正我们的台湾口音。”

“谁‘业绩’最突出？”

“‘鱼仔’吧。第一次时，他做二线，骗了一个新疆人一百八十万人民币。他提成八趴，大概十几万人民币。”

黄国元，男，生于 1990 年，台湾台中市人，高中文化。

他满面微笑。在仓里闷太久了，不管是警官、检察官、法官提他们出来，不管有什么事，都先快乐一下。他笑了好，不笑会让我不自在——他右眼皮向下耷拉，右眼几乎只有一条缝。他解释说这只眼天生弱视。

问他个人简历，他说十八岁时，也就是 2008 年，当了一年兵。我半开玩笑半认真地说：“你这样也要服役，凑人头拉壮丁啊？”他说：“是义务兵。”

同案的台湾人，他说每个都熟。我听了挺激动的，找对人了，他一定有劲爆猛料。但他接着说，最熟的是李杰远，同龄、同乡，一起玩到大。我又失望了，那个“蛮老实的人”我已经谈过了，而且，关于台湾的诈骗犯罪，他其实涉入不深，所知有限。

2013 年，他因非法持有枪械被抓，起诉的罪名很丰富：盗窃、伪造文书、故意伤害。那时，他跟着一个老板玩，两人购买了一台商务车。车是赃车，警察从闭路电视里看到了他们。被抓后，从他座位下搜出“90式”自制手枪一把。关了一天，有人把他保出去了，他说自己应该没案底（犯罪前科）。老板被拘留了七天，现在，因为绑架勒索正在台湾坐牢。

他与张开捷认识好多年。张开捷干过赌博，后来转行干诈骗。诈骗来钱快，他想参加，就找到了张开捷。他“运气”挺好，先干一线，很快转到二线——冒充上海公安局警官黄伟。2015 年那次，他诈骗分成十几万人民币，近百万台币。

“钱呢，都花了？”

花了。他办了婚礼。体面的婚礼？还行。

“老婆知道钱哪来的吗？”

“知道。”

“她怎么看？”

“反正叫我小心点喽。”

“她呢，也干诈骗？”

“她在台中阿迪达斯旗舰店上班。”

“没诈骗赚的多吧？”

“一个月有三万吧。”

他们有两个孩子，一儿一女。女儿出生于 2016 年 7 月，他已在海市看守所待了近三个月。我听着有点乱，结婚、生了俩，这时间有点太赶了吧。他解释说，办婚礼时老婆已经怀孕五个月了。哦，有钱了，补办个体面的婚礼。

他父母在家种田。他从小不喜欢农活，太累，一路干偏门——各类违法赚钱的营生，还能赚到些钱。父母管不了他，态度与他老婆相同：你自己小心点喽。

“唉，再晚去一天就不会有今天……”

“赚钱，急事啊，怎么还晚去？”

那时老婆怀着二胎，有点状况，他陪着等检查结果。也因此，张开捷让他把何伯君、林婷君等四个新员工一起带来。24 日 23 时许，他们到达马来柔佛州诈骗窝点。25 日 14 时许，马来警察冲了进来……

“你干偏门，还能养活自己嘛……”

“这个也是偏门。呵呵。”

“是个‘好偏门’？”

“是。因为抓住了也判得不重。我一个朋友的老婆在印尼做，被抓了，关了一个月后遣返回台，就取保候审了。后来判决，罚款二十几万台币，也就人民币四五万块，就没事了。她说赚的钱早够交罚款了。”

入行门槛，可以说没有：第一次加入，有一个台湾人搞了点培训，也就是教他们背稿子。接着，就是新手、低手坐到老手、高手的座席旁边，听人家怎么骗。公司也对老手、高手有硬性要求，必须教新手、低手。

老手领进门，骗钱看个人：他很快就从一线升级到二线，很快就拿下大单。最大的一宗诈骗八十几万人民币。我翻检起诉书，问他是不是八十四万七千三，他说不记得了。只记得对方是个女的，海市人。没错，就是这单。2015 年 10 月 28 日至 11 月 1 日，四天之内。

“具体过程你还记得不？”

“她是一个公司的财务，四十几岁。她爱人是公司老板的司机，两人都在公司干了十几年。一线转来电话后，我冒充上海黄伟警官跟进，说她涉嫌洗钱，名下所有账户、动产、不动产、存款都必须予以登记入案，然后要拘留她。她大哭，很着急，问我怎么办。那四天，每天早上七八点钟，我都要给她打电话，每天都是十几个电话。说她的问题的严重性，还说不能告知其他人，否则告诉谁谁就也得接受相同的调查。还说她涉嫌洗钱把钱存入了公司的账户，问她公司有几个账户，有多少钱，是否可以公对私转账。发现没办法转出来，才放弃了。我和她在电话里聊得挺好的，她还说下次去上海要请我吃饭。我也从网上搜了一些海市的观光旅游景点，说听说很美丽，一定去玩。以后是朋友了，去时一定联系她。”

“你觉得这些人——本身没有犯罪——为什么会被你们骗？”

“因为大陆人都怕吃官司……”

“谁告诉你的？”

“培训……”

“接着说你骗人的事！”

“我说只要她配合，我可以向检察院申请延迟、后推拘留。她配合要有具体表现，需要把所有的钱转入安全账户。我主要是安抚她，要她相信我们是为她着想的，让她情绪平稳。然后，我就把电话转到三线了。”

“继续说！”

“三线就是老板张开捷的老婆吴亭亭。她最终是怎么骗成的，我就不知道了。公司规定，一线二线三线是不互相干涉的。”

“一百多宗诈骗，你干了多少？”

“具体多少不记得了。我总计诈骗的有两百多万人民币吧，提成了十几万人民币。”

我得歇会儿。喝茶、抽烟。当然，烟也是要给他抽的。这时，十四仓的门口，出来几个男子，蹲在地上抽烟。他突然直起背来向我指点：“那个是我同案，何伯君，‘泰国’！”

他背对我蹲着。脑袋特别大，短而黑的自来卷全覆盖，像释迦牟尼头上的肉髻；仰起头看我，脸也大，皮肤粗糙，一脸的小疙瘩；直起身看我，身形很壮硕。跟我对泰国人的印象——黑肤、矮个、灵巧、结实——完全相反。我说为什么叫你“泰国”，他说是绰号。为什么有这绰号？他说他是混血，母亲是泰国人。问他怎么加入诈骗团伙的，可能是我的语速太快，他一脸的懵懂，求救似的望向他的管教，又惶惑地望向我。他的仓友哄然而笑，有人对我指了指脑袋，意思是说这家伙有点蠢笨。于是我打消了和他交谈的念头。

“这就是你带去的？这样的也能搞诈骗？”

我嘲笑地问黄国元。其实也是嘲笑他——我和他的谈话，并不像记录的这样流畅，这是我的文字梳理。他经常吭哧半晌，我一度怀疑他的思维能力或语言能力（或者兼而有之）不怎么样，直到他讲述自己作为二线诈骗海市的女财务，我还将信将疑。

“他国语其实可以的……只是脑子没我们转得快……也可能是害怕。”

“他是你招募的？”

“不是。他是一个叫‘阿富’的推荐给老板的。我只负责带他到马来。”

“还有谁脑子转得慢的？”

他说是电脑手江宗影——不但讲话台湾腔太重，而且，脑子不大灵，所以就没有“讲电话”（打电话实施诈骗）。

我愣了一下。其实，在我们的谈话中，黄国元给我的印象一直就是他对“泰国”和江宗影的印象。我还曾经想过，第一，他和我一个警察谈话，或许是紧张，或许是警惕，因而语句不够流畅；第二，也许，搞诈骗根本不需要语言流畅，只要脑子转得不像“泰国”、江宗影那么慢。骗子之所以能成功，是有其他原因的，比如被骗群众对我国司法工作人员的高度信任等。但我突然又有一解：黄国元、“泰国”，其实只有到看守所之后，才呈现这种现象。当他们坐在电信诈骗的工作席上之时，也许语言、思维都不一样了，完全就是一副人挡杀人的爽利风格。

“还有谁——不是脑子快慢的，是你熟的？”

他提到古言辰。他其实和古的弟弟更熟，因为同龄。八月份庭前会议时，律师告诉古言辰，他的父亲去世了，如今家里只剩下爷爷和奶奶。古通过律师，让黄国元找关系联系自己的弟弟，想问些具体情况。因为，古根本不知道自己的弟弟在哪里在干什么。

可以结束了。我突然想起李杰远说的“台中后里区”，我问他，后里是不是从事电信诈骗的人特别多。

“不是，是台中市大甲区！大甲区百分之八十的年轻人都干诈骗。我小时候结识的大甲朋友，没一个不干的。他们十八九岁的时候，就买房买车了，开的还都是奔驰、宝马之类的靓车。”

古言辰，男，生于1987年，台湾台中市人。小学文化。

面皮白净，娃娃脸，刚满三十，但看起来也就二十出头。戴了副黑框眼镜，更显斯文。别说不像小学文化，就是冒充大学生也未尝不可。

他和张开捷是初中同学——起诉书中的个人简历写其为小学文化，要么写错了，要么是他初中就没毕业，侦查员认为他的学历达不到初中，只配称小学。我懒得多问。

张开捷就是这个诈骗团伙的老板。听说背后还有大老板，只是听说，没见过，也不知道。

他个人参与诈骗以来，成功十次左右，骗得二十多万，底薪及提成约一万多块人民币。

他显得虚弱。这会让我们之间的谈话艰难，于是我问他身体是否不适。他高兴起来，说自己的心脏有问题，老病，经常会心悸、胸闷。进来后有一次症状严重，被管教们送去了中大五院。“医院真高级、漂亮，机器先进，医生也厉害！”以前在台湾，医生告诉他他的心脏是什么什么病，经中大五院一检查，说是误诊，开了药，因为对症了，现在好很多了。

我却高兴不起来：好嘛！诈骗分子彭衣国，跑到大陆治了疝气，还住院四个多月，花国帑、纳税人钱财不知几多；又有一个古言辰，免费享用大陆先进的医疗设备，确诊了心脏的复杂症状。我还想到了韦丽丽和蔡之清，一个乳房有肿块，一个“小弟弟”长了小疙瘩，却向我抱怨这里的医生很不给力。我想，医生不至于区别对待吧。没必要。真有病，不管台籍陆籍，都是你的羁押人员，再麻烦看守所也不会不管，故意刁难更不可能，否则，就会有麻烦。这道理谁都懂。大陆的骆大兵就住院治疗断腿呢。

有那么两三次，我见到一个管教用轮椅推着一个戴着大脚镣（显然重刑嫌疑人）的在押人员出监区，到办公区的医生诊所去治疗。一个辅警在前，负责用门禁卡开门。我问：“要推出去治啊？”年轻的管教笑着说：“对啊，他的病有点复杂——每天都要。”病人则一脸轻松，一口东北话，路遇其他管教就大着嗓门快活地招呼。我本想和推他的管教聊几句，但他神情有点紧张。年轻人，工作认真，总怕出什么意外，所以紧张。我打消了和他聊天的打算。

以前我办案时，在看守所见到的医生——包括入仓体检、每日巡诊、救治病号——其实都是我们的民警。他们都具有医学资质，只是从制度上看，因为是警察，难免会给讲究人权的舆论以口实。而现在，看守所的医务室是市中西医结合医院的派出机构，这里的医生与医院的一样，是真正的医护人员。他们不再是警察编制，故而对在押人员的医护，仅从其职业责权作判断。看守所民警也得以摆脱彭衣国、韦丽丽和蔡之清式的不满和投诉。挺好的。我想知道这一改制始于何时。

这一天，内勤张警官带我进入监区时我突然想起这个问题，于是随口问她，她脱口而出："2017 年 4 月 20 日。"怎么记得这么清？因为她毕业于武汉某医科大学，曾经是看守所的医生，改制后成为专职的看守所民警。为什么会改制？因为公安部和卫生部联合发文，要求各级公安机关、卫生部门积极推进公安监管场所医疗机构建设，改善医疗条件，切实保障公安监管场所安全稳定。好。这让我对彭衣国、韦丽丽和蔡之清的一丁点不好意思彻底没了。

因为心脏病，古言辰在仓内基本上不用干活。这病要多静养。

他在台湾有前科：酒驾，罚了九万台币，没有坐牢。

心脏病，酒驾？以前吃嘛嘛香，现在就想躺上病床。

他干过很多工厂。经常加班，每天的工作时间是十一个小时。而且，"老板不公平，我没有上升空间"。农忙时节帮父亲干农活，补插稻田的四个边角，因为插秧机够不到。加入过黑道，但是"没头脑"，胆也不够肥，本性也较宅，就又洗手退出。此后就是在台中夜市里摆摊，干了较长时间，月入还行，能折合人民币六至八千。我说："这收入还行啊。"他马上说："受季节、天气影响较大，台风啊下雨啊就没有生意。"总之，他破产了。因此曾借过张开捷两万多人民币，借了钱，就只能跟着他干诈骗，否则不可能还得上。第一次下海，他正在田里跟父亲干活，张开捷来拉他入伙，两人在地垄上谈了几分钟，他就扔下锄头跟张老板走了。

"诈骗其实也没有想象中好干。"

今天才有这样的感悟吧。

"其实我干得三心二意，总觉得哪里不对。2015 年底，我一个堂弟死了。他参加的是另一个诈骗团伙，大甲人组建的。他们厉害，公司开在美洲，而且一二三线不在同一地点，分别在三个不同的地区，就算抓住一家，都没有完整的证据。他们运气很好，三个月，还是小半年，听说骗了两三千万人民币，我堂弟分到一百二十多万台币。回台后很开心，和一些同伙庆祝聚会，开毒 party，吸食毒品过量死了。我个人认为是延误了治疗所致。”

误诊、延误治疗。

“听说你父亲……”

“是。我弟弟来信了，说是开农用车运化肥，车翻了。我想知道更详细的，现在还没有消息。父亲亡故，我居然不在身边……你知道吗？在我们台湾，这叫大不孝！”

大不孝。

我点头。他低头沉默。于是我们抽烟。我曾想他心脏有病，别让几根烟又搞得心悸胸闷，还得麻烦管教再送中大五院。但后来又想不管了，由着他抽吧。

“大甲区，你去过吗？”

“大甲区靠海，是个有名的港口，比较大，比较繁华。距我们后里三十分钟不到车程。”

“干诈骗的多？”

“多！都有黑道背景。大甲妈祖，听说过吗？经常有庙会，庙会的‘阵头’，就是扮演鬼神的人，都是不爱学习的年轻人，形成了一方势力，黑道就把他们引领到诈骗这一行里。大甲很多人就靠诈骗发了家。到处都是开豪车的年轻人，车都不用供，都是一次性全款。钱，肯定都是诈骗来的……”

“‘阵头’……”

“我爸是一月去世的，家里只有爷爷奶奶了……”

“你弟弟在嘛……黄国元说他婶婶跟你家……”

“我哥哥先天小脑残疾，还有先天癫痫。有个后妈，我们关系不怎么样……”

这个家，确实自有其不幸。

"我有点封建迷信思想，我有封建迷信思想。呵呵。"

犯罪，按照民间的诅咒，都会有报应。

"我现在在仓里每天都念经，抄佛经，一两个小时。"

"哦，什么经？"

"《地藏王菩萨本愿经》——念给我父亲。"

"流动图书馆有佛经？"

"不是，我向管教提出了，他帮我请的。他家里刚好有这部经，就给我拿来了。没事吧？"

"佛经是好书啊。有什么事？！其他书也可以看看……"

"对。我现在每天就是看书、画画，我学习很多。仓里的板报，每期都是我和人合作搞的。《弟子规》《三字经》，我都学。这些在外面有谁学啊！念经最好，让我平静。呵呵，我有封建迷信思想……"

"佛经不能等同于封建迷信。宗教对人的心灵进行抚慰，有积极的一面。我们谈谈……"

"我现在每天想的就是出去以后怎么办。我得有正能量的规划。"

"好！好！……"

"看报纸，你们又抓了许多，都带回大陆了？"

"对。能让他们逍遥法外吗？跑不掉的——你仓里也有诈骗犯吧，别的窝点的？"

"有。但是盗窃的最多。你们大陆盗贼蛮多的嘛！呵呵。"

"哦。"

"你们大陆，诈骗犯也多。听他们讲，真是开眼界，那手法花样百出啊，电脑、手机，都是新形式。我们台湾的电诈，都是初级阶段…… 我们其实太土了！"

陈俊免，男，生于 1986 年，台湾台中市人，初中文化。

相貌很普通，神情卑弱，动作轻微，在一堆人里面，绝对是最不引人注意的一个。我一开聊，他微露笑意，但给我的感觉是有点淡漠。我只好先打官腔，说我奉上司差遣，做一点关于电信诈骗的调研工作，所问所答，不影响你们的定罪量刑，希望能知无不言。

他再次笑着点了一下头。

他家也在台中后里区，与张开捷的哥哥是同学。我试图让气氛热络起来，就打趣道，好嘛，这个张开捷，连哥哥的同学都拉入伙了。他不好意思地解释道：后里是个小地方，工作机会很少。街坊邻居都熟，谁外出谁嫁娶大家都知道。自己刚好离职，感觉张开捷一直在外面闯荡，可能路子广，就主动找了他。他说干这个，我也同意了。

“想过会有今天的结局吗？”

“没有。小地方，周围的人干这个都没啥大风险。没想到会这样。”

“周围的人？家里人呢？”

“奶奶今年四月去世了。只有妈，哥哥姐姐都成家了。”

“我是说家人关于搞电诈的意见。”

“我有一个女朋友，交往六年了，她现在在加拿大，在餐厅打工。她强烈反对。她的观点是不在乎挣多少，平安就好。”

“反对无效？”

“呵呵。”

“你干二线，肯定‘水平’不低。冒充上海警官，用啥名字——起诉书上好像没有？”

“忘了——以前的笔录里有，那时候记得，你查查。其实公司准备的名字很多，乱换，也可能自己随意起一个。总之感觉哪个名字威风，像个警官，能给自己诈骗带来好运，就用了。”

“记忆深刻的案子有吗？”

“只记得最后一单是骗了一千块出头，骗一个女孩子。具体情况不记得了，案卷里供述得很详细。现在忘了。”

我翻看起诉书，他们诈骗的记录——都是一句话陈述：某年月日，某人在某地被该团伙诈骗人民币若干元——有十一张之多。我逐条细看，一千块出头的，没有。也许，那个女孩子就没有报警。

“就记了这么小一单啊？”

“呵呵。”

“‘呵呵’什么，就没大的，能记住的？”

“大的是一百八十六万。骗的人年纪大，是个女的，其他真不记得了。案卷里都如实供述了，绝对没有隐瞒。我也不跟你讲假话。”

“骗成了有什么感想？”

“当时是有点开心的，成功了嘛。但第二天就不记得了，毕竟我不是职业诈骗，就是去打个短工。”

“一百八十六万，在公司都轰动了吧，第二天就不记得了？”

“当天晚上没睡着觉。想了很多，甚至也想到如果发生在我身上，肯定受不了。毕竟我不是杀人不眨眼的那种人。”

2015 年 12 月 25 日至 2016 年 1 月 1 日，被害人陈某在新疆喀什被诈骗一百八十六万八千元，做二线冒充上海公安机关民警的就是陈俊免。现在，已是 2017 年 11 月，都可以说“那是两年前的事”了，不过，“不记得”似乎也不应该。

“你什么都不记得了。健忘啊，才三十出头嘛。还是翻篇了，往事不想提了？”

“是。坐牢，改造。认了。”

“你‘业绩’算公司最好的吗？”

“不知道。我二线，提成八趴，挣了十三四万人民币的样子。当然张开捷并没有给我钱，说第二次做完一起给。当时要过年，我管他借了十万台币，算是过了个年。第二次去就被抓了。”

“为什么没给你？”

“唉……这钱我也不要了——出去了也不会管他要。不要了。”

“哦。”

“我们干这个，其实也是盗亦有道。我自己的底线就是‘求财不求命’，我不想十恶不赦。”

“能不能举个例子？”

“我记得有一单，那个人说他有疾病，急需钱治疗。我也不知道他说的是真的，还是察觉到上当了，想求我放他一马。后来我们决定宁可信其有，把钱退回给他了。”

“什么时间的事？多少金额？他哪里人？你说‘我们’，指谁？

老板张开捷，还是参与的一二三线你们几个人——都是谁？”

“真不记得了。”

“编的？”

“肯定是真事。”

按照诈骗流程，诈骗来的钱，转账到所谓安全账户。但这些账户是由“车商”管控的，他们和具体打电话行骗的人，在最终结算之前，是不交集的。也就是说，钱进了账户，就不由行骗者掌控了。他们就是想退钱，也办不到。如果说被害人未打款时他们良心发现，放他一马，这有可能。

“你好像还挺为对方着想的。”

“我想了很久了——其实我自己也被诈骗过。那时候在台湾，我的手机号被改号码了，骗子群发我的亲戚朋友，说我在购物，现钱不够，需要帮点忙，回去就还钱。然后还给亲戚们发了个转账的验证码，要求点击确认。钱不多，也就几千台币。我有两三个亲戚都转账了，其中就包括我女朋友的妈妈。我当时非常愤怒。所以……”

“感同身受了……”

“我并不是不想跟你说……判多少年我都认了。教训太深刻了！以后要饭我都不干这个了！以后回到台湾，如果遇到干这个的，我就先把自己的教训讲给他听。如果不听我的，我有可能会举报他！”

大陆司法一直赞赏和鼓励人民群众积极参与到打击犯罪的活动中来，其中就包括对举报犯罪的褒扬。我不知道陈俊免萌生这个想法，是在一年多的羁押期内被教育的结果，还是他真正痛定思痛良心发现，对诈骗犯罪深恶痛绝的反应。

吴振为，男，生于 1986 年，台湾桃园人，高中文化。

陈俊免是淡漠，吴振为则是淡定。他脸部线条斩截，单眼皮，眼神笃定。在交谈中，他一直微微低头，但当我提问或他回答时，他就会抬起头来直视我。直视并非挑战或迎战，而是保持礼仪，来自军队的训练的礼仪——台籍都有兵役历史，但老实说基本上退役之后就把一切还回给军队了。

家庭情况言简意赅：奶奶，父母，姐姐已出嫁，弟弟在台湾从事装修工作。

他 2006 年当兵，在台中，退役后回到桃园，但一直跟台中的朋友有来往。问他一起当过兵的，有没有被抓来的，他答没有。但是，也有干过诈骗的，现在不干了，正是因为他们的介绍，他才认识了现在的老板张开捷。除了张开捷，他跟古言辰熟一点儿，因为年龄相近，聊得来。

“你们的人我聊了很多，坦白说有些人没对我说真话。”

“坦白说我们多少都有些顾虑。”

“可以理解。这次的参与，是你联系了张、古？”

“不是。张开捷问我最近在干吗，我刚好没工作。他明白告诉我是干诈骗，我同意了。”

“以前干过吗？”

“干过。”

2010 年，他认识了一个大哥，三十多岁，有文身，言谈举止、处世方式等，看出可能有黑道背景，大哥拉他做诈骗。他当时已退伍，在社会上晃荡了两年，想找点事干，挣点钱，就同意了。诈骗公司是这个大哥投资的，但管理者是另外一个人，可能也是黑道上的。他不知道这两位的名字，交往之中，他用闽南语叫他们“阿大”（大哥）。他们在台中市区租了套民宅，有十个员工，都是男的，其中一个就是张开捷，那时也是打工者。他当一线并兼任一线管理员，讲好另有百分之五的提成。公司开张十多天，一直都在做基础工作：布置房子、铺设网络、培训人员等。他那时主要是看“交战手册”——即诈骗剧本。只有他用这个词。

好像试运营了几下，但是都没有成功，都是失败。但是，突然有一天，警察冲了进来，把他们全都抓了。

“台湾警察厉害！真不知道他们是怎么侦破到的！”

喔。这个……真不能算厉害吧。在大陆，在一个城市的市区租赁民宅，十多人聚居，白天黑夜都猫着，管保第二天辖区民警就会找上门。

“开办一个诈骗公司就这么简单？”

“听说在台湾投资一百万就可以办一个公司。”

百万台币，二十万人民币。但获利可能是上百万、上千万，直到十个亿的人民币。

“说说我的台湾同行，怎么干活。”

“警察攻坚冲入！……”

“就是破门而入吧？……”

“……勒令我们不许动！然后就把我们带回了派出所。因为可能是刑事案，又送去了分局，每个人都录了口供。当天晚了，所以我们都在拘留所——也就是分局的临时拘留所——待了一天。第二天就移交地检署，判我们收押至看守所。关了一个半月，判取保候审。”

冷静的表情，平静的叙述，但掩饰不住内心的激动与崇拜，仿佛台湾警察抓捕的不是他，而他才是实施抓捕的台湾警察。也许，还有所隐喻吧。

“当时投资人抓到没有？”

“没有。”

“那这种案子判取保候审不妥当吧。”

“呵呵。”

取保候审半年，只是禁止出境、限制居住地，其他的防范措施没有。他回到桃园，传票之类的文书以邮寄的方式送达。

“防范措施一点没有？”

“我只去派出所报到过一次。”

“怎么判的？”

“诈骗未遂，判处一年徒刑，缓期四年。”

“怎么执行的？”

“缓刑期间我就在桃园，每个月到派出所报到一次。报到警察会给我制作一份笔录，问最近在干什么，有没有继续犯罪之类的。然后就是签字画押。”

“跟咱这边差不多——法院审判有什么特别的吗？”

他这个案子走完用了一年左右。开过三次庭，他没请律师，第三次就是宣判。宣判可以缺席，因为只是等一个结果。这个结果可以邮寄，而且在法院的官方网站上可以看到。

“刑事审判缺席，那么如果需要立即收押服刑怎么办？”

“宣判后也有一个执行期嘛。”

他们十个人当中，有两三个是实刑，就是需要收押执行的。都是实刑一年，因为他们有犯罪前科。

“好像跟你们这边一样，五年内再犯罪算累犯。”

“他们以前也是因为诈骗被判刑吗？”

“不是的。据我所知是赌博之类。”

“张开捷就是其中之一吧，他以前犯的是赌博罪？”

“印象没错的话是因为赌博，不是诈骗。古言辰也是实刑，以前犯什么罪我不记得了。”

我和他一起计算日期，也就是缓刑结束之后，不到半年，他又去马来西亚，和张开捷一起开诈。

“因为生活所迫啊，我又没有一技之长。台湾很多人，当然不是每一个人，都干这个。来钱快，想挣点钱，因此就又参与了。”

缓刑四年，时间不短，他是怎么过的？他在桃园一家车床配件厂干了两年多。工作是十二小时制，工资三至四万。因为经常要加班，作息不正常，早上爬不起来上班，被辞退。然后在其他工厂以及工地干过零活。这期间曾经恋爱过，但是没有结婚。去马来西亚之前，两人分手。

“桃园，好像也是个诈骗重灾区，我谈的很多人是你老乡。”

“我直接认识的朋友中没有从事诈骗的。但朋友的朋友，总是有的。也听说过他们来钱很快，而且挣到了大钱。”

2015 年 9 月至 2016 年 1 月，他最后一个月没有干完，提前回台。中间还曾因为马来西亚严打，公司被迫暂停营业，休息过半个月。他那时做一线，总计拿到底薪五六万台币。第二次再去马来，就来到海市了。

有什么感想？

在台湾看守所被收押的一个月，也曾发誓再不干违法犯罪的事。但时间长了，好了伤疤忘了疼，再加上口袋里的钱和自己想要的生活无法匹配，就顾不上许多了。

关于这个公司，还有什么可以说的？

"给公司做饭的厨师侯明工，小侯，真是冤枉。他就是煮个饭，确实没有参与诈骗，现在却认定他也是诈骗犯罪。他是我叫来的，是一个大陆的叫'阿浩'的朋友介绍认识的。当时是 2012 或 2013 年，我和张开捷等人到东莞喝酒、玩。他挺可怜的，家里儿子脑瘫，缺钱治病，我就说那给我们做饭吧。工资比外边当然是高一点。"

还来过东莞？还有，不论 2012 还是 2013，他都在缓刑期内啊！

还有，那时就叫侯明工做饭，也就是说那时也在搞诈骗？……这些人啊，判多少年都没有一个冤的！

不问了。估计问不出个结果。

他的管教上班，给我找的谈话室离他的仓挺远。送他回去时，他个子高，步子稳健，行走在给在押人员划定的黄线之内。他一直保持着前军人的淡定和风度——仅仅失效了那么一小会儿。当时，要结束谈话了，我在笔记本上急急地记录最后的谈话内容和感想。他也感觉到要结束了，于是，怯生生地问："能再抽一支烟吗？"同时把手抬起来，缓缓地靠近烟。我没有抬头，也没有示意他自己取用，而是温和地说："稍等啊。"烟会给他抽的，没问题。但得等我忙完，一人一支，坐着抽完，我就送他回仓。

张开捷，男，生于 1987 年，台湾台中市人，高中文化。

假如不是在看守所里，或者不知其为犯罪嫌疑人，可以说我对他第一印象相当不错。他个子不高，有精气神，谦逊但不刻意，举止间有规矩意识。刚满三十，但显年轻，肤色黑了点，但健康。我们平常赞美的成熟男子，大概也就这个样子吧。

"怎么样？"

"还行。"

“你的管教好像比较严厉。”

“我当过兵，也一直严于律己，服刑严格对我没有任何问题。”

台中市，他的家乡，他的概括是：龙蛇混杂，偏门繁盛。因为地处中部，所以北方、南方的各色人等都有一定的交集、融汇，台湾各类犯罪的资讯也极其发达。

“咱们抽着烟聊吧。”

“谢谢。从来没抽过。”

“哟！”

“不是做姿态，烟、酒我都不来。”

“你是第一个不抽烟的——女的不算啊，女的也有抽的。呵呵。”

“个人习惯。”

按照监规，每当管教训示时，在押人员的每一次回答，都必须将右手举拳至耳际，而其结束一律都是“谢谢管教”。采访至今，只有他严格遵守——只有我们两个人在一间小小的谈话室内也是如此。我提示他放松点，我和他，只是闲聊，无关定罪量刑。闲聊，但最好与案件有关。

“你的人我差不多都见了，轮到你这个老板了 。”

“我不是老板，阿 KEEN 是老板，背后可能还有更大的老板。”

这个，我就有点不喜欢了。没有侯定民的风度嘛。人家侯定民，论年纪比他还小七岁呢，过五关斩六将就不提了，如今虎……沦…… 不，身在囹圄，怎么说呢，“其势依然不倒”。不但坦然担老板之责，还行老板之事，更以老板的口吻和我交谈。

他再强调：阿 KEEN 是老板。他是一个马来西亚的华人，四十出头，他同时管理也许是经营着好几家诈骗公司。他几乎每天都到他的公司巡视、督导。你们（警察）运气不好，3 月 25 日那天，他前脚走，你们后脚才来。阿 KEEN 全面管理公司的一切内部、外部事务，比如员工的签证、网络的运行、购买公民信息、与“车商”沟通以及在马来的一切外部联络，等等，甚至公司员工吃饭买什么菜，都归他管。每次离开公司，他的结束语都是：“我还要忙别家的事，你们做吧。”而他自己，张开捷，只能算是这家分公司的一个负责人。

据起诉书，阿 KEEN 被定性为翻译。张开捷则是“该团伙组织者”，他的女朋友吴亭亭是公司唯一的三线——最终诈骗的实施者。这家公司看起来更像是他们俩的“夫妻店”。

“怎么结识阿 KEEN 的？”

“台湾的朋友介绍，然后我们互加了微信。他说他开电诈公司，请我帮他打理一家小的分公司。管理事项、待遇等都是微信里敲定的：结算时，扣除投资成本，公司总收入的二成给我。”

我晃了晃手里的《起诉意见书》，A4 打印，16 页纸，挺厚实的一本。

“这个……”

“你们这是在炒作——为了宣传。”

“什么？破案炒作？我倒是真搞宣传……”

“人家诈骗了几千万的、上亿的，啥事没有，就抓我们这些小虾米公司。抓就抓吧，还连老板都抓不住。现在把所有的盆子都往我们头上扣。呵呵。”

“谦虚了吧。根据起诉书，你公司诈骗所得是六百万加七百万，一千三百多万。这还叫虾米公司？”

“哪里有那么多?！真不知道你们怎么搞出来的。”

“讲证据搞出来的嘛。我不知道该不该说，我们是使用了很多技术手段的……”

“你们搞复杂了，要什么技术手段！其实，在槟城，只要是别墅，没当地人住的，你们只要看铺设网络且使用频繁，还有人多的，你们尽管往里边冲！”

“哪能见别墅就冲啊，我们是讲证据的。”

“槟城那时候就有上千家公司同时开张，大鱼多得很，你们用技术手段就抓虾米……”

在马来，在槟城一地，台湾人开的诈骗公司，2016 年 3 月，运营着上千家？可能有点夸张，但是，上百家也……

换个话题。

他以前干过加油站、餐饮，还有工厂。不笨，也勤快，月入有两万至两万八台币。自认为还可以。可是，他想暴富——“我的人生信念是：富贵险中求！”

很快，他就干上了赌博，在地下赌博公司打工，接注，还做到了小主管。有时小额的投注，有把握拿下的，告诉大主管一声，私下就自己“吃”掉，即自己坐一回小庄，对赌散客。散客在信息、判断等方面是无法和他相比的，肯定是个输。那时他的底薪是三至五万，再加上这种鬼操作，他积累了一定的财富。但远远算不上“富贵”。或者说，离他的人生目标还差太远。

“富贵险中求……”

“对，富贵险中求！其实，我很困惑，我没有恶习，不好吃喝嫖赌抽——烟我都不吸，生活节俭，没有大的开销，不懂享受生活，我赚这么多钱干什么呢？但人总得有点目标吧，年轻，总得闯荡一下这世界吧。富贵险中求！”

“‘险’怎么解？”

“危险、冒险。”

富贵险中求，有人对“成功细中取，富贵险中求”，也有人对“富贵险中求，名利危中来”。这是一句流传久远的民间俗语，对应的是一种积极的进取心态。只是目的是富贵和名利，无关更高的道德和文明宏旨。近世以来，国人不再耻谈富贵名利，且积极追求，并成为一时之社会风气。我承认这是理财活动——炒股、投机、商贸等——中有一定价值的心理经验，但也必须指出，财富的获得与冒险并无正相关关联。张开捷这一生都在干什么？犯罪！赌博、诈骗，这是欲富贵而罪恶中求。过程如缘木求鱼，结果只能是身败名裂。

“赌博还不够险？”

“后来不好做了。散客越来越少，都是大股东、大财团之间对赌，输赢都是上百万起，要实力雄厚才行。我吃不到小单，只能拿底薪，这就跟普通打工者没什么区别了，想富贵只能白日做梦。”

此时，台中的社会风气熏染了他。

“台中有很多烂仔、小混混，都出去搞诈骗了。几个月没见，一回来外观都不一样了。开名车，出入酒店、赌场。发财了，人都精神了。这不是我听说，是亲眼所见。”

“所以你就电诈了，这可比贩毒利润高，风险还小得多。”

“我干这个没赚到啊。”

“还没赚到！一千三百万，百分之二十，是两百六十万。”

“哪里有！我们是家小公司，老板才投资八十万，人民币。”

“大老板是谁？”

“是黑社会吧。现在的黑社会都做诈骗，十个九个都靠这个发达，而且，实力越雄厚你们越抓不到。比如在槟城，大公司往往租两三个地方，你们用技术手段锁定一个地方，冲进去一看，咦，空房子，只有一个基站在发射信息——打电话的人都在另一个地方呢！还有更狠的，一线在东南亚，二三线在欧美，你们怎么抓？！”

“我们正在想办法抓。我以前在派出所干过，接过无数报案，说是被电信诈骗了。没办法，我只能给他做个报案笔录，给人赔上一阵干笑。谁能想到现在，我们包机到马来西亚抓人了。”

“抓不到大的……”

“从小处着手嘛，一步一步来嘛——你家里人，对你干这个怎么看？”

“我父母都知道我干这个，我不瞒他们什么。我妈说：‘你以后不要怪我们两个老人。’我每次出国，她都提心吊胆。我大了，他们管不了我。”

“家里还有什么人？”

“还有一哥哥，在钣金厂工作，收入万把块吧。嫂子在家带孩子。”

“你险中求的富贵，贴补家用吗？”

“给家里买了点家具、电器什么的。”

“女朋友呢——我正准备去见她。她不反对你险中求？”

“一直吵闹，三天两头。她也说了，你又不吃喝嫖赌，要那么多钱干吗。”

“你把人害了——手把手教了个诈骗犯。”

“我没教她，是阿 KEEN 教的。”

“唔。”

“她在阿 KEEN 的另一家公司学的，那是个大公司，有五十到七十个员工，大陆人多。她学了一两个礼拜。她头脑很聪明，学东西很快。”

“想给她带个话吗？”

“谢谢管教。请告诉她贺年卡和信都收到了，没心思回，家里的信我也没回。不要多想，把身体照顾好，垃圾食品不要多吃。”

“什么垃圾食品？”

“就是监里能买到的零食——总有出去的一天！”

“什么？”

“加一句：总有出去的一天！谢谢管教。”

他把头低下去了一点，很快又抬了起来。

“你还要去见其他人吗？”

“有些已经见了，没见的也想都见见。”

“您能不能给他们也带句话，说我说的：对不起大家了。”

“不能。”

他和他的员工们有利害关系，他的道歉有可能妨碍他们积极做证。我没说，但他显然领会到了，重重地点了点头。

“张开捷，我觉得你有过人之处，能领导一家公司嘛。说说，你认为自己有什么优点？”

“有一点吧。人都是我带的，后面几个是朋友介绍的，大家还都听我的。我做人还行吧，言出必信，信必行，行必果。别人也信任我。以前在赌博公司的时候，就主管过财务，有一定的管理能力。”

“这也是那个幕后老板选上你的理由吧。”

“我不知道他是谁。我也见不到他。回台湾后，都是他手下跟我结算的。”

再问也是多余。就聊结束语吧。

“你也不抽烟，搞得我都不好意思问这问那。”

“出来坐坐挺好的，谢谢管教。我还想请问您一些事情。”

他向我打听未来的服刑地的情况。他说，仓里的“前辈”告诉他，在新疆服刑会舒服点，虽然自然条件差些，但管理相对宽松。还有，在新疆获得减刑的概率高、幅度大。他自认将判十年——再次强调，老板抓不到，只能由他顶缸——假如能减、再减、再再减，他就能尽快获得自由。他说再严的监规他都能认真遵守，因为他是个严于律己的人。最后，他说，听说现在减刑的执行更严格了，是不是司法氛围要起什么变化……

吴亭亭，女，生于1992年，台湾高雄市人，初中文化。

高挑轻盈的一个女子，不算太漂亮，但眉眼间透着一股聪明气。

“吴亭亭，你可是个人物啊，我最后一个才来找你。”

“哦。重视我啊。”

“我们内部有份文件，说你很不配合，顽固分子啊。”

“我有吗？！有文件吗？你骗我。”

我打开文件折页，手指着我用红笔划出的一段给她看：“比如该案三线人员吴某亭，屡次辩称从未诈骗，谎称绩效表中的金额为赌博资金。”

她有点不好意思，但很快转为轻微的愠怒。然后是面无表情，一言不发。我估计，当初审讯员面对的那个吴某亭，又要对我表现一番了。审讯人员有工夫慢工出细活，我可没时间和她耗。

“吴某亭，有个叫张开捷的，托我带个口信，想不想听？”

我写好笔记的题头——时间、地点、谈话对象名字以及天气状况之后，往前翻，用手指指着那句话给她看。字迹很潦草，我还担心她看不清楚。可是，我突然发现她的双眼早就下移到笔记本的中间部位了，赶紧用手遮住，同时提醒她再看上面。她大概把信看了两三遍，还不知不觉间，把细伶伶的手指伸上来，按住了其中的几个字，仿佛要感知它们的真假。我不知道该不该制止，但后来，索性我把自己的手从笔记本上拿开了。

“看在这封信的份上，我一定全力配合。你想知道什么我都告诉你。”

“我不抱这么大希望啊——随便聊，我是搞调研，不是补充侦查。”

她坐正了，甩了一下头发，先爆大料，“我诈骗最大的一单是一百八十六万”。但马上把身子往前一倾，“我其实很迷信，知道总有一天会有报应，但不知道什么时候、以什么方式。我现在每天都在抄心经，抄完就烧掉，希望经的回向是我的那些受害者”。

抄经应该是事实，但烧掉……打火机可能进不了仓里。当然，只要是真诚为受害者抄经忏悔就行。

“律师开始说我十五年，后来又说十年。太可怕了！在回广州的飞机上，我只预估了两三年。”

报应是实实在在的。而且，两三年太少。

“马来，伤心地。我人财两失，就连我的阿迪拖鞋，粉红色的，都叫一个马来女警拿走了。”

众口皆说的拖鞋，原来主人正坐在我对面。不过，刚提到刑期，又提到人财，突然又提到小小的拖鞋，我不知道是这个“头脑很聪明”、“抗拒、狡辩”的女嫌疑人在耍心眼，还是一个女孩突然的真情流露。

“你说话台湾腔还是挺明显的啊……”

其实语句清亮，且语速快。是个聪明人。

“现在没必要了嘛，正常口音。‘讲电话’时一点都没有，标准得很。”

“有训练？”

“这个还需要训练？！注意模仿就行了。多听，多跟大陆人聊天就行了，公司有很多大陆员工——福建的不行。”

2014 年初，她跟张开捷认识。很快，就在一起了——都住进他家了。他嫂子的小孩，也就是未来的大侄子，她也帮着带。

突然，话题又转到了“迷信”——台北中和区的烘炉地，那里的神庙、算命的很灵验。她建议我如果去台湾旅游，一定要去拜拜。

“是吗？”

我流露出无神论者难以掩饰的不以为然。

"台湾搞偏门的都去拜！"

"我走正门的……"

"补财库的也都去拜！"

抢白一般。脑子确实转得快。"补财库"，大概是指一般人正常的发财欲求吧。

台北烘炉地有很大的土地公庙。有一个算命的叫"小孔明"，准得很。但只在晚上七点至凌晨一点之间算命，排队的人很多。假如我去旅游，得把行程时间合理预留、安排好。她们这一伙很多人都去拜过。比如，"小孔明"算出黄国元将生儿子，吴振为会酒驾，也算出张开捷和她年节前后将会有牢狱之灾。但是，她以为"小孔明"说的是新历年，其实算命人家讲的是旧历。

"我真蠢！"

开场白中有很多信息：2014 年，或者之前，张开捷们就在搞诈骗。这个团伙，她，张、黄、吴等搞偏门的，为了发大财也好，为了求平安也罢，曾去求神拜佛。神佛大概是看不下去了，有所警示……

她和张开捷的相识，是在印尼做诈骗时。我曾想当然地认为是张开捷把她带坏了呢。她个人做诈骗，早在 2013 年，是朋友劝她做的。"很赚钱。你这么聪明，很快就能上手，而且肯定做三线！"朋友把她带去公司。她不笨，但一开始实在理解不了诈骗是怎么回事，被骗的人怎么就那么乖乖地把钱转给骗子，这世界怎么啦?！学不懂，还懵懂地觉得这不是好事，于是又哭又闹，不想做。但她还是坚持下去了。每天抄稿子背稿子，"这辈子写过最多的字就是刚进公司那会儿"。等到这家公司的工期差不多要进入尾声阶段时，她突然弄懂了其中的一切微妙和法门。

"我好像打通了任督二脉！"

加入诈骗公司，世界就对她展开了——自己赚到了钱，赚到钱的大陆同伙还请她来大陆玩。大陆很美，她很喜欢。年轻的朋友在一起玩，她很喜欢。

但是，跟张开捷在一起后，她又不想干了。她是一个"胸无大志的人”，更喜欢，比如说帮张开捷的嫂子带孩子。又是一轮又哭又闹，可是，张开捷是一个坚定地信仰“富贵险中求”的人，一定要干。她本来可以待在台湾等他，“又怕他跟别的女人乱搞”——他们就是在东南亚诈骗窝点搞到一起的嘛——这才寸步不离地跟着他。

说“又怕他跟别的女人乱搞”时，她看着我，眼神里有幽怨，还有一点无奈。我郑重地点了一下头。就一下。

“跟他嫂子也谈过这事，说我不想干。但她说等于我帮他——张开捷——做点事喽。”

“这家公司，是张开捷开的？”

“是的。他独立开公司。”

“也就是说，张开捷就是老板了？”

“不不不！他只是帮老板打理公司，管理者。”

“那他的老板又是谁？你肯定知道。”

“我不知道。”

“不会吧——他跟什么人联系，跟什么人结算，你跟他寸步不离，能不知道？”

“我跟他是财务分得很清的，我从不花他的钱。他也经常跟人说：‘我家疯婆子——就是我——有两点特别好，一是不问我要钱；二是不偷听偷看我的手机。’”

“这个……呵呵，真是好品质。少点偷看老公手机的女人，会多多少和谐家庭啊。”

那么，谈案子吧——一百八十六万那单。

“印象很深。”

她严肃地说出这四个字，然后等我发问。但我不说话，也不点头，只看着她。她只好自己说下去——受害人是一个七八十岁的老太太，是国家某部的总工程师。二线电话转来，她冒充上海检察院检察官何振玲。第一天，她和老太太沟通到很晚，知道老太太有十几个账户，还有定期存单，她要求老太太将钱全部转入“国家安全账户”，以彻底洗清她的犯罪嫌疑。老太太“还有点自作聪明，这家银行取的钱，又往另一个账户存进去一点”，这些她都洞若观火。老太太手脚有点慢，记得第一笔钱是从中国银行转过来的。她有点心急，本来想提醒她用网银转，但想到她年纪大了，可能不会用，就耐着性子让她慢慢来。万一她警觉了，对公司不利。这单诈骗前前后后进行了一个月左右。

“我们还是有良心的。骗到钱后，针对这种年纪大的，我就让她一边和我通话，一边到最近的派出所、公安局去。就是让他们报警，因为公安还是会第一时间帮到他们的。毕竟她是老人家，怕她发现后心脏受不了，出什么意外。她在电话里对我说‘到派出所了，见到警察了’，我就说‘好，你把发生的一切都对警察说说’。然后我才挂断电话。针对儿女不在身边的老人，了结的时候我都会这样做。黄国元就这样做过。”

起诉书上说诈骗发生在 2015 年 12 月 25 日至 2016 年 1 月 1 日，持续七天，但也许吴亭亭所说才是最准确的。诈骗一百八十六万则不会错。

“我给她的账户里留了两万多。一般干这一行的不会这么做。她和老伴生活很省，两万应该够他们用了。何况她说他们俩还都被单位返聘，还有每月一万多的收入。生活应该是够了。”

“她，一个月，她就一点都没怀疑过你？”

“她一直很相信我。”

“你们通话很多吗？”

“一般早晚各打电话一次。间中我还要二线陈俊免和她通话，以警察的身份对她做些安抚工作。”

“是一次性转账的？”

“不是。汇过太多笔了，记得最大一笔是三四十万。”

“现在，你有什么感想？”

“感想？就是新疆的防骗宣传、防骗意识太差了。老太太到银行转账，还和我一边通着电话呢。银行里的人也不觉得奇怪，问都不问一声。这么大年纪了，转这么多钱，一看就有问题嘛。”

是啊！

“你真‘能干’，人也精明，失手过没有？”

"有。东莞的一个，九十多万，没成功。因为干得有点太顺了，有点大意。当时银行已经关门了，本来他很相信我，拖到第二天没问题。但我就催他赶紧上网把股票卖了，用网银转账。他马上警觉了，没有照我说的做。后来我给张开捷讲了，他臭骂了我一顿。"

讲述案件时，可能是记忆太深刻了，她讲得很顺，情绪也很轻快。但当我们沉默下来，她立即就又有点凄然。

"我可能刑期很长很长……"

我点头。她有点失落，看着我。于是我说道："这也是你所说的'回向'吧——法律的回向。你们，大概除了那个煮饭的小侯，都不是无辜的。"

除了煮饭的侯明工和福建安溪女子杨禾春，这个团伙都是台湾籍。杨禾春是准备干诈骗的，只是刚到一天就被抓获。

"小侯也不是无辜的。"

她说，侯明工的家里条件确实不好，儿子脑瘫，父母年迈，他入看守所以来，家里只靠老婆张罗维持。"他一直不认罪，庭前会议时也是一把鼻涕一把泪的。但是，一开始他也是想打电话的——谁不想啊，运气好的话一个电话就发了——只是因为质素太差，口齿不清，被大家一起否决了。不是那块料，这才开始安心煮饭的。第一期的时候给他的工钱是八千,二期时他就坐地起价，要一万，张开捷折中了一下，给他九千。他煮的饭很好吃，老婆是做月饼的，都会做饭。"

厨子侯明工还有这样的黑历史！

我宣布我们的谈话可以结束了。她似乎有点不舍。

"那么，你愿意给我谈谈自己的私事吗？"

她说，可以。想了一下，说——她曾有一个闺密，邀她一起做点小生意，代购啊开小食店啊。她嫌没有自由，整天都拴在铺头里，没有答应她。早知道还是应该听她的。

这个闺蜜，我没有问关于她的情况，她主动对我说是个在台湾做"小姐"的。我想，也许她在向我暗示，自己曾经也从事过此一类女性常见的好逸恶劳或自甘堕落的职业。她的家庭很不如意：父母很早就离婚了。他们结婚很早，十八九岁就生了她。她还记得很小的时候，睡梦中醒来，听见父母坐在床尾窃窃私语——低声吵架互相埋怨。后来父亲二婚娶了一个越南华人，还生了两个弟弟。后妈其实待她很不错。十八岁时，父亲给了她——这个初中毕业即不再读书而是混社会的女孩子——亲生母亲的家庭地址。她骑着摩托车到那里转了一圈，没有叩门，没有停留，就骑着摩托车返回了。她在心里完成了对母亲的拜见，从此开始了一个成年女性的独立生活。她奶奶不支持她与生母联系，赞赏她过门不入，她说：别人有自己的生活，打扰人家干什么。

二

海市警方在马来西亚雪兰莪州捣毁的诈骗窝点，抓获了二十名犯罪嫌疑人，其中台湾籍十四名，算是又一个较为地道的台湾团伙。侦查员工作很细致，他们提取了所有人的二寸免冠头像，制作了一个人员关系图，使我对其组织架构一目了然。陈教导员作介绍时，特别对我说，童已修，是个大学生，思路很清晰，你可以和他多聊聊。看照片，因为是被抓获后带回海市拍摄的，难掩沮丧，但戴着眼镜的样子，还是给人以知书达礼的印象。好的，就跟他聊聊。虽然他在这个团伙中只是个普通的二线员工，连二线管理者都不是。

与张开捷团伙死活问不出幕后老板不同，雪兰莪团伙的三个金主（老板）的资料警方掌握得一清二楚，分别是大股东李济柴、小股东叶青驯、小股东兼公司具体负责人陈俊于。警方行动时，他们刚好都不在公司里，逃过了一时。但四个月后，海市警方还是成功抓获了叶青驯。因为有股东落网，员工们也比较配合，案子的侦审较为顺利。我想，这样的谈话应该轻松：谈话对象已没什么需要隐瞒的了。

童已修，1988 年生，台湾桃园人。

见到他，我就感觉选对人了：整洁、斯文、轻声细语、态度恭顺。不过，他笑着说警官抬举了，自己并不具有大学学历，因为只读了两年，没有毕业。

他读的是在桃园的台湾南亚技术学院，机械工程专业。为什么不读了？诈骗就这么有吸引力吗？不是。父母欠债，家中经济崩坏，供不起他了。他的父母为人做担保，但被保人潜逃，他们需要承担约百万元台币的债。我问因何事担保，哪一年的事。他淡淡地说：父母的事，我没有过问太多。

书还是可以读的，他申请了政府助学贷款。但既然是贷款，哪怕贷的是政府的，也是要他个人来还的。他不想年纪轻轻就背上债，索性就不读了。工作，挣钱，即便是大学毕业了面对的还是这样的生活。

退学后他先去完成了兵役，一年半。之后干过物流、酒吧等工作，月入四五千人民币。

他很沉郁，声音还颇浑厚。眼镜后面的眼睛不紧不慢地眨着，叙述起来言语简洁，但在我看来内容充实。

“我看到你的照片就想到今天会跟一个挺忧郁的人谈话。”

“哦，不。照片是从马来刚回来时拍的。没有剪发，好多天没洗澡，所以显得更颓丧点。”

下面，就该转入正题了。

没有拖泥带水、闪烁其词，一开口就直指关键人物。

股东之一的陈俊于，是他小学的同学。后来各走各的，失联了很多年。大学期间——台湾不大，桃园更小——他刚好有个同学与陈俊于是高中同学，于是就恢复交往了。陈俊于那时已经混社会了，并且混得还行，经常来找他们，带他们到 KTV、小食店之类的去聚一聚玩一玩。

兵役之后他再回桃园，到酒吧里干。然后陈俊于再次找到他，说自己在干诈骗这一行当，问他感不感兴趣。电信诈骗，在台湾不是什么隐秘的新鲜事物，差不多算众口相传众所周知的社会现象。

他早就听说过，但他很犹豫，因为他工作相当出色，已经干到了酒吧的店长，薪水也比一般员工高一至两千（人民币）。而且自己年轻，爱喝酒，贪玩，酒吧工作很对胃口。另外，如果离开，那么他依靠酒吧积累起来的社会人脉可能会断绝。但是，诈骗的巨大收益，或者说陈俊于描绘的美好前景，还是太有吸引力了。

“他说，某某人只去国外一次，赚了一笔就收手。现在过得相当不错。”

“这个某某你认识吗？”

“听说过。”

“那么，这一笔是多少？”

“几百万人民币。当然，不是去一次，是去了两三次。”

“你自己设定了目标没有？”

“没有。刚进去嘛，还在适应，电信诈骗和我以前理解的不大一样。”

“以前的？怎么说？”

“我以前也接到过诈骗电话，也听朋友说过一些，感觉类似绑架勒索那一类。”

“你接到的是怎样的？”

“比如打电话来说某某人是你儿子吗？我说是啊，怎么啦。对方就说你儿子出事了，现在我们在帮他，需要你打点钱过来。我就忽悠他，和他一通乱说。对方终于察觉了，于是用方言骂人。我也回骂。就这样。”

“方言？”

“对。有点像你们内地的口音。”

“你是说大陆人民反骗台湾人民了？”

“可能吧。”

“还是说你吧——一开始，陈俊于给你开什么条件？”

“一开始底薪折六千人民币。后来我干二线，没有底薪，提我的受害人金额的百分之六。”

“赚到快钱了？”

“嗯。”

“多少？”

“十多万。人民币。”

“怎么花的？”

“改善了生活的品质。很明显。自己买了台赛车型摩托，人民币一万多，改装了后到处飙车。年轻，拉风，享受。给父母了一点。”

“这钱花的……你干过几期？”

“最开始，2014 年，我被陈俊于介绍到别的大公司学习、锻炼，没去国外，就在桃园乡下。我一上手就赚得很多，大概十五万人民币吧。之后就跟着他去了菲律宾，有两三次。马来西亚去过两次。我运气很好，每次都有十多万人民币的收成。”

“那么总计你靠电诈赚了有一百万人民币？”

“嗯 。”

“没有想过陈俊于说的，收手，过不错的生活？”

“没有。来得快，花得也快。给家里还了债，其他都花掉了。”

“你是大学生——起码上了两年，怎么看待电信诈骗？”

“没有什么想法。”

“没有什么想法？”

“是的。”

“算不算抢劫、偷盗他人的财产？”

“是骗。”

“骗。那么，徐玉玉呢——应该知道她吧。”

他立即低了头，身体大幅度地晃了一下，又稳住了，像刚才一样定定地坐着。

“从一开始，不管是教的人，还是公司的一般同事，我们都有一个基本的理念——倒不是被抓了我说冠冕堂皇的话——残疾人，生活困难的，这些钱可能对别人的人生和生活产生较重大影响的，这种生意我们不做。你知道我们是冒充公检法的，我们总是会盘问一些别人的基本情况，经济的，还有人本身的。”

“你放过了哪个残疾人，举个例子说说。”

“被抓前的一次，在马来，有一个已经转到二线了，一点不怀疑我。他是个低保户，四五十年纪，本身有病。最后我还安慰了他。”

“大陆公民的信息，你们从哪弄来的？”

“有两种途径，一是一线人员说对方电话之类的欠费，在交谈过程中套取对方的个人信息；二是从网上购买。”

“什么人买的？”

“这个不清楚，应该是高层的人在做这种事。”

“高层是什么人？”

“李济柴、叶青驯、陈俊于。”

“他们你了解多少？怎么纠合到一起的？”

“李济柴是大金主，陈俊于入股一些，他负责在台湾招募员工，叶青驯也有入股，他手下有一批大陆员工。一开始李济柴也不是唯一的金主，因为这种诈骗公司分分合合形式多变。比如我这边带了一批员工来，你那里刚好有地方有设备，公关工作也做好了，那么，我们就可以立即展开合作。还有其他合作方式，比如个别人员的交流，人员的交换培训等。比如这次一起抓来的胡富武，听说他在别的公司就是金主之一。在这家公司做，可能是还个人情，帮着打理一下。至于合作双方之间的利益分成，我不清楚，都是高层像做生意一样谈的。”

“像做生意一样……”

“是的。”

“你们这些人里边，像你赚那么多的还有谁？”

“我们就是一般员工，肯定是三个金主赚得更多。当然，键盘手也赚得多点，他也是老手，待过不止一家公司，他是从整个公司的总收益中提成的。我们员工只提成自己诈骗成功的金额。”

“赚得越多，‘成本’越高。后悔不，陈俊于把你带进来？”

“他这个人挺不错的……”

是的。帮他赚了一百万不义之财，而且，曾告诉过他有立即收手过好日子这条路，只是他欲壑难填。

“真没想过收手？”

“想过。也规划了一下人生。曾想开个服装店，大概算了一下，启动资金、本金各得二十万人民币，再加上其他的开销，打算再赚个五六十万就收手。”

未必吧。

做这个无本万利，还没有风险——被包机带回大陆的看守所，出乎所有台籍诈骗犯的意料。

“我在菲律宾时，曾被抓过一次。场面很震撼，全副武装的警察包围了我们，插翅难飞啊。整个公司都被带到了国际刑警的办公楼，心想这次麻烦大了。关了两天，就用一台车载着我们一路出市区，到了一块荒郊野外，还以为要枪毙我们呢。谁知道警察把我们赶下车，开着车就走了。我们这才明白是金主花钱摆平了一切。从此以后，我们就再也不怕了。从此有恃无恐！”

他对我讲这则逸事，倒叫我意外。没人讲过，也没有必要——无关乎案情。我想，恐怕其着落点全在最后的成语：有恃无恐。他现在在回味这四个字，也就是说，假如当时他受到了一定的惩罚，或许那时就考虑收手的问题。而那时收手，也就不会有今天的结局……

他没有一语提及陈筝。陈教导员告诉我说，雪兰莪窝点有两对情侣，童已修陈筝就是一对。我欲言又止。既然他不提，那么我也不着急去见陈筝。

丘家奇和徐怀玉是另一对情侣。

两人同岁，都生于 1991 年，都是台湾桃园人。

我最先见的是徐怀玉——纯属搂草打兔子。一个多月前，在女子监仓与吴忆华谈话即将结束时，同仓的徐怀玉刚好被管教放出来做点清洁工作。管教说：“这个，也是台湾的哦，要不要谈谈？”她们同为台湾人，同为自马来包机带回，但分属不同的诈骗集团，由不同的办案单位承办，所以不需同案回避。

我没有准备，但那天与吴忆华的交谈进行得很顺利，时间还有一点。反正早晚都是要见的，我就说，那就聊聊吧。

她很佩服吴忆华。

“感觉她内心好强大！”

强大何解？在她看来，就是在仓中言行举止都很淡定，一直淡定，从2016年4月30日至2017年10月。我想，这大概有身世的原因——从小自立，高一开始半工半读；也有学历的原因——学法律的大学生，而徐只是个高中生；也许，还有其他原因吧。

相比之下，她就很不强大。

“我真受不了了！再关下去我真的要崩溃了！”

警察一般都有冷酷的抢白：早知今日，何必当初？！但我忍住了。谈话才刚刚开始，我们行业的口头禅一出我口，只怕就不能好好说话了。

她是叶青驯团伙我见到的第一个人，所以，我快速地翻阅起诉书，对照着侦查员制作的人员关系图，想理出点谈话头绪来。

“我觉得有点夸张了耶！关了一年半了耶！就一点点事嘛！我也讲得很清楚了，我第一次去，也算是误入歧途吧。去了十一天，试着照稿子念了一下，他就相信了，转款六千元人民币。我还一分钱都没拿到呢！就算我骗了六千，关一年半也够可以了吧！我也受到惩罚了，我认错，并且保证再不犯这样的错误！我真受不了了……”

据起诉书，叶青驯团伙自2016年3月中旬到达马来西亚，开始前期准备工作，之后开始运行。他们干了四单，徐怀玉所为，是第三单：3月21日8时，徐怀玉拨通了大连一位李姓受害人的电话，她冒充联通客服人员，以受害人欠费为由，开始诈骗。电话转至二线许加伦，许冒充北京市通州公安局民警杨杰，威吓事主涉嫌犯罪，事主经诱导，将六千元人民币转账至所谓的国家安全账户。

很简单的案情，但我一连看了两遍。因为徐怀玉柔媚的台腔絮叨如同唐僧念咒一般，让我思维难以集中。

“叫什么苦呢！你想想你的‘妹妹’吧！”

“什么？”

“徐玉玉！你‘妹妹’因为一个几千块钱的电话把命送了！你不叫徐怀玉吗？怀念怀念她！”

她收声了。

“说说，六千块的事。”

她记得清楚。这是她第一次实施诈骗——希望是最后一次。

“李先生，大概五六十岁，很老成，也很老实。我只是照着稿子讲了个大概，就推给二线了，说请民警同志和他谈。晚上，管理者重播了我和李先生的谈话录音，进行了点评，批评我讲得不流畅，语句有点零碎。说这单之所以能成功是二线讲得比较好。”

倒有点新线索。无数人讲过管理者会对员工进行事前培训以及每日讲评，但从来没人——可能是我不善于发问——提过讲评的具体内容。

老问题：怎么走上这条路的？

她在台湾桃园，见过许多靠诈骗发财的，有些还是较亲近的朋友。他们很炫耀，花钱大手大脚，她非常羡慕。她的男朋友丘家奇曾经干过诈骗的最后一个环节：洗钱。也就是帮洗钱组织“车商”打工，具体就是转移赃款的小蚂蚁。每天早上，丘就去一个小头目那里报到，领取一百张银联卡，他的任务就是骑着小摩托车到桃园的各个柜员机去，把一百张卡内的所有钱都取出来，到晚上上交给那个头目。丘干过两个月，不记得是一周还是一个月，会给他发五万台币的薪酬。丘干这一行也是涉足其中的亲戚牵线的，他帮堂哥的一个朋友干。但是后来，不知道因为什么事，他跟堂哥闹翻了，就不做这个了。

即便是一个月五万，收入也相当可以啊，怎么会因为一点小事闹翻就不做了？她说在台湾做“车商仔”越来越难，风险也越来越大，因为警察已经开始大抓特抓了。虽然最终不一定有证据判刑，但留个案底总之不是好事。到国外去没风险——大家都这么说，所以，就直接跟团到马来西亚参与到诈骗一线了。

在台湾的生活经历如何？我经常问这个问题，倒不是探人隐私，只是想探究从事电信诈骗的底层员工们参与犯罪的社会、经济及个人原因。

她做过工厂，一天工作时间是十二个小时，收入还行，但太辛苦。后来做过“槟榔西施”，每天八小时，而且自由得多。就是在网上图片上看到的那样，穿得很少，站在马路边搔首弄姿，吸引好色的男人停车驻足，不咸不淡地聊聊，然后卖一些槟榔，自己抽取提成。后来开始做传统店，朋友开的，她正正规规做店员。在台湾，槟榔是一种很有市场需求的产业，遇上聊得来的有诚意的客户，也会买不少。她那时的收入是三万二加提成。三万二以上，人民币是六七千，高中学历，虽在台湾，但不能说少。不过，这个行业有季节性制约。

我不知道该聊什么了，不过还好，她有问题。

“丘家奇在仓里跟人打架了，你看看是怎么个情况。”

“你怎么知道他打架？”

“管教告诉我的——她经常和我们谈心，帮我们缓解压力。”

“好，我会去见他。”

“我很想重新开始生活。可是，这案子拖得太久了吧，都一年半了，还不开庭宣判。我想好好生活，都不知道怎么构思……”

照片上的丘家奇相貌粗鲁，他还斜视左上方。拍照的人可不是照相馆的师傅，那是办案的民警。我的印象中但凡这幅嘴脸的，一定是局子里的常客，知道又得蹲一段时间班房了，但还是要向警察摆出一副桀骜不驯的嘴脸。再加上他打架的事，让我先入为主地以为他很难对付。没关系，他们这一对，就走个过场罢了。

照片是会骗人的，传闻总让人想当然。坐进谈话室的丘家奇，欢喜得近乎狂热，恭顺得让我受不了。他咯咯咯地笑，身子抖着，头不停地点。

“见到我这么开心啊——没带礼物啊，也不是释放你来的。”

“咯咯咯——好久没出来了！真好！”

我见过徐怀玉了。他马上问我还去见她不，他想带个口信。我当然不会再见她，不过，女子监区很小，每次我与人谈话，总会有已经聊过的在外面活动。她们都笑着向我打招呼，有些甚至就走过来蹲在我的凳子边——有好几次没有管教休假，我的谈话地点都在墙角的露天地进行——和我随便聊聊。我请示管教可以跟她聊聊吗，管教总是说可以可以。我想，徐怀玉大概也会在这种情况下相见。那么，带个口信是举手之劳，就答应了。

“我这里不准写信，所以没有给她写信。叫她也不要写信给我，管教肯定不帮我转。等开完庭我就给她写信，叫她不要乱想。”

仓中都是好勇斗狠之徒，所以，打架斗殴是严重的破坏监规的行为，惩罚也因此很严厉。比如丘家奇，不但不能出仓，就连写信的权利也被暂时剥夺。

“因为什么打架？”

“我改造得很好，都提升为仓内第一管理员了。有一个新来的自以为是，不服从管理，我也是一时昏头，就老拳伺候了。呵呵。”

第一管理员都没有得到管教的偏帮，看来他的老拳打出了较严重的后果。

出国诈骗他干过两次——都带着徐怀玉。第一次只拿底薪，每月约六千人民币。第二次，也就是被抓前几天，成功了一单。

起诉书：2016 年 3 月 20 日 10 时许，大连市被害人王伯被犯罪嫌疑人丘家奇（冒充联通客服人员）和犯罪嫌疑人刘名谚（冒充北京市通州公安局民警林刚）诈骗，将其身上的现金二千五百元分两次转账至犯罪嫌疑人提供的工商银行账号。

这是该团伙当日唯一的业绩。次日，徐怀玉“贡献”了一宗，也是当日的唯一。

第一次他也成功过，但只有几千块。百分之六的提成，只有几百。他们公司的诈骗套路是发送所谓联通客服的语音包，受害人打电话进来，刚好他座席的电话响了，于是业绩就是他的。王伯问为什么停我的宽带，他假装说我帮你查一下，然后说我们并没有停你的宽带，应该是你的身份信息被盗用了，因此造成你的经济损失。你应该向公安部门报案，我们现在就为你转接公安局。一按键，电话就转接到了二线。

就是这么简单。

他自认没有诈骗的天分：口才太差，一急起来光想老拳伺候人，哪里懂得什么花言巧语。但是，女朋友想干，她一个人出国，他也不放心。就说再干一次吧，也算碰碰运气。

他以前在桃园科技厂上班，做电路板，女朋友做钻孔，他们两个挣的都比诈骗团伙给的底薪高。但是太辛苦了，每天要干十二个小时，如果找个八小时的工应该就能满意。他和徐怀玉已经相识六年，本来想着这次赚点钱，就领证结婚。

诈骗团伙之中，情侣不在少数。这大约就是在共同的犯罪活动中相识而产生感情了吧。事实婚姻以及夫妻也有，像他与徐怀玉，假如不彻底断绝以诈谋生的罪恶念头，领证结婚就绝不会是犯罪的中止。即便是生了孩子，大概都免不了丢给奶奶或外婆，双双再入罪恶中去……

一个高中的女同学鼓励、怂恿、介绍他加入诈骗团伙。不，还有现身说法：女同学发财了，向他炫耀，他眼红了。他向我感叹：台湾的诈骗犯太多了！身边发了大财的朋友就不少，男女都有，都是消失个三两个月，回来了就高消费。这谁受得了？！这一次，高中女同学却没有做，嫌这个公司的“环境”不好。

女人的感觉吧。但只要还做，总有丘家奇、徐怀玉的这一天。

老板是陈俊于，不熟。据说因为贩毒，被台湾警方通缉，不敢回台湾，所以长期居留马来西亚，专干诈骗。最大的金主是李济柴，诈骗没少干。现在他仓里还有一个贵州还是湖南籍的诈骗犯，回国后被抓的，自称就跟着李济柴老板干过。

也许真是口才差，烟没少抽，话也没少说，但没有多少干货硬菜。关于违法犯罪前科，他很认真地告诉我说，未成年时曾酒驾一次，开摩托车撞上了人家的车子，最后赔了钱。

丘家奇的照片显然失真，我对着人比照了很久，都难以想象会照出这样的结果。他其实眼睛细长，笑起来，就成一线天。就算不笑，也流露不出足够凶恶的光。

照片上的林个木，同样一副班房常客的强梁样子。有了丘家奇的经验，我特意提醒自己不能先入为主。但是，我想说，他这张照片照得很传神，这家伙就是一副讨人厌的鸟样。

林个木，生于1993年，台湾南投县人，高中文化。

我故意不看他，忙自己的：将桌上休假管教的文件向左边移，把自己的茶杯、烟、海柳烟嘴、打火机摆在桌前面。正中放置打开的文件袋，翻开笔记本。

他坐下，伸出手，迅猛地抓起我的烟，拉出一根叼上，又伸出手抓打火机。这举动相当造次，特别是在监所之内。

“你倒是不客气啊！”

我很克制，语气不凶，但冷意明显。

“谢谢长官给烟！”

这是兵油子对长官的尊敬。

我感觉很差。这家伙，飞扬浮躁，比侯定民还大一岁呢，格局、待人接物真是天壤之别。当然，大格局、没格局都殊途同归，一二三……他们就隔着六个仓。侯定民还没有出仓活动，但可能从小窗口已看到我了吧。

“在里面戒烟很久了。”

这一句算是服软吧。我玩着打火机，不寒暄，直奔主题：“谁介绍你加入诈骗团伙的？”

一个“豆腐哥”。四十五岁，豆腐生意做得挺大，台湾苗栗人。他们在新竹玩时认识。他的轨迹还挺复杂。他解释说：

“年轻，到处玩，想打开自己的视野——结果玩到你们的看守所了。”

“这里，能让你的‘视野’深刻一点。”

他认为自己不是高中文化，而是中专——高职校毕业，专业是西厨。我调侃了一句：“你这体格倒是当大厨的好料。”壮，还胖，即便已关了一年半。然后他去服兵役，陆军，海巡部队。在军队，他专业对口，做伙夫。退役后，打过零工，还是做厨子——西餐厅里的。

“台湾陆军，又是海巡，具体在哪里当兵？”

“这个就不方便说了哦！”

我不厚道地大笑了起来。他一本正经地看着我。

"豆腐哥"给了他童已修的电话。之后，童已修带着他和同乡小兄弟李启端一起出国搞诈骗。

"李启端是我高中同学。他家里很贫困，您能不能转告我家里人，给他也打点钱零用。"

"这个我帮不到你。你可以告诉管教，也可以自己写信告诉家人。"

他大概觉得自己的要求是讲义气的表现，我的拒绝自然就伤了他的面子，他面现愠色。但我以为，他也是口惠而实不至，他自己家境就不怎么样：只有一个母亲，三个姐姐都出嫁了，家中还有房贷、车贷等着还。他做诈骗就是急着赚一笔快钱，甚至大钱。

"我要找驻所的检察官反映点情况。"

"可以。"

走进监区，左手第一间较大的谈话室就是驻所检察官办公室。检察官驻所，是检察院的一项工作制度，既方便监督监所执法管理，也能有效保障在押人员的权益。

"但不是现在—— 坐下！现在你归我，谈话结束后你向管教提出！"

"我们台湾人没有受到公平对待！"

"你们台湾人想要什么样的优待？！"

不就是我连抽了三根烟，一根都不给你了吗？不就是我右手记录左手还夹着一根，你拼命咳嗽我不闻不问吗？这就算虐待了？监所规定公安机关提审、讯问嫌疑人必须给对象烟抽了吗？我已经决定不给他烟了，哪怕是谈话结束之后。至于采访，他爱咋说咋说。

我还把烟挪到了左手边，放在管教的文件顶上。假如他再敢抬起屁股伸手抓，我就要严厉制止，并向管教报告。

"到马来之后的事，接着说。"

到了马来吉隆坡，同伙林超强开车接他们去了雪兰莪州窝点。谁是公司老板，他作为新人、底层，一直没问过。公司日常的管理由胡富武负责。诈骗还没有具体展开，十三天后他们被抓。据起诉书，这次他们公司总计诈骗四宗，没有他的份。但是，同样是这家公司，在 2015 年 7 月至 12 月，共计诈骗四十一宗，我跳读了一下：三十六万、五十四万、三十一万、六十四万、二十八万……特别是在12月20日至24日间，一单就诈骗了二百零一万。这些，林个木当然都不承认与自己有关。

“你为什么要从事诈骗犯罪？”

“我初三的时候被你们诈骗过，我要报复，所以要诈骗！”

他说，2007年或2008年，他十五六岁时候，手机接到了一个语音包，说他手机欠费。他回拨，对方开始恐吓他涉嫌犯罪，让他联系派出所检察官并帮他转接过去。派出所检察官说要扣他的银行账户，于是他就按照指令，到ATM机去操作，他的五万块台币就被骗走了。所以，他做诈骗，是近十年来埋藏在心底的复仇愿望使然。“你们骗我，我也要骗你们！”

“你怎么会有那么多钱？”

“我打工赚来的啊。”

“你一个初三学生打工啊？”

“是啊。谁规定初三学生不可以打工啦？！”

我突然想起吴忆华，也是初中遇到电信诈骗，但因为银行账户是父亲帮开的，且设置了权限，故而诈骗分子未能得手。

“你未成年人，怎么开银行账户？”

“家里人给开的啊，我们台湾可以啊！怎么啦？”

“后来报案了吗？”

“报了啊有用吗？！怎么啦？”

“没怎么——你怎么报复？诈骗无辜的其他人就是报复？！你这可以说是小时候被骗过，心理就有点不正常了，扭曲，然后就走向犯罪了。我说的对吧。”

有意思。我一点也不相信他，但还是尽量记录他所说的一切。这时，他用手背拍打玻璃墙，拍打一阵，用手背抹、蹭。外面哪间仓门口有在押人员出现，他就伸出脖子向那个方向看，反正不看我。但是突然又转过头来对我说道：“我要申请取保候审！”

“你不符合条件！”

我头都不抬。

“那需要什么条件？”

“我懒得背给你听——没一条适用于你。你可以向你律师提出，让他试试。”

取保候审，犯罪嫌疑人必须提供担保人或交纳保证金并出具保证书，保证其不逃避或妨碍侦查，并随传随到。一般仅对犯罪较轻，不需要拘留、逮捕，但需要对其行动自由做一定限制的犯罪嫌疑人采用。从制度设计上说，取保候审具有人道关怀性质——不羁押，能使其照顾家庭、从事工作、正常生活。

按照《刑事诉讼法》，有四种情形可以取保候审：(一)可能判处管制、拘役或者独立适用附加刑的；(二)可能判处有期徒刑以上刑罚，取保候审不致发生社会危险性的；(三)患有严重疾病、生活不能自理，怀孕或者正在哺乳自己婴儿的妇女，取保候审不致发生社会危险性的；(四)羁押期限届满，案件尚未办结，需要采取取保候审的。取保候审的执行机关是公安机关，一般而言就是嫌疑人的户籍、居住所在地的派出所。犯罪嫌疑人——特别是我接触到的台湾籍诈骗嫌疑人——总是希望能取保候审，着落点都在于可以免于羁押，重享自由。

我一边记录，一边在想要不要给他背几句，然后开玩笑说，那得问问台湾南投县公安局是否愿意执行对林个木的取保候审。正边记边想着，他却突然起身，用手拉开了谈话室的门！动作太迅猛了，我反应稍微慢了一点，但还是急跳起来并大喊道：“坐下！”喊的同时，我手已经伸出去，准备揪他脖子下方的衣服。也许是我的喊话起了作用，他又迅猛地退了半步，坐回到了小铁凳子上。

他作出了非常出格非常危险的动作，且极其少见。一般而言，讯问人员都能掌控，但特殊情况下，会酿成严重的工作事故。我的愤怒难以言表，但忍着。下一步怎么做，还没去想，但我得先把他的嚣张打压下去。我直直地盯着他，他也回看我。一秒两秒……我一动不动，终于，他把头低下去了。

我还是没有动，直到他不再轻微地晃动身体。我才嘟囔了一句：“没规矩的东西！”

但谈话应该可以结束了。

“按我的规矩，谈话结束都会给一支烟，今天，免了！”

我给自己点上一根，抽着，收拾自己的物件，同时拿眼的余光防着他。他也不再坐得规矩了，头已抬起，还向外瞟。有点失望，但明白今天就这样了。

就在我前倾起立的一刹那，林个木突然屁股微抬，右手举拳向腮边，脸露笑意——玻璃墙外，正有一个穿警服的青年男子走过。警察对他和我都点了一下头。

“我们管教——他对我们无微不至地关怀。”

“很好。”

“他叫龙军，我敢说是看守所最好的管教。希望你表扬他。”

“很好。但我不是他的上司。我会把你的话向看守所领导反映，工作做得好，应该受到表扬。”

“龙军！你记下他的名字了吗？他每天都进仓里两个小时，和我们聊天，开导我们，关心我们。他很平等地对待我们。我也表现不错，因为当过兵，他任命我当领操员——就是带领大家列队、操练等工作。”

“非常好。我记下了。”

“二十仓的管教哦！我一直在二十仓，我在这里学到了很多东西。我从小不爱看书的，现在爱看了，我看了古代的励志书，还有小说，还有经济学方面的书。管教鼓励我。”

谈到读书，我就凶不起来了。稍犹豫，我拿出烟给了他一支。

“我想看厨师一类的书，提高本领嘛。‘一技在身，万贯家财’嘛。”

“以后，还是要做正经事。”

公安机关打击犯罪，最终的目的当然不是惩罚，而是希望他们改过之后能回归社会。他的认识正确，我得鼓励。

“想家……”

“羁押、服刑，是免不了的了。以后，吸取教训。还年轻，能回得了家，也能开始新生活。”

“不知道要多久。”

“跟家里联系过吗？”

“去年十月母亲来过，帮我请了律师。我觉得可能会很重。”

“这事法院说了算。应该不会冤枉你们。”

“不是哦。说我拨打电话次数超过五千个。离谱嘛，我一个人一天打四十个，十天才四百个，怎么会有五千个？！难道说拨出去就算吗？对方也没有接听啊，没有回啊，我们没有对话啊！这怎么就可以定我的罪？！”

“两高一部”把诈骗分子发送的无回馈的信息条数也列为“情节”，看来击中了诈骗分子的要害。

“你的律师会给你解释得很详细的。他的法律信息比我多，再说他收你钱了嘛，该做这些事。”

“我并不想见他。心情不好，我就拒见律师。”

“拒见？为什么？那是你老娘花钱请的啊。”

“总是说些家里的事，不想听。我拒见过两三回了。”

我再次给了他一支烟，自己也点上了一支，背后靠，慢慢地吸。这回得真正结束了。送饭的平板电瓶车开到了窗外，他说：“开饭了。”我就说：“好。不打扰你吃饭……”他立即应道：“不急。我并不想吃饭。”

“饭……还行吧，为什么？”

“我并不吃，有时候没有食欲。”

“不吃？看不出来啊，你没瘦下来嘛。”

“我买东西吃啊——豆干、泡面、鲮鱼，送饭吃。我还喜欢喝牛奶，特别是酸奶。”

虚荣的家伙！要还房贷、车贷，但没挣到钱。现在，老母一个人，花钱请律师、给他存监中的零用……

“请您再给我一支烟，可以吗？”

“烟你不能带进仓里！”

“我在这里抽。”

点上烟，他靠着骑楼的柱子蹲下去吸。这是监区的规定动作。我不想跟他说任何话了，听任他的这根烟浪费着时间。我得和管教一起把他送回仓里才算完事。可是，到哪里找人呢？附近的管教，都去吃饭了。前面有一个，但正背对着我走着。远处有，但我不能扯着嗓子叫……看来只能跟他再待一会儿。我是真讨厌他，但我的讨厌一点都不重要。最重要的是他有一个好管教，这是他不幸中的幸运。

我也不想见李启端了，1994 年的，也是台湾南投人，显然，他是林个木带进团伙的。小弟式的人物，所知必然有限，不浪费时间了。也怕再遇上林个木这种货色。

刘名谚，1993 年生，台湾桃园人，高中文化。陈教导员向我介绍案情，说大学生童已修有必要一聊，但手指却在人物关系图上刘名谚的照片和童已修的照片（两人都戴着眼镜）间来回晃动，好像记忆突然摇晃，最终才下了决心似的戳在了刘的脸上："对，是大学生。可以聊聊。"

他也不算是大学生。高中毕业后，想着上进，读了两年夜校，属于半工半读。之后是服兵役。

他白净斯文，神情略显木讷。管教从仓中把他提出时，大概看他颓丧而不满，开了句玩笑："刘名谚，收拾东西走人！"他没听懂，惊愕地看着管教。管教没好气地说："领导找你谈话。"指了指我。在公安系统，特别是监仓，"收拾东西走人"就是"释放"的意思。

我在工作中也经常使用这一句，然后下一句就是抢白："想得美——问题还没交代清楚呢。"大概不算有恶意吧。刘名谚，不知道是本身木讷，还是真的没听说过这句隐语。

他吸烟时，用大拇指和食指捏着烟，其他三指微微张开、朝下。这种古怪的姿势，是鲁迅的招牌动作。当然，也可能是烟民新手，还不知道怎么得体舒适地摆放自己的手指。

"你认识本公司的金主吗？"

"干部里面，只认识陈俊于。"

"为什么说他是干部？"

"我感觉他在公司里面阶级蛮高的，负责教我们剧本稿子，也管理公司里的一切事务。”

他或许真不知道陈俊于就是金主。我想，他并没有看过本团伙人员关系图，也就是说，他并不能准确地指出谁是金主、有几名金主以及他们的合作关系。

“还有吗？”

“胡富武，富哥。他是三线的负责人，经常批评指正我们。另外一个是小胖许加伦，他是二线的负责人。”

“你是怎么进入这家公司的？”

“陈俊于带进来的。”

他有一个很多年的朋友在桃园开洗车场，陈经常去洗车，因此就认识了。此后一起喝过酒。2016 年过年期间，陈找到了他，问他有无工作。他当时正干一些建筑装修的活。半学徒性质，薪酬是六千人民币。但陈俊于给他开的底薪就是这么多，陈说他在国外搞类似传销一类的生意，很好赚钱，希望他能帮手。“在台湾，传销并不违法，就连脸书上面都有。所以我就答应了。”陈并没有和他一起走，陈先去，他到马来后才知道是电信诈骗，也只能先干着了。在公司，他和简伯林住一间房。简也是台湾桃园人。

“先干着，怎么干？”

“干了三天，背稿子之类的。”

他外貌乖巧、老实，眼皮一单一双，但不让人觉得有邪恶劲。但他没有讲实话：假如他仅仅是第一次参与陈俊于的诈骗团伙，不可能在背了三天稿子之后，在十天之内干到二线。

“三天就二线了。学霸啊！”

“不，三天就不想干了，觉得自己干不来，想回台湾。我跟陈俊于说了，他说他来安排，因为他也得请示更上面的领导。另外，还有许多大陆员工还没到位，人手不够。他也说了，要回去可以，得个人支付二万台币的往返机票钱。这让我有点为难。陈一直拖着，我也没催，很快就被抓了。”

我觉得他没什么可以告诉我的，于是沉默。他大概也觉察到我随时可能结束谈话，就提出想再抽一支烟。

我突然想起跟丘家奇谈话时，曾翻阅起诉书查找他的犯罪事实，似乎见到过刘名谚的名字。材料有点多，昨晚查找看过，弄得有点乱。

“好像你有诈骗成功嘛……”

对，没错。2016 年 3 月 20 日 10 时许，丘家奇一线，冒充联通客服，刘名谚二线，冒充通州公安民警林刚。

“两千五那个。给我分配的角色是‘民警周卫’，‘林刚’是林超强。这个电话是我帮他接的，用的是他的化名。所以，起诉书说我诈骗成功两千五百元，这个不准确。”

“听不懂。”

“我接听电话基本上都是失败的。很多时候对方就挂了电话，说我不像民警，还骂我是骗子，总之没人相信我。此外我还接过几个电话，但当我向对方要名字、证件、卡号时，对方就警觉了，直接挂了电话。我没骗成……”

我看起诉书，猛一抬头，发现他正在怔怔地看着我，手指间香烟的烟灰有海绵烟嘴那么长，于是提醒他说：“你抽烟啊。”他立即把烟塞进嘴里吸了一口，烟灰崩落，在半空中就碎成一团雾状。

“谢谢管教。”

我又给了他一支烟。鲁迅式吸烟姿势极具行为艺术意味，后来的港产电影中，经常就是黑社会大佬级人物的招牌动作。我想再观察、揣摩一下，他的这一姿势，究竟是抽烟新手的笨拙呢，还是在我面前——在监仓里——收敛但不经意间暴露的江湖作派。

许加伦，1986 年生，台湾桃园市人，初中文化。

雪兰莪诈骗窝点是一个以桃园籍犯罪嫌疑人为主的集团。

我对许不抱什么希望。但是不抱希望就对了，因为结果往往与希望成反比。

“我们的老板是李济柴。去马来西亚之前，我，简伯林、康玉凌、陈筝，以及陈俊于，都拜会过他。”

李济柴在桃园专门租了一间房做工作室。不办公，就是平日里叫他们去喝喝茶聊聊天，他被叫去了几次。这个团伙里的人，多多少少都在那里见到过。

许加伦脸很白，但有许多红色的痣点星散其上。

他们第一批是 3 月 12 日到的马来西亚，但都在做先期准备工作。20 日，三线管理者胡富武和厨师温渐鸿到达后，才正式开业。

他初中辍学，在桃园农贸市场做搬运工，月收入三万八，个人够用。后来结婚，现有一子，两岁，家里前不久寄来了照片。大概是因为这个，他态度诚恳，表示要讲清一切所犯罪行，早日改造好，回到台湾亲人身边去。

他和李济柴是初中同学。多年不联系后，2015 年，李主动找到了他。市场每天收工后，辛苦了一天的小贩、搬运工们会聚在一起，开个赌档赌局，许经常参加，小赌怡情一下。市场赌风很盛，苦力们聚赌，更像是一种休闲放松。当然，也有赌上生计或赌上命运的大赌局。与李济柴联系上后，他就不去小摊，改上大档了——李曾主动问过他缺钱花不。如果他输了，李更会毫不犹豫地借给他。借了又输，终于感到自己还不起了。李也不讨账，只说他在搞诈骗，如果有兴趣，希望他能帮个手，也希望他能为自己赚一笔大钱。

李济柴之流的诈骗金主们，大概一直环伺在像许加伦这样的苦力周围，等待着“收买”新兴产业的“劳动力”。

李济柴很有钱，日常开一辆保时捷，也不用做工，只是到处花钱、玩。许加伦也听人说过自己这个老同学干的都是不三不四的生意。

他面对李济柴时，心理上总有点不平衡：我混得不行。

他没有直接跟李济柴干。2015 年 5 月，他跟着一个朋友“阿和”参加了一个诈骗公司，去了多米尼加。中南美的一个国家，飞机就飞了十多个小时，转机又用了四个多小时。这家公司上至老板下至员工都是台湾人，管理相当严格，手机、护照都集中保管。一进去就是每天抄稿子背稿子，这是他这一辈子写字、背书最多的一个月。到了晚上下班后，还要和管理者对练，有差错会被反复纠正，直到从语言到语气都流畅自如。正式开始工作后，他只接了一个电话。对方不相信他，挂了电话。但公司继续训练他，让他回拨此人电话，要找出哪里露了破绽，力求提高、完善工作技能……他受不了了，提出告退。公司要了他两万人民币的往返机票钱。

但他的“本领”算是被强化训练出来了，跟李济柴干后，直接被任命为二线管理者。开工第二天，他成功了一单，就是徐怀玉转来的那个电话，骗得六千元。

25 日被抓当天，其实李济柴到马来西亚了。午饭后，陈俊于亲自开车去机场接他。假如警察晚来一两个小时，那就能抓到李老板。假如早来一两个小时，也能抓到重要的管理者陈俊于。

李济柴刚在桃园购买了一栋独栋别墅。首付是一千七百万台币，其余的月供，据说总价近七千万。这钱是不是都是诈骗来的？不知道。但都不会干净，他所有的生意都不三不四。

他曾对李济柴说过，绝对不能出事，他有家小，赔不起。李向他保证说绝不会出事——怎么会出事？谁出事了？这是绝无风险的好买卖！

他先去的马来。计程车从机场接去了一家酒店，林超强在酒店门前迎接，住了两三天后，林超强开车将他带到雪兰莪诈骗窝点。

“林超强，听说一直是李济柴的小弟。其他人，也都不三不四。简伯林的哥哥是我同学，他可能是个新手。台湾诈骗犯罪泛滥。以前，台湾人在本岛骗自己人，骗到没得骗了——没人会上当受骗了，就开始骗大陆人。而后诈骗链条走出小岛，走向全球，公司化经营，跨国跨境实施。比如，到第二国开公司再骗回台湾、大陆，比如雇请第三国人在第四国开窝点骗第三国人……公司多如牛毛，赚到钱的更是数不胜数，经常听到或是看到一个朋友熟人突然暴富，开名车买房子。这肯定对周围的人有示范效应。我也确实是看着眼热了。”

老实说，干搬运工也没前途，何况自己有家小。他右腿曾被车撞过，里面有钢钉。服兵役都是替代役，在一家警察局里煮饭。关于公司，他还能说的就是在李济柴亲临之前，管理基本上都要请示富哥胡富武，下班后的总结、检讨会，也由他主持。在马来监狱，他曾问过胡富武，该如何应对大陆警察的侦讯。胡富武说，咬定一点：打死都不能说。但后来，听说一个两个都招供了，他也就招了，“老实说第一第二次讯问时，我是百般抵赖的”。

“最后如实讲了就好。”

“受教育了，受教训了，以后这些事真不敢做了。”

“以后，有什么打算？”

“想跟大陆人合作搞点水果生意，从那边批发，到这边卖。”

“怎么会想到这种生意？”

“我在这里有个狱友，嗯，同仓的，挺聊得来。”

“他是什么人？”

“盗窃的，我们互留了微信、电话，就等着出去——改造服刑后出去就做。”

我欲言又止。

仓里，大概也能产生友谊吧。虽然，普遍的认识是，这里的人“十句话九句假”——包括那个盗窃犯，也包括他这个诈骗犯。很显然，关于电信诈骗，他并没有将所知道的实情完全向我吐露。不大可能，也没有必要（从他的角度）。人和人的信任是一件很奇怪的事，虽然他已经受到了监仓文化的教育，更有长期的底层苦力所受的“车船店脚牙”文化的熏染，但也许不妨碍他和那个盗窃犯产生友谊和信任。希望他们俩以后做正经的两岸生意。不过，我依然对他警惕。他很精明，谈话过程中，一直在为吸了我过多的烟而表示感谢或歉意。这就是底层经验，我不断地想起林个木的少不更事，假如说林个木对我什么都没说，那许加伦估计对我也没说多少有价值的。

“我最近已经开始背上场的监规了，老老实实服刑，争取减刑，我是有家小的人。”

“好。”

“我们的人，你都要聊吗？”

“聊了几个——你觉得谁会对我说得多点，就是说从我调查研究的角度能配合？”

“不知道啊，别人的事……”

“童已修呢？是个大学生。”

“大学生不一定干什么事都行。就算是干诈骗，他也不大行。”

童已修干诈骗赚到过一百万人民币，还“不大行”？！这个许加伦是二线主管，那么，又赚了多少呢？他的悔过自新的表态绝对是真实可信的，但是关于自己的诈骗犯罪，他却只是蜻蜓点水，南美洲半途而废，马来西亚刚开张就被抓，一分钱没赚到的历史。呵呵。

我在想，要不要刺他几下。

“老温！”

他伸出手，指点我的背后。

一个矮小的老头站在仓外，管教正在对他说些什么。“他会有料给我吗？”

“可能有吧。他认识富哥胡富武啊……”

林超强、汤远翔、胡富武、叶青驯，每天晚上我都反复地看着他们少得可怜的资料。无疑，他们才是这个团伙中胸藏秘密的关键人物，也因此，我一直下不了决心去接触他们。我怕他们就像童已修、许加伦一样，不，只会比他们更糟：他们都是老江湖。

我走出谈话室，和管教打了个招呼：“这个温渐鸿吧，我能跟他聊聊吗？”管教一口答应，甚至马上命令温渐鸿坐进自己的谈话室。我只好又说：“那个许加伦，他的管教好像走开了。”他马上点头：“好，我放他进去。”摸着皮带上的钥匙，就向许加伦待着的谈话室走去。我隔着玻璃对许加伦挥了挥手，意思是告别。他起身向我挥手，然后走出来，蹲在门口，等着迎面走来的管教。

温渐鸿，1968 年生，台湾台北人。

“你是煮饭的？”

“我不是主犯，我是炒菜的！”

他右手握拳，连带着整个右胳膊前后动了动。

五个窝点都各有厨师，侯定民的是罗锦红——没法见；张开捷的是侯明工——不想见；温渐鸿，刚好撞上，那就简单聊聊吧。

“四十九，你是年纪最大的。”

“不是，胡富武比我大两岁，一岁多。”

“是胡富武介绍你到公司的？”

“是。”

胡富武胡富武，想问问，既担心他不说（可能性很大），又怕他乱说，造成我前期信息的紊乱。就简单地聊吧。

“跟他是老朋友？”

“对。认识一两年了。”

认识一两年的老朋友？！我想，不用问了。

“有什么感受？”

“关太久了！”

他摇头，苦笑，又嘟囔似的补充道：“煮饭而已啊，又没有干什么坏事……”

20 日到马来，至被抓，买过三次菜，每次都是林超强开车带他去附近的超市买，埋单也是林。从住地到超市单程约需一个小时，路远，也塞车。因为老板交代过，给大家吃好点，所以牛肉猪肉海鲜他都精挑细选，“又不用我出钱”。做二十多个人的饭很辛苦，“切菜，”他晃动右臂，做切墩的动作，“都手软，每天煮完饭都累死了。”但收入高，在台湾他就在大排档做厨师，月入三万，到马来，胡富武给他七万。一倍还多，所以他得卖力。他家在台湾算小康，但想收入再高一点。

去之前，胡富武告诉他是给赌博公司做饭。来了后，大概知道是诈骗公司。不过，这对他没什么区别，“我想我只干我的厨房，没什么错”。公司开会他免参加，做完饭他就回房休息。关于诈骗，他在台湾听说过，也知道带有违法性质，不过认为跟他无关。

他偶尔尴尬地笑笑，但又立即收起笑容，显出一副老相和苦相。每次听我说话，都要挤出几条抬头纹，把眼睛睁大一点，生怕漏听误听——比如把我说的“煮饭”误会为“主犯”。我感觉他疲累、沮丧但又警惕。

老家在梅县，身量相貌都有些老派客家人的影子。但从来没回去过，因为去台湾都好几代了。他给台湾的家里写过信，一年多了，老婆从来没回过信。我好奇地问为什么，他说："大概忙孩子的事都忙不完。我不重要。"老父亲——七十多了——来过一封信，臭骂了一通，说煮饭煮到大陆去了！又摇头苦笑。

康玉凌，女，1993 年生，台湾桃园人。

"听说你对我不感兴趣。"

"哪儿的话——听谁说的？"

"同仓的，跟你聊过。推荐我，说有一个台湾诈骗的，说你撇嘴，不以为意。"

"我不以为意向来不撇嘴。我会说'太好了'。现在嘛，咱们谈谈，关于你们公司，你能告诉我什么。"

"看你想知道些什么。"

"找对人了！很好！还是先说说你吧。"

她在桃园一家工厂做手机外壳，月薪折四千人民币。2015 年 3 月，经济不景气，工厂裁员。以前的工友，一个叫彭诗纹的女孩子介绍说，不如到国外"讲电话"，底薪就六千。彭有门路，带她去见了这个公司的老板陈俊于。在陈那里，她又结识了陈筝、童己修等人——这次被抓的，很多都在台湾见过面。2015 年 3 月至 6 月、8 月至 10 月、12 月至 2016 年 1 月，她跟着陈俊于先后三次去马来西亚槟城参加诈骗公司，但是公司业绩一般。每次有个几百万的大单，陈俊于都不以为然地说，某某公司又搞了几千万。听着很烦。她个人的业绩也一般，总计拿到二至三万元人民币。在公司当然不算好的。

再往前，初中毕业后就到处务工，干过许多工作，最重要的就是在 KTV 陪酒，一年多。就在桃园当地。

她大方地谈这个职业，我听了心底有点异样，怎么说呢，有点感激她的真诚。但也正因为这个，我很冒失地多问了几句——我自以为也是出于真诚。

"那么小干这个？还在本地？碰到熟人怎么办？"

"什么熟人？"

“说难听点，同学的老爸啊自己的叔叔啊之类的。”

“那有什么，就换个房呗。”

我提到了老爸，她顺口就说自己的老爸：以前是个赛车手，后来特招去当了交警，再后来好像又不当了。

彭诗纹大她两三岁，很不安分的一个女人。丘家奇一对儿就是她带进公司的，她经常给各家公司介绍人，这个是有人头费拿的。

彭诗纹自己也靠打电话赚钱，她去过很多家诈骗公司，赚得挺多的，而且是赚一笔大点的就走。有时是被公司赶走的，因为她一边赚钱一边撩男人，搞得公司人心浮动。在这家公司不知为了谁也跟陈俊于闹过，陈实在受不了，让她走。其实这个女的家里条件很好，住别墅的，男朋友家经济实力也强，在乡下是承办流水席的，还开有工厂，不知道她为什么会干这个。大概是既能赚钱又能撩男人吧。“我们所有人都不是很喜欢她，做事不过脑子的”。

公司用的剧本与别家的大同小异，都是邮政包裹、手机欠费、银行卡消费透支那一套。剧本是老板李济柴提供的。跟李济柴见过几面，公司里见过三次，台湾见过一次。他是个贩毒的，吸烟很厉害，一根接一根，瘦得皮包骨，跟鬼差不多。

还有一个老板叶青驯，听说也被抓了。2015 年 12 月底，在马来西亚的公司里见过一次，也不知道是干什么的，自称也是开公司的。到李济柴这儿来，可能是因为有股份吧。他吹自己租的那套别墅漂亮多了，他还要再装修一下，让工作环境更好一点。还说要搞个小吃摊，摆上包子啊饺子啊女孩子爱吃的小零食啊。因为他自己爱吃，另外也要让员工工作起来更来劲。

公司的具体负责人是胡富武，20 日到马来，带来了新剧本。他说这些稿子是在他以前开公司的基础上再研究搞出来的，绝对是具有领先水平的最好的剧本，别人要，他都不给。但是新剧本效果一般，开张之后还是生意清淡。特别是邮政局的那套，最不好用，很多人听到后张嘴就骂，他好像又研究新稿子了。

关于台湾的诈骗社会氛围，她泛泛而谈。既没有提桃园的大拿，也没有说台中的大咖，反而提到了苗栗，说那边有一家公司名声很大，人称“千万桶”——每次出境都有千万元级别的斩获。

她一副南方小女生的样子。大概是因为对我谈了陪酒，又抽上了我的烟，总之我问什么她都愿意谈；又可能是我曾经的“不以为意”使她自尊心受伤，依然耿耿于怀，所以都不深谈，语气也不冷不热，较为平淡。而我呢，到见她之时，电信诈骗嫌疑人，不论台陆，不论男女，总共也谈了四五十个。听来大体都是千篇一律，也实在想不出特别的问题要问。好在时间也过去了很久，于工作也算过得去了。于是就准备结束。

“你怎么看待诈骗犯罪？”

“就那样吧。现在就在偿还嘛……”

“被骗的人呢？”

“感觉他们应该再聪明一点……”

她说，大陆政府应该加强对民众的宣导工作，台湾的宣导就做得很好，所以都骗不下去了。至于民众，应该坚信自己不会干坏事、没有干坏事，那诈骗就无机可乘。还有，现实生活中，个人身份证遗失、个人信息泄露的事太多，什么原因呢？她看着我说：“你明白吧。”我点了点头，她应该是想说公民个人信息泄露为诈骗提供了重要的资源。

“在台湾，非得诈骗不能活了吗？”

她曾被前男友骗过——他为自己哥哥买私家车，骗她为贷款担保，现在这笔钱还得她来还。男友骗色骗财之后，再也不露面了。开着她还贷的私家车的他哥，吸毒，也曾经在马来西亚的一家诈骗公司干过……

我叹了口气。她倒笑了一下。

最后是陈筝，女，1993 年生，台湾桃园人。

我突然决定在她之后，暂时中断对雪兰莪诈骗集团的调查。还有四个关键人物，林超强、汤远翔、胡富武、叶青驯。我想让自己冷一下，同时，也让他们冷一下：我的调查他们应该早就看在眼里了，但我偏偏不去找他们……效果如何，以后再说。

陈筝身材高挑、匀称，乍看像是北方姑娘。其实她非常南方，父亲是台湾人，母亲是泰国人。眉毛弯、浓、黑、长，约略有点异域风味。

她的一颗门牙只剩下半截。去年春节，仓里发了瓜子水果，嗑瓜子时，突然就崩掉了一块。她说牙可能坏死了。我的感觉却坏到了底：这应该是吸毒导致的吧……我就像不吸烟的人讨厌吸烟一样讨厌吸毒，走近瘾君子，吸毒品类的，生理、心理上都极不舒服。

不过，她情绪很好——能被提出来透透气，和人聊聊天，她真的非常高兴。直到我们告别时，在我起身走向谈话室门时，她突然加快了步子，下巴几乎贴在了我的背上："有空就来提我好不？"我点了点头。为这一点头，我至今感到歉意。

"来，抽烟吧。"

对瘾君子，就直接来吧，不客套了。

"我不。"

"有什么呢？没关系，管教不会说的。我在这提你们，不管男的女的都先给烟。我不会因为这个对你们印象不好。"

"不吸。谢谢。"

"戒了？"

"以前吸，现在不想吸了。"

"好！很好！吸烟也没任何好处。"

走进女监区，我就四处瞄着，希望能在某个墙角发现一只丢弃的矿泉水瓶子之类的。没有，女监就是不同于男监，整洁、干净。进了谈话室，就更不可能有我弹烟灰的物件。我撕了一团卷纸，铺在桌子上，聊复尔耳。要灭烟头，就直接在烟盒上摁。和一个疑似女瘾君子谈话，一盒烟肯定抽完。到时用纸巾一包，丢在芒果树下的垃圾桶里即可。

她从桌子上管教的文件下方抽出一张报纸，先在地上，接着在腿上折叠起来。"干什么？"她不答。转眼之间，她折成一个方形的巴掌大的纸盒子。放到桌上，把纸巾上的烟灰倒进去，又把纸巾对折，再对折，拿在手里把玩。这是给我做了个烟灰缸啊。

我觉得谈话可以放缓节奏，另外，我也不用太端着。

“我爸爸属牛。”

问家庭情况，第一句就是这个。吓了我一跳，想不通为什么先说这个。哦，大概是因为我姓牛吧。她父亲挺能折腾的，在深圳开过模具厂，还去过青岛、昆山、四川，或务工或做生意，但似乎都以失败告终。“我爸带我去过泰山。”他现在有病，折腾不动了，在台湾养着。母亲是泰国人，回泰国了，又结婚了，生了两个妹妹。她去泰国见过她们，和妹妹玩得很好，“我会泰语啊”。这个家一开始就不大正常，母亲生她时，可能没来得及结婚，所以她的户口挂在大伯家。那时父亲正逢生意失败，到处躲藏，她和奶奶以及泰国母亲生活在乡下。奶奶对这个泰国媳妇还是认的，只是后来也不知道怎么了，父母分开了。父亲又结婚了，母亲回泰国也再婚了。

“本命年人都不会好。这里就有许多本命年进来的，我虚本命年了。”

突然的这一句，大概呼应“属牛”。

“这一辈子，该玩的不该玩的都碰过了。”

这一句，就把第二个本命年之前的生活总结了。

总结不是斩断，它还会回溯：她十七岁时就认识了童已修。童已修，还是比康玉凌的那个强一点。

李济柴李老板，在台湾桃园租了个工作室，就是个喝茶喝酒玩的地方。从国外回来的诈骗公司员工，临时歇脚也在这里。而她自己就一直住在那里。

“李济柴，他很‘衰’！”

她一脸的嘲笑。“衰”，是粤语，“倒霉”，读音为 sui。她大概是在仓里学到的吧。不过，她用普通话发这个音。

李济柴是台湾有名的毒贩子，赚了很多钱，住的别墅带电梯。但他被台湾警方给扫了，他没事，但下线被一扫而光，生意就没法做了。他到泰国拜佛，许愿说只要能过这道坎，他就不做毒了。果然，他转干电信诈骗。

她跟着李济柴的诈骗公司四次去马来西亚：2015 年 3 月、7 月、10 月，以及 2016 年 3 月。第一次去，没有开单。因为调皮、贪玩、学不会，管理者让她到厨房帮厨，择菜、洗碗都干，晚上她会煲个汤给大家喝。就是爱在厨房里忙活。这次被抓的有一个大陆人叫李召的，那是个老手，第一期就有他，他还嫌当时台湾的三线水平不行。“你可以找他聊聊啊。”胡富武当时在隔壁一家公司，翻个墙就能过来。他来就是帮手，不知道这边有没有股份。他那边的老板是“鬼豺”。“诈骗公司啊，人员就是分分合合的。系统商每一次用的也不一定相同。”

第三期，10 月那次，她貌似开窍了，一单就帮李济柴赚了一百七十万，总计赚了二百多万。当时公司也是很久没有大单，管理者，“鬼豺”的大陆小舅子“杨小杰”当众说过，谁接了百万大单，提成之外，还给谁五万（台币三十万）的红包。她干了一个半月，等红包发下来，“我就不管他们了，拎了行李就回台湾。我还要去泰国看我妈”。

“我妈又抽烟又喝酒……”

“一百七十万怎么赚的？”

公司群发语音包，语音包会告诉机主，什么不听按“1”，人工服务按“2”，“其实不用他按，电话会自动接通”。她以联通客服的身份和机主聊，说对方欠费。对方否认，她就说可能存在身份信息泄露，被人冒用，叫他报案。“我们聊得挺好的。”对方是一个大连男子，五六十岁，政府的人，退休在家，儿子在外地。她马上把情况写在单上转给了二线。老头很快就转账了，“我记得第一笔是七十六万，第二笔是七十四万，第三笔七万，第四笔十四万。后边还转过一次四十几万的。”

她个人挣了七十万，台币。见母亲，自己玩，全花光。

“电话诈骗以前是台湾骗台湾。地方小啊，一个人被骗，不要说一百七十万人民币，就是台币，都是个新闻，电视里会反复地播。到后来，没得骗了，这才开始骗大陆人。”

“是啊，地方小，好管理……除了一百七十万，还有没有印象深刻的？”

“你知道‘火锅’吗？”

“什么？”

“台湾的诈骗始祖啊。陈胖说的，骗了几个亿的人民币。死了，自杀了。你搜一下，新闻太多了。”

“哦，略有耳闻——陈胖又是谁？”

“陈俊于啊，管李济柴叫哥的。”

“啊，听人说——忘了谁了——他俩是堂兄弟，‘堂’的怎么一个姓李一个姓陈？”

“弄不清。印象深刻的，我曾经诈骗过一个法官，但是聊炸了。”

“公安、法官，有那么好骗的？”

“不一定吧。开始聊得挺好，后来二线多嘴，没按剧本来，说了个根据国家保密法，法官警觉了，说‘年轻人，搞诈骗也得做做功课嘛’。哈。”

“哦。”

“还有一个，也是政府机关的，聊炸了后破口大骂。但我很无聊啊，也不挂线，他骂得换气儿时，我就说一声‘谢谢’。一直就说谢谢。老阿伯其实挺有涵养的，也可能是骂累了，劝我不要干这个了。”

“还问我是否家庭困难，如果需要找工作，他可以帮忙。我和他还互留了姓名还有家庭住址，他哪儿的忘了，姓黄还是姓王，我也没分清。我自称姓李，住址当然是胡编的。他还说缺钱花可以给你一点，但不能在这里，他汇了钱我还会继续打电话骗人的。我存了他的录音在 U 盘里，本来能放给你听听的，可是行李在马来被抓时弄丢了。”

“现在怎么看？”

“就觉得老阿伯挺喜欢开导人的。干这个有时候也蛮有乐趣的。”

“乐趣？！”

“是啊。当然，干任何工作也都有乐趣。”

“你……”

“后悔也后悔，说不后悔也不后悔。怎么说呢，这也是我的成长嘛，增长了很多知识，至少练了口才。我还年轻，以后好好开始不就行了吗？”

“法官、政府的开导看来没用。还是这里管用。”

“我是有点没心没肺吧？”

“ 有点 。”

“我女孩子又能怎么样？你知道吗，我以前也靠女孩子的本钱养活自己——你明白我的意思吗？”

又讲从前：小时候，她有点小存款，开个小摩托车，整天过得很开心。后来遇到个男的，叫他骗财又骗色，就自己开始喝酒了。喝开了酒，那就到酒吧去陪酒呗，还有钱。后来童己修劝她搞诈骗，他说：“就算不卖肉，喝酒也伤身体。还不如诈骗，可以来点快钱。运气好的话赚笔大的，收手！”

“你们的生存环境也挺糟糕的……”

“我只哭过一回。是从广州坐车来海市的时候，看外面的风景，想到可能要判十年，见不到爸爸妈妈了。他们身体怎么样，永远也不可能知道了，就哭了。绝望得很，在飞机上想坠机就好了；在大巴上，司机开得很快，还闯红灯，就想撞车就好了……但是都没死。”

“不像话嘛……机上车上那么多人呢！”

“我就想死我自己一个。我没心没肺，现在就只能在这里过这种日子。”

“好好改造，你刚也说过，还年轻……”

“那也担心。肯定与社会脱节啊，现在发展得太快了。想想以前的朋友，十年后肯定都结婚生子了，是不是会只剩下我一个人？是不是回去连家都找不到了……”

这一辈子只哭过一回，应该可信。讲述这些时，我还担心她哭，但是没有。至于表情，我不大想看。但语气语速没有变化，也许，在诈骗公司锻炼了口才，在这里锻炼了心理。

“你们，都有不幸的一面，但也有可憎的一面——想想徐玉玉吧。”

“是。”

“肯定比你们不幸。”

“她个人承受力太差了。我也知道这不是好事，但别人十年八年都没出过事啊。确实想过做最后一次，但人往往就是这样，只管做就没事；想着干最后一次，这一次肯定翻船。”

是吧。

“我以前的男朋友吸毒，他卷走了我的钱后，真是想死。慢慢自己醒悟了，那时遇到童已修，他带我吃住。”

我赞她看得挺开，说这样好点。

我把谈话室的门打开了，热浪就像一条大狗的舌头糊在了脸上，窒息我的口鼻。外面阳光很毒，一个人都没有，但是，有一只老鼠。是她发现的，她提醒我看，它从下水道边缓慢地爬出来，她还捂住口说：“吓死宝宝了！”但语气听不出有任何害怕之处。我赞了一句：“可以啊，大陆的俏皮话都学会了嘛。”她说那当然啦，都在这里待了这么久了嘛。

我正对着的办公室门打开了，一个管教走了出来。我想，来得真是时候，刚好可以结束谈话，请她把陈筝送回仓里。我迎到了门口，她却抬起手，将两个苹果往我怀里一塞，说：“我们在办公室吃苹果，突然领导说还有你在这谈话，我就给你送过来了。”我连声感谢，刚想推辞时，她肩上的对讲机呲啦呲啦地响了起来，她马上歪头静听，紧接着就往办公室急急地走回去。

“不抽烟，就吃个苹果吧。”

她摇头，但眼睫毛都伸了出来，那是小姑娘看见大红苹果才有的表情。

“吃吧。我给的，管教不会不同意。”

“那你吃大的，我吃这个小的。”

“吃大的，小的你带回去。”

她扭头往办公室方向看了一眼，开始吃小的。看崩牙妹吃水果不大礼貌，我就喝茶——子弹头水壶里倒出的最后一杯，翻看材料和笔记本。

“你让童已修给我写信。”

“如果我提他的话。”

“如果有机会你再来提我。”

“好。我昨天见康玉凌了。”

“我们在公司挺聊得来的。她是一个女孩子介绍来的，那个女孩子不安心工作，就知道骚扰男人，陈胖把她开除了。”

“她提到了。”

“我脾气挺硬的，经常在仓里跟人吵架。”

“这可不好啊。”

“老得罪人。其实我不往心里去，不知道别人怎么想，抬头不见低头见的，我还是挺难过的。”

“这些事啊，可以给管教反映一下。让她把你们双方都叫出来开导开导。”

“有一个经济犯，是个公司领导，自以为是得很，说：‘我跟你妈同岁，你懂不懂尊重你妈啊？！’我说我还就不尊老爱幼了怎么着吧。”

“这个……”

“我从小就被歧视——泰国小杂种。你们也有点歧视我。”

第四章

看守所传奇：“老祖宗”和八千万

2017 年 8 月，我和疝气病患者彭衣国谈话时，他对我说，同仓有一个马来西亚华人，也是诈骗，已经被关了三年多。我和彭交谈并不愉快，后来，不知道是因为什么事我想安慰他一下，还是他纠缠着打听具体的开庭时间，我就对他说，你们的会很快——我都不知道该不该说——我问过法官，她几乎很肯定地说，月底一定开庭。他脸上现出绝望、痛苦的表情："不可信啊，我的仓友，三年多了还没开庭呢。"

我不大相信有这事，本来对他就信任度不高。羁押三年多，那得是多复杂的案子啊！虽然是诈骗，我想，一个马来华侨，应该是合同或经济诈骗；更可能的是，跑来广东，以亲戚或情感为幌子，欺骗某个有乡谊的富商或富家女的那一类诈骗。他跟我专题调研的电信诈骗没有多大关系，所以，即便它具有通俗小说的一切情节、要素，也引不起我的兴趣。我还记得我对彭衣国的最终答复——没好意思写在上一章里——"你就扯吧——我估计你给我说的没几句真的。呵呵。"我把笔记本在空中晃了晃。

但其后，好几个和我谈话的人，有男有女，都说这是真事，他们仓里就有。记不得是谁了，还透露了更多的信息：听说是个二三十人的团伙；不是普通诈骗，同样是电信诈骗；金额相当巨大，据说起诉书上的案值是八千万人民币；至于关的时间，有说三年多的，也有说快三年的。

我重新翻看彭衣国的谈话记录，在末尾，稍稍正楷一点的字迹补记了这样一行字：黄平伦，马来人，诈骗，羁押三年。二十八仓。我虽然不相信彭衣国所说，但晚上整理、重读笔记时，还是补记了一笔。

9 月 29 日，临近国庆，因为有重大节日保卫工作，看守所取消了休假，但上班人数不但没有增加，反而减少了——被抽调了。所领导对我说，希望国庆期间暂停采访，怕管教少，出意外。我同意了。所以，在这个星期五，也就是最后的正常上班日，我也不打算接在陈筝之后立即接触林超强、胡富武、叶青驯。给他们过个节，冷一下。那么，就把黄平伦叫出来随便聊一聊吧。

他是 2014 年 9 月 22 日在东莞南城被抓的，23 日刑拘入所。也就是三年刚过。

他汉语挺好，但不知道是关太久有点失语，还是好得不足以进行艰深的对话，我们的闲聊进展得非常缓慢。我没有丧失信心，第一，他说过，祖籍“可能是福建的”，也就是说，还是有华人的意识记忆；第二，我有的是时间，慢慢聊，也许能渐渐活络。

“是诈骗吗？”

“不。电信诈骗。”

“真骗了八千万？”

“传说骗了八千万，大家一起。”

“大家是多少人？”

“十三个。”

“你个人呢？”

“起诉书说三千八百万。”

“哇，有眼不识泰山——传说中的大鳄啊，吞舟大鱼啊！”

“呵呵，没有那么多。没有。”

“都是马来人吗？”

“有一个台湾的管理员。”

“又是台湾人！你们，犀利！八千万，十三个人分，每人都能分一个无期徒刑啊。”

“不是十三个人分，是三十八个人分。”

“分刑期人就多起来了？”

“同案三十八个人。其他地方还有抓。”

“关三年一点都不亏！”

“对，我在仓里是时间最久的，大家都叫我‘老祖宗’。”

哈！原来如此，管教开仓门时，轮值员早就侍立在门口，管教说“叫老祖宗”，轮值员就往里传话：“老祖宗，叫你啦！”他们说的是广东话，不知道语境，因而我并没有听懂意思。

“马来西亚也有电信诈骗？”

“有。没有这种。”

“有还是没有？”

“没听说这种诈骗，我也没有接过这种电话。我表姐接过孩子被绑架了要钱的电话，虚构了一个事实，刚好她和孩子的电话不能通，后来没有被骗到。来电话的人讲普通话，应该不是大陆人就是台湾人。这是一种初级阶段的诈骗。”

“你们的高级阶段怎么做？”

“我们向马来西亚国内发语音包，也拨打电话，冒充马来西亚各大银行的客服人员，说他们理财有问题，让他们找我们虚构的国家银行报案中心。国家银行报案中心的检察官恐吓他们，后果很严重，他们必须寻找我们这个虚构的靠山。人们相信我们后，就把自己的钱转账到我们老板的账户。”

我大致听懂了：跟针对中国境内的电信诈骗剧本大同小异。

“你的汉语很不错——本来我以为华人嘛，肯定说得更好，很流利，只是带点嗲声嗲调。”

“我每天学习汉语，看报纸，也看书。我现在能看小说，能看懂。国家大事也知道许多。”

他脸很长，白净，还不到三十（1989 年生），但顶上头发有点稀疏，性情温和，应该是个能静下心来看书的人。再者说，关三年了，不看书也没事做。

“在马来不学汉语吗？”

“我读的是马来语学校。汉语只懂一点，在家里讲闽南话，跟华人朋友学讲华语。”

“在这里也能跟人练习汉语。”

“不，很少。我只和台湾的彭衣国聊得多一点，跟他亲近，我们能互相理解。大陆人，思维、生活有较大的不同，有时很难相处。”

“你搞诈骗，也是台湾人拉下水的吧？”

“不知道。以前不知道，看了起诉书知道，是台湾人的公司。当时马来的报纸上有招工，三个条件，一是接打电话，二是到国外工作，三是会讲马来语，月薪一万马币（合一万七千人民币）。马来语是我强项，自幼读的就是马来学校，比许多华人说马来语强很多，跟许多马来人一样好，没有口音。”

“然后就来中国进诈骗公司了？什么时候的事？”

“2014 年 5 月来东莞，事实上其他人 2 月就开始干了。”

“你们，马来华人都愿意干这个，违法的事？”

“愿意。以前我在吉隆坡做调酒师，月收入六千马币，我父母每月只有一千多马币。一万马币，那是警方中级管理人员的高收入。”

“还有提成，收入更高。”

“我个人诈骗二百八十万左右，最大一宗是两百万马币。提成了十多万马币。”

“相当高啊，怪不得这么多人前仆后继从事诈骗！”

“对。电信诈骗，打不死的‘小强’！”

“天哪，你说出了名言警句啊。”

“不。我是在这里学习到的。呵呵。”

“爱学习，好！”

他在马来读过大学，学的是“工厂类的”。后来又提到程序员工程师的月收入是两千多马币，我没听清楚他说的是自己最初从事的工作及收入，还是说一种作为收入参照的普遍状况。不重要，没有追问。又问家庭情况，说父亲是一个大款的专职司机，母亲就在公司做保洁人员，生活还可以（每人每月一千马币，也就一千六人民币。看来马来收入不高）。姐姐开有自己的美发美甲小店，姐夫很有钱，做生意的，在马来有几套房，靠租金就能生活得很好。

三年了，他一直没能和家里联系上，曾给广州的马来西亚领事馆写过信，但是没有回信。他托先后出仓的一个四川人、一个广东人给姐姐打电话，广东人写信给他反馈道：听电话的是他姐夫，姐夫说“他还年轻，多坐几年牢对他有好处”。姐夫是否会告诉姐姐和父母，他不知道。姐姐已有两个孩子，来中国之前听说又怀孕了。照顾孩子应该很忙……

听起来有点绝情。还是谈案子吧。

“那个台籍管理者，就是你们老板吗？”

“不是，还有两个大老板，是兄弟两个。”

“哦，没抓到吗？”

“抓到了。2014 年 10 月的一天，我在‘新兵’仓待了十五六天的时候，那天，我和同仓一个叫周满的湖南人在铁窗上往外面看，警察押着一个戴手铐的人走过去，应该是带出去提审。周满对我说：‘这个人是你们老板赵见成！’”

“好！周满又是什么人？”

“我同案。他是公司的电脑手，我们共同为赵老板服务。”

“什么？同案？你们怎么会关在一个仓里？还有，你的老板你不认识？”

“周满是在湖南老家被抓的，是分别抓的，可能当时还没弄清楚吧，所以关一起了。赵老板，看了起诉书我知道是在海市抓的。赵老板带领三线人员在香山开公司，我们二线在东莞，见过一次，没印象了。那时候是 2014 年 6 月，因为业绩好，老板安排我们东莞的十三个人到海市、香山玩，住酒店，喝酒，唱 K，奖励我们。”

“老板会做——是台湾人吗？”

“是。”

“你们搞诈骗活得挺滋润啊。”

“哪里。我们一周工作六天，周日可以休息，但不能取回护照，而且 18：30 之前必须回到宿舍。没有什么享受和自由。每天提心吊胆，知道是犯罪。被抓前一天，还和两个小弟说过被抓会怎样。一个说：‘我怕会失去亲人。’我们的家人都不会认同我们做坏事。我姐夫不愿意帮我，我也能理解。”

“‘小弟’什么人？你也干黑社会吗？”

"不是。他们是我以前酒吧的同事，比我小，算我小弟吧。一个叫李永康，外号波仔，是服务员，在二十七仓；一个叫黄文跃，是调酒师，在五十四仓。我到东莞后，他们和我微信联系，问有没有工作，他们在酒吧干得不开心。我说收入挺好，但是犯点法的事。他们同意，我也想拉他们进来。就这样。"

他介绍两个前同事入伙，主要是因为东莞的马来同伙想介绍四五个自己的人进公司。他有点担忧，这个同伙不大靠谱，他怕他的人都是同类，"一点都不了解，是人是鬼都不知道"。本来每天就提心吊胆，身边一下子再多几个不靠谱的，可能会加重风险。因此，他想先带几个自己信任的人进来，占住位置。当然，他带人来，老板是有奖励的：那两个人业绩的百分之一点五提成给他。"我并不是想要提成，我并不是因为这个才叫他们来的。"

这和其他台湾诈骗公司的蚁聚现象并无二致。

2014 年 8 月 19 日，他带两个小弟来到东莞。21 日，老板可能为了躲避警方的某类行动，决定歇业十天，给他们放假。他回了马来，给了父母五千马币的家用。本来想洗手不干了，但又想到两个小弟还不熟悉环境，应该照顾一下，于是就回来了。一个月后，他们一同被抓。

许多诈骗嫌疑人的被捕都有此类情节：本可以收手，可是……

我对这个案子有点兴趣了。这正是许加伦提到的台湾电信诈骗的诸种新形式的一种：在台湾之外，雇用第三国的人，对第三国实施诈骗。叫人震惊的是，台湾犯罪分子对别的国家电信诈骗，居然将大陆作为实施犯罪的平台。在我这个警察看来，这与诈骗大陆人民一样，都是赤裸裸的挑战，非常值得关注、研究。不过，不管是十三个，还是三十八个，一一都见面，就像对侯定民团伙那样，显然不大现实。挑几个，聊一聊，能揭露其大体犯罪模式即可。

"你肯定赵见成和周满都在看守所？他们的名字我写的对吗？"

"写的应该对，起诉书上就是这样的。可是，汉字有些细节我弄不清楚，也不能写太多字。"

好吧。明天周六，但因为调休，看守所将正常上班。我到内勤那里查一下他们的仓号，先聊一个。

“三年，也差不多了。没准国庆假一完，你们就开庭了，结局也就知道了。”

安慰，其实就是要结束了。

“我在的是标兵仓，没有劳动任务。我每天都坚持学习。”

“好。安下心，看看书。学好中文，没坏处。你还是华人嘛。”

“警官，你能帮我个忙吗？……”

“联系你姐姐？这个，真不方便。你知道家庭地址吧，可以写信。也可以给广州的大马领事馆写信。”

“如果我是马来人，他们早就联系我家人了。我是华人，二等公民嘛，他们不管。”

我想以放松的心态面对这个电信诈骗团伙。它是海市警方持之以恒、坚持不懈打击各类犯罪的辉煌成果之一，但严格来说，和我报送公安部文联的选题“‘大马专案’报告文学”无关。不过，“大马专案”从马来抓捕，台湾籍犯罪嫌疑人为主犯，台湾、马来，在这个团伙里奇幻地结合在了一起，我想，采访一下，对更深入地理解“大马专案”有好处而无不益。简单地来吧，那么，也就没有必要迂回了，直奔主题，就从大老板赵见成入手。

内勤在电脑上搜索，我坐在木沙发上翻看采访黄平伦的笔记，忙了一阵，她突然对我说，“没有！”没有赵见成，准确地说是没有台湾籍的赵见成。“唉，这些骗子啊，没一句话……”我笑着骂黄平伦，但很快又原谅了他，虽然都混成“老祖宗”了，但熟练、准确地使用汉语，可能还有问题。“我换个条件再搜一下。”内勤又是一通忙碌，这回肯定地说：“有一个赵见成，但户籍是江西萍乡，案件也是诈骗。”萍乡的诈骗，是中药材还是象棋残局之类的吧，我没兴趣。那么，只能周满先来了。湖南籍，诈骗，9 月 21 日被抓。应该没错。

周满所处的仓，在看守所的深处——其实与女子监区成镜像关系。中间隔着的，是与前区中央走廊延续的一条直线，原来是走廊，后改建为管教办公室。这里，也就是老的看守所，前面的，都是扩建和新建的。我从走廊一路深入，到深处后，向右，就到了女子监区，向左，就是男子监区。此处的男子监区不但羁押嫌疑人，已判所剩刑期为三个月以内的，也都在此服刑。

女监区的空旷处建成了一个平整的水泥场地，可以给女在押人员晒被子，也可以举行文艺表演。这边则没有，正中央，用船木建了一个四角凉亭，但整体环境没有任何古典园林的优雅。我一下就看中了这里，真是谈话的好场所。但我的喜悦很快就风吹云散：看到有警察提人出来在凉亭坐谈，几乎所有仓的铁栅栏门（女仓和前仓都换上了更为严密的铁板门）都聚满了人，看着，悄声议论着。三个仓的服刑犯开始了早上的放风，蓝马甲们排着队走出仓门，穿过凉亭旁边的一条小径，走到对面墙根下——这里，用齐膝高的钢筋圈住了一个较独立的区域。在女仓，这里是他们晾晒粉红色号衣的地方。当然，男仓们晾晒蓝色号衣，但下边，则是他们坐着、靠着南墙晒太阳的地方，而且正在我的背后。他们抽烟、低声说话，我稍稍前倾身子，以便听清楚周满的话，同时，不使自己声音过于响亮。

"我很冤枉！真的是太冤枉了！"

周满首先向我表明他对警方、检方指控所犯罪行的态度。他没有吼叫，声音也不大，但能感觉到他的急切以及严正。他头发短、黑、硬，曾经的文学描述是"发茬硬如猪鬃"。肤色也黑，很壮实，正值三十岁的年纪，活脱脱一个农村的劳力，很难跟一个诈骗集团的电脑手联系起来。若不是喊冤，我还真以为找错了人。

"这里，估计一大半都会认为自己冤枉。呵呵。"

我稍稍回头，但动作也不想太明显，示意我指的是身后的服刑人员。

"我只是帮台湾人维护一下电脑。电脑，你懂……了解吗？我给你画张图，一看就明白。"

他伸手扯我的材料，我用手按住了。

"可以给我一张白纸吧。"

"你先说吧。"

他曾长期在海市打工。因为喜欢电脑游戏，下了点钻研的功夫，渐渐好像能做点编程。台湾人赵见成，在海市买了房定居，还在吉大的海湾花园租房子开了一家电脑公司，开发网络游戏。他应聘到他的公司一两年，干的都是正经的工作。2013 年 9 月，他要回家务农，赵老板让他远程维护一下服务器，每月给他五千元。“这钱给得一点都不离谱，”因为如果雇用一个在公司坐班的工程师需要一两万。他结婚生子了，在家里承包了一个果园，平常就在园子里干农活。服务器有异常，老板或公司的管理者会打电话给他让他解决故障。两不耽误，挺好的事。

“给你五千具体干什么？”

“我想画个图给你说。不然，可能……”

他画了两个并列的长方形的框，左边的下方写着“服务器”，右边的下方写“周满维护”。然后，在第一个框的上方写了“电话”两个字，画个箭头向下指向方框；两个框之间又画了个向右指的箭头相连接；最后，第二个框的右边画出一个倾斜、向上、指向远处的箭头，在末端写了两个字“国外”。

他的手指在“电话”“服务器”“周满维护”和“国外”之间来回移动，嘴里则解说不止：赵见成在香港注册了一台服务器，与海外的电信公司谈好了价钱，运营网络电话（VOIP 电话）。他将这个服务器卖掉了，赚了一笔差价。然后他又租用一台服务器，交由我维护，要求保证服务器的稳定。

我坦承我没怎么听明白。不是他画得不好，也不是他讲解得不好，而是其内容远超我个人的知识范围，故而无法理解。但我还是表明了态度：

“很复杂——为什么要这么复杂？显然是想掩盖什么。服务器是用来服务于诈骗电话的，这个没问题吧。搞得复杂，正说明目的不纯。”

“这我管不着吧。我只是维护服务器，不知道他做什么用。好比有人拿刀杀了人，你不能抓磨刀的人……”

“你就没发现服务器有什么异常之处？”

“有什么异常？都是正常通话嘛。”

“你的维护有多少科技含量？”

“还是有一点的。你不懂电信、网络，没有一些知识，是做不来的。因为一旦出了问题，原因可能是多方面的，你得找出原因，再跟国外的电信商沟通。”

“网络有问题，是你发现并处理？”

“一般是赵见成拿个海市的号码打我电话通知我。”

“工资怎么给你？”

“银行转账，每月五千，给了十个多月。这钱，是我维护的工费。”

“听懂一点了，这事啊，法院会公平判的。”

“我很无辜，开庭时见到几个马来西亚人，他们也无辜，刚来几天，还没开始诈骗呢！现在也关三年了。”

“连他们都无辜了？我觉得不无辜，也包括你。呵呵。”

“你还没听明白。你看，所有诈骗公司都有个电脑手，我不是啊！在东莞、香山，他们肯定都有电脑手，因为第一台服务器不知道是什么人在维护。电话是通过第一台服务器拨打的，再转到我维护的服务器。我维护的这台只用来发送电话信息，这是正常的电信运营的一部分。具体用来虚构事实、与受害人直接联系的电话、网络，是通过第一台服务器运行的，并非我维护的。更何况，他们搞诈骗我是一点也不知情。”

“服务器”听得我头昏脑胀。

放风的人都回仓了。此时，周满身后的仓门又打开了，一个短发茬男子穿着皱巴巴的牛仔裤和横条纹T衫走了出来，脸上喜气洋洋。

“这个是要放了？”

“盗窃的，到期解拘。”

周满只回头扫了一眼，立即正视我。我本以为他会流露出欣羡的表情。忙自己的事更紧迫。

“……第一台服务器拨打电话，再转到我维护的服务器，最后到达马来西亚，然后就骗到钱了。这个具体方式，我真是一点都不知道……”

我脑子想的是，他也真是“老祖宗”了，居然用了“解拘”这样的术语。

“说是八千万！——开庭时听说的。这个也是要吓死人的，肯定十年八年以上！听同案说，哪有这么多，有些钱是赵见成合法赚来的，你们就是想谋人家的……”

“赵见成是个什么样的人？”

“他很有钱。我对他印象也不错，对人彬彬有礼，对员工和颜悦色，经常买些东西给大家吃。当老板的，能这样的很少。”

“他解拘了吧……”

“啊？！肯定是拿钱……”

“我在看守所电脑上查不到他——他是台湾人吗？”

“是台湾人！他有一套假户口——你们查不查啊——是江西人。”

“什么？！”

“也不是假户口，是真户口，我在海湾花园公司见过他的身份证复印件。”

平板车驶入了监区，还没到饭点，车上，是一筐一筐的沙田柚。

“国庆节发水果啊？”

“中秋节发——昨天管教就告诉我们了。我请了个律师，为我作无罪辩护……”

“对！到现在这个阶段，该律师干活了。”

“不乐观。”

中秋、国庆连过，不能采访，但脑子里全都是看守所里的那些人。得承认，赵见成对我吸引力越来越大，都超过侯定民、张开捷、叶青驯他们了——这才是我的正业嘛。无他，我认为像他这样大张旗鼓（雇用大量的外籍员工）和处心积虑（卖掉又租回注册于境外的服务器）经营诈骗公司的，大概是绝无仅有了。而且，案值太巨大了，“火锅”骗了七个亿，那是传说；侯定民要骗十个亿，那是梦想；唯有他，真真实实骗到了八千万。

正式上班第一天一早，我就直奔看守所。内勤刚好昨晚值班补休，她的一个同事接待了我。查了好久，设置了各种查询条件，还是没有台湾籍的赵见成，只有江西籍的赵见成。内勤打印了他的入仓信息，是诈骗。但是，让我奇怪的是，江西籍赵见成的身份证号码是以“51”开头的，这可是四川或重庆的区域码。

两手准备吧。先谈赵见成，如果所问非人，我就立即再务正业——四川籍的李召，是叶青驯团伙的大陆籍员工，也是该团伙四川籍员工的召集人。童已修、许加伦们不愿意告诉我的隐情，没准他愿意说。赵见成与李召刚好在邻近的仓室，也不用我走太多的路。

赵见成被带了出来。

周满给他用的词“彬彬有礼”不大准确：管教手扶铁门等他出来，他却几乎没看管教一眼，更别提下蹲、举拳，向管教报告了。一跨出仓门，他立即走向管教谈话室门口的铁皮柜，我看到那里有一个铁制的茶叶罐，里面烟头林立，正是在押人员过烟瘾的用具。我点头说：“好的，拿烟灰缸来。”可是，赵见成并没有拿烟灰缸，而是拉开柜子的门，堂而皇之拿出一包烟，然后面无表情向我走来。他的管教还站着手扶铁门，但脑袋却一直盯着赵见成的背，他看着他弯腰、低身，看着他开柜子拿烟，又看着他直起腰向我走来。他凝身不动，但脑袋在缓慢地转动，以便能跟上赵见成的举动。

我提醒赵见成：“烟灰缸——烟我有。”听到我这一句，管教突然发作，他大声说道：“这里办公条件简陋，没必要这么讲究吧！”我讪笑，解释说：“呵呵，有个弹烟灰的盒子就行。”空着的谈话室在四个监仓之外，我和赵见成都没有说话，并行走过去。我想，他应该是很久没有抽烟了。之所以没烟抽，是因为管教不给他这个机会。之所以不给他这个机会，应该是他在仓内以“老祖宗”自居，不把轮值员甚至是管教放在眼里。正因为管教见他都烦，才更不可能对他有好脸色。然而管教只能指桑骂槐或借题发挥，对我发作，因为他是“老祖宗”，有其刺头或难治的一面……有人群处，便不乏这样的人。简言之：老资格，没奈何。

周满的评价应该换两个字：文质彬彬。无礼嘛。不过，脸方正白皙；戴副金丝眼镜，镜片擦拭得特别干净；头发不算长，微微向左侧偏去，不算时髦，但是讲究；说起话来态度端庄，丝毫没有轻浮或狂傲的意味。按照其台湾身份，他三十九岁；按照大陆假户籍，刚满四十。总之，人们所说的成熟男人的风度，十足。

烟灰缸他没听我的指令拿上。好在谈话室地上有一个，小的方形茶叶罐，几个烟头像死的甲壳虫似的蜷在那里。

他是台湾人，大陆的原籍地在四川，现户籍在江西，又举家定居海市。非作奸犯科之徒，谁会整这些套路？这已经足以让一个警察对他恶感满满了。

“抽我的吧，烟好点。”

但又必须随即转入正题。

“你的假户口是怎么办的？”

“户籍是真实的，并不是办假证的那种查无实据的。”

2003 年，在深圳龙岗一座天桥上，张贴有许多办证的小广告，他找到了一家靠谱的——也就是不是那种百十块钱办假证的。他要求的就是为他和弟弟赵见安办一套真正的大陆身份，要求有户口本，有身份证。定金是人民币两千元，全套是两万元左右。对方办了三个月，交货时，他和办证人一起到一家银行开户，算是检验。没问题他才付了尾款。户籍地是四川巴中，后来，他和一位江西籍的女子结婚，又将户籍迁至她的户籍所在地萍乡。

“两套身份，这不合适啊。”

“我可以放弃台湾户籍。”

“哦？！”

“大陆发展非常好。现在我全家都生活在大陆，生活也习惯了。那边，也没什么可留恋的。”

他说，他的个人意向和生活重心，都在随着时间的推移向大陆转移。现在，全家都彻底地定居海市了。他父母 20 世纪九十年代初就到深圳开工厂，从事纸盒包装类的生意。那个时候他还在台湾上高中读大学，但寒暑假一定到深圳来，探父母，同时在父母的工厂里打工历练。不过，新世纪之后，实体经济就不行了，尤其是办工厂的，需要不断地更新换代设备，还要应对越来越高的人工。最终，所谓赚到了，其实赚到的只是一批貌似先进的机器设备。特别是从

2012 年开始，人力资源涨得非常厉害，普工三千五还招不到人。他舅舅就将工厂迁到了越南，父母于 2013 年迁回了台湾。大学毕业后，他在台湾服了兵役，曾经创业，从事化妆品销售，但赔了。他还是想回大陆创业，于是就回到了深圳。当然，得想点新的经济运作模式。

不过，这不能解释他办一套大陆假身份。

因为当时的许多经济领域不能台资独资，必须与当地人合资。而合作人又不知根底，这就给生意带来了风险。简言之，就是“大陆的户籍其实非常实惠”。有了大陆户籍，他不但可以银行开户，还可以进入证券、股票、期货等市场。

“你在大陆发展得不错嘛。”

“还行。也成了家，买了房，爱人就是大陆人。有三个儿子，大的十二岁，小的四岁，双胞胎。小学、幼儿园都在海市上。”

“你的创业，新的经济运作模式，就是诈骗？”

“不。我干过很多，开过电脑网络公司。这些都是赚到钱的。”

“但是，诈骗好像更好赚吧——八千万。”

“牛警官说笑了。这是查扣的我的所有资产，有一部分。更多的是我通过正当途径赚来的。”

“既然正当途径能赚到钱，又何必违法犯罪呢？”

我算是缓过来了，进入了角色，问话态度不倨傲，但都指向我的工作内容。

“想多赚点。”

很意外，他点头，低头，诚恳作答。

“台湾搞诈骗的人很多啊。”

“是的。有很多人轻松赚到了大钱。”

“不过你的思路广、路子野，赚马来西亚人的钱。呵呵。”

“我都完完全全是大陆人了，思维、习惯——准备搞这个的时候，我就明明白白地说过：别骗大陆人，大陆的警察不好惹。”

这话说的……还叫我有点歉意——不惹大陆警察，还是叫大陆警察连窝端了。

“怎么跟马来搭上钩的？你得有个内应吧。”

“有。他叫‘阿森’，马来华人，小我两岁。他是马来西亚的拿督，有一定的实力和人脉。”

“‘拿督’是什么？”

“就是人大代表！”

“议员吧——你这也太‘大陆’了。”

“对，议员，地方议员。很有地位的，车头上有标志，警察见了要敬礼，不阻拦的。我家在东南亚有生意往来，认识后我提到要做这个，谈过几次谈成了。我在大陆这边办公司，他主要负责在马来西亚招人、组织人取钱，总利润的百分之十二给他。”

挺复杂的事，他三言两语就讲清楚了，以至于我都不好意思问太多的琐碎情节，那会显得我理解能力低下。不过，我想到了周满。

“你挺下功夫的，还专门租了网络电话的服务器。”

“对。在香港有个机柜，但还是要租宽带，每年十万‘港纸’（香港人对港币的戏称）。”

不隐瞒，你问即答。我都不知道该问什么了。关于东莞被抓的马来西亚籍员工，黄平伦他们，我并不想主动提，我想看他在什么时候主动提出来。

但他静如止水，等我发问。

“抽烟吧。你看，我一开始就开宗明义，说我是奉命做关于电诈的调查研究的。你公司抓了很多人，但情况我并不了解。你能否给我推荐一些人，比如我和谁聊更有收获？”

这回，他开始思考了。我以为会需要不短的时间，谁知，我刚拧开水壶的盖子，他的推荐人员已经报了上来。就三个字：

“林三阳。”

“他？给我介绍一下。”

他的身体第一次晃动了一下，还把脸扭向一边，还笑了。“他的故事蛮有意思的——我公司开发了一款游戏软件，他经常玩，并且经常撩我的女客服，客服没少给我告状。有一回我刚好在线，就和他聊起来了，咦，还挺投缘的。他比我小一两岁，一来二去就很熟了。我就拉他来做这个，也介绍了阿森给他认识。”

我手头没有他的案件的起诉书，也没有他们十三个或是三十八个人的名单，所以，也不知道他所说的林三阳究竟是何方神圣，只好喝茶掩饰。但我的藏拙之举显然起到了作用。

“他，就是在东莞抓的。是电脑手，绰号叫‘阿三’。”

我不由自主就点了点头——黄平伦说过，在东莞被抓的，有一个是台湾籍的管理者。可惜我忘了追问他此人的名字，他汉语时好时坏，聊起来还是挺费劲的。我有点小小的感激：他的推荐，很有诚意——作为他和弟弟之外整个集团中唯一的台籍公司管理者，一定劲料猛料不少，但他还是坦然向我推荐了这个人。他完全可以让我大费周章、自己摸索。可是，我又很快小看自己的感激：他没有推荐自己的亲弟弟赵见安，他可是公司的二东家！还有，到他这个份上，除了一口咬定赃款没有八千万，以求刑期能减，甚至出狱后还能享受犯罪收益之外，又有什么不能坦白的呢？

“好，我明天就去见见他。”

“有些情况，我不知道他了解得是否透彻——其实，拿督阿森，并不是一个简单的合伙人、取钱者，只拿‘十二趴’，他是真正的后台老板。我，算是给他打工的。”

他们的角色瞬间互换，他成了技术入股的合作者！言犹在耳嘛，何况我都记在笔记本上了。为什么提到林三阳，他会突然改口呢？

不过，我并不想追问合作细节——他肯定能面不改色地给我编一套合乎逻辑的解释。所以，我只是点了点头。还有，又和他点上一支烟，并准备边抽边收拾东西。

而他，立即反客为主、转换话题——

“牛警官，我知道您是搞电信诈骗宣导的，我想请问您，您认为宣导的中心环节是什么？”

此一问太深！老实说我还没有思考过。当然，新闻、网络上连篇累牍的文章，分析得头头是道的专家、行家之言海了去了，我也约略记得一些。但是，我不想卖弄，我想认真听一下他的见解。我迅速打开笔记本。

“你一定有自己的看法，我想听听。”

他几乎否定了我——电信诈骗调查研究者、防电信诈骗警方宣导员——的价值：光靠宣导没有任何用处。这是技术时代的问题，得靠技术手段解决，务虚毫无意义。中心环节在电信和银行，一个对异常的通信进行监控，一个对异常的大宗金融往来进行监控，就可实现电信诈骗案件的迅速下降。而这种监控，以大陆现在的科技和经济实力，实现起来易如反掌。

在他看来，就连公安机关的打击都是抓芝麻的低效之举。他是对的吧。

他是对的吗？

赵见成为什么向我推荐林三阳？

我忽然明白，作为东莞窝点的唯一台籍管理者，林三阳一定知道更多内幕。但，作为赵见成任命的全权“钦差”，他一定不会对我全都实话实说。相反，因为情感紧密、利益一体、命运共同，维护、包庇赵见成这个老板，对林三阳而言，就是与自保划等号的大事要事。赵见成不惜突然改口，把莫须有的“阿森”推为后台老板，应该是他与林早就有的预案。所以，他先“误导”我，再让林进一步对虚构的“阿森”及其他情节加码佐证。这有什么用？它取决于我有什么用——我究竟是谁？目的何在？随时到来的定罪量刑，我有多少话语权重？……但无论如何，谎要继续撒，漏洞尽可能补。通过他和林三阳最后的联手努力，让我先入为主形成错误认知，再让我固执己见，总没坏处。真不愧是个骗子头！

我不想顺着他划定的路线走下去，我预感那会越走越窄，甚至就是条死路或邪路，会让我对他们团伙的认知产生巨大偏差。

按我最初的构思，黄平伦、周满之后，就挑大的来。老板、二老板，然后从大到小，三、二、一线的管理者，“表现出色”的个别员工，一般员工……直到采得乏味了，就随时终止。但是，这种构思有其弊端：一般而言，一个犯罪集团之内，角色越大，罪行越重，故而“事迹”越多，但也因此撒谎的可能性越高，抗拒的强度越烈。赵见成态度谦恭、“彬彬有礼”，但关于案件实情，估计他能不说就不说，甚至还会虚构、误导；赵见安只会比他好一点……而我只能被动地记录，相信或将信将疑，却无法质疑、诘问乃至反驳。还是应该走“喽啰包围首恶”的路子，一个愿意敞开心扉、打开话匣子的小喽啰，绝对有助于我将这个三十八人的犯罪集团掰开、揉碎……当然这得看运气。

谁是那一个“正确”的人呢?

赵见安，且放下，还是先找林三阳。虽然，我小小地感到不快——这算是从了赵见成的推荐。

林三阳在十七仓，走到十六仓门前时，看到一个在押人员为另一个剪头发，管教坐在旁边，和他们说着话。剪发师看来是职业的，只用一把小剪子和一把小梳子，坐在椅子上、脖子上围了件旧衣服的那位，一头乱发霎那间渐短渐齐，露出发根下的白头皮。看我旁观，理发师还把剪刀飞快地在掌中转转了两圈，外面世界的理发师高手常玩这手。他气定神闲，但动作麻利，在他身后，还有两个在押人员立定了站着，他们在排队。十七仓门前，以及谈话室中，不见管教的身影。看我向那边张望，十六仓管教就问要找哪一个。我想找十七仓的林三阳，他马上一指排队等着剪发的一个中年男子说：“这就是啊。”而那个人也立即举了一下拳头，露出白牙，向我示意。

“要不你剪完头发再说。”

“没事。时间太多了，明天再剪也不迟。”

林三阳生于 1978 年，台湾彰化县人。相对于台北、高雄、新竹、桃园、台中、南投、苗栗，这地址我第一次遇到。问彰化在哪里，他解释着，但我没怎么听，我只是随意找个话题。

他有两个小孩，之前在台湾做面包师，在姐夫的店里帮手。2013 年 11 月，去泰国玩，见一个叫“阿南”的台湾人。他们是在网上认识的，都爱打某一款电子游戏，一来二去就熟了。阿南在泰国做电信诈骗，又介绍他认识了赵见成——一个游走在台湾、大陆、南洋等地的所谓台湾生意人。赵也是做电信诈骗的，还做得挺大，而他对这种暴利行业早就心痒，他们聊得很投缘。2014 年 1 月，赵见成邀请他来东莞，房子都租好了，只等他来管理居住和工作在这里的马来西亚籍员工。赵给他的薪酬是该窝点诈骗所得的零点五至一个百分点。

赵见成的公司规模很大，而且跨国：一线在泰国，阿南是负责人。而且分三个窝点，每个点都有十几二十几个人；二线在东莞，“我其实不能算管理者，我也不接听电话，我也不懂马来语，我只是受赵见成之托，服务一下这些马来员工的生活起居。当然，也做一点管理工作。”三线在香山，赵见成既是大老板，同时也是三线的员工。哦？赵见成还直接赤膊上阵？他会马来语吗？

他参与诈骗即犯罪的时间不长：2014 年 1 月至 9 月，总计八个月。所得赃款很少，总计合十万元人民币。

我的笔记本就翻开在赵见成介绍林三阳的那一页。不能听任他“纯属虚构”而又“自圆其说”，得诈他一下。

“不可能！”

“怎么？”

“老林啊，看面相你是个忠厚人，但是，貌似忠厚啊。呵呵，说了一大堆，你明白告诉我哪句真哪句假。”

“呵呵，是有些……有些不大好讲吧。”

“好。我就插这一句，还是交给你说吧，我也不质疑了。没啥意思。”

“我挣的真不多。二线不只东莞有，香山赵见成还直接管着一支二线队伍，他们的业绩好太多太多了。我手下十三个人，都是新手，能力较差，他们赚的少，我分成也少。”

“继续——”

“这种事赵见成一个人做不成。这家公司在马来还有两个老板，一个叫阿敏，一个叫阿森，都是当地有地位的华人。我是没见过人，听赵见成讲的。阿敏负责在马来招人，我手下的员工也跟我提到过这个人。”

赵见成亲口说过“我也介绍了阿森给他（林三阳）认识”，到他这就“没见过人”了。不过，倒是出来了个“阿敏”。我的冷嘲热讽大概起了点作用。

“我在东莞也就是打份工。实在不算管理者、主犯。”

“东莞的生活、工作，说来听听。”

“我在那儿认识了一个贵州的女人，也是不三不四的吧，我有空了就和她聚一下，睡一觉，算同居吧。东莞赵见成租的窝点是写字楼，员工居住地有两处，同个小区的隔壁栋，都是三房两厅。我日常对员工也没什么具体的管理，吃中饭的时候，我帮他们打包叫个外卖之类的。晚上员工各自吃饭，我就去找贵州女人。赵见成反复强调过，‘电诈出事都是人为因素’。所以员工们也很自觉，吃了饭很少在外面逛，都回居住地老实待着。手机都在他们自己手里，只是护照由我统一管理一下。哦，忘了一点，2014 年 1 月，我是先来海市跟赵见成会合的，我住在一家酒店里，住了十多天，跟他详细谈了开公司的许多细节。”

“开过庭了，怎么起诉你的？”

“算负责人，主犯。我实在当不起主犯，我对您说了经过，我的作用实在不应该承担太多的处罚。”

“你怎么看电诈？”

“在台湾，十五年前电信诈骗就火得很，是自己骗自己。后来经过政府宣导，银行取钱也设置了许多障碍，骗不下去了，就开始骗大陆人。我们的公司不骗大陆人，赵见成曾说过，‘不要骗大陆人，很容易被抓’。我们，他的目标很明确：招马来西亚的华人，骗马来西亚人。”

“你有犯罪前科吧？”

“以前因为打架在台湾判过缓刑。唉，我真想当时不缓刑，服实刑。如果体会过坐牢，绝对就不敢再干违法犯罪的事了，也就没有今天了。”

“这还不是坐牢，只是羁押。”

“后悔死了！三年了，跟仓里许多人聊过，没一个不后悔的！坐牢太辛苦了！不值得。不管你在外面有多风光，都要想想，如果有坐牢的可能，都不值得去冒险。”

这是实话，是真情表白。他的表情，中年的疲倦真实不虚。还有点厌倦，包括不想跟我多谈。

这时，有一个管教敲谈话室的门。“今天你跟林三阳谈话啊？”“是啊，有什么事吗？”

“没事——时间久不？我那个仓啊，来了一半‘新兵’，想请林三阳帮我训练一下……”

我对林三阳大为不满——“太不像话了吧。跟我谈话有气无力半死不活的，原来还是监里的名人，教官啊！管教那么远跑来请你！”

“呵呵，见笑见笑！”

“我懒得笑啊。”

“不是，这个管教以前管我们仓，我就是训练员。我就是口令喊得标准一点，耐心、细心一点。当过兵也都很久以前的事了，而且，台湾的训练稀松平常得很，跟大陆没法比，跟这里都没法比！我其实还是在仓里学的——待得久了，老人儿了，有点体会罢了。”

他的情绪好了许多，背也直起来了，脸上也有笑容了。于是我提出，不耽误他练“新兵”，咱们长话短说。下面的问答，希望他能第一说实话，第二要言不烦。他一口答应。

“马来的阿敏，你还有什么信息？”

“真没见过，我也没去过马来，只是听说那里很乱，治安很差。台湾有句话说‘没被抢劫过，就不算到过马来西亚’。”

“我问赵见成，你给我推荐一个人，他说你。他有头脑啊。”

“哦。”

“你也推荐一下——下一步我跟谁聊好点。”

他也陷入沉思，大概是在把手下的十二个人都在脑子里过一遍。

“何起仁吧。三十几岁。”

“为什么是他？”

“在公司时间长一点吧。”

“呵呵。好，我一定找他。”

十三仓的侯定民又在仓门口抽烟、擦玻璃墙。林三阳看了他一眼，悄悄对我说："他判下来了，六年！"

"不可能！"

"真的。我们这里信息其实还是挺灵的……"

这里信息绝不会闭塞，但，侯定民团伙宣判了绝对不可能！不，不可能吧……也许，国庆节期间法院悄悄加了个班？

我匆匆和林三阳告别——交给管教，没有陪着他一同送入仓。我急急地赶往十三仓。

侯定民没判。

林三阳什么意思？干吗要撒这种谎？哦，也许这里的信息并不灵，他以讹传讹，或者，他张冠李戴了。我又想，他当然愿意相信这是事实：赫赫有名的侯定民才判六年，那么小人物林三阳关三年已经够可以了……大概就是这样的心理吧。

何起仁，且放一边。我还是按自己的思路来。

赵见安的台湾身份叫赵松培，生于1980年1月，后来办的大陆身份则是生于1979年12月。一般洗身份时，人会把自己弄得更年轻一点，这哥俩倒好，反倒把生日调前了一年。

赵见安让我倒吸了一口气：太意外了！由于在赵见成、林三阳那里受到了羞辱式的欺骗，我把火发到了赵见安的身上——

"你是赵见成的亲兄弟？你肯定是亲的？天！长得没一点像！还有，你满脸横肉、一身匪气啊。呵呵。"

他的脸圆而肥，皮肤也糙，单眼皮，眯缝眼，淡眉毛。而他哥的脸方正……任何人都会认为乃兄绝对是食脑者，而他则是标准的劳力者——也正常吧，大老板幕后操盘，二老板前台冲杀，职责分工先影响心理，继而外化为容貌。

我的话很伤人。但是，大概因为受伤了，所以，他似乎更愿意谈一些我想知道的。

"我，也是读过大学的……"

他读的是妇产科，后来转到了会计系。大学期间，他就兼职做导游，所以性格外向，而哥哥内向。久而久之，两个人的经历和取向都忠实地反映在相貌和体态上。

这解释暗合我的猜测或判断，当然，他们真的不像亲兄弟。当然，我也试图开始友好地和他交谈，我说开场白："我奉上司指令，来做一些关于电信诈骗犯罪的调查研究。我与你的谈话，不是侦审民警的补充侦查，希望不要有什么顾虑……"

他想了一会儿，很认真地说了一句具有高度概括意味的话："反正跟台湾人有关的任何场合，都能见到从事诈骗的人，都能听到有关诈骗的话。"

他接手哥哥的电游网络公司后，去国外买软件，或是旅游，但凡与台湾老乡接触，莫不如此。而且所有人认识统一：无风险，好赚钱。他积极向我——公安机关——献计献策：

"如果大陆警方想狠狠打击电信诈骗，那么，应该到东南亚的夜总会里去抓人。幕后老板、诈骗大鳄都在那里。他们消费的豪放程度是令人震惊的，是我们想都不敢想的。我们做正经生意的人能叫吓傻了的！见台籍的就抓，不会错。"

然后回到了自身：

"我们只不过是沧海一粟的小喽啰，抓我们没什么意思。"

他这一生都在帮哥哥做事，但"做正经生意"，即管理哥哥开创的电游网络公司。个人资产约二三百万人民币，来自哥哥给的薪水。搞电游公司其实挺赚钱的，比如他翻版国外的游戏软件，与工程师一起，用两三个月时间改写，再卖出去，轻松就能赚到几十万。

关于和大陆的渊源，他也提到了父亲在深圳开印刷厂，印制彩纸、包装盒等。十七岁开始，他就到父亲的厂里打暑期工。这一点，赵见成所言看来属实。但话题很快又转到了诈骗——二十多年前，他母亲——时任乡长——曾被台湾人电信诈骗，骗了千万元台币。母亲没有和家人商量（这与许多诈骗受害人一样），把房子、土地都拿去抵押。但银行不受理，只能抵押给地下钱庄。钱庄吃人不吐骨，好像是借一百万要还八百万。后来，追债的每天登门，泼油漆、挂只死鸡、弄点尿粪……父母还算是保住了大陆的工厂，一家人缓了七八年才缓过来。在台湾报了案，但破不了，因为是台湾人到大陆设窝点反骗台湾人的。“因为诈骗，我家差点破灭。”

我居然有点动容：诈骗的可恨，正是如此。我又想，从表面上看，赵氏兄弟还算不错，经过劫难，仍奋斗不止，终于又能复兴家庭，而且远超小康水准。但是，他们的“奋斗”，走的是邪路，是对他人犯罪。

他说，仓里的人，对电信诈骗不喜欢但也不讨厌，大家承认这不过是赚点钱的一种偏门生存方式而已。但是，“我是非常痛恨诈骗的！我也不喜欢哥哥干这个。我们吵得很厉害，还闹过分家”。

他们在海市一个高档小区购置了房产，全家人都住在这里，但哥俩分住不同栋。他所说的分家，是彻底从经济上切割：你搞你的诈骗，我搞我的翻版软件。也许，还包括从精神上独立于哥哥——许多年以来，“老大”（赵见成）一直是家里的顶梁柱，他只不过是享受庇护的弟弟。他早就知道哥哥从事诈骗，但反对无效，反抗无力，“毕竟是我亲哥，从小相依的”。

诈骗犯罪之所以猖獗，他认为，原因是多方面的。比如，手机实名制推出后，他立即断言，这对国人来说未必是好事。因为这让一个电话号码和一个人的一切个人信息、银行账户等都绑定在一起了。一旦信息被出卖，或者遭泄露，会给个人造成难以估量的财产损失。比如，他的孩子刚刚出生，就有人打来电话，问孩子的脐带血的生意……事实上个人信息太容易得到了，在网上可以公开地大量地买卖。有些只需要三块钱一条，有价值的贵点，一条要一百块。但对电信诈骗公司来说这钱是毛毛雨，因为他可以几十倍几十万倍地赚回来。有些电信诈骗公司一个月的电话费就要五六十万呢。信息上的投入根本不值一提。

“你也在海市成家了？”

“是的。我妻子是海市的医生。”

“你哥俩这算是扎根了。”

“是的。我喜欢大陆，很习惯，这里经济前景好，机会多，放弃台湾籍无所谓的。但是，我进来了，半年后我就主动提出离婚。我哥嫂很恩爱，我们夫妻也很恩爱，但是……进来的人能补偿妻子的，一是情感，二是物质，我名下的钱，能给的都给了她……”

弃台籍，不知道是受哥哥的影响，还是他们的共识。

“你帮你哥做过什么事，关于诈骗的？”

他帮赵见成在东莞、香山租房子。赵见成只说做贸易，“老大刻意不让我知道太多”。也到过马来西亚接洽阿森。他说在马来被人抢劫过——直接用斧头砍坏车玻璃抢。当时他带了二十万马币，但劫匪只抢走了助理的包，里面有一千多马币。向警察报案，人家根本不理。还有，在海市，他到拱北的地下钱庄取赃款，少时十来万，多时七八十万。拿个纸袋装着，他大概看一眼，也不细点，直接拿回家给哥哥。他哥也不对账。

“你是怎么被抓的？”

“2014 年 9 月 21 日，我从家去公司，在红绿灯停车时有警察围上来抓住了我。”

“你哥的公司，你不可能不了解，希望你能说说。”

“我早就觉得钱够用了，一直叫他收手，叫他跟马来的阿森分手！我们开过家庭会议，吵得很厉害！他也答应我干到 2014 年年底就收手，他也觉得这个不好，风险在增大。”

“技术上的风险，比如服务器？”

“服务器我们使用的是香港的服务器，不光是为了诈骗，我们软件公司也一直在使用。”

“周满认识吗？”

“他是我公司的员工。我哥哥安排他离开公司，去哪里不知道。应该是为电诈做服务吧。”

哦。周满，也不无辜嘛。

“我见过林三阳了。”

“他是老大的大学同学，他们一直有来往。以前他在台湾开过宠物店。东莞的二线员工，我哥哥委托他管理。”

哈！赵见成真是知人而荐，林三阳的确不负重托！

“你怎么看诈骗？”

“我是很痛恨诈骗的！但是，黄赌毒，是中国人永远都缺不了的……”

“什么？你这思路也跳得太厉害了吧。”

“我觉得我哥这个公司真是不值一提。我们仓里有网络赌博的，他们才真叫牛。一个小客服的账户上都有几千万呢！网络赌博，一开始也是台湾人在做，现在股东全换成大陆人了，后来居上。说到诈骗，2015 年国家抓 P2P、e 租宝，那个叫不叫骗呢？人家七个月吸金一亿七千万！而且，最重要的是，他们没有受害者——被骗的其实也是想骗人的，只是被骗了罢了……”

这话我没法接。

“我想跟你们的人聊聊，三十八个太多，不知道挑谁，让林三阳推荐，他让我找何起仁。”

“东莞二线的吧，马来人，我不熟。”

“那么，你给我推荐一个吧。”

他当然也得想一想。

“黄芮玲。”

“王还是黄？”

“嗯，梁思仪。”

“两个女的？为什么？”

“马来人。她们……在公司时间长一点。”

第一次进入女子监区和于素敏谈话时，她就指着黄芮玲给我看：“马来西亚的，模特！”一米七多，有点气质，细看，跟大陆女子的神态举止是有点区别。她经常在仓外活动，她是第一轮值员，深得管教信任。但我当时只是“哦”了一声，马来的，应当犯的是别的事，跟我的主题不相干。我还认为这是于素敏的狡猾所在：她拿一个还算漂亮的女子转移我的注意力，好让我没心思追问她的犯罪事实。

黄芮玲家庭状况不好，十三岁就要打各种零工帮补家用。十五岁，长条了，开始做模特，“走 T 台的，这个算是我的正业”。十六岁开始彻底就不读书了，参加各种比赛，选美的、平面模特选拔的。结过婚，生育一女，给前夫了，“现在六岁”。她生于 1992 年，听她讲述，我一边换算她的经历的年代时间。

她很开心，因为有烟抽，有人陪聊天。我们坐在墙角的露天谈话处，周边一直有人来人往。她跟这个管教那个在押人员都说上那么几嘴，有时用粤语，有时是普通话，都很标准，几乎听不出任何外国人，不，外地人的口音。

“我祖籍是潮州的，家中也讲普通话。朋友中有讲白话的，从小就会说。”

“马来语也会说喽。”

他们是用马来语诈骗马来人的。

“当然了。马来语、英语，上学时都学过。马来语跟马来人一样好。闽南语也会。”

“语言奇才啊，干诈骗真是浪费了。”

2013 年 5 月，经一个马来的朋友介绍，并带至广东香山市三乡镇，参加了赵见成诈骗团伙，两个月后搬到了石岐。听人说那个时候公司都运营了两年多，一开始在泰国，后来才搬来广东。2014 年 9 月 22 日，在一栋写字楼 9 层的工作地点被抓。此时，公司的一线在泰国，二线在东莞，香山石岐有一家二线和一家三线，她在三线。员工都是马来西亚华人。

有新信息：公司起码 2011 年就存在。这一点，林三阳没有说实话，而赵见安一直含糊以对。

被抓的人中间有一个叫黄国祥的，是她亲哥哥。他做了一年，是她带哥哥入行的。现在在十三仓。哦，侯定民的同仓。

“你会去见我哥吗？”

“不一定。”

诈骗收入不错。做一线时一般，做二线后，每个月都能收入十万马币。一年多收入总数多少，她没有细算过。公司的利润分成是：一线抽提个人成功诈骗款项的百分之三，二线百分之五到六，三线是个人业绩的百分之三。公司还有福利，半年会发一次“公积金”—— 即个人诈骗金额的总和再提个百分之一给你。这个非常特别，其他的诈骗公司没听说过这种激励机制。

钱她给家里了一些，大多数都自己花掉了，来得太容易，花起来也不心疼。2014 年过年时，给家里每个人都买了手机、平板电脑，还购存了些黄金首饰。她干诈骗，家里人也都知道，她带三哥黄国祥出来时，他有点犹豫，但她的家人都怂恿他干。

2014 年 8 月，公司放假半个月。原因呢一是业绩不太好，二是风头不大对——香山警察把反电信诈骗的宣传单都贴到公司大楼里面了。赵见成就停工放假。她回了马来，还多休了一周，因为一直出事。她去拜了神庙，印度的神；也去算了命，华人的道士，算命的说她近来会有官司缠身。她在马来每天在外面玩，喝酒、唱 K、吸粉，以为官司指的是这一类的。在马来，这些都不算个事，用点钱就可以搞掂，所以，她根本就没当回事。

她曾想过不回来了。但是，赵见成跟她谈过，年底之前，也就是再干两三个月，他将金盆洗手，就是不干电信诈骗，经营正式的贸易公司。她，还有几个相处得比较好的员工，他打算留用。相处久了，人都是有感情的嘛，何况赵见成给人的感觉相当好，她就一直叫他“老大”。还有一件事，她的一个同案，休假期间肩负赵见成的另一项使命：在马来用钱收买他人身份证在银行开账户，诈骗公司取钱要用。结果被警察给抓了，警察还搜到了她的住处，发现有许多手机，问她做什么用，她就直接说是打电话（即诈骗）用的。但警察居然没多问。因为这两件事，赵见成怕她们在马来再出事，就催她们赶紧回来。回来没多久，就被抓了。但那时候不回来，确实也不大安全，也就是有可能被马来抓。

至于同案，是用一万马币搞掂的。赵见成在马来有一个股东，姓黄，做官的，是拿督，赵让她与该人联系。她打了电话，黄拿督问了情况，说问题不大，用不着他出面。后来其他人出面走了关系。

“拿督是个什么官？”

“什么官呀！花钱就能买的。但是有特权，比如买房、买车、按揭贷款等，都比一般人容易。你知道吗，打羽毛球的李宗伟就是拿督！他有什么呀！”

“不能这么说，做出特殊贡献的人嘛……你这么说我明白点了。”

问了拿督，却把“同案”忘了。同案，这是看守所用语，意指某一案件中的共同犯罪者。也就是说，这个人也在看守所里。那么，他是谁？

她一直情绪很好，爱笑，认真回答我的一切问题，包括她的家人支持她和哥哥黄国祥诈骗。但提到同案，却有点不好意思起来。脸通红，开始吭哧。

“是谁嘛！”

“男朋友，蔡宏良。”

蔡宏良在马来收买乡下人、小混混们的身份证，每用——开银行账户——一次，给对方五十马币。而他每开办一个账户，赵见成付他一百五十马币。也就是说，她和蔡宏良此时有可能转业为“车手”——在马来提取诈骗款的人。可是，他运气太差，第二单，就是马来警察的钓鱼执法，就给抓了。破费一万都是小事，关键是马来也待不成了，只能再次来中国。

她加入诈骗团伙是蔡带进来的。

蔡不是好鸟——以前，她在夜场玩，吸点 K 粉、摇头丸之类的，自己也卖一点，赚点小钱。自从被蔡勾搭上，她开始吸冰毒。

“你前夫，干什么的，也是这样的？”

“嗯。”

“你看看你，找的都是什么男人！”

“哈！”

她大叫一声，双手往桌沿上一搭，把头埋进了两臂之间。羞惭得笑个没停，披散开的头发跳动着，遮住了整个脑袋。

“下辈子不靠男人了！”

她作保证一样笑着喊道。

“可以靠，女人毕竟很难，靠个好的嘛！”

“嗯。”

她接着说。2014 年二三月间，赵见成发现他俩在公司吸毒，将他们赶回马来，叫他们“反省一下，冷静冷静”。“老大很好。管理上不限制我们的自由，不收护照、手机，但会提醒我们自己小心。

吸毒可能给公司带来麻烦，所以赶我们走。但他平均每周会带我们几个相处得好的出去‘嗨’一下……”

赵见成也吸毒？她叫他一口一个“老大”……

怎么说呢，这人假如不违法犯罪的话……当然，又搞诈骗又吸毒，堪称烂透了。

“你家里人，真支持你诈骗？”

她父亲是一个被无子家庭领养的孩子，从小被宠坏了。不上进，长大后只能做苦力。做苦力都不上心，做一天休三天。好吃懒做，爱喝酒，醉了就发酒疯。后来，父母分居，母亲一个人带大了三个哥哥和自己。关于孩子，父亲有一句名言：“印度孩子靠喝咖喱汤能长大，你们为什么就不行？！”在马来，马来人是第一等，印度人是二等，华人只能算三等公民。母亲支持，大概也是穷怕了。去年，她父亲去世，她大哥又把家里所有的钱都卷跑了，父亲的葬礼都没有出现……

“我刚被抓进来，体重增加很快，胖了三十多斤，因为没想到后果这么严重。后来跟家里写信，听说接连出了许多变故，又开始瘦下来了，但也没瘦到原来的样子。”

还是谈案子吧。

“你们诈骗的剧本是什么样的？”

“就是一线说你的银行卡被盗刷了，转到二线，二线冒充马来国家银行中心，问你的身份、个人银行存款、家庭资产等。如果有钱，就转到三线，三线冒充国家银行报案中心，说你涉嫌洗黑钱，教你在柜员机按一系列的键，其实就是把自己的钱转到我们的账户上。台湾人提供的剧本都是一样的。”

“你们公司诈骗了多少钱？”

“八千万。人民币。”

“真的吗？”

“我不知道啊。”

“你们跟老板不是相处得好嘛，怎么可能不知道？”

“是好啊。从 2014 年 6 月开始，老大叫我打杂，就是管理香山的三线。每天汇总一下业绩表，叫外卖，交水电费、租金，等等，给我全公司总收入的百分之零点一。还是低。老大说一是怕老员工眼红，二是说锻炼我一下，以后'转正'还得我帮手。但总数是多少，我还没弄清……"

"管理，那你认识周满啊？"

"跟他联系过，比如电话跳线、卡顿之类，就打电话叫他维护。"

"你们都是怎么被抓的，说说。"

"我是在香山公司抓的。总共抓了三十八个人。赵见成是在银行里被抓的，赵见安是在小情人的家里被抓的。"

"赵见安还有小情人啊？"

"有啊。抓之前赵见安在小情人家里电脑上删了很多信息。他的小情人，我们在卡拉 OK 玩时见过，我就记住了。后来有一天仓里来了个女的，就是她。说是在家里搜出了许多毒品，就以藏毒的名义抓的，赵见安把藏毒的事都推给他小情人了。小情人去年判了，都上场了。"

"哇！……"

"老大也有小情人。"

哇！他哥嫂很恩爱，他与海市的医生妻子也很恩爱……

"谁？"

"我不说。你自己去问。"

蔡宏良比黄芮玲大十三岁，1979 年的，但是，看不出来。他瘦而不干，额头宽大，脸形俊俏。短头发，但绝不是管教拿电推子推过的那种，应该出自监中发型师之手。有点白茬，并不显老，也不会叫人联想到中年或老年，更像是时髦青年的一种点染。仅看外形，他们俩非常般配。关于他的容貌，他解释说自己并非纯粹的华人，他是"峇峇娘惹"——中国明朝的移民后裔和早期马来西亚人的混血，男的叫"峇峇"，女的称"娘惹"，几百年来，已自成种族。他母亲又是客家人，所以，他还是会被当成华人看待，跟华人一样，"是少数民族"。相比之下马来人实惠很多，买房都有折扣，做生意、贷款都有政府扶持，“华人就辛苦得多”。就像这次被抓，领事馆的马来长官来看守所见过他们一次，“臭骂了一顿，说是给国家丢了脸”，其后三年就再也不管不问了。他也会多种语言，英文、马来文、普通话。白话和闽南话是很多华人社区的通行语言，从小会听会说。印尼语也会，马来人就是印尼人过来的，语言差别就好比南北方的方言。仅就语言能力而言，他和黄芮玲有共同之处。他还多会一样：母语客家话。

1999 年，他计算机大专毕业，到新加坡考为狱警。他已具有新加坡永久居留权。狱警干了十一年，父亲去世，母亲和两个弟弟一个妹妹在马六甲新山居住，家庭需要他这个大儿子照顾，这才辞职回马。做狱警刚开始他每月一千九新加坡元，转正后升至三千九，扣除一部分退休金后，有两万元人民币左右。

2012 年，他在马来的夜场认识了黄芮玲，开始同居。他的再创业遭遇一系列失败，股票也全亏了。于是开始向罪恶的方向发展，而且两人都沾染上了毒品。

“胳膊上的文身，就是那时开始的？”

“不，在新加坡文的。”

“警察可以搞这个？”

“纪律规定不露出短袖就行。”

他穿的是无袖无领马甲式号衣，他用右手像刀一样在左上臂一斩，比出了狱警制服短袖的位置。刚好，刺青在手掌之上。

同案的何起仁介绍他来中国。何并没有明确讲是违法犯罪，只是说收入有三千马币，包吃住。在马来普遍的收入是一千五至两千，很有吸引力。来了之后知道是诈骗，也没有拒绝，只想赚一笔快钱，然后回国。收入还行，开始每月三五千，后来近万，他先把欠新加坡银行的贷款还清了——“新加坡的法律很严，所以必须还上！”之后把欠朋友的还了。债都还完了，然后想再赚一点就回国，开个餐馆，好好生活。

赵见成说过 11 月就转行。“应该说，如果没有被抓，我大概还是要干到 11 月，毕竟这个来钱太容易了。”2014 年 2 月他和黄芮玲回过马来，直到 3 月底，都找不到工作。赵见成让他帮忙找“车手”，找到一张卡，给他二百马币，但刚开始就被抓了。赵见成花钱赎了他，所以只好再回中国跟着他干。

“从狱警到囚徒，有什么感想？”

“从来没想过……以前也经常走进监仓，没想到现在‘长住’了！啊！”

他自嘲时表情很古怪，在哭笑之间，很难描画。不纯粹是情绪复杂，也许还跟峇峇的民族文化习惯有关。

“黄芮玲不应该是主犯。当时的管理者是阿政，三十多，马来人。他有事回国，事实上还是由梁思仪——赵见成的小情人，我们叫她小老板娘——负责。黄芮玲只是帮手干点杂活而已。”

哦！

前狱警的第一单诈骗——“骗了一万多马币，当时很混乱，兴奋，也难受，毕竟是骗人。我给自己定了原则：老的、残疾人之类，就放过。如果被赵见成知道，肯定是要被批评的。他是一个不择手段的人。”

“他是一个不择手段的人”，也许，前狱警的观察判断才是准确的；“老大很好”，这是女性的见解；“谈吐儒雅”……天，这可是我这个老警察的印象……

但他否认赵见成赚了八千万，“我个人诈骗成功大约一百万马币。赵见成，从 2014 年年头到被抓，公司每月的收入是一百万马币左右，怎么会有八千万？”

“他还有一处二线啊，还有，你们参加之前，他的公司就开始诈骗了。”

“哦。但是 2014 年 6 至 9 月，已经很不好做了。一是线路不稳，经常卡顿；二是马来警方已经盯上了，在我们和受害人通话的过程中，经常会听到马来警局直接插入讲话，说‘我们是马来警察总部，你们不要再干了’。”

“经常性的？”

“我没遇到过，很多人遇到过，大家在办公室有交流。”

“赵见成有什么对策？”

“他放了半个月假，要更换服务器的网络。还有，后期的作风改变了，叫能骗就骗点，不成也没关系。以前不是，会逼迫我们继续干，不要怕，还教我们许多应变的方式。”

“很多人对他印象好。”

“想赚大钱不说，他这个人还是挺友善的，不像个老板，倒也像个员工。线路不稳，他不是命令别人修，而是自己蹲下去钻到桌子下边摆弄。灯泡坏了，自己搬个椅子站上去换。我们在中国期间吸毒，他就不允许。也对，整天吸毒，怎么工作嘛！每周他都会带我们出去玩一次，买点软的 K 粉、‘开心水’之类给我们过过瘾，都是他和赵见安提供的。他很友善，他弟弟就很屌，经常摆架子。”

“把你们都带进看守所了。”

“唉，这事，两说吧。”

“先说一。”

“我自己也带过朋友来中国。他们赚几个月钱后，就都回国了。现在肯定什么事也没有。我是有具体的经济困境。”

“新加坡有诈骗吗？”

“不可能有。”

“为什么？”

“那里的法律很严，电信诈骗根本不可能存在。我做狱警的时候，遇到过诈骗嫌疑人，一般都是用水果啊说感应、灾难啊，两三个人合伙，诈骗一些老年人。很传统的诈骗方式……”

他在讲新加坡，我脑子想他们的团伙：何起仁、梁思仪……一个一个谈。线索清晰起来了。

“梁思仪是赵见成的小情人，有证据吗？”

“是阿政说的。我刚进公司时他告诉我说，那个女的是小老板娘，当她面说话要小心点。我跟她也聊过，她说她有一个女儿，两三岁。她和赵见成的关系是挺神秘的。”

何起仁，1985 年生。祖籍海南，家中祖辈都是华人通婚，所以相貌是典型的中国人。“不像蔡宏良，他是少数民族。哈哈哈。”其实，何起仁的相貌、身材，既不像马来华侨，也不像海南同胞。他像，不是像，简直就是河北、中原一带的小城镇青年。

“你问吧，问啥我都给你说。哈哈哈。”

他笑声爽朗，给人乐观或无城府甚至无头脑的印象，神情堪称亢奋。远处的管教、吸烟的在押人员忍不住往这边瞟几眼，弄得我大窘。我背对着门坐，借口外面热气太盛，起身把门关严实了。

他出生在马来西亚柔佛州，到吉隆坡打工五六年。2012 年尾，在马来认识了林三阳，林说到中国去，打打电话，包食宿，一月三四千马币。他有点怀疑，这比马来工资高太多了。但怕什么呢，试试再说。后来，也想退出，但不甘心——别人都赚到大钱了，而自己一直都是温饱水平，就坚持下来，等待鸿运当头。

他有一个弟弟，后妈带过来三个女儿，于是就有了两个姐姐一个妹妹。高中毕业后读了酒店管理，一年，没毕业。还是贪玩，但没有犯罪记录。关于马来西亚，他有许多有趣的事讲给我听，比如华人与回教徒（马来人）的难以融合、不能融合；两个种族之间风俗、习惯差异与政治上的诸多不平等；华人不愿意参政，因为只能做低级的公务人员，上升机会永远是马来人优先。没有怨天尤人，只是谈论一个事实。他从小上的就是马来语学校，马来小男孩行割礼之后，会拿布裹住，行走坐卧都得小心。他们经常龇牙咧嘴，那就是碰疼了。他站起来，绷着脸，张开双臂，微弯着腰，学他们的样子。坐下，又是一阵大笑。

何起仁唯一叫人不舒服的地方，就是他的牙齿——尖、细、密，并辐条状向嘴正中央聚拢，当牙关闭合时，就好像三十多支箭射向靶心的样子。我感觉被他咬住之后，即便是泥鳅、黄鳝、眼镜蛇都别想再溜走。

“八千万，我可能‘贡献’了好几百万吧。哈哈哈。”

他第一个没否定八千万。

“刚开始有点新鲜，要适应，有担心，心里也有点那个……后来熟悉之后，就是把它当成个工作。并没有给自己定多大的目标，一定想发成什么样子，没有。边玩边赚钱。”

谈及蔡宏良，他说两人是十五年的朋友。蔡与前妻离婚败了家产，又没有营生，又吸毒，很惨。靠诈骗还了债，挺好。本来可以收手了……他自己呢，确实也想再干一个月，然后转行做出口贸易。大陆很不错，他想定居下来，做正经生意。

“你们这些人，都是朋友叫朋友吗？”

“不是。台湾人在马来华文报上登报，以隐晦的方式招募员工。一进来才知道是诈骗。但是，没人能禁得住钱的诱惑。”

“都不想想犯罪的后果？”

“老实说，没有被抓，是不会有人想到这么严重的。公司里有许多防范措施，比如三更不要吵闹，一次出去的人不要太多，不要跟当地人发生矛盾，等等。”

回家整理笔记的时候，脑子里还是他大笑时的嗡嗡回响。不过，看完记录才突然醒悟，这个马来话痨抽了我近一包烟。关于案子，有价值的话居然就那么两三句。

见梁思仪之前，我得先见见黄国祥。黄芮玲经常在仓外活动，她准有机会逮住我问一句：“见我哥了吗？”

黄国祥生于 1985 年，他和蔡宏良是一路的，高、瘦、白净、斯文。而且，他鼻子极挺，眼睛深陷，戴副黑框眼镜，叫人怀疑他的潮州人、华人身份。

他没读过大学，在一家精密零件厂工作，一直做到主任。一般工人的工资三千左右，他能拿到四五千。但是，父母离异了，他跟父亲从乡下搬到了吉隆坡。他结婚后，夫妻经常吵架，首都的房价又涨得特别厉害，钱也不够用。所以，他想换个环境。

2013 年 9 月来中国。收入立即高了许多，六、七、八千，一路上涨。跟黄芮玲不同，他对父亲很有感情——也许，潮州人的重男轻女，在国外更加严重吧；男孩子，也更认同父亲。当然，他也批评父亲“有大男子主义思想”。他说父亲干过小贩，干过搬运，再后来就中风了，什么工作都干不成。他们兄弟从小就半工半读，还要赚钱养活这个家。

他很消沉，我说黄芮玲问候他，他愣了半天，但一言不发。我也不说话，终于，他说了一句：

“妹妹定主犯，不合理。”

2014 年的被捕对他打击很大，讲述一些事情时，他轻声细语，或者口齿不清，叫我怀疑他们家的话都叫黄芮玲说了，以至于他有语言障碍。

“那时候临近三十岁，很迷茫，做了这个。本来以为一年就能离开，谁知道这样了……”

我想听听他怎么忏悔。可是——

“马来西亚很乱，我曾受过伤害，去报了警。你们警察根本不理睬！我想，不帮助好人，当然也不惩罚坏人了。所以，我干这个，应该也没什么。”

“现在还这样想？”

“阿政是主犯，但你们没抓到他。”

“嗯，没准哪一天就抓到了……”

“来中国三天我就不想干了。天生不是骗子，怎么会干这个？！要走，阿政说要三万块，往来机票还有办签证的钱。要干三个月。三个月后，又辞职，说等公司搬迁后再辞吧，否则你会报警。报警没好下场，曾有人辞职后报警，马来的家被点火烧了，人被打残了。这样，三个月又三个月，人是会被同化的。”

很想听烧房子打残人的事，但他不接话、无表情。

“辞职的事，有没有和你妹妹商量过？”

“她开始就没对我说是诈骗，只说过来再说。”

哦？是这样的吗？

“不是她带你来的吗？”

“是阿森送我来的。他胖胖的，听口音是台湾人。他到机场送我们飞澳门，我们过拱北关口后，有车接，到香山后，车在城里到处兜圈子，不想让我们记住路。”

哦。

“我在这里有些反省，我也在修身。这个世界是由利益集团操控的，他们把持着世界，把持着人们的生活……他们把物价提高，又用物质主义消费吸引你，追使你追求更多、占有更多，其实人本来不需要这些……马来人好很多，他们有宗教，他们觉得华人污浊、肮脏，只知道追逐现实利益……大陆华人地方大，追逐得更厉害。我们的国家宗教是不允许喝酒的，酒吧，有一些，大陆太多。喝酒、享乐、污浊，把更多的人吸引到不适当的消费中去。而为了满足这些不适当的消费，人们又得走更多的邪路，追逐更多的肮脏的钱……”

“你，信你们的国教？”

我怯怯地问。

“我信佛教，有些领悟，世上的路有正有邪。”

“诈骗呢？”

“是邪路。”

上面的一大段独白，这个阴郁的青年一气呵成。他音量不高，但词句像小石头块一样硬。我能感觉到他在极度压抑着自己的愤懑、痛苦和怨恨。他的身体在轻微地抖颤，前额的头发仿佛被惊风乱飐。

“我的父亲死了。去年。”

黄芮玲说过这事。

“我们稍微谈一点你的案子……”

“请不要对我们二次伤害！”

“什么？！”

“没有信仰的世界伤害我们，你们二次伤害我们……”

“你印象最深刻的诈骗受害者，记得吗？和我聊聊。”

“三年了！开庭，审问，又不判决！拖了三年了，还要拖到四年！早开庭，判我十年八年我也认了！”

没有暴跳，没有吼叫，几乎是喃喃自语。我有点怕他。

“抽根烟吧。”

他小口小口地吸。

他长吐一口气——夹杂着烟——最终淡到无痕，而气还在吐出，然后他深吸一口气。然后，再次把烟举到嘴边。

“没有记得深刻的，都忘了。电话来，交谈十几分钟，问身份信息，问银行卡，问有多少钱，然后转给三线。就是这样。”

“那么，你个人的‘业绩’如何？”

“大概一百多万吧。”

梁思仪，生于1989年。瘦小，略黑。“祖籍佛山的。”她用脆亮的广州粤语讲出这一句。我说她没有一点华侨味，就是一个典型的广东妹仔。

黄芮玲就在仓外，不过，她离我们有点远。她守规矩，不会擅自跑过来追问哥哥的情况。谈话结束时，假如她还在外面，我就主动走过去对她说：“你哥哥状况不大好，很消沉。”

我问梁思仪对黄国祥的印象，她说，不够自信，沉默寡言。比如他总觉得没人注意到他的好、他的优秀。他还曾抱怨过比他后来的人都升到三线了，为什么他还得待在二线，不能升职。调到三线，算是升职，主要是，提成更多。但他“业绩”一直一般。

哈！

我说我见过了赵见成。然后，我等她反问。她愣了一会儿，才问道：“他还好吧？”我说他很好。她笑了：“我相信他无论到哪里都会过得很好。他很优秀。”

“你们，有小孩了？”

“是的。到十二月，就满六岁了。现在外婆带着。”

“十八九岁，未婚生育，外婆愿意带啊？”

“抢呢！一早就对我说过，绝不让赵见成家养，得她来养！”

她父亲好赌，也不负责任，与母亲离婚后，两儿两女都由母亲抚养。她做诈骗，也是想给母亲多赚点钱。母亲不容易，但很刚强，闲不住，养大了儿女，现在又要养外孙。

她挺自豪，那我得残忍一点。“现在想孩子吗？”

2014年9月下旬的一个星期四，她跟赵见成讲好了，要回大马带小孩子上幼儿园。周末收拾准备，周一就被抓了。这一抓，就是三年。“三年整了，又快一个满月了。”

2007 年，她在马来西亚找到一份工作——后来才知道是为赵见成的诈骗公司工作——做车手。不是取钱的“车手”，是真正的司机，开车接送公司业务人员。她十七岁就拿到了驾照。她和自己的老板、后来的情人、现在及以后的孩儿她爸，是在卡拉 OK 里认识的。赵见成说他的公司需要一个打杂的，2008 年 2 月 14 日，情人节那天，一起来到了中国。从一开始，直到终止，赵见成的公司都是针对马来诈骗的。也有人想跟他合作骗大陆，赵见成无数次说过，对许多人说过，不对大陆进行诈骗，因为很容易被抓，而且会判得很重。他的一个台湾朋友叫“蓝瑟”的，曾在大陆开过公司，有一回刚租好房弄好设备，就被警察抓了。

天，赵见成开公司干诈骗……有近十年之久！

“赵见成在马来有合伙人吗？”

“是阿森。三十多岁，华人。是不是拿督我不知道，他具体负责在马来的‘车商’和招募员工。‘车商’的分成是所取款项的百分之二十。另外，东莞的公司二线他可能负责任多一点。至于他和赵见成怎么分成，我不知道。我和阿森在马来没见过面，在大陆见过几次。”

“他来过大陆？来干什么？”

“视察！”

她两手向上一扬。

“我跟着赵见成十年了。”

七年。看守所三年……当然，心跟着，也算。

他们一直就这么不明不白地过。就连赵见安都劝过她，说跟他哥不合适，多到外面去玩，认识了好男人就嫁吧。

“十年来赵见成一直做诈骗。没断过。”

哦，起码是七年没断过！后边的这三年在为诈骗付出自由的代价。不，不止七年。七年是他们相识、苟合、共同诈骗的时间，是她知道的时间，而在他们相识之前，“赵见成以前就在做诈骗”。

赵见成同时还有一个网络公司，初始七八个人，后来十五六个，收益还行。在深圳也有厂，占有股份。说这些“是想说八千万可能不全是诈骗得来的”。开庭时，赵见成的律师列出了清单，以证明他被查扣的资产中有合法收入，并非一切都是诈骗所得。

相比诈骗，网络公司、实体工厂，这些收益都是毛毛雨。

“十年来赵见成一直在香山、东莞做吗？”

不是，早期主要在东莞，但具体地点是变来变去的。2012 年开始，在香山，大体上是固定的。

“十年来你在他公司具体干什么？”

“我也接打电话啊。”

“有没有印象深刻的，特别巨大的单？”

“我曾接过一单，有个六十多岁的，个人所有账户上才有十块钱！十块马币！天，这种日子该有多苦！

“马来有的人很穷的。”

“十年来你个人赚了多少？”

“这么多年，靠抽成赚了一二百万马币吧。四百万人民币不到。”

“在公司还干什么？”

“我还是有利用价值的。第一，我个人业绩还是较好的；第二，我能帮赵见成打杂，管理物品啊帮帮手啊。”

“说得很谦虚嘛，打杂。员工不是叫你‘小老板娘’吗？”

“没有吧。我没有这种感觉好吧。呵呵。”

“具体说说。”

“早期，见安负责租房啊水电费之类，还兼管账。我管事之后，见安就被哥哥派去管网络公司。这边公司，就只管账了——晚上马来那边报账给赵见安，他核对后再报他哥哥。杂事还挺多的，我也会因工作的事和赵见成吵，我感觉像是给他擦屁股。男人嘛，有些细节还是处理不太好的。”

“还给他生了个女儿。”

“他对我还是挺抠的。哺乳期每个月才给我三千块人民币。后来还叫我上班，给我雇了个保姆，那女的自称跟小孩多亲，但事实上可能并不是这样的。晚上回家，我躲在厕所抽烟，孩子就待在洗手间门口等我、叫我，赶都赶不走……”

我得给支烟，我还拿烟的事说了些废话。

“八千万，有吧。你一个人都一二百万马币了。”

“都这么说，我其实也不是很了解。起诉书上我个人有份的就是五千多万人民币，后来公诉人又剔除了一部分。因为我有时候回国带孩子，经常不在公司。”

“你想想，一个员工说过，被抓的那年，业绩非常少，一个月就是一百多万马币，那十个月就一千万了吧。说以前很好赚，疯狂地赚，一个月几百万，那么一年一个亿也有了。一亿马币，那就近两亿人民币……天，我估计赵见成靠诈骗赚了好几个亿是没有任何问题的。前有‘火锅’，后有赵见成。”

“我对中国的司法不是很理解……律师也是张嘴就来，一开始就吓唬人，说十年以上。我在仓里也见过许多，开麻将馆的，收了六万块钱，律师也说十年以上，最后缓刑了；还有组织卖淫的，律师也说十年以上……”

“中国的法律是很讲道理的，不会冤枉人。你们案情复杂啊，金额巨大嘛，八千万，马来警方还得给我们提供受害者嘛……”

“事实上查不到那么多。”

“很简单：挥霍掉了。几乎每个搞诈骗的都说，钱来得太容易，花掉也不心疼，花了多少，记不清了。就这么回事。起诉八千万，绝对便宜他了。”

“很多事我并不了解。要怀孕啊带孩子啊……”

“要一直带孩子就好了——就能逃过这一出了。”

“我说过我是有利用价值的嘛。只要公司业绩一不好，或者人手不够了，干事的人能力有问题了，他就要喊我回来帮手。”

“厉害。让你生女儿、帮赚钱两不误。”

“不是这么说。他的能力是很强的，怎么说呢，是那种到哪里都会发光的人。他不用大声说话，别人即知道他的存在。他也不是抠，他提出给我在吉隆坡买房子，我不要。在香山的时候，又要给我买台车，我也不要。我说的三千是给我的生活费，奶粉他还是买的。

他只是不想让我乱花钱，他说，‘不能有钱就乱花’……”

“你很赞赏他……除了赵见安，他家人你见过吗？”

“见过他妈妈，也见过大婆，我们都闹过，但都被赵见成摆平了。最终各就各位，和平共处。”

“他母亲怎么对你？”

“我把她当妈！”

“什么？”

“她说我永远是她的女儿。进来后写信还这么说……”

“你永远都是我的女儿”，转述这句话时，她大方地瞧了我一眼，又迅速地把眼睑垂下，显出小女儿的神态。显然，梁思仪非常感动。老妇人厉害！一般而言，婆婆与媳妇的亲密被形容为“情同母女”。所以，“你永远都是我的女儿”，赵母难道不该对给她生了三个孙子的赵见成的江西原配说吗？不，那个永远都是她的媳妇。对梁思仪而言，只能永远是女儿了，它既避免了某种悖离现代伦理的尴尬，又巧妙地对梁思仪作出了极大的抚慰，使她即便身陷囹圄依然愿意挺身而出，替儿子分担罪责。

抽烟抽烟。

“你们的案子我还没看过材料，所以我每见一个人，就让你们推荐下一个谈话对象，赵见成推荐林三阳，林三阳推荐何起仁……我就这么一路找过来。”

“谁推荐我？”

“你小叔子。”

“呵呵，你想见谁？”

“你回马来带孩子的时候，香山的主管是谁？是黄芮……”

“方震环。”

“什么？”

“方震环——他三兄弟都在看守所。你肯定感兴趣。”

“哟，你还有四天就过生日了。”

“第四个生日了……”

“是要付出代价的。”

“怕了，再也不敢了！我再也不会犯罪了！”

方震环在后仓，还是周满的隔壁。不止如此，他的两个弟弟方震轩和方振辕也在后仓，“说不上话，有时候能互相看一眼，点点头，挥挥手。四年了……”我们同样坐在中央的船木凉亭下。我神情紧张——对面监仓的人挤在栅栏门处观望，背后是放风的短期服刑人员闹哄哄地聊；他也神情紧张——警察提审，为什么？要判了吗？要补充侦查吗？家里出事了吗？……

“你们是亲兄弟？‘轩’和‘辕’是，但‘震’和‘振’又不是了。”

“马来华人的汉语名字，都是只能在家里用的，社会上要用马来文和英文。有时候自己都不一定会写，写乱了也有。两个弟弟都是亲的，我教坏了他们。我是罪人，希望他们出去后能照顾好家人…… 都因为家里太穷，想赚点钱。”

2011 年初，他在马来报纸上看到招聘启事，包吃住，薪水相当高，但要去泰国工作。去了才知道是诈骗，不想做，但是公司要他赔钱——往返机票、食宿等，只好做了。但在泰国很不顺，做个两三天就停下来，警察经常查，很危险。一个马来的主管“阿猛”就问他要不要来中国。当然还是做诈骗，老板还是赵见成。

来中国半年后，都很安全，身心都稳定了下来。公司租住的集体宿舍在一个交通警察的办公室的楼上，他因此结识了一个文职雇员，谈恋爱、供房、结婚，孩子出生第二十天，他被抓。那几天他一直在喜气洋洋地筹措儿子的满月酒席。

他能力突出，做到了香山二线的主管。自己做成的单，提成是三至五个百分点，相当高。还有主管的特别提成：整个二线总额的百分之零点五。他手下的员工，就包括两个亲弟弟。干的时间最短的是 2014 年来的，也是骗来的，说搞贸易，因为来钱太快，最终都留下来做。他和他们都没有想过有风险、会被抓，因为赵见成的洗脑工作做得细致扎实，因为骗的是马来人。大家都相信第一不会有风险，第二有了风险老板能搞掂。对他来说，泰国的经历很能说明问题：风险是有，但公司总能得到通风报信，停两天而已。风头一过，添酒回灯重开宴。

“我在仓里也跟同案聊过，我们与别的公司还是不一样。我作为主管，无权，无年终分红，也管不了人，我只是整个诈骗金字塔中间的一环。我干的都是杂事，交房租、水电，管员工伙食，等等。我只拿二线的百分之零点五，梁思仪可是拿整个公司总额的百分之一，完全不同量级。”

他太爱自己的幸福生活了：在马来，他是穷怕了的底层青年；在香山，他有一个相爱的学法律出身的大学生太太，后来又有了儿子。岳父岳母也来一起生活，其乐融融。唯一的一点，就是他始终欺骗他们：他是搞中、马贸易的商务人员，公司的白领主管。2014 年 8 月，也就是被抓前一个月，公司搞整顿——因为办公室外面的走廊经常有闲杂人等走动，赵见成打算把整层都租下来，把办公室的规模也扩大一点儿——暂时放假，可以回国。但是，他的儿子恰好在 8 月 27 日出生。他一直思考着从诈骗集团中脱身，想在香山开家小商店。但一来小孩刚出生，家中开销有点大，二来岳父始终不同意他“辞职”：贸易公司主管，收入高而且稳定，多好。开个小店能有多大收益？年纪轻轻的，整天想坐在店里喝茶、收点小钱，没出息嘛。

他是苦孩子出身。在看守所将要过的第四个生日，是他整三十岁的生日。在马来，很年轻的时候，他做过网络公司，为客户安装宽带，收入相当可以。但公司所处的地方不好，在吉隆坡一处山脚，而马来西亚著名的云顶大赌场就在山上。一条公路蜿蜒而上，连接着近在咫尺的聚宝盆或销金窟。有钱了，穷小子难免到赌场潇洒一回，输赢都让人上瘾，去一回肯定不可能了。他公司也不打理了，天天上云顶，但每回都是从云顶摔到地面，而公司也很快垮掉。痛定之后，他也试图东山再起，但他发现以前的客户对他已没了信心，最主要的是，自己的心气也没了。

他右臂上刺了个文身，中间是一个婴儿状的人头，左眼滴下几滴硕大的眼泪，周边是烟雾和烈焰——“这代表磨难”。文身让我很不舒服，因此没问太多。我猜就是那次创业失败之后的反思。反正在看守所内不可能，尽管现在“哭泣的婴儿”更合他的心境。现在，他、妻子、儿子，都在被“烟雾”和“烈焰”笼罩。

“我很快爬起来了，白天在车辆维修厂干，晚上到酒吧做服务生。后来又去干过销售，因为口才不好，每天晚上都对着镜子练习说话，还到街上主动跟陌生人搭讪，锻炼胆量——我训练的这些能力全都服务给诈骗了。”

“赌不可沾。你自从上了云顶，此后就一直走下坡路。”

“是。一条路走到黑！”

“诈骗也是。骗别人的时候唯恐钱少，坐监的时候只嫌时间长。犯罪，都不会有好果子吃。”

“是。我现在积极改造，赎了我的罪，回到我妻子儿子身边。我天天抄佛经，我是虔诚悔罪的。我拿儿子的照片给您看看吧。”

“不用不用！——也看点书，出去了用得上。”

“我每天读书看报，我每天都练习写汉字，三年来都不知道写了多少本了，你们虽然是中国人，但未必有我写过这么多字。”

“很好很好！”

“虽然，可能以后都不会再用汉字了……”

“怎么可能。汉语以后就是世界语言，你还是华人嘛。呵呵。”

“我妻子……我儿子我妈接回大马了……”

“哦……”

“我拿儿子照片给您看吧。”

“不用……”

他突然起身，跳下凉亭的两级台阶，向监仓门口急走而去。我扭头看办公室方向和通往看守所中央走廊的出口，没有管教驻守。我立即站起身，走出凉亭，慢慢向他靠近。他在仓门口站定，和里面一个人说了句话，就手抓着栅栏等着，还回头看了我一眼。我立即站定，在阳光下略微伸了个懒腰。放风的都回仓了，否则，没准引发一场小型骚乱……

相册有三本。手掌大，手机厚，他建议我从中间那本看起：他儿子，从一坨肉到能直立行走。每一张照片的下方，都有一张字条，还用防水胶纸贴住。比如，小孩脖子戴着游泳圈泡在水池子的那张写着："爸爸，你还记得陪我游泳吗？"字体很娟秀，读法律的女大学生嘛。第二本，儿子到马来了，华人方家可真是个大家族，七大姑八大姨坐了三排，中间是老太太抱着大孙子。还有室内的，浅绿色的皮沙发，地板上全是玩具，烫着爆炸头的老太太坐着，孙子单手扶着她的膝盖，半转身看镜头。第三本，是两人世界，他和妻子同游香港。穿号衣的方震环神情慌乱身形萎缩，但照片上的可有点意气风发，眉宇间透露出自信和满足——一个典型的南方小青年的样子。着装、发型都很时髦，只是牛仔裤里的腿显得太瘦了；还有，与妻子相比——他挽着她的腰，而她满面笑容——他真的不够高。

我点了点头。不知道该说什么，又点了点头。要说，也是扫兴的话：他这一切幸福，都建立在诈骗所得的物质基础之上。

"我想快点出去，回归家庭。"

"嗯，你们的案子，应该不会再拖了吧。"

"第一次开庭之后，我就跟管教要了中国的监规，我都背熟了。不信，你考考我，随便问第几条。我时刻等着上场！"

"你们的案子我不清楚，不知道会怎么判……"

"有特殊的地方。三年来见过不少诈骗的同案，他们的判决书我都仔细看过，我们公司的构成是不同的。别的是老板提供场地、网络设备、投资，其他一切都由案犯本人打理，然后参与分成，那么说这叫主犯没有问题。我的真不是主犯，就是个打杂的，额外拿多一点点。"

"这个……"

"我不是狡辩，我认罪，我只是说一个事实。我会老实服刑，我只想争取减刑，早日回归社会，一家三口幸福生活。我胸无大志，也不想赚太多钱，能开个小店就很满足。"

"是。"

"我表现一直很优秀。我以前在十六仓，那里是模范仓，每个人都表现得很好，有利于我的改造。后来调来后仓，我很不愿意，管教和我谈过话，说服教育我，肯定了我不是因为表现不好才调出来的。"

"好。"

“在这个仓里，我依然积极表现，我什么工作都做得很好。一些闹情绪的同案，我还会帮着管教做他们的思想工作。有些人想不开，闹情绪，我说你看看吧，你能比我惨吗？！我的两个亲弟弟就在旁边呢！我都关三年了！要认识到自己的错误，要从心底里想着改造好自己。然后一定能回归社会。”

“是。”

“你会写了我的事登报吗？”

“可能会。”

“我希望不要登报……我妻子看了，会给她产生很坏的影响。”

“放心，宣导总会做些处理的。”

“处理也没有用——我告诉了你很多细节，人们会把她对号入座的。”

“放心吧……也不一定登报。收好你的相册吧。”

我拿手指点了一下相册，轻轻推回给他。

“唉！我没有坚持自我的判断，才成了这个样子。”

“哦？”

“八月我就想抽身，很强烈想抽身。岳父否定开小店，认为生意难做，我还是应该坚持自我判断，坚持要做，说服他们。抽身了，就免了这场牢狱之灾……”

翻看与梁思仪谈话的笔记，赫然发现有一句独立的话：何晓婷过来才二周。

为了方便日后整理，每一段或每一话题开始时，我都在前面画个圈。“何晓婷”之上，是“我和阿森见面都在大陆”，“何晓婷”之下，是“对司法不解”。“何晓婷”这一句，究竟是在什么状态下谈到，并且让我记下来的？我不可能主动提到她，我对她事先并不知道。那么，梁思仪又为什么主动讲到她呢？在这个案子中，她不算个关键人物。才来两周，也不会引起我的注意……真是一点印象都没有了。

我没有请方震环向我推荐下一个谈话对象。已经不需要了，我对这个案情已经了解了。

这是一个特大的跨国跨境电信诈骗团伙，诈骗时间持续近七年（2007 至 2014 年），诈骗金额八千万人民币。主犯是两个台湾人，赵见成和赵见安兄弟俩。再加一个二线的台籍管理员林三阳，另有一个湖南籍的网络维护员周满，其余三十四个，都是马来西亚籍华人。他们都被羁押在海市看守所里，每一个人都是他们那个仓里的"老祖宗"。公司的组织可谓相当严密：两个老板住海市，一线员工在泰国，二线在香山和东莞，三线在香山，取钱的"车商"在马来西亚。他们租用香港的服务器，网络维护员在其湖南老家远程维护。诈骗对象是马来西亚人——不一定是华人，他们的工作语言是马来语，骗到谁是谁。他们疯狂作案七年，直到最终覆灭……

不过，既然笔记本上有一个名字，还是和她聊聊吧。以她，一个才入诈骗集团两周的人结尾，也许另有一番意味。

何晓婷生于 1992 年。挺漂亮的。

"我知道你，也知道你是做宣导的，调研嘛。有几天我没见到你，因为我住院了，上个月的事。

"9 月 25 日，我生病了，人都要死了。管教们特别好，很负责，连夜把我送到了中大五院，抽血后指标较高。开始以为食物中毒，后来又想可能是以前阑尾没割干净。可是，我不知道汉语怎么讲，当时手术是说英文的医生做的。中大五院的医生跟我讲英文，最后才确诊是急性腹膜炎。我住了四天院。我就知道住四天，我看我的吊针的卡片上写着'25—29'。29 日早上，一起床我就脱了病号服，换上了我的囚服。谢谢我的管教和监所领导。

"为什么？因为我想回来。别不相信，在医院，没人聊天说话，一个人待得很闷。看守所只是不好听，其实人待习惯了，也没事，也有乐趣。

"我真不是因为钱才干诈骗的。我不缺钱，我家更不缺钱。老爸给我买了台车，我还给自己又买了一辆。我两个姐姐一个妹妹，都是读书的料，只有我不爱读书，高中毕业就出来玩。老爸买车是因为我会做人，姐妹们各忙各的，只有我每个周末都从吉隆坡回到乡下，陪他们俩吃饭、聊天。

“我爷爷也住乡下。标准华人，他到现在都不领马来西亚的身份证，说自己是中国人。我父亲是做铁艺生意的，生意在大马很有名，现在年纪大了，叫别人打理。半退休，住乡下。

“其实家教挺严的。十三岁开始，老爸就叫我做暑期工，学着赚钱，也锻炼我们。我大姐读的是金融，现在开花店；二姐读的是法律，还在读，研究生了吧；妹妹是医学，现在做烘焙，开面包店；我是‘海市大学’——快毕业了，差一年。

“你写什么呢？——‘眉飞色舞，优渥、自由、快乐、幸福、宠爱、任性——不上大学’。嗯，是的。不错。

“因为感情问题嘛。因为我长得漂亮，男友没有信心。

“一开始我做美容美发，我又不笨，做到店长了，也交了个可以结婚的男朋友。但是男方的家长认为我长期接触化学用品，将来肯定对孩子有影响，那我就辞了职。我英文很好，就去做了幼教。但后来还是跟男友吵架了，不想在大马待了，想出去，去台湾散散心。正好这时有朋友介绍工作，说是到中国内地。具体工作说得比较含糊，说是打电话的客服，只要收到钱就有回报。我以为是替赌场催债，这又不违法，就答应了，马上直飞澳门。

“来这当然知道是诈骗了。没多想，反正我英文、马来文都没问题。我是有语言天赋的，我妈讲英文、白话，我爷爷是福建话，爸是客家话——因为祖母是客家人，我的保姆是潮州话。各种话我都说得很流利。

“我一共诈骗成功不到十次，自己挣了一万马币，最大的一笔诈骗款是两千马币，不起眼的小数字。我毕竟没心干这个，我有自己的原则，反正听说是怀孕的、年纪大的，我就直接挂掉电话。因为业绩太差，还多次被方震环骂。

“方震环是我主管啊。他在香山跟中国人结婚了，都生儿子了。正准备满月酒呢，嘿，叫抓进来了。这事他肯定瞒着家人，也算欺骗人家，他没跟老婆说实话。

“我也想早点出去。母亲都瞒着呢，保姆也不知道，只说在国外工作，太忙。这也不好骗，毕竟三年都不回家，说不过去。老爸跟我通信，写得很幽默，说他跟我妈当年是怎么恋爱的。我真不想在这里过年了。想出去。

“当然。自作孽不可活。

“一审是 2016 年 5 月 16 日，我记得很清楚。整个六月我都没怎么睡觉，等着审判宣判。一等就又过了一年。

“如果在马来，我这真不算个事，早出去了。方震环嘛，估计以后回马来，还是会叫警察勒索一笔钱，再揍一顿才放人。

“‘拿督’，头衔啊，有点特权的人。有些是拿钱买的，有些是政府给的。李宗伟，打羽毛球的，你知道吗？他就是拿督啊。打羽毛球的我认识很多，因为第一任男朋友就是打羽毛球的。马来又不大，都认识。谌龙、鲍春来，对啊，是中国人啊，但他们场下是朋友啊。我都跟他们吃过饭喝过酒。有合影的，你到马来我可以拿给你看。

“你爱喝酒？我家酒太多了，到马来找我，请你喝！”

第五章

钱去哪儿了

一

2017 年 8 月 22 日 8 时许，受命写作“大马行动”专案报告文学以后，我第一次走进看守所调研采访。所里正开早间例会，我旁听了一会儿。昨晚事还挺多：有六个人出监——三个刑满释放，两个刑拘不批准逮捕，一个取保候审。有人出去，有人进来——凌晨 5 时许，收押刑事拘留五人。再早一点，22 : 49，十八仓两名在押人员因夜班轮值发生争吵，时间较长，动静不小……

十八仓点名、整顿，仓门开着，在押人员列队，杨管教轻声细语地训话。我站在仓外向里望，注意到洗手池的窗台上有一株野草，也许是榕树的小枝。饮料小罐作盆，茎不长，叶稀疏，但是，在浓烈的周边环境——灰色的水泥墙壁、灰色的水泥地板、黄色的床板、深蓝色的号衣——映衬下，绿意非常醒目。

杨管教小声说，严格来说，是不允许的，但是……我马上表明态度，我可不是来所里巡视、纠察的；另外，我觉得非常好。囚徒的气场是阴暗、暴戾、颓丧乃至死亡，而绿色象征生机生命。他们照顾它，看它，一定可以缓解压力，汲取向上、新生的某种暗示。简言之，这对监所的管理，对在押人员的改造都有好处。

杨管教这才释然对我说，这是一个死刑犯留下的。至于怎么带进去的，我没有深究。可能是出仓活动时捡的草根断枝，那时节台风暴雨很多，泥草横流，仓门外到处都是。这个死刑犯六个多月前“上场”了，一直由他侍弄的这株草，便留给了后来者。“他们挺当回事的，每天看看，拿手撩点水浇浇……”

我见到的第一个“大马专案”诈骗嫌疑人就是十八仓的马丰。1985 年生，2016 年 3 月 25 日在马来西亚被抓，4 月 30 日押解回国并刑事拘留，6 月 6 日，他 32 岁生日的第二天被批准逮捕。假如我观察仔细的话，管教入仓前背对着我带队列队、喊口令、指挥报数的人就是他。马丰给我提供的诈骗案信息价值不高，因为我那时所知甚少，不知该如何发问。直到一个多月后，我拿到他的团伙的起诉意见书，这才有了粗略的了解。这是警方命名为三号窝点的诈骗犯罪集团，犯罪地在马来西亚森美兰州。起诉书的第一嫌疑人是辽宁籍的李化文，总计嫌疑人十一名。至于台籍主犯，起诉意见书中详细列出了他们的名字和绰号，然后用括号标注：在马来西亚被释放。

五号窝点在槟城。起诉意见书中以陕西籍的苏博为第一名嫌疑人（后增补为尤农）。同样，团伙的上层，数名台湾籍嫌疑人未能抓获。起诉书中详细列举了他们的名字，用括号标注其绰号，以及“在逃”。苏博在诈骗集团中担任电脑手，负责打印、分发大陆公民个人信息资料；利用改号软件将一线成员使用的座机号码改成被害人所属地公安局的号码；通过联系台湾人“小菜”获取“安全账户”提供给二三线成员；远程操控电脑转账洗钱；记账分成，等等。作用不可谓不大，工作内容不可谓不繁，但是，他在团伙中只是一个拿底薪的雇员。上层，都是台湾人或马来华人。

上层主犯未能归案，让我对这两个团伙的采访兴趣索然。但是，为了较完整地呈现专案，我还是想尽量每个团伙都见一见，哪怕只是一两个人。三号窝点聊了马丰，五号窝点就聊苏博和尤农吧。

苏博，1992 年生。他惶恐，害怕漫长刑期。他愿意如实向我讲述，但最终我所得有限。他说八千元的底薪，相对于他以前从事过的各种工作，相当具有诱惑力。他也知道是违法，但抱有侥幸心理，捞一笔快钱大钱的心思更强烈：他准备结婚，酒店都订好了，只等他满载而归，就洞房花烛呢。这一切都成梦幻泡影。他积极配合警方工作，抓捕了逃回西安的大陆籍管理者——算是跻身诈骗集团上层——尤农。关于诈骗行为，他提到 3 月 1 日晚，甫至马来窝点，就听同伙讲，今天第一天开张，就有大收获：成功诈骗到河南籍受害人王锦人民币五十万元。“大家都很高兴、很兴奋。”

尤农生于 1990 年，体形高大，相貌堂堂。他在西安从事各类工作，网吧网管、酒吧服务员、超市保安，后来开麻将馆。他的麻将馆出入各种闲杂人等，一个女朋友带着她的女性朋友来了。那个女性朋友又带来了她的男性朋友——华人外籍男子，这个外籍华人又介绍他认识了自称马来华人的“叶国能”。吃饭、喝酒、打麻将，熟了之后，叶就坦言相告，他是一个电信诈骗团伙的老板，想委托他在本地招兵买马——尤农将其“翻译”成很形象的陕西话：“带劳动力。”他工作成绩显著，招到“劳动力”二十一名，籍属不限于西安，有甘肃及陕西周边市县的，都是在西安围绕在他身边瞎玩的。

“我在西安‘出道’早，这些人给面子，叫我一声‘哥哥’，然后就说都是跟着我去搞诈骗的，我也没办法。老板们说我带人有功，让我做管理者，到了公安局又说我就是主犯，我也没办法。我啥也不管，啥也不理，就是吃饭睡觉，后来我还先回国了嘛，我这主犯是咋当上的……”

他 2015 年 12 月结婚，妻子预产期在 2016 年 4 月，他于 3 月 14 日回国。“大马专案”告破，他并不认为自己有事。海市警方于 5 月 10 日对其进行网上追逃，9 月 29 日，他“在西安抱娃时被抓”。他本以为跟警察回海市解释清楚就没事了，没想到被扔进了看守所。他说，刚进来有点崩溃，但时间长了，也就有点释怀。

谈话中，我发现尤农向我背后张望，一回头，一个在押人员已经堵住了门口。他边进边指着桌子抽屉说，管教叫他来拿东西。这有点不守规矩，但我没有表示，也没有理会，只是斜视着他在我肘腋下的抽屉翻找，但脸上的不快表情还是有所呈现。尤农看了看我，打圆场似的问，判了几年，他说七年。我以为也是诈骗犯，赶紧问，哪单案子啊，那人直视着我说，是组织卖淫！脸上写着不在乎，写着“那又怎么样”，写着“你问我想干吗”……他们在澳门干，他是第十被告（总计十一个），七年，首犯没准无期吧。不可谓不重，但他的强横之色反而被激发出来。

看着他的脸，我感到重刑有时候未必管用。再看尤农，我不知道对诈骗的重判是否能遏制这种疯狂的犯罪。不过，未判的尤农可一点都不强横，他向我喊冤：“我又没有分到一分钱，机票三千块还是自贴的嘛。怎么就是主犯了……”

法院认定他为主犯是大概率的事。

虽然，他确实没能“享受”诈骗所得——他说：“钱，全被逃跑的台湾人带回台湾了嘛！”

这一句，一针见血、切中肯綮、打中七寸、直击命门……所有电信诈骗的赃款，最终的流向都指向中国台湾。他的团伙只是具体而微。

本章，我正想追寻、探究一下诈骗团伙是怎么贪婪攫取大陆人民的血汗钱的，以及这些血汗钱流向了哪里。

电信诈骗的本初目的和最终环节都是钱，最初是骗钱，最终是取钱。赃款的流向渠道相当隐秘，由诈骗团伙中的“车商”组织来完成。他们得手赃款之后并不立即取款，而是首先化整为零，迅速转存入许多个不同地区、不同银行的账户。这是一种遁术，好比鸟兽四散，入密林、深草、沼泽、河叉，使追猎者目眩神迷，手足无措。但最终还是要取钱的，为了不留金融的终端痕迹，这最末一节还是得由人工来完成：“车商”雇用大量的“车手”，在台湾、大陆等各地的银行、柜员机疯狂取款。“车手”如同蚂蚁工兵，各自行动，但无数个工兵所取款项最终会集中到“车商”组织者手中。“车商”在提留自己的抽成之后，再将这些钱的大部分通过地下钱庄转移给台湾的电信诈骗幕后老板。中国警方的内部文件指出：“整个赃款流向极其隐秘，迂回曲折，团伙中话务组、诈骗账户、取款人、幕后金主之间实现了‘物理隔离’。即便打掉当中任一环节，也难以波及金主。加上两岸司法制度不同，追赃之路坎坷曲折。”

打击电信诈骗，当然不能仅仅满足于抓获犯罪分子，还需将其犯罪所得追缴，还给受害的人民群众。2009 年，公安部曾派员赴台，与台湾“法务部”就诈骗赃款的追缴进行磋商，但收效甚微。2017 年，大陆多家网络媒体报道称：每年从台湾返还的赃款只有十几万元——作为对比，报道谈到大陆人民群众被诈骗的赃款的总额：每年两百亿人民币。

不过，中国警方一直在行动，潜伏在大陆秘密盗运这些赃款的工兵们，不断地落入法网。

侯永方，就是其中之一。

二

侯永方，是我见到的第二名与“大马专案”诈骗案有关的在押人员。马丰推荐了他：“我仓里有一个台湾人，就是诈骗犯。”我立即向杨管教提出见见他。

谈话室他正在使用。不过，天气晴好，外边草地边上的石桌石凳正在芒果树的树荫下。

他是台湾彰化人，三十出了些头，农民，种植茶叶，农闲时做些土木建筑，2017 年 7 月在深圳被抓。问他因为什么，答曰帮人取钱。所取的钱，是台湾电信诈骗集团所骗的赃款。我有点惊讶，不是在台湾取么，怎么手伸到大陆来了？他说自己不知道，他也是被台湾骗子骗了。骗子告诉他，是正经生意的往来汇款，需要一些人手帮着提取。他态度似乎诚恳，但可能所知有限。于是闲聊，就是一个警察对其认为可疑的人的一般性闲聊。他说自己有前科，曾因吸贩毒和伤害他人两次被台湾处罚。他自我检讨说，年轻时不懂事，贪玩。接着就发狠了，说骗他的台湾骗子且等着，这边完事了一定要回去讨个说法。

我问他怎么讨，他把短裤的裤腿往上一提，又将两手抱拳，脸上露出诡异的笑。我提醒他说，没必要——难道想第四次入狱吗？文明点。他点头称是。喉结在皮下滚动不已，我以为要有一番表态，谁知他不好意思地仰天微笑，说，这时候能抽一支烟该有多好啊。他的喉结有一道疤痕，对我解释说因为咽喉有病，动过手术。正因为如此，我才没有给他发烟。我淡然一笑，把烟盒推给了他。

然后就谈琐事，他说广东他很多地方都去过，特别是粤北韶关、乐昌。我说也是取钱吗，他说不，是相亲。他现在的老婆，就是乐昌的客家妹子。他这种操行，估计在台湾也讨不到老婆，只能骗大陆农村女孩。刚想着，他仿佛看透了我的心思，解释说，我是想着好好过日子的。也该了，三十多了，也浑够了吧。成了家，没准世上就少了个祸害。他说在台南，他家附近，婶婶一辈中，有很多大陆嫁过来的“陆配”。她的妻子，就是婶婶们介绍的自己的亲戚。

去年去韶关，是和父母一起去的，见了丈人岳母，摆了酒席，最终将妻子明媒正娶迎回台湾。又说到取钱的事，那段时间刚好农闲，其他零工也不好找，正好一个以前的朋友打电话给他，问他愿不愿意到大陆短期工作：帮人取钱，一个月一万三千人民币。他曾担心是违法的事，因为那朋友本身就不三不四，但朋友一口保证绝对合法无问题。整个商谈的过程他开着免提与妻子同听，就是想让她放心。经她首肯，他才答应下来。然后，买机票飞到澳门，按照手机微信里的指令，打车去了广州，住了酒店，随即一个接待的大陆人就安排他去深圳。他要做的事，第一件是用其台胞证到各个银行开卡，然后将卡号拍照发回台湾。此后，就是每天根据指令，到柜员机或银行柜台提取卡中的人民币。他最多一次提取过十万元，少的就是几万块。没干多久，就被抓了。

我觉得他是一个可怜的小角色。我都忘了问他抓获经过了。

两三个月后，当我深入诈骗的调研工作，才明白他就是整个诈骗集团中最后一个环节，即“车商”手下的“车手”。他们是一群搬运诈骗赃款的工兵和蚂蚁。他并不是一个人被抓的，所谓的台湾“车手”，海市公安局一次性抓获了十三人，抓捕地分别是广州、深圳和海市。这十三个人分成五个小组，侯永方所在的深圳小组还有向银飞和林洪民。

林洪民，生于 1990 年，台湾屏东人。

他还是个大学生，高雄义守大学毕业，电子工程专业。2012年，大学毕业后服了兵役——隶属海军陆战队。退伍后去桃园工作，做电子工程师，收入还行，五万台币一月。

读书时，他认识了一个在台南开餐厅的“张树文”。今年 5 月，张向他推荐新工作，到大陆从银行、柜员机提取生意款。只需干一个月，付酬八万台币，往返机票报销。他刚好与女朋友闹翻，想换个心境，于是就答应了。

他没有向张树文打听详细的工作内容。在台南，张吃得开，很有名。他家餐厅规模大，上下两层楼，四五十张餐台，不但吃饭，还经营德州扑克等游戏。是游戏而不是开赌档，“德扑”有博弈性质，餐厅也发筹码，但赢了只可以换饭菜、饮料，在店内消费。他经常去玩，有输有赢。他家吃东西偏贵，但生意兴隆。他和张树文不单是顾客和老板的关系，他还曾介绍朋友帮餐厅设计过LOGO，自以为算是朋友。

他家境还行，父母开水果店，也曾给父亲帮过手，父亲给他的薪酬是十万台币一个月。他一个弟弟开体育用品公司，一个妹妹在读大学。至于到大陆取钱是否有什么风险，他没想太多。因为在台湾某电子厂工作时，他就经常被老板娘支使做转账、取款，经常一次性提取大额现款。完全成了习惯，从来没想过还会有法律问题。“你们大陆这样搞，叫我们以后都分不清哪种工作可以干哪种不可以干！”

5月初，他到深圳。一个自称“小蔡”的接待了他，将他带到彩田路一家酒店入住，然后拿走了他的护照（他来大陆需用台湾同胞通行证，但回台湾必须持有护照），又给他划定了行动区域。他的八万是打包价，食宿都得自理。他自带了五千人民币，吃得很简单，一般是蛋炒饭之类的，但后来还是不够用，又管小蔡借了三千元。小蔡说了，这钱以后一定得还。

6月2日，干满一个月，他回到台湾。可是，张树文只给他三万六，说尾款以后再给，意思是钓住他，让他接着干。他倒不怕赖账，张是当地有头有脸的人物嘛。7月初他再次回到深圳，三天后，也就是7月7日晚上，他在房中睡觉时被抓。

他虽然与侯永方、向银飞分为一组，但那可能只是他的上级从自己的管理角度进行的划分，事实上他一个人住，一个人行动。具体管理他的，是一个自称叫“刘华文”的人。他的业绩很差，最大一单取过十几万，这是要在银行提取的。一般都是两万一万的小钱，直接在柜员机上取。他提取到的钱，有一个叫“豪哥”的来拿走。豪哥人挺正经，从来不催他，还总是提前打电话给他，说的是隐语：

“两个小时后，我与客户要谈一笔生意，你拿钱到某个地方给我。”他先后给了豪哥七十万人民币左右。

刘华文每天早上都会打电话给他，让他向银行预约：某张卡我将提取多少钱。这表明今天这张卡将会进账这么多数。如果该卡并没有钱到账，刘华文会指令他再次向银行打电话，要说声“抱歉”。

“你认为这种工作正常吗？是正经生意的钱款往来吗？卡转卡，或走其他电子商务难道不是更方便快捷吗？”

他沉默起来。显然，这是背离常理的举动，当然暗含着风险。

已经开过一次庭了，起诉的罪名不是诈骗，而是“掩饰、隐瞒犯罪所得”……开庭时母亲和阿姨都来了，简短说了几句话，大家都哭了。父亲没来，他得照顾家里的生意。

“对了，我还让母亲一定转告父亲，不要冲动，暂时不要去找张树文。等我回去再说。”

有这一句，使我相信他所说的可信度较高。不像侯永方，也许满口虚词。

要结束时自然又是闲聊。他说在深圳的一个月，闲着无事，经常到处走一走，他认为深圳比台北要繁华一点。我不动声色，他再次强调说“只繁华一点点”。我早听懂了，没有接茬。

抽完最后一口烟，我们起立，他似乎心有不甘。

“请问警官一下，比如我在台湾帮电子厂老板娘取钱，如果电子厂干违法犯罪的事，我难道也有连带的法律责任？”

“新鲜！当然有啊。你成年人，有明辨是非的义务嘛。”

两岸法律不尽相同，解释起来当然费劲，我只能立足此岸简而言之。

他并不讨人厌。面相斯文，戴着黑框眼镜，只是，有点理工男常有的执拗。

“假如我真的不知道呢？”

“那你可能无罪。但调查总归是要调查的吧，台湾也会这么做吧。”

许本名，生于 1990 年，台北市人。小学文化。

一坐下，我表明来意，他就对我说，关于诈骗，他知道很多，都愿意说给我听。他块头很大，但面相憨厚。

可是，一点上烟，他马上说自己被骗了——诈骗犯们骗来帮他们取钱。事先他可是一点都不知情，虽然有罪，但实属无心。这一句我琢磨了半天。我对他的第一印象中的好感略微有点减弱。不过，没关系，愿意聊就是好事。言多必失嘛，难免有说漏嘴的时候。

说吧，骗……被台湾骗子骗了的掩饰、隐瞒犯罪所得犯！

“黄重绅，是首犯。起码是我们广州组的负责人，我取了钱都是交给他的。”

好。直指要害，不像林洪民，又是远在台湾的张树文，又是似有还无的“小蔡”“豪哥”。黄重绅，正在看守所，五十五仓，内勤已帮我查到了名单。

继续。

“我家里很穷，也不可能帮我存钱，仓里好难过。我有五千块，是出来从家带的，干净钱，放在同案杨奇岭身上。收押时管教不许我们出声，因此没有声明，都扣在杨的名下了。长官能否对监所领导说一声，转过我名下，起码让我有钱买点零用品。”

这个，好吧。起码我知道广州组还有一个杨奇岭。三人一帮，工兵三角。

他家里有一个老母亲。上边有一个哥哥，打工的，活得也辛苦。他整条右臂上文着一大串英文字母或是威妥玛拼音，他说这是母亲的名字，还有出生年月日。我看到了“1954”字样，也就是说，她六十三岁了。母亲生育了七个儿女，丈夫好赌，早年就离了。母亲和外婆一起拉扯孩子们长大。其他五个弟弟或妹妹如何，他没说。我也不想问。入看守所以来，文身看饱了，第一次见文上母亲名字的，这让我对他有好感。

家穷，所以要努力工作。他在“脸书”上加入了一个缺钱的、找工作的群组，认识了一个网名为“明天会更好”的网友。自称也是一个穷极了想努力赚钱的人，他介绍说去大陆帮一些赌客取钱。大陆赌博犯法，但台湾无罪，因此就没多想，答应了。条件是工作两周，给八千元人民币。

“‘明天会更好’肯定是个诈骗犯，因为他帮诈骗犯骗人工。”

他在现实中没见过这个人。干过电信诈骗的朋友，他在台北认识二三十个。但是，最近岛上宣导很猛，说抓住了会送给大陆处治，“大陆一判就是六七八年”。一些人收手了。还是有胆大的能力强的，说我们不惹大陆就行了，我们开发新市场，骗美国人和越南人。骗美国人，美国有很多公司在台湾，这就是切入点。越南嘛，台湾有很多人娶了越南新娘，渐渐地大家对那个国家也就不陌生了。

2017 年 6 月 19 日，他从高雄直飞广州，先是办银行卡，之后就是取钱。住酒店里，三四天换一个住处。

“为什么要在大陆取，在台湾不是更方便吗？”

“台湾也在抓取钱的。诈骗来的钱，很多是在大陆人的账户上。听说大陆开始了管制，好像一天只许向外汇款十万块。骗子是等不起的，所以要雇人潜入大陆，蚂蚁搬家。”

他用自己的台胞证在广州开了十二张银行卡。

“有些银行要提供工作证明，有些干脆就不开，不知道什么理由。有两家大银行最容易……什么都不问，真是顾客就是上帝！”

“取钱的流程是怎么样的？”

“黄重绅会事先打电话告诉我，说我的哪个行的哪张卡明天会进账多少万。小量的我就马上去柜员机提取。超过二十万的，我就马上和银行预约，第二天到柜台提取。”

“我发现你头脑挺清晰的，说话也是一套一套的，小学文化？”

“是啊。”

快干满两周的时候，本以为可以交差拿钱走人，可是，黄重绅说，他们业绩不够。他自己已经取了二百八十五万人民币，杨奇岭取了三百五十万人民币，但黄重绅说，老板给定的指标是每人要完成六百万的额度。

“长官，我给打击电信诈骗提点建议——银行卡的开户工作一定要抓紧，第一一定要租房证明，要有工作；第二，希望你们调取 Skype 的数据。台湾的‘车商’和诈骗分子，和我们这些取钱的，都用 Skype 聊天软件联系，每天的命令都是拿 Skype 发布的。”

这都是朴素的个人经验。

“非常感谢！”

“我不是诈骗哦，我的罪名是‘掩饰、隐瞒犯罪所得’哦。”

“我也是刚知道。这个量刑会轻点。”

“也不轻，三年以上七年以下。”

“诈骗可是有无期徒刑。”

“不是诈骗哦。我们不知道是取诈骗的钱。”

7 月 6 日早上，他到小摊吃早餐后返回越秀时代酒店，在门口碰到两个男人——现在知道是便衣警察——觉得他们怪怪的，但没放在心上。下午四五点钟，下楼准备吃晚饭，在门口给他们按住了。

“我很配合哦。警察和我待在房间里一会儿，黄重绅来电话了，警察事先就告诉我来了电话该怎么说。黄说有人刚做了两单大的，一单六百万，一单二百万。两笔钱会立即打入我的银行卡，让我现在就去银行，或者提取，或者预约提取。我说，我不舒服啦！黄重绅就来我住的地方看我，被抓了。杨奇岭是在银行取钱时被抓的。”

“你们不住在一起？”

“对。黄重绅很小心，从来不说他住哪里，也不准我们问，也不准我们私下联系打听。我们拿钱给他，都选一个没有摄像的地方碰头。”

被抓之后，Skype 上的上家不断问话，警察叫他先不要回。等警察再想登录他的账户，发现密码都改了，“内部资料估计都给删了”。

“所以，你们要恢复 Skype 数据！”

“是的。”

7 月 6 日，侯定民、胡富武等人已在海市看守所内待了两个多月，但台湾贪婪、凶猛的诈骗犯们兀自置若罔闻，依然疯狂作案。就在这一天，仅通知许本名提现的“收获”，就有八百万！

“知道大陆在严打吧，知道抓了要关吧，几十个关了一年多了！”

“知道。”

“这帮人就不怕？”

“他们开发新战场嘛。比如你们能到日本去抓吗？”

“你怎么知道他们在日本干？”

他的一个阿姨嫁到了日本。来之前，台北的诈骗界朋友老问他能不能联系到阿姨，叫阿姨帮他们在日本租房子。租房子就是做窝点，当然还是搞诈骗，当然还是骗大陆人。

“你的朋友中有没有赚到钱的？”

“你说赚到钱指什么？”

“当然指靠诈骗发大财的。”

有。有些比较大的老板，三个月一期，赚一千万人民币是有的。“刚也说了，7 月 6 日一天就八百万要打我卡里。”至于小富的，太多，买台宝马车之类的，很正常。

“你干过没有？”

“没有。”

“呵呵。”

“我有一个哥哥，不是亲的，从小认识，2015 年在南非诈骗过大陆。年底，他去贵州，和一个认识的大陆女孩结婚，被抓了，判了，现在在贵州服刑。”

“跑不掉的……”

“这是大案要案。《消失的 1.5 亿》，网上有视频的，我都看过，就是我哥参与的案子。骗的是贵州一个开发区，所以贵州公安才抓他。你可以搜一下看看。”

一亿五千万，不知能追回多少赃款！一亿五，不会一次性被提走，会被多次转账进入几十、几百、成千、上万的银行卡，再由许本名、林洪民、黄重绅之类的蚂蚁们以现款的方式提取，再交由地下钱庄汇出，流向台湾的诈骗集团幕后老板以及所有参与诈骗、参与“掩饰、隐瞒犯罪所得”的人手里，供他们“救已之穷”，供他们大肆挥霍。在广东境内被捕的许本名等十三名犯罪嫌疑人，所取的款项，经侦查、检察机关查明认证，正是 2016 年 6 至 7 月间电信诈骗集团所骗赃款，其中蒙小玲被骗二百三十三万元，王晓云被骗七百三十二万元……

“你服过兵役吗？”

"我在警察镇暴部队服役。"

"你这块头，一个人能扑倒两个啊。"

"是的。"

他始终都没笑过，哪怕我为了营造轻松的谈话氛围，用些开玩笑的语句，或是说些自以为幽默的话，他应听得懂，但还是要严正地回答。也正因如此，我怀疑他隐瞒着更大的案件隐情。不过，他如果从事过诈骗并因此而"小富"或"大贵"，也不至于"沦落"为一个蚂蚁式的"车手"——这都是尝过诈骗甜头的人不屑为的。

"你在台湾有案底吗？"

"没有！"

杨奇岭，1998年生，台湾台南市人。

年纪小，体格也瘦小，普通话极像中国北方人说的——但没有儿化音的轻佻。

"你确定他是台湾的？"

他的管教一脸诧异，怀疑内勤给我查错了。开了仓门，又问杨奇岭："你台湾的？！普通话很包准哦……我跟哪个记混了？"

没有空的谈话室，我们只好坐在仓门正对着的树下的石凳子上。

两人相距较近，我看到他的唇上有几根细微的小胡子。单眼皮，一口乱牙，像老鼠那样尖利。

"你是抓了个现行啊，得如实说啊。"

"都如实说了。"

"警察抓你的时候，你手里攥着多少钱？"

"没有。"

"这就不如实了吧——你不是在银行提款时被抓的吗？"

"不是。我是手机刚好没流量了，到酒店旁边的一个银行里蹭Wi-Fi被抓的。"

台湾的网上打招聘广告，要求去大陆工作，两个礼拜，工钱一万块人民币。钱有诱惑力，到大陆来玩也有。干的事嘛，也说得明白：取钱。什么钱？没问。有钱人做生意，肯定有很多现金来往，自己没时间，就雇一些跑腿的呗。太正常了。

他也是六月中旬到的广州，很快就开了九张银行卡。但招他的人的承诺一直在变，一开始说提取两百万就完成了任务。完成了，又说说好的是干满两个礼拜，但开卡的三天不能算作工作日。再然后就是说要取到八百万。完成了，又说说的是每个人取八百万而不是一个小组总共取八百万……当然，恩威并施，说延长了会加钱。你不干，也回不了台湾，因为护照黄重绅扣着。他想，反正都来大陆了，工作也不累，还能挣多点钱，又能玩，就干着吧。

杨奇岭一个人就搬运诈骗赃款近一千万元人民币！

“扣护照，你也该警觉这不是什么正经事吧。”

“正常啊——你包里装着别人几十万上百万，你跑了别人怎么办?！”

他说的挺有道理，人也挺老实的。面无表情，一根接着一根抽烟。一根还没抽尽就从石桌上拿起烟盒摸出一根捏在手里等着，但瘦弱的身体一直抖颤个不停。

“网上招聘你的人是谁？”

“只有一个电话，打过去后，要加入一个群。那人化名‘房祖名’。他说我在大陆工作期间，由他给我下每一步的指令。”

“但事实上在广州也有领导吧。”

“黄重绅算是带我们的领导。‘房祖名’也说了。”

“怎么带？”

“取钱交给他。住宿费、生活费都是他从台湾带来的，由他保管，我们向他要。他嫌我们花销太大。”

“都怎么花的？”

“半个月花了四五千块，确实有点夸张。”

“是有点夸张。”

“有点放纵，吃喝玩乐，隔几天就叫个小姐……在台湾没这么夸张过。”

怪不得明知对方说话不算数，但也不强烈要求回台湾——此间乐，不思蜀。

假如他们所说属实，我们就会发现，这些取钱的工蚁们的待遇不尽相同。有八千有一万，有包吃住有要自己负担。看来，招聘的人也是看人下菜，当然也不排除令出多头，有人在上下其手层层转包盘剥。

“哦，忘了个事——许本名，你认识吧。他说仓里没有生活费，说他有五千块存你这里，希望你能转给他。”

他愣了一下。

“他没有带很多钱来……他从我这里借，借了也是要还的……”

“什么意思？”

“他是有一些生活费在我这儿……”

“你如果同意，我就向监所领导说一声。”

“可以！你跟管教说。”

许本名应该没从台湾带五千块干净钱来。这五千，也许是上线许给他的所谓“人工费”。现在，也是没办法，他想透支了来花。但不问了，大概不会说实话。

“你干这个，是在台湾生活不下去了吗？”

“我做过很多工。高速路施工、便利店、装修、建筑——做那种防台风的板材，还有水电工、隔音板制作。也在餐馆洗过碗，平均一天能赚一千台币，两百多一点人民币，一个月六千左右。干粗活收入高点。还行。”

“家里呢？”

“一个单亲妈妈，还有一姐一妹。本来高中毕业想上补习班的，我嫌收费太贵。我也想多赚点钱给家里。我姐比我大一岁，人家的日子过得比我好多了！因为她是不怕辛苦、喜欢做工的人。她自己有清楚的人生规划，现在都贷款买车了。”

他姐也没上过大学，但学过烘焙，一直想开个自己的食品小店，但是求了神，说是暂时不宜创业，她就进了一家工厂。她勤力，是老板喜欢的员工。姐姐给他写过信，让他“乖点，好好准备，重新做人”。谈起姐姐，他非常自豪。

黄重绅，生于1988年，台湾嘉义人。昨天，他刚过完29岁生日。

他满脸红斑和粉刺，个子不高，两耳招风。他一点都不像个能当小组长的料，活脱脱一个市场周边的街溜子。但他每天手里都流转几百万近千万的人民币——大陆人民群众的血汗钱，当然暂时属于诈骗集团，警方则称之为赃款。

“我们是被诈骗集团骗来的，低收入的人，帮他们取钱的。”

“你可是第二被告啊听说。”

“因为年纪比他们大一点。”

“这可不论资排辈啊。”

“我有老婆，有两个孩子，小的才一两岁。犯罪集团掌握了这种情况，知道我逃不出他们的手掌心，所以，叫我干点重要的事。如果我是单身汉，他们就不会要我干。”

“你是自己跳进犯罪集团手掌心的。”

他在嘉义生活，微信中加了些人，其中有一个问他愿不愿意接受一份工作，就是到大陆取钱。条件是五万台币，干一个月，包吃住。但事实上只给了几百块，根本不够用。他做出可怜的样子说，“现在工钱也没有拿到，还叫你们给抓了。”

“取什么钱？”

“没说是诈骗款哦，说得很明白，是在中国赌博赚来的合法的钱哦。”

“中国赌博还能合法？”

“怎么不合法？澳门赌场！澳门也是中国的嘛，不合法你们怎么不去踢馆？澳门赌博的钱在台湾也是合法的啊。”

“对对对！既然合法，那就合法进入台湾账户嘛。”

“这个，诈骗集团也说了，赌资进入台湾合法，但是要征税啊，税很高。如果我们在大陆取出来，再通过地下钱庄汇回台湾，那省一大笔钱呢。我一听就明白了。”

“你明白什么，逃税不也是违法犯罪吗？！”

“这个我还真不知道。我们只知道取的钱是合法收入，谁能想到是诈骗的钱啊！我们这十三个台湾人都是被诈骗集团欺骗的，我们真是冤枉。”

“我见了三五个了，招聘的事，有些人说法跟你不一样哦。”

“怎么不一样了?！‘房祖名’，他们说了吧? 反正我就是跟他联系的。时间是 2017 年 5 月的一天。我跟他是见过面的，三十几岁，开个宝马车，有点阔气。在咖啡馆见的面，请我喝了个饮料。他说的跟真的一样，我也就为了打个短工，挣一点钱，当然就相信了，也没有想太多。我把个人简历、家庭情况填了个表，拍了照，拿微信发给他。他给了我五百块人民币，我还自带五千台币。我是六月份来大陆的，先去了高雄机场，是跟谢元儒一起的，从嘉义到高雄，再飞澳门。‘房祖名’说工作的事以后跟我们用 Skype 联系。我说的对吧?”

到了澳门，过关到海市，又打车去香山，住了一个礼拜。“房祖名”要他们分开住，然后到各个银行去开卡。谁几点出门几点回来，都有规定，都要跟“房祖名”说一声。6 月 20 日，又来了两个人，许本名和杨奇岭。“房祖名”让他去关口接人，并直接带到广州。是打车去的，讲价每个人八十元人民币，三八二百四。

我跟他算了一笔账，住了一个礼拜，又要吃住又要打车，“房祖名”给了五百，自带的折成人民币也就一千多点，好像不怎么够用。但他坚称够用了。

“我没有从诈骗集团那里拿到更多的钱，我用我带的钱。”

广州取钱小组，都得由他负责日常用度。“两个人我都见了，都这么说。”终于，他承认自己的钱不够用。

“他们取出来的钱都交给我，要用，我会请示‘房祖名’。他同意后，从收的钱里面扣除。许、杨也是这样，我拿给他们。”

“你自己扣过多少钱用?”

“扣过一千块。”

“你可真仁慈啊。”

“呵呵没什么仁不仁的……”

“钱都去哪儿了? 我是说你们三个从银行取了几十个亿赃款……”

“哪里有这么多!”

“几个亿……行，几千万肯定有了……咱不讨价还价——钱都去哪儿了？你存到你老婆户头了？”

“按‘房祖名’的指挥，都交给了‘素还真’。”

“又是什么人？”

“一个四十多岁的老头，微信名‘素还真’。我也不知道是台湾人还是大陆人。”

“什么特征？”

“记不清了。”

“心可真够大的！背着几千万，人都没看清就交给对方了？诈骗集团知道了还不把你脑袋拧下来？”

“ 呵呵 。”

“怎么交钱？”

“一般是装满背袋了他就跟我联系，约个地方转交。交钱的地方都是他选的，没有摄像头的地方。广州我也不懂走，他叫我打车，到哪里下，到哪里转弯……”

“别动我的烟！”

也许，真如他所说，因为家人信息被控，他必须维护诈骗集团。但也许，跟他在这个诈骗集团的深入程度有关，利益一体，能保住的，必然也有他一份。

“家里还好吧？”

“父母早年离婚了，我跟爷爷奶奶一起生活。”

“妻子孩子呢？”

“嗯，爷爷去世了。老婆是台东山区的，现在带孩子回娘家了。”

至于以前的工作，只简单地说在高速公路铺设电缆，能挣五千多人民币。

“许本名、杨奇岭，当时承诺工作两周？”

“是两周。”

“为什么又延长了？”

“这个不清楚。”

“怎么看这件事？”

“没怎么看。”

“怎么看‘房祖名’？”

“拜托你们早点抓住他喽。”

“你这个第二被告，倒真是实至名归啊。领导干部嘛，判个十年八年不为过吧？”

他讪笑，露出一嘴的牙，左上方掉了两个，呈现为黑洞。但很快又不以为然地摇了摇头。不过，似乎我的“十年八年”的乱判触动了他，他主动跟我谈起同仓一个台湾人来。五十六岁，信用卡诈骗，是第一被告，判了十三年。他在大陆待了十多年，这一行很熟，现在正在积极上诉。他觉得判得太重了，“没法活了”。

“是吗？跟我说说他的情况，改天我问问。”

“那你去问喽。”

他耸了耸肩，不再说话。并且整个人都平静了下来。

三

谢元儒，生于1995年，台湾嘉义人。他是第一被告。

看守所内与诈骗有关的犯罪嫌疑人，我已经谈过六十五人。印象很差的对象，还没有，谢宗左、林个木，勉强算吧。但这个谢元儒，却从头到尾都让我很不高兴。他眉眼间透着聪明——这词太中性，那是狡诈，还有一股小痞子的浓重的油滑。

他始终没有抽到我的烟，但似乎他不在乎。因为他不在乎，我就抽得勤点，不想抽，也把烟插在海柳烟嘴里拿在手上把玩。他其实喉结一直在动，那是咽口水的微动作。

“你是第一被告啊？”

“是啊。不知道为什么这么看得起我。呵呵。”

台湾人的名字，还是挺讲究的，带着传统文化味。第二被告“绅士”，第一被告“儒生”，大概寄托着父母的希冀。不过，儿子们不太成器，言行举止、所作所为，跟绅士、儒生八竿子打不着。

谢元儒是广州二组的负责人，手下有两个台湾人何夷通、何见红。他作为第一被告，还与其所取诈骗赃款的数额特别巨大有关。也许，他就是整个大陆取钱组 13 人的总领导。

“那你犯了什么事啊？”

“犯了收钱的事。”

“嗯，收钱肯定是要犯事的，拿人手短嘛。”

“呵呵，不是那种收哦——在广州，何夷通、何见红到银行取钱，再交给我。我倒个手，又交给‘小陈’。就这事。”

“呵呵，你手犯贱啊，倒那一下干什么？”

“不是这么说哦。朋友嘛，帮了个忙。”

他挺能说的。所说的，应该是深思熟虑的。不但对我，也对侦查员、检察院、法官一路这么说的。

在台湾，他打过各种零工，服务、工厂、工地。还服了兵役，四个月。之后做代购，跑欧洲，也跑东南亚那条线，赚点差价。做了一两年，收入不固定，好时有十来万，一般四五万一个月。

台湾人“小帅”，二十多岁，具体做什么不知道，好像干过赌博之类的事，是他打游戏机认识的，现在做代购。这一回，他们两个一起到广州来做衣服、包包之类的，用顺丰发回台湾。“大陆很便宜啊！”六月底，小帅告诉他还有两个朋友要来大陆，让他到海市接一下。来的就是何夷通、何见红。然后小帅安排二何住下，他也回自己住的酒店休息。

此后，二何就每天到银行、柜员机取钱，取来的钱都交给他，然后他再联系小陈。小陈一般会让他坐地铁去找他，然后转交二何所取的钱。小陈三十多岁，应该是大陆人。

“什么钱？”

“不清楚。我刚说了，小帅也干点赌博的事，可能是赌场赢的钱吧。”

“为什么二何不直接转小陈，非要多你一手？”

“不知道啊。我也曾经建议小帅照警官说的办，但他不同意嘛。”

“你收手续费不？”

“不收。帮朋友个忙。”

“像你这么好的狐朋狗友打着灯笼都不好找啊！”

“呵呵，有时候也不想帮啊。有几回我有点忙，就给小帅说让二何直接找小陈吧。但小帅说不急，让他们先收着，等你有空了再说。”

“每天都忙着帮忙吧。”

“一天一次。总共十几次。”

“总共多少钱？”

“几十万应该有吧。”

“起诉书好像不是这么说的吧。”

“对，起诉书说是五百多万。问题是我没有转过这么多钱啊！”

“在广州还干过什么事？”

“叫大陆人诈骗了一次。”

“哦。”

“不信啊？有一回在街上，遇到一对母女，很可怜，说是钱包叫人偷了——你们广州贼好像蛮多的——没钱吃饭没钱回家。我好心给了她们几百块钱，她们千恩万谢，说以后要还给我。谁知道第二天就把我的微信删了拉黑了。”

“几百块你是借她们的还是给她们的？”

“给的啊，我可怜她们啊。”

“施恩就图报？既然是给的你要人家母女微信干什么？希望别人加倍回报你啊？”

“她们主动要加我的微信的哦！”

“那你就等她们主动联系你嘛，第二天就发信息给人家母女，你什么目的？”

“反正我有了被欺诈的感觉。”

“感受一下蛮好的——因为你是诈骗犯嘛。”

“警官你要有证据啊，我可没诈骗啊！小帅、小陈他们赌博，或许诈骗，二何取的也是诈骗的钱，可这个跟我有什么关系嘛！”

“对。连我都觉得冤枉——怎么抓的你？”

“七月初，一天晚上，我跟二何一起在大排档吃饭，七八个便衣拥上来就抓。我还以为是黑社会抢钱呢。然后把我们分开，我被带到一辆车上，又上来两个警察，叫我认罪。我说叫我认什么罪？！他们不说话，拿手机打我。”

“有这事？”

“对啊。”

“我不相信——你嘴里没一句实话。”

他突然抬起屁股、前倾身体，把脑袋顶向我胸部，右手抬起，拨弄着头发，叫我看被打过的痕迹。我不禁想起《水浒传》中的泼皮牛二，“爬将起来，钻入杨志怀里”。但我只淡淡地说了句：“啥都没有嘛。”

“也没流血，又过去了这么久，当然没啥痕迹了！”

“那就是了。你太招人厌了，广东话叫‘乞人憎’。我估计谁都想满足你——揍你。当然，打人不好，大陆警察更不打人。我只拿一点证明你说谎：现在大陆人用的都是轻薄贵重的智能手机，不是‘大哥大’，谁舍得拿它打人？！当然，你嘛，这事，可以对法官讲——问题是谁会相信你啊。你满嘴胡话，你嘴一张，不要说法官、警察，就连街上的老太太都会说，哟，骗子要说话了……”

四

许本名所说的报道台湾诈骗分子作案的《消失的 1.5 亿》新闻视频，当天晚上回家，我就上网搜索，但是，没能搜到。我也没有失望，本来嘛，这就是一个与诈骗有关的犯罪嫌疑人的讲述，不一定要当真。不过，我承认，“消失的 1.5 亿”确实是包括央视在内的许多法治频道常用的标题风格，听起来真像那么回事。

几天后，我整理笔记，发现在这句话的后面，我以括号的方式标注了几个字，“贵州开发区”。于是，我重新键入搜索关键词，这一回，视频、新闻出来一大堆。没错，正是贵州黔南州都匀市的案子，警方命名为“12·29”特大电信诈骗案。

2015年12月20日，都匀市经济开发区建设局财务主管兼出纳杨某，接到一个自称农业银行总行法务部人员“唐某”的电话。对方称她在上海办理的信用卡涉嫌恶意透支，问她“是否身份证被人冒用，银行可以帮助转接到上海警方报警查处”……作案手法正是诈骗分子百试不爽的套路，故过程不赘述。最后结果是，杨某对自己掌管的银行账号涉嫌犯罪的说法深信不疑，按照对方的指令点击下载相关软件，插入自己持有的单位资金U盾，配合对方执行所谓“清查”程序，将资金存入“警方”的安全账户……直至1亿1700万元资金全部被转走。

包括央视、人民网等媒体都作了报道。新闻称，这是一起全国近年来单笔被骗金额最大的电信诈骗案——

贵州500余名民警参与侦办，在公安部统一协调下，从网络电话、虚假网站、银行卡等环节入手展开追踪。确定该诈骗团伙话务窝点位于非洲乌干达境内，团伙主要头目均为台湾人。专案组对上万个涉案账户进行紧急止付，快速冻结涉案资金总额一亿多元。专案组先后派出27个外省工作组，分赴26个省市开展调查取证和抓捕等工作，历时4个月。抓获各类犯罪嫌疑人62名，其中，台湾籍犯罪嫌疑人10名，缴获涉案银行卡9942张，带破涉及全国26个省市的诈骗案件184起。

消失的不是“1.5亿”，而是“1.17亿”；犯罪窝点在乌干达，而不是南非，但似乎可以认定，许本名所说就是这一宗案件。新闻没有提及嫌疑人的更多信息，所以无从判断哪一位是他“哥哥”。不过，如果许本名所说属实，那他“哥哥”就不在当时即被抓获的十名台籍主犯之中。他应该漏网了，且自以为逃脱了法律的制裁，大摇大摆到贵州去成亲，这才被抓获。疏而不漏，好。

提及此案，并非要核实许本名的诚信，而是此案报道中的这一信息（据观察者网、经济与法制网等）引起了我极大的兴趣：

专案组侦查发现，在2015年12月22日至26日期间，短短4天内，受害单位的 2 个账户共 1.17 亿元，先后被转至 67 个一级账户，再被转入 204 个二级账户，接着被转入 6573 个三级账户，然后转入 2163 个四级账户，最后被转入 127 个五级账户，并迅速被拆分至若干银行卡，在台湾地区被取现。

信息含量极其丰富。

诈骗集团由三大组织联合构成：话务组织、系统供应商、“车商”组织，这是电信诈骗得以运作的三大要件。许本名、黄重绅、谢元儒们所为，正是诈骗最尾的一环：取现。

由此可知，打击电信诈骗犯罪仅靠公安一家根本不可能，它与三大部门——公安部门、电信网络部门、金融银行部门——紧密相关。在“12 · 29”特大电信诈骗案中，赃款“1.17 亿”的消失仅在 4 天之内，且被转账的频次及涉及的账户数目令人眼花缭乱，令人瞠目结舌（在本节转引中，我特意保留了新闻报道中使用的阿拉伯数字，就是为了更直观一点）。金融银行业漏洞太多。

如今，银行金融部门作出一定的防范——比如，向境外汇款被限制——之后，诈骗集团急不可耐，向大陆派遣无数的许本名、黄重绅、谢元儒们。他们分分合合，潜伏在稠人广众之中，以蚂蚁工兵的卑微劳作，搬取如山的巨额赃款。但同时，新的问题又产生了：为了迅速套现，无数个“车商仔”需要在大陆的银行开账户。可这简直太容易了——许本名说，有的银行“什么都不问，真是顾客就是上帝”。

钱去哪儿了？钱流向了诈骗集团，流向了中国台湾。但须知，许本名、黄重绅、谢元儒这些“车商仔”，这些搬运赃款的蚂蚁工兵，仅仅是钱流通过的毛细血管般的渠道。公安机关以“掩饰、隐瞒犯罪所得”（《刑法》第三一二条）的罪名打击、起诉他们，尽到了他们的责任。但最大可能地堵截大陆人民的血汗钱流失，还须网络电信、金融银行等部门联动起来筑坝修堤。

第六章

金主 · 老江湖 · 黑社会

一

原来，总是坐在三号仓门口和管教、同仓谈笑风生的中年男子，就是“大马专案”抓获的唯一的金主叶青驯。有两三次，我从三号仓经过，看见他坐在一张矮小的塑料方凳上，两腿大张，两个手腕架在膝头上——一只手里还夹着一支燃烧的烟，脚后跟踩在拖鞋上，脚尖翘起，胖胖的身躯微晃着，仰着头开心地笑：“不是这样讲哦，呵呵……”管教含笑不语。管教大概也喜欢这样的在押人员，这种人当然好过那些阴郁的、斗狠的、沉默寡言的、又哭又闹的……这会让管教高度紧张。

这人有点特别啊。但他从来没有特别关注过我，从仓门前经过的管教、辅警、在押人员，他都只是略看一眼。他沉浸在自已狭小的欢乐之中，仿佛身外的一切都与已无关。

不过，我已打定主意，不会先接触他。我已为最后四个人排定了采访顺序：林超强、胡富武、汤远翔，之后才是他叶青驯。这时，在看守所的所有调研工作将宣告结束。

他们的身份我也已大致摸清：

林超强，二线人员，金主李济柴的小弟——黑社会马仔。

胡富武，三线管理者，人称“老江湖”——浸淫电信诈骗业超过十年。

汤远翔，电脑手，资深吸贩毒者，黑社会马仔。

叶青驯，金主，黑道人物。

二

林超强，生于 1984 年，台湾桃园人，高中文化。

我站在谈话室门口看着管教带他过来，刚想伸出手做个请进的微动作，他突然脚跟顿地、立正、双手下垂紧贴裤缝，头微微抬起正视前方，响亮地喊道：“报告管教，林超强到，请指示！”

老实说我吓了一小跳，他侧后方的管教，也流露出一丝诧异的表情。但我毕竟警服在身，还是迅速稳住了阵脚，也立正而站，稍稍提高了音量说：“很好！进来吧！”

他来自一个管理严格的监室，不过这一举动，还是略带表演意味。我见过七十多个人了，他是第一个也是唯一一个将监所的规定绝对军事化的在押人员。按照标准流程，其实他应该立即蹲下，举右手向太阳穴处，再喊“报告管教……”几乎所有人都是如此，包括侯定民。当然，他们的动作潦草或敷衍得很，神态猥琐而紧张得很，声音喑哑且卑弱得很……

我自报家门后，他陷入了沉思。我倒调烟头，将烟嘴探出桌面两厘米对着他。他迅速地哈腰，说了声“谢谢”，然后，他以貌似恭顺的小学生的神态问我：“能否请教警官一个问题，在起诉书上，特别注明我是‘采购员’，这是什么意思？会不会加重我的罪行……”

他的恭顺我不意外，但我仍然严阵以待。他瘦削，脸上有许多疙瘩，可称一脸横肉，单眼皮，眼珠子不乱转动，显得精干，还有不怒自凶的味道。还能感觉得出，他尽力在收敛骨子里的戾气。他已三十三岁，既有社会阅历，心智也相当成熟。我可马虎不得。

“这是对事实的一个陈述吧。”

在起诉书的“组织分工”一节写道：林超强是二线人员……兼职司机、采购人员。

“想了很久，有点担心。”

我想了一会儿，只点了一下头。

“你挺瘦的，但看着很结实。”

“我胖了二三十斤了——看守所里伙食好。”

我笑了。胖了三十斤极有可能，张富龙胖过，黄芮玲胖过，且都是这个幅度。但“表扬”看守所伙食好的，他还是第一个，也是唯一一个。我还是直奔主题吧。

“我聊过很多人了——你应该看到、知道——搞电信诈骗的，是有两个‘阿财’吧。”

“财”“柴”“豺”，在南腔北调的广东，要区分得写下来或组词。

他点头说是的。第一个，没法隐瞒，就是他这个诈骗团伙的最大金主李济柴阿柴。李济柴二十四五岁就开始贩毒，自己也吸，主要贩卖的是 K 粉、摇头丸、“神仙水”之类的软性毒品。靠贩毒赚到了大钱，据说有一千万人民币，买了栋别墅。他是二十五六岁起跟着李济柴干的，是李的专职司机。最近几年，李认识到“贩毒不能一辈子”，想着转型；还有，在台湾，法律的惩罚是“毒重骗轻”，所以，李拉起一些人马，开始学习诈骗的程序和操作。另一个阿豺，又称“鬼豺”，大他一岁，“那是个有名的败家子，不是人来的”。骗人胆子很大，曾在孟加拉国开过诈骗公司，挣了大钱，到处挥霍，故而很有名。同时也无人不骗——不论是谁，亲戚朋友，“包括亲老爸都骗”，所以又到处惹人追杀……

“在这家公司，李济柴很信任你吧。”

二十五六岁起做跟班，至今已七八年。

“不是，他最亲近的人是陈俊于和‘Q 胖’。”

“为什么？”

“他们，对公司比较重要。”

“为什么重要？”

“一个是管理者，一个是电脑手。”

简明扼要。“Q 胖”就是电脑手汤远翔。但，他没提陈俊于和李济柴是血缘兄弟。

“你，包括李济柴，什么时候开始转型？”

“2014 年。”

李济柴让他，还有童己修等人，到马来西亚，跟着台湾的诈骗公司学习经验。他们进入的，就是那个“连亲老爸都骗的、不是人来的”“鬼豺”阿豺的诈骗团伙。阿豺亲自当教练。

“都学到了什么？”

“有很多科目……”

他居然用了“科目”一词，这是驾驶学校和交警们，当然还有一些军事性组织的行话。

具体的科目当然包括抄稿子背稿子，所有人都这么说。但阿豺的第一课与众不同，是让每一个人嘴里都咬支笔，先练习去掉台湾口音。口音正了，又要学习大陆的语调，以及特殊的词汇——两岸有些词用法、含义不尽相同，阿豺是有研究有总结的。经他亲自检查过关，然后才是看剧本。剧本是业内流传很久的，拿医保卡、宽带、快递包裹直到毒品、洗钱等来起骗。但不会永远不变，而是会随着时间的推移，应对大陆的防诈骗宣导，不断进行调整。总之，会紧跟形势。

“你现在的口音没有一点台湾腔。”

“在这里时间也不短了。”

他对整个电信诈骗的操作流程了然于胸。

“三大块，诈骗电话公司、系统商、‘车商’；三家互相信任，互相合作。台湾诈骗已经很多年了，合作也积累了很多经验，都讲诚信，合作起来很顺畅。”

他说，据说诈骗所得的赃款，在二十四小时之内，就会被“车商”手下的车手们提取一空。首先是从大陆被骗人的户头转到“车商”给的“安全账户”，同时很多“安全账户”里的赃款会汇总到一个较大的账户里，又立即再分化到许许多多小一点的账户，才由车手提出。最后，通过一种复杂的洗钱方式，再流回台湾，洗成干干净净的台币。可以大大方方地花，完全合法，没有任何问题。你想追溯一笔被骗款子的流向，最终会发现“无迹可寻”。

至于其间的利益损耗或花销，他表示不是很清楚，只说较重要的车手们会有三至五个百分点的抽成。

“我们没有抓到李济柴和陈俊于。”

他定定地看着我，好像在琢磨我的潜意思。但我若无其事，又给他烟。

“本来我也会没事的，呵呵。”

他冷静、沉稳，讲述有条不紊。贩毒，可是脑袋别在裤腰带上的活（当然，台湾的打击好像并不严厉，感觉仅仅像天上下石子却不戴帽子）。他能做到毒枭的贴身，个人素质绝对不一般。

当天，陈俊于先因有事离开了公司。三十分钟后，他也应该出门——有一批台湾来的员工等着他去接。他稍微磨蹭了一会儿——路很熟，车技也自信，等拉开别墅的房门时，发现警察已经翻过院墙跳进了院子。

陈俊于离开公司正是去接李济柴的（有人告诉过我），但他没说。而他拉开别墅门“请进”了马来警察这一情节，也没人提起过。有多少新员工要来？李与员工同机吧？陈俊于一台车不够坐吗？这事本来是应该由他做的，他可是李济柴的专职司机，又是诈骗团伙的二线兼司机。

“最终恐怕还是躲不过去的。呵呵。”

听起来是在讨好我。

“对，叶青驯就没躲过去——不是不躲，是自投罗网。呵呵。”

他整个上身连着头部一起向前一倾，这是一个大大的点头。表情也很严肃，意思大概是他完全认同我的说法。

“了解他吗？”

“也是金主嘛——听说的。”

他听说叶青驯在这家公司的投资不会少，因为他连家里的一块地都给卖了。叶是一个资深诈骗人士，在大陆有自己的一套团队，一二三线，都很成熟。他在大陆有些人脉，所以才会在他们被抓后还跑过来。他猜叶是想跟他的团队联络，谋划进一步搞诈骗公司。听说2015年，叶跟那个“不是人来的”阿豺合作过，赚到了钱。

“叶和李济柴，怎么混到一起的？”

他们都是桃园人，可能认识很久了。叶青驯虽然大十来岁，但也是在道上混的：“我们大哥是一直干偏门的。这样玩到一起很正常……”

他有点口漏：他跟我一样，直呼李济柴的大名。可是，在这段叙述中，他却不经意地、自然流露地，以“我们大哥”来指代“李济柴”。事实上李济柴生于1986年年初，他比李还大一岁多呢，看来“大哥”跟年纪无关，它是一种地位。我感觉到他也意识到自己说漏嘴了，但他不动声色。我也不说破。

“公司其他人呢？”

“‘Q胖’，虽然戴副眼镜，像个学生，但别被外表骗了。他一点都不宅。看着傻傻的，但人精得很，只不过爱玩电脑罢了。”

“他也贩过毒吧？”

是的。李济柴的这个贩毒团队，也以类似于诈骗集团的“车商”的模式来运作。比如送货的叫“司机”。“Q胖”以前也是司机，但后来升为“掌机”——接客人电话，安排“司机”送货。

他没有提更多的“其他人”，大概那些低级别的，都不放在他眼里。可是，他一个字也不提胡富武。我也不主动提，我们就以贩毒为话头，广泛地探讨许多违法犯罪类型。他说，台湾有“八大行业”或“八大偏门”的说法，包括赌博、桑拿、贩毒、赌球、诈骗、走私、“鸡头”，等等。只要不是正经公司做的，都可称八大行业。他说自己的列举可能不全，我可以上网搜一下。

之后话题就转到了他自己。

他说自己不爱读书，服了兵役后，进了一家电子厂。他能干，也缘于“贵人提拔”，升职很快，干到了主管，也赚到了一些钱。但他年轻气盛，渴望有自己的生意，于是开了两家洗车店。生意还行，不过这一行太受季节性因素影响，台风、下雨天就没生意。这种日子长了就会亏损，当然总体上说得过去，就是赚钱少点。但由于洗车，认识了各路朋友，特别是开着靓车的八大偏门的朋友。久而久之，本小利薄的生意就看不上眼了，终于一脚踏进了偏门：贩毒、诈骗…… 现在，踏进了看守所。

他说，本来还有另一条路可走——大道，阳关道：他的舅舅在大陆做生意，代理一款汽车的销售。大陆的经济发展相当迅猛，叔叔也是赚得盆满钵满，在大陆买了房买了车，娶了大陆的婶婶，现在还包了更年轻的二奶……家人曾想让他投奔舅舅，但他还是想走一条自己的路，结果越走越低。他像一个历尽沧桑的达观老人那样微微一笑。

他是个明白人。想说的他会说，不想说的问也没用。于是我提议再来一根烟。

三

胡富武，生于 1966 年，台湾新北人，绰号富哥，三线人员兼窝点临时负责人。

三十三仓的门开着，管教正要把几个在押人员放回去。我说找胡富武，管教还没开腔，一个背对着我的立即喊了声"到"。这声音有点苍老，他已经年过半百了。

他是第一轮值员。我说你是轮值员啊，他纠正说，是第一轮值员。我郑重地点了点头，这是他的身份，我得表示出尊重。

他长着北方男人的大气脸庞，态度谦和恭谨。我有点意外，"老江湖"我职业生涯中没少见过，一般眼神、举止都有"老江湖"的痕迹，掩饰不住，即便是在看守所和监狱。

他说自己五十二岁了。我愣了一下，功课我做得相当仔细，算过的，他五十一。他解释说虚岁嘛，我这种年纪的都这么说。虚岁的叫法很中国，很北方，也很乡土。但他其实不算特别北方，他祖籍重庆——以前还是四川。重庆，现在是直辖市了。我刚说完，他立即接口道，是的。又说他父亲是四九年去的台湾。

话题在家长里短中盘桓了一阵子。

他家中有八个孩子，他是最小的一个。现在，大的"都快入土了"。他和哥哥姐姐们只是偶尔才相聚一下。

我正在抽着烟记录，突然，我听到了骨骼的脆响之声，不是一声，而是连缀在一起的三声。我立即抬起头，身体向后一闪，厉声问道："怎么?！"这响声有威胁意味，它通常是好勇斗狠的人按压自己拳头时才会发出的。他是个黑社会、老江湖，我们较为轻松的开场闲聊，是否给了他一些暗示，即这个搞调研的警察是可以拿捏一下的小角色，完全可以试试他的斤两，以便为以后的谈话创造气势上的主动?

"没有没有。肩椎、颈椎病，很久了，不活动一下很难受。"

一连两个"没有"，表明他感受到了我的警惕。后边的解释，也并没有附加动作，他似乎明白了我不喜欢那种响声。

我也不想让交谈氛围被破坏，再次给他烟。他深吸了一口，发出了深深的感叹：

"坐牢，就是抽一口烟，享受一下自由的一两分钟。"

这总结，很精辟啊。不，算独到吧。但我不能赞出口。

他毕竟年纪大了，更主要的是心境老了吧，身体各种不佳：因为血小板不凝固，还曾在中大五院住院四十二天。这些诈骗嫌疑人，未抓之时，各种活跃，如同生猛海鲜。一进看守所，就是各种病痛，如同秋蝉蚂蚱……免费医疗是要享受一下的。有三五个了吧。

"你有前科吧?"

我也不客气了。

2000 年，曾因吸毒被台湾处罚过。2010 年，因伤害他人再次被处理。七年前，也就是他四十多岁的时候。我刺了他一下："四十岁了还这么狠啊?"他马上解释说，因为交通事故引起的，还是气盛了点。又引而深之："我这一辈子啊，就是不爱读书，这才没走上正路。现在，两个孩子都在上大学，读书很重要！"

老江湖，做诈骗十几年，好几个人对我这样讲过。因此，我问他这十几年来都在干什么工作。他说自己是个台商，与人合资，做台湾的桧木生意。桧木，是阿里山的神木，生长极慢，木质坚实，防虫防蛀，故而被开发做豪华家具。大陆经济腾飞，有钱人很多，高档家具的市场需求很大，他的生意很好做。他有一家木器厂，位置在台中再往北一点，生意好了五六年。后来大环境不好，生意一落千丈，“连老娘的私己钱都赔进去了”。他解释说，他是“么儿”（他用重庆口音说），大女儿也是奶奶一手带大的，故而老娘偏心，给了他不少贴补。所以，他只能到东南亚去碰碰运气。他继续讲述：印尼、马来到处走，有一回坐车，刚好与一些华人赌客同车。聊起来后，人家觉得他还不错，就有赌档老板请他专门开接送赌客的车。地点在吉隆坡和槟城，这里都是华人较多且形成一定势力的地方，地下赌场相当繁盛。他每天开两次，月入四五万台币，算过得去。开车接触的人更多，其中就有许多因为诈骗而赚到大钱的人，其中就有人问他想不想赚点大钱。他当然想，于是就被拉进了诈骗团伙，“开始学习‘讲电话’”。此时，已经到了 2015 年。

好几个台湾的青年男女把电信诈骗叫“讲电话”，有点别致。但听一个五十岁的这样说，还是觉得有点……

“2015 年，你已四十九了，这可真是半路出家。”

我没能用更准确的语言表达出我的意思：这简直都是晚年失节。有悖常理嘛。他立即明白了，立即解释道：

“有一个细节可以证明我不是资深诈骗……”

我可没用过“资深诈骗”一词。

“……你知道的，任何诈骗公司拉人进来都是有点数的，这笔钱可不少。可我只拉进来一个温渐鸿，还是个煮饭的。”

他的例子证明力不够强，逻辑也差点：只带了一个煮饭的，这跟是否“资深”没什么关系嘛。但他不给我思考和质疑的机会，立即转移话题。

“叶青驯是资深诈骗。”

这叫检举揭发，还是叫瞒天过海、借刀杀人？大难临头各自飞吧。

他说，他就是开面包车接送赌客时认识叶青驯的。叶曾经在台湾坐牢三四年，是不是因为诈骗，他就不清楚了。但是，叶出来后就把家里的一块地卖掉了，卖了三百万。他拿出二百万投资诈骗，赚到了大钱。当然，被合伙人阿豺给骗了，都卷走了。

“阿豺……”

我感觉不由自主就被他带开话题了，但又无能为力。

“不是李济柴阿柴，是另一个阿豺‘鬼豺’，台湾有名的大骗子，靠诈骗赚了很多钱。”

“就是连老爸都骗的那个，‘不是人来的’？”

“对对对！他也是桃园人，跟叶青驯还是从小的玩伴呢。两人是邻居，两家人都熟得很。”

算是有价值的新信息。

“刚认识的时候，叶青驯就在槟城开诈骗公司。不过，规模不大，管理也不正规，可以说混乱，他自己也想找一个老成持重的人代为管理。他看我人还行，毕竟我五十了，阅历经验都有，受过挫败，遇事不慌，就请我管理。我也是迫于生计，就答应了。”

资深的叶青驯拉他这个年近半百的人进了诈骗界。

“这个阿豺，又跟李济柴合作，开诈骗公司。用同样的方式，把李的钱也给骗走了。李跟叶后来在马来西亚槟城的赌场玩，都是台湾人，都是桃园人，两人就认识了，聊上了。聊到都叫阿豺给骗了这事，终于促成了叶、李两人的携手合作。”

这应该是实情，而且，还是内幕。

“这一局，叶青驯应该没有投入太多股份，他也没多少钱了。据说是二十到五十万台币，大头都是李济柴出的。”

“他们怎么分成？”

“那你得问叶青驯。他或许会说，或许不会说。”

林超强知道叶青驯卖地投资诈骗，但他并未提及叶被阿豺所骗一事，所以他才会认定叶投资不少。看来，黑社会的少壮派还是不如老江湖。

“那个阿豺啊，是连别人贩毒的钱都卷走的。”

“吞了李济柴的贩毒款？”

“不止李济柴。桃园中坜一带的黑社会，提起他那是咬牙切齿的。”

又补充叶青驯与阿豺的关系：他们是通家之好，阿豺管叶父叫叔叔。但他欠了太多的债，靠骗来还，估计连他叶叔叔都骗过。有一年过年，阿豺叫债主们给堵在家里了。阿豺的父亲为了过年，息事宁人，给债主写了张一千五百万的欠条。可是，年过完了，他爸又不肯还钱了。导致黑社会在阿豺家开了枪，“这事台湾的新闻都报道过”。

“那么，这个，叶青驯李济柴合伙，还有什么证据？”

我承认自己听得有点凌乱。

“有哇，林个木和李启端就是叶青驯带的人。俩新手，一问便知。”

林个木自称是一个“豆腐哥”介绍他入伙的。

“那么，这一次，也是叶青驯带你加入的？”

他对“带”这个字很不以为然。这是我的感觉，我还感到他想让我明白他和叶、李的合作是一件郑重的事。

“有过一次中坜会谈。中坜谈话商定了我们的计划……”

哇噻，“会谈”“谈话”，他居然使用这种词汇。他倒是入戏了。

在桃园中坜区——一个很乱的地区——叶青驯、李济柴和他，就开办诈骗公司的事进行了磋商。关于他的部分是：做三线，兼任公司临时负责人。就像起诉书中所说的。

然后又是天南地北乱飞的信息。

……林超强，就是李济柴的“小弟”。几乎台湾所有娱乐场所的K粉，都是李济柴经营的。李就是这样发家的……

桃、竹、苗，台湾的桃园、新竹、苗栗，基本都是客家人聚居区，所以，李济柴就是客家人……

李以前在台湾跟过一个黑社会大哥，这个大哥，就是一个管“车商”——提取诈骗赃款的组织——的有名的人物，提供洗钱等一条龙服务。因此，李济柴转型，也跟他在诈骗界的这点人脉有关……

阿豺，就是“不是人来的”那个，据说2016年过年曾回过台湾，但在机场一出安检口就被黑社会“接走”。欠债太多了……

被捕团伙中的大陆人，是由李召负责招募的。李召不是诈骗界的新手，这次他带来的都是新手。李召认识李济柴，他们在国外早就相识了……

李召，生于1993年，四川三合人。他带了五个人从大陆出国赴马来，与诈骗组织会合。侦查机关认定他为“一线人员召集人”，作为这个团伙中的大陆籍的样本，我也见了他。2010 年起，他就混迹成都，认识了一个台湾人“小吴”，小吴介绍他到东南亚工作。2013 年年中，他到印尼雅加达，在一家酒吧开酒、上小食，“有华人女客，我也会陪着喝上一两杯，借以拿点小费”。喝酒者以华人为主，有当地的，有台湾的，也有大陆的，另一个台湾籍的朋友“小安”——是开诈骗公司的——介绍他认识了李济柴。李得知他是大陆人，请他喝了两杯，互加了微信，从此李召也想转行进诈骗界。

2014 年他恋爱、结婚、生子，一年没出去。2015 年 5 月，他去印尼投奔小安，但小安说他公司人太多，推荐他到李济柴的公司学习。两家公司挨着，翻个墙就能过去。李济柴的公司是与阿豺合作的，他在公司里见到很多人，包括本次一起被抓的汤远翔、童已修、陈筝等台湾人，更多的员工是这次没抓到的湖南籍。公司业绩很一般，有时一天才几千块，有时好多天都没有进账。他在这家公司只拿到底薪四五千块。这不是他想要的，于是再次转投小安。小安公司正规得多，以台湾人为骨干和班底，只有两个东北人。小安自己还不是直接的大老板，所以也兼任三线。接到一线电话的群众经常开口就骂人，李召不想挨骂，就跳级直接上手学习二线业务。二线没有底薪，但他靠提成拿到一万二。但很快，小安说当地警察要扫荡，让大家停工转移到酒店。

后来李召才收到小道消息，是这家公司的几个台湾股东吸毒被查获，而公司员工的护照都带在他们身上，也因此被当地警署扣押。之后他办临时护照回国。2016 年被抓这次，是李济柴用微信联系他让他带人去马来的。还谈妥了分成：他所带的人创造的总业绩的百分之零点一归其所有。也就是说，他的人业绩一百万李召自动获得一千抽成。他把亲戚朋友都带上了——“王小芳是我老婆。我老婆的妈是申大勇的姑……申的老婆叫游银花，在马来期间怀孕，被取保候审。陈貌海和骆大兵是我多年的朋友，一起玩大的……”

李召从另一个角度供述了李济柴诈骗公司的历史。

李召提到的汤远翔，就是被抓的电脑手，接下来我就将见他，于是向胡富武打听。

"'Q胖'的情况你知道吗？"

"'Q胖'和林超强都是跟着李济柴贩毒的，都叫台湾通缉，所以他们也回不去，只能在国外混。所以李才安排他们在国外组织诈骗。"

"李老板这也算给手下人安排一条'出路'。"

"呵呵。"

"笑什么？"

"出路？！出路？！"

"当然，最终也是不归路。呵呵。"

"我听说，听说的啊，在马来监狱里听说——公司下边的人说的。我们这个公司为什么会被抓？为什么就在李济柴到马来的当天被抓？为什么那么巧，陈胖去接李济柴躲过了一劫？为什么呢？所有人都忍不住问这一句。"

"为什么？"

"我也是听说啊。李济柴和陈俊于联手出卖了手下！这是断臂求生的技术！他是老板，难道会出卖我们这些为他赚钱的手下？！没有理由吧——有！因为他可能跟台湾警察、大陆公安做了笔交易：我把手下卖给你们，你们不要为难我，台湾得给我减刑，大陆不要找我的事……"

"什么？！……"

"你看啊，本来嘛，李济柴是要3月24号到马来的，而且要带几个一二三线的师傅级的人物过来。可是，他没来，跟我说要等一个女孩，她的机票出了点问题。25号倒是来了，飞机又晚点，陈胖却偏偏早早就出去接他。人没接回家，警察就开始动手抓人了！"

他反复强调是"公司下边的人说"，但其实，这应当是自己的心思——只有老江湖才能想得如此复杂、深刻，只有老江湖才能不惮以最大的恶意来揣测他人……

几个月前，采访侯定民团伙成员时，不止一次听到这些底层诈骗嫌疑人对侯定民的赞美。给我印象最深的，就是韦丽丽、卢瑞林所说的，在马来移民局中，她们和另一个团伙关在一起。那个团伙的头子是一个“老老的台湾人”，他很没风度，在伙食待遇上只管台湾人，不管大陆籍。年轻气盛的侯定民都看不下去了，当着他的面号召他的成员以后投奔自己。我一直在猜测，侯定民藐视的那个老老的台湾诈骗团伙头子究竟是谁，是被抢回台湾的那些人当中的一个吗？不会。因为，据报道，被抢的人很早就离开了监狱，没和大陆人长久地关在一起。

我多次翻阅五个窝点的起诉书，计算每个人的年龄，终于判断胡富武就是那个在狱中只顾自己和台湾人的所谓诈骗头子。很快，我就得到了其团伙成员李召的佐证——我与他谈话结束之时，他突然愤愤地说：“后悔跟这些台湾人干事——只盯着自己的小利益，没有当老板的气度。没什么良心，大难临头，只管自己……”我以为他在忏悔，但仔细听，却又有话外之音。想问问，可是，他已到了仓门口。他蹲了下去，低头一言不发。他愤恨的可能是李济柴——作为大老板，没有积极营救，起码没让狱中的他们感觉到。但是，事实上是，国家生气了之后，谁都没被救出去，这一点他早就明白了。

那么，惹他耿耿于怀的，只可能是同处狱中的临时负责人胡富武！当然，也许还包括李老板的司机林超强。

已经到达马来西亚的大股东李济柴和他的弟弟陈俊于，对狱中的胡富武、李召等人展开营救或给予照顾了吗？不得而知。有也不会多，且最终结果显然不能令胡富武满意：没救成嘛。这同时也就能解释他在马来监狱里的消极表现：混吃等死，听任一个年轻后辈羞辱和奚落。无所谓了，我只要自己能吃饱喝足，过得一天是一天。管不得别人，特别是不沾亲不带故的大陆人李召们。胡富武这是心凉了，心死了。这是被出卖之后的出离愤怒，是大难临头各自飞的实用理性。他虽然是老江湖，但格局较老、较旧，又年过五旬，经此一劫，已然没有了东山再起的豪气和勇气……

“天网恢恢，疏而不漏，跑得了一时而已……”

我这话是对李济柴和陈俊于躲过所谓抓捕的评价，听起来却有点安慰胡富武的意思。因为，我不大相信会发生这样的事：诈骗团伙的老板会出卖他的手下，以求自保；但也不是一点都不相信：他毕竟是一个毒贩子，这类人没有任何良知可言。他自己也吸毒，逻辑与思维，一个正常人难以理解。

胡富武看着我，很久，突然叹了一口气。

"是啊，躲得过初一躲不过十五。我想明白了，我被抓，真是好事。"

老江湖大概不相信我在安慰他，他认为我那是落井下石，是侯定民式的奚落。我其实并没有这一层意思，但我不能解释。犯罪分子被抓，当然是好事。

"我在医院里住了四十多天，感到自己活不了多久，有很多猜忌，有很多抱怨，最终是想开了。年纪大了，不去管到底发生了什么事。还是反省自己，抓得早，好！"

我突然有点不祥的感觉：胡富武其实一直在试探我！他并没有放下猜忌、结束抱怨、倾力内省，一年多来他从未放弃探究自己这一劫难的真正原因。但他身处深仓之内，坐井观天、孤陋寡闻，只能愁思百结，却百思不得其解。今天，来了一个了解案情的，但又与自己的定罪量刑无关的警察，他以其老江湖的余勇、余黠，引导了我们之间这场虚虚实实的"狱中谈话"。他想获取有用的信息，来为自己解惑。

我泄露了什么吗？我给了他误导性的言语或举止了吗？我下意识地将笔记本合了起来。

"听说，我们当中有人'立功'，这个能减不少刑吧？"

他可能以为我要结束，急切但仍然冷静地问这个非常……的问题。

我的脸可能阴了下来。

"立功"，简言之就是检举揭发。在侦查阶段，嫌疑人的立功会在其后庭审阶段体现在定罪量刑上，即减轻甚至免于处罚。他这是在刺探侦查秘密。

"哦？这个，不太清楚啊！"

我的表情可能不够自然。

这当然逃不过他的洞察。他立即转移话题，开始"忏悔"："好事！我现在真认识清楚了，抓了我是好事！如果犯罪时间再长点，有了更大宗的诈骗成果，未来的刑期肯定是没完没了，这一辈子注定要活在监狱死在监狱。现在嘛，早点算账，没准我还能在外面安度晚年……”

我微微点头以示同意。

“你比如说徐玉玉，想起这个女孩，我心里很不是滋味。我甚至都怕儿女们不肯原谅自己，他们也正是这个年纪，上大学的年纪。我现在每天念佛经，为我自己，也为徐玉玉。”

他是唯一一个主动与我谈起徐玉玉的人，但我不想接茬。

“对老温，我有很深的歉意……”

煮饭的温渐鸿。

“老温是我认识多年的朋友。我知道他消沉得很，写了信给他，向他道歉，也安慰他。他在台湾无业，就在家做做饭，管管小孩上学接送，都是该女人干的。他老婆在酒店做，是个领导，见过世面，人脉也广，挣得多，人很强势，老温在家里一点地位都没有。一般公司煮饭，大陆籍的七八千，台湾籍的不过五万。在中坜谈话中，我提出要多给他两万，叶、李看我面子，同意了。我是想着帮帮他，不说能贴补家用，起码能让男人在老婆面前腰杆子挺一点……”

如果他配以老泪纵横，我大概会感动吧。不过，没有。他对疑似被出卖、徐玉玉、老温的这一番哈姆雷特式的长篇道白，我不敢否定其中有真情的成分。当然，在我看来，他的语气太过平静，那是历尽沧桑，不，是谢幕的老江湖的平静。

四

汤远翔，生于 1989 年，台湾桃园中坜人，电脑手。

“你好像心不在焉。”

看照片，汤远翔，“Q 胖”，是一个娃娃脸的斯文人。虽然胡富武告诉我他贩过毒，林超强告诉我他一点都不宅，别被他外表骗了。但我还是没有料到，他是一个如此……怎么说，用网络习语讲，有点屌吧。他双眼微眯，一副不以为然的样子。“心不在焉”是个很克制的用词，我其实想说他藐视我的存在。

“不是。”

摇了一下头，双眼挤了挤。

“不是？”

“我双眼近视三百多度，还有散光。所以给人的感觉很不好……”

他马上领悟了我的意思。解释太合情理了，我自己就是高度近视。

一年多来，他都在这种状态下度过。他的眼镜，稍微有点特别。眼镜两腿与镜框连接处，有两块嵌入式的对称的钢片，外形似小刀，所以，在入看守所检查时，被暂扣封存保管。这检查可真够细致的。

“你家人存零用钱了吧，可以委托管教帮你在外面买一副。”

我出了个馊主意，给自己惹上麻烦了。

“给管教反映过，他不管。”

“为什么？”

“他讨厌我们几个……”

“哪几个？”

“同案，都是诈骗的……”

“理解。诈骗分子人神共愤。”

但既然已经出主意了，我就答应帮他向监所领导反映一下。没有眼镜……也不利于改造嘛。有多名诈骗嫌疑人免费救治、住院，花了纳税人大把的钱，不能又吝惜一副小眼镜。不过，鉴于可以理解的他的管教的态度，我表示我一定会反映，但结果如何我不能保证。

他连声感谢。我请他抽烟，他却谢绝。

“不会？你个吸贩毒的不抽烟？”

他吸，初二就开始吸烟。但现在戒了——九个月前，第二看守所严格各项管理制度，在监仓内吸烟被彻底禁绝。身边没有了吸烟者，也就没有了引诱，他那时决定戒烟。

“对吸烟者而言，吸了戒戒了吸，都是很正常的。但吸烟者有时决定戒烟，却一定包含着一定的心理因素。我戒烟，就是想给自己一个新的开始。”

有思想啊。

“你，高中文化？”

“大学没毕业，上过两年，没钱了。我学的是机械工程。”

“那个谁，好像也是没钱不上大学了……台湾怎么会有这种事？”

“我当兵后，有了点积蓄，还继续上了夜校，学应用外语，主修英语和日语……”

“人才啊，堕落成一个毒贩子太可惜了。”

“苦闷，先吸毒，染上毒瘾之后，堕落就不由自己了。吸毒是一种病理现象，没有道德色彩，当然贩毒绝对是十恶不赦的犯罪……”

我想到了一个词：侃侃而谈。一般情况下，对待滔滔不绝的审问对象，我们都在贬义层面上使用。但对他，我想在中性层面上用一回。他一点都不轻浮，没有夸耀。这应该是他自己深入思考之后的个人体会。

我对他的辍学有疑问，读了大学，总会有一个更高的起跳平台。他解释说，他父亲得了糖尿病，无法工作。为了养家，他开始在果菜批发市场做点赚钱的营生：从一个大批发商那里低价拿菜，凌晨两三点开始，或者转卖给其他小贩，或者自己摆摊零售，经常要忙到近中午才能完全脱手。因此，就没办法上全日制的大学，只能辍学。

许加伦也在桃园果菜批发市场干。也许……他说“是的”，他拿菜的那个老板，正是许加伦的高中同学。桃园真不大。

“我跟老板聊过，他觉得我挺有商业头脑，挺照顾我。我一天从他那里搬菜筐五十件，好的时候一天能卖掉一万斤菜，收入还是不错的。但是后来他弟弟可能看到有油水，就说自己想做。我只能让给他。”

自述简历，或者说谈论堕落的轨迹，他首先提了一个词“被迫”。理由有微观的，自己家庭的不幸与贫穷；也有宏观的，台湾社会乱，经济下滑，趋势也不好，生活机会非常少。他得出了一个较极端的结论：“在台湾人没法活。”

似乎个人感觉的色彩较为浓厚……

“我妹妹大学毕业，找的工作月薪只有两万二千……”

折合人民币是四五千。是否在台湾没法活呢？想问，还没开口，他的话题立即转开。

“但是，诈骗集团如果知道你是大学生，一张嘴就给你双倍。”

那么，所谓“人没法活”，看来只是“可以活得更好”——当然前提是淡化是与非、正当与犯罪的道德设限——的勾引和煽惑。因此，所谓正常人自乱阵脚、自甘堕落，就有正当理由了。只是“被迫”二字，强加于社会，有点勉强吧。

“你知道吗，有的诈骗团伙只招大学生——素质还是高一些。你听说过吧，2014 年，台湾在菲律宾抓过一个诈骗团伙，都是大学生。台湾新闻有过报道，只要是大学生，一线的底薪就是八万。非常有吸引力。”

台湾的判罚又非常轻，可以说所得与付出太不成比例，所以，就难怪从事诈骗者如鲫过江前仆后继。

“李济柴就没文化，初中都没毕业。”

补充这一句，不知道是不是幽他老板一默，但他并不笑。大概只是想说明，学历没什么价值。

他一开始并没有立即投身诈骗界——先为当铺、地下钱庄打工。总之，已经步入偏门，之后才是涉毒。到李济柴旗下也是注定的：他和李的弟弟陈俊于从小就认识，又是高中同学。陈胖不管是贩毒还是搞诈骗，“都是他哥的忠实走狗”。

“毒品分三级。一级的是海洛因、古柯、吗啡；二类是冰毒、大麻；三类是 K 粉、摇头丸之类。台湾的毒品生意很火爆，政府打击却很无力。比如吸食三类毒品，就是请你到卫生局去上一堂课。”

“禁毒不力原因在哪里？”

“烂了呗——也有强戒制度，但是，现在 K 粉已经有小学生在玩了，你怎么强戒？”

“还有其他原因吗？”

“你要严打，就有人反对；你要强戒，就有人让你戒不成……”

“你是贩毒界的理论家。”

台湾也不是不打击毒品，李济柴贩毒，就被官方通缉，也被黑道追杀。他们实在在台湾混不下去了，才想着转型。他们有共识：诈骗比贩毒利润高，但风险却小，近于无。

陈俊于、汤远翔，都属于李济柴贩毒案的涉案人员。李济柴的案子一直没结，于是，他也只能躲。2014 年 3 月，他到菲律宾，投身“不是人来的”阿豺的诈骗公司，赚钱，同时也算“进修”；还到过“阿万”的诈骗公司工作和学习。关于阿豺，他描述与评论道：三十多岁，“脑袋厉害，特别好用”！关于“阿万”：四十多岁，跟老婆离婚了，带一个小孩。“嘴巴厉害，讲话很有水平”！关于老板李济柴，他也有评论：无恶不作，但是非常孝顺。李济柴有个奶奶，他不想远离奶奶，就不离开台湾漂流海外，而是积极到案。被关了八个月，但台湾取保候审很方便——即便是这样的毒枭！候审期间虽不贩毒了，但又来搞诈骗！可叹！李济柴有父亲，但好喝酒，不工作。

学习诈骗，因为学历高，李济柴栽培他的主攻方向，或者是他自己兴趣与选择的方向，就是技术环节：电脑手。刚开始学时，李济柴给他工资两万，后来提到了四万。等到李开公司时，因他能做技术维护，李给八万。这一次，陈胖说了，给他十万。

他不光在菲律宾、马来西亚且混且玩且赚钱，还曾玩到了大陆。2016 年春节，他和女朋友到“准丈人丈母娘”家过年。

“也是搞诈骗的？”

“不。她在马来务工，在美容店工作。我在夜场玩时认识了一个大陆小姐，她介绍我认识了我女朋友。”

“夜场，互相玩玩？”

“不是。我们谈了半年了，我是有认真想法的，否则也不会去她家。不过这次被抓，估计就没了……”

“被抓这次，你们是怎么筹备的？”

“陈胖告诉我的，这次李济柴投资了三百万，折人民币六十多万，包括租房、搞设备、员工机票、办签证、伙食以及打点地方的黑白两道。

“这些都是陈胖负责的。他邀请我参加，因为他哥李济柴出钱，他出力——管理，但他不懂电脑，而我对电脑很有兴趣，也学过。我要做的工作就是维护设备正常运行，发送语音包平稳不间断。就是这些。一般的诈骗流程就包括三个环节，一是诈骗的话务，也就是经常说的‘讲电话’；二是系统商，他们提供软件，当然要外租一个服务器，提供大陆公民信息等；三是‘车商’，就是提钱和洗钱的组织。”

“你也是诈骗界的理论家嘛。”

“我很可恶。只是当时不觉得。”

“怎么说？”

“对不住同胞。”

“对不住被诈骗的同胞？”

“是的。我在仓里干很多活，洗衣服、洗碗，抢着干，就当赎罪。”

“你还知道哪些？”

“诈骗的技术一直在升级。比如我听说有的窝点会租两个办公点，A 点是话务组，人员每天拨打电话；B 点却只有一套网络设备，靠微波发送、传递信息，半径可达八公里。并且装有摄像头、报警器，这些设备在网上都买得到。一般警方抓捕时，往往用一些科技手段侦查，但扑进去后只是一间空房。而这边的话务组早在警察反应过来之前就安全转移了。”

“还有吗？”

“马来西亚的槟城，是台湾诈骗公司最集中的地方。在槟城，台湾人形成了一股势力，跟当地的混混、地痞勾结在一起，形成利益共同体。诈骗团伙来了，都得先接触他们，他们就帮你找房子、提供设备，还替你联系当地的保护伞——黑白两道都有，就看你要哪个。可以说台湾人来搞诈骗公司，只要用钱把这些打点了，你只管开工赚钱就行了。整个操作模式已经很成熟。”

“‘阿豺’——‘鬼豺’，我听许多人说起过，搞诈骗很牛的？”

“对，他骗天下的人。”

“有人说他‘不是人来的’。”

“对，连我都骗过。2015 年，我在马来跟他的公司做。有一天他带我出去喝酒，喝高兴的时候对我说，马上要给员工发工资了，他手头紧，能不能借点。当时也不好意思不借，就借了他二十万台币。现在连人影都找不到了。”

“这点小钱都骗？”

“天怒人怨。我有一个表叔，是地方上一个黑道的会长。曾私下向我打听，说你们老板阿豺什么时候回台湾。这就摆明了他敢回去就弄他。”

“没弄成？”

“他不敢回台湾，在外面混，也到大陆混。他说他跟一个四川女人结婚了，生了小孩。他改过几回名字，什么陈忠狄、陈毅瑞等，本名叫陈X升。他说他在海市被抓过，因为藏毒还是什么的。他花了几百万摆平了。”

“听他吹——只要被抓过，总能查得到。我当着你面一直在抽烟，不介意吧？如果想抽……”

谈话室狭小，而我又烟没断过，我看到他不断地翕动鼻子，还舔嘴唇，有吞咽的动作。我也不想破他的戒，这是好事，但还是忍不住问了一句。他神态大窘，连连摆手。我起身，把谈话室的门打开，又把换气扇的开关绳拉了一下，让它加足马力。

“现在台湾诈骗的重灾区是台中市。”

张开捷就是台中团伙。他的幕后老板一直查不到确切的信息，侧面反映了台中系组织之严密。但这话我不能对他说。

“我们桃园也很厉害！台湾电信诈骗之父‘火锅’，你听说过吧，就是桃园人。他死的时候，李济柴还参加了公祭。场面非常壮大，估计全桃园的警察都出动了，全台湾的新闻电台都去直播了。”

两三个月前，侯定民对我说后，我就在网上搜过“火锅”——“台湾，空格，火锅”“台湾诈骗，空格，火锅”——但搜出来的都是鸳鸯锅、红油汤底乃至麻辣烫、海底捞之类。我想，有空再搜吧。另外，所有知道“火锅”的台籍在押人员，都不知道其真实名姓（侯定民我是忘了问），但都承认“火锅”是台湾诈骗界祖宗式的传奇人物。

“他真名叫曾希哲。电信诈骗这一门犯罪，就是台湾人发明创造并先在台湾实践勃兴的，一开始就是台湾人骗台湾人。他也是骗台湾人起家，被通缉，就跑来大陆再骗台湾人。但那时候台湾人已经被骗十年了，骗无可骗。他脑子好，首先想到骗大陆人。‘鬼豺’后来说过，当初大陆人根本不知道什么是诈骗，简直太好骗了，一骗一个准。你想想‘火锅’能不发达吗？！‘中级人民法院传票’那套剧本，就是他研究发明出来的，到现在还在用，还有用！你说他厉害不厉害！听说他们骗得都忙不过来了，只要听到对方账户存款低于三十万人民币的，一线员工就直接挂电话，都懒得理你！他的影响太大了，可以说带动了整个台湾的诈骗走向极大的火爆！但他好赌，也太高调，最后惹怒了台中的黑道，人家下各种套给他，逼得他烧炭自杀。2014 年死的，三十多岁……他死了，但是他带出来一大批干部、徒弟，这些人脑子也不笨啊，纷纷自立门户，诈骗公司于是遍地开花，而且人人数钱数到手软。你可以想想，台湾的电信诈骗有多疯狂。‘火锅’是标志性人物，他的示范作用影响太大了……”

这回，我应该可以搜出更详尽的资料了！

“我们桃园最乱的地方是中坜地区，很多外地人都到中坜来讨生活，都是搞偏门的。十年前，我十七八岁的时候，中坜打架、抢地盘、卖淫、陪酒、放高利贷、贩毒……热闹得很。大概从 2006 年开始，这些乱象突然消失了，天下太平了。人去哪儿了？都去搞诈骗去了！以前陪酒的小姐天天都在夜场泡，现在，只有周末的时候出来几个…… 为什么？都诈骗去了。客人去搞诈骗了，就连小姐都去了！……”

可恶！……

“现在台湾有名的骗子，知道点吗？”

“台中有一个叫‘吉信’的，每期都开两家公司，每家公司期收入都在千万元人民币左右。我也是听人说的。桃园现在的诈骗也很成熟了，都有了专门做‘车商’的了，做得最好的叫‘展益’。他现在被通缉，有一回在地下赌场玩，被桃园一个警察分局抓到。他说桌上有八百万，你们几个分吧。结果不知怎么搞的叫媒体知道了，曝了光，好像警察也给处分了……”

他不抽烟，我实在想不出怎么感谢他。

“你看，每年两百亿，人民币，大陆同胞的血汗钱，就是这么被骗的。”

“我感觉，没有两百亿。”

“哦？这个，我也是从媒体上看到的。大陆的媒体，这种事不大会乱报。”

“据说中国每年被诈骗九百亿……”

天，这我真第一次听说！

“……个人觉得台湾骗不到两百亿。”

“二十亿？两个亿？呵呵。”

“可能是一百亿左右。”

他回答得很冷静。

写作以来，我看过网上无数的电信诈骗文章、报道。两百亿，是大多数媒体采信的数据，但也没有言之凿凿，更像是人云亦云。

《经济参考报》（还是权威点吧）报道说，三年超百亿；观察者网说每年约八十亿。想到这里，我有点……但我不想佩服他，因为，那是2014年的报道；还有，也许，为了权威和严谨，它只能保守点估值……

“其他八百亿，还是大陆内部骗。”

“那么，只有一百亿了，为什么这么说？”

“了解一些，也不深入，凭个人感觉推算的。”

“你很理性，一定有理由，说说。”

“我感觉大陆骗得更多，而且，手法更加现代，金融能力也更强。你们自己也报出来了不少，一宗大的经济诈骗就是几十亿上百亿…… 而且大陆经济更活跃，而诈骗方式更是层出不穷，不一定都得打电话虚构事实，这都小儿科。我们的文化、法律还是有一定的差异的，我们格局很小。我们的剧本，你也知道，没有一个能跳出公检法这种法律套路的，这都是小地方人的思维局限。大陆的经济诈骗活动需要利用公检法吗？需要玩手机欠费、邮包藏毒、信息泄露这种小把戏吗？根本不需要……”

五

消化、整理与汤远翔的谈话，用了我好几天时间。曾想再次谈谈，但还是打消了念头：八百亿，是一个宏大的课题，眼下我还啃不动…… 该叶青驯了，不管他说什么，我都以他作结。整个采访“大马专案”电信诈骗在押人员的行动，且告一段落。我也得跳出看守所，从总体上思考一下。

几天后，我走进第二看守所，正好遇到了陈副所长。她说，汤远翔的眼镜，已经解决了。他的那个，还是不能带入仓。她问了他的眼镜数据，给他买了一副。他比较满意。我向她表示感谢，同时心里想：假如那天他戴着眼镜，对我说的会不会有所不同……

叶青驯，1977 年生，台湾桃园人，高中文化。马来西亚雪兰莪州二号诈骗窝点的金主。

他脸形圆胖，从监仓走向谈话室，我才注意到他个子不高，而两腿又很短粗，但步态很沉稳。

“我还说你怎么不来找我。呵呵呵呵……”

“你是重量级啊，得留到最后。”

“哈哈，讲笑讲笑。”

他上唇有一条短髭，并非一条直线，故而只是显得有风度，并不让人觉得狞厉。嘴唇不厚，红而油润，好像刚吃过丰盛早餐。神情更是自足。

“你是我们抓到的唯一的金主。”

"唯一"二字，我本想不用。但又想，他能不知道吗？没必要隐瞒。

"说我是金主就金主喽！有什么所谓？呵呵。"

"开诈骗公司，你们叫'开桶子'，这是什么意思？"

"就是不让你们警察知道的意思啊。"

"我问的是'桶子'这个黑话的来历。"

"'桶子桶子'，就这么叫。你们听不懂，不就安全了吗？"

"你这就不友好了嘛。"

"牛哥，不能这样讲——我都坐牢了，还有什么不给你的？还有什么不敢讲的？你问，都给你讲。"

我怀疑他也不知道"桶子"的来由，这应该是一个产生很久远的黑话行话，后来的人习焉不察，只是顺嘴使用。于是打消了求知的念头。

"好，你说！我记笔记就行。烟管够，两包，应该够咱俩抽了。"

"你的烟很便宜啊，我到大陆一般都抽顶级芙蓉王，六十块一包的。"

"咱凑合一下吧。好烟我不习惯，这个抽着顺口。"

"你的烟嘴很漂亮。"

"海柳的，鸡血柳。过滤一下，对身体有好处。我抽得太多了。"

"看着还行。"

"好。咱开聊吧。"

"好。诈骗……"

他把背重重地往玻璃墙上一靠，双臂互抱，头微抬，舌头舔了舔上唇，又舔了舔下唇，使其更加油亮。然后微微俯身，双臂并不散开，只把右手上的烟塞进嘴里，深吸一口，又仰起头，向天花板吐出一股浓雾。

"诈骗，台湾电信诈骗，你们永远别想抓完。为什么这么说？一是道高一尺魔高一丈，我们永远有应对的方法；二是鸟为食亡人为财死，我们得靠这个活啊。"

诈骗居然是他们的生死存亡之道！

“慢慢来嘛。”

“台湾两千三百万人，你知道监狱里关了多少？七万多！还有在外面的没被关的，还有犯了罪一点事没有的，你知道有多少？数不清！台湾犯罪率高啊！你们海市多少人？三百多万，你看这看守所才关了多少？！你自己算一下比例。我们得吃饭啊，得活啊，你不让我们诈骗我们怎么办？”

“不犯罪还活不成了？”

“对啊，活不好嘛。”

“哦。”

“诈骗来钱啊！很多大哥级，都赚了上亿人民币。但是，干这一行都存不住钱。来得容易，来一万花两万。你就说这里的，没一个存下钱的。”

他前倾，伸出手，拿粗短的食指戳着桌上的起诉意见书。戳完了，又一把抓起烟盒，抖出一支，叼上，点上。

“……那些大哥们，也都花光破产了。干这一行呢，还是压力挺大的，有了钱求刺激，胡乱花，最后都花光。花光了怎么办？再来呗。呵呵。”

“以后恐怕……”

“‘鬼豺’，知道吧，被抓过五次，菲律宾、印尼、大马，次次都花钱化解。他还到孟加拉、印度去开发新市场呢……我们这公司有些员工，就在他手下干过。”

“你倒挺乐观啊。”

“哈哈，牛哥，我就这样啦！——马来哦，你们现在去，最少一百家桶子正在赚钱呢，可能五百家都不止！都是台湾人！马来最大最多的窝点在槟城，抓不完。”

“呵呵。”

“算什么？！最牛的根本不去马来，都在日本、关岛！这些桶子，招人都挑的，都是精英，外语流利。都有正规公司作掩护，员工拿的都是工作签。马来这些，都是旅游签。还有，IP 地址，你们靠科技手段都抓不住，来回跳的，地址跳到美国，又弹回来。一会在美国，一会在欧洲……”

“科技嘛……”

“台湾诈骗什么时候开始的？九几年就开始了！我‘三哥’‘四哥’，九七年就在厦门开桶子。”

他右手握拳，大拇指伸出，在耳际连晃两下，大概一下代表“三哥”，一下代表“四哥”。

“‘三哥’‘四哥’，都是黑社会吧？”

“那我不能告诉你。呵呵。”

“你肯定也是黑社会的。”

“我不是黑社会的。呵呵。”

“有什么呢？这还要瞒我？”

“那你说我是我就是了。呵呵。”

“你们这个公司，还有黑社会的？”

“对呀。‘耗呆’是黑社会，天道盟的。你看，我不瞒你啊。呵呵。”

“耗呆”就是李济柴。我第一次听人叫他外号。

“……我‘三哥’‘四哥’那时候租办公大楼开桶子，利用台湾的信号，雇员工多少人？一千人以上！骗台湾人。你说一千个员工，那赚多少！”

“‘三哥’‘四哥’，是不是其中一个是‘火锅’？”

“唉哟，你都不知道？！这仓里哪个台湾人不知道？！那时候，‘火锅’在浙江开桶子。”

“‘火锅’，你了解他？”

“了解？！我家离‘火锅’家十公里！站在房顶上都能看得见。我家离‘鬼豺’家五公里，我家离李济柴‘耗呆’家两百米。呵呵，站在房顶上喊一声都能听得见。”

天，“火锅”“耗呆”“鬼豺”、叶青驯，这些大诈骗集团头子居然活在方圆十公里之内……

“‘火锅’，最开始干的是‘车商’的车手——开着小摩托，我们台湾叫‘小蜜蜂’，到便利店安放的柜员机，这里一般没有警察站岗，取钱。两个人一台车，不熄火，一个人取，另一个就坐车上等。

有的柜员机都不够钱提，提空了就往下一处去，背包很快就装满了。他就动了心思，就跟老板说我要去公司一线。脑袋瓜子好啊，很快就技术学到手了，赚到了启动资金，就要自立门户。1998 年他到杭州开桶子，赚了二千三百多万。后来又去泰国开桶子，赚了三千多万……他亲口对我说过，他的账户上有七个亿！不管人民币还是台币，他七个亿算什么？小虾米！闷声发大财的有的是。他就是太高调，他到台北的夜店玩，进门就给服务员讲：'我就是"火锅"！今天所有人喝的酒我埋单！'花钱如流水！赚了一个亿但给人赚了十几个亿的印象。真正的大佬不这样，可能开个小摩托，吃个大排档，还禁止手下的人花钱如流水，禁止开豪车，禁止太过张扬……那个时候黑社会还不搞诈骗，觉得丢人，不要脸！黑道对诈骗没兴趣，但是黑道可以对'火锅'感兴趣啊。搞他！像我哥那样的，你根本不可能看得出来人家很有钱……"

跟汤远翔谈话后回家，我再次搜索了一下"曾希哲"，居然，没有！加上空格、"台湾"，这时，出现了三四条信息。不多，很好，这样一个烂人，最好离公众远点。中国台湾网 2011 年 9 月 22 日发布一则消息，标题为《住豪宅开名车，台湾警方破获——"奢华"诈骗集团》，开头是一张照片，一个戴手铐的男子双手上举，掩住自己的脸面。看不清脸，只能看见他顶上极为稀疏的头发。旁边是着制式马甲的警员。他就是"火锅"曾希哲，"彰化警方将诈骗主嫌曾希哲等带回警局侦讯"。文中引台媒报道称，曾希哲诈骗集团六年来至少狠捞六亿台币，曾嫌与主要成员生活极尽奢华……我感兴趣的是这一段："彰化警方指出，曾希哲十年前就加入诈骗集团，当时只是车手，后来自组诈骗集团，用退税、账户被冒用等电话诈骗，遭云林、桃园、台北、板桥及士林地检署通缉。"也就是说，台湾警方确认，早在 2001 年，以曾希哲为代表的台湾电信诈骗犯罪即已猖獗一时。

第二则新闻来自 2017 年 7 月 5 日的《中时电子报》，报道称："曾希哲诈骗集团于 2011 年 9 月经检方破获而瓦解……2014 年烧炭自杀，其党羽多数被依诈欺罪判刑。近日，帮曾洗钱的五名男子被依洗钱罪分别判处五至六年有期徒刑。”需要敲黑板、划重点的是这一句：“判决书指出，曾希哲与龚姓男子在东南亚地区成立电讯诈骗集团，主要诈骗大陆地区民众……”

一代诈骗传奇“火锅”曾希哲，在叶青驯眼里居然是个“小虾米”……

“你哥也搞这个？比‘火锅’还牛？”

“呵呵，不是亲哥。外面认识的。”

“哦，继续说。”

“你对诈骗了解多少？你搞调研啊？你接触这个多久了？好像很多不知道啊。”

“是是是。我没办过电信诈骗案，奉命调研也才三个月。”

“难怪。审我的侦查员，人家就门儿清！我一说，人家就懂。我一说假的，人家就说‘你不说我们也清楚，证据确凿啊’。对嘛，零口供嘛，所以我也就不瞒了，通通都对他们说。他们是干诈骗的行家……”

他把自己的一条粗短腿抱了起来，架在了另一条粗短腿上，身体开始晃。我不想打扰他的惬意，向后挪了挪，把背顶在椅背上，避免惊扰他。

在此，向海市公安局具有专业素养的侦审人员致敬！当然，叶青驯用词不准，他们不是“干诈骗的行家”，是“打击诈骗的行家”。他肯定也就是这意思。

“我发现你心大得很！你的桶子叫我们踹翻在地，你还挺乐呵。”

“哈哈，牛哥，我就这样了嘛！”

“说说，你的桶子。”

“我没有桶子嘛。”

“这就胡勒了吧。”

“呵呵，你说有就有吧。”

“有就说说呗。”

“你刚问我是不是黑社会，我没有加入黑社会，但黑道的事我都晓得。嘿，就是这么怪。呵呵。我跟你讲哦，好的诈骗公司，一定是‘公司壳，黑道瓤’，否则行不通。人员都是插了香、拜了关公的……”

刚还架起来的腿迅速放下，他双手合十，俯身，做出礼拜的姿势，表情也瞬间严肃起来，凝固了半分钟。仿佛一提关公的名号，关二爷就显灵于小小的谈话室中，且卧蚕眉一挑、丹凤眼微眯，注视着他。突然，他两手分开，一手撑住桌沿，一手按在了烟上：“领导，再来一根可以吗？”

“当然，请。”

“……台中，厉害吧，你们不是抓了个台中的桶子吗？你问出幕后老板是谁了吗？问不出来！统一有安排的，现在这些人请律师，你好像看着是不同的律师所的，但是，你知道了吧？呵呵。”

确实，幕后老板，张开捷说他不知道。吴亭亭，闻听此语则立即正色敛容。

“我这桶子不行！李济柴，吸毒吸傻了脑子，能干成事？！开桶子，你得把很多事情弄清楚。比如挣一百万，开桶子的人只能拿四十万，其他的话费、人工、奖金、公关费、‘车商’抽成等，反而是要占大头的。李济柴，不懂啊！他现在不吸毒了，吸烟，烟瘾大啊，只要是睁着眼，就一根接一根地抽，脑子傻了，身体也垮了。胡富武你见过吗？老江湖，干了十几年诈骗了，到这桶子三天就要走，为什么？觉得这桶子不行！三天两头要走，陈胖也拦不住，只好请李济柴出马。李济柴紧急赴马来，就是要去安抚富哥的。可是啊，这个李济柴，本来是要23号来的。台湾一天飞马来只有一班飞机。他身体垮了嘛，睡过头了，误了飞机。连着两天都是。当然也是要等几个人。25号才成行，但是飞机又晚点。不然他也被抓住了。”

“是‘运气’好啊。呵呵。”

“好什么？！干出这种烂事！你们抓人回来，台湾那边也调查我们了，李济柴、陈俊于，因为大陆抓人这事，也通缉他们，他们就去自首了。但很快就交保而出了，但是护照被控制，不能出台湾。我也被要求配合调查，配合就配合嘛，但我确实没有入股李济柴啊，因为我也知道这个桶子不行。调查了，我没事啊，护照也在我手里嘛，来去自由，所以我才来大陆嘛。我又没犯什么事嘛。当然，你们说我是金主我就是金主。呵呵，我就这样啦！”

“听说你来大陆是要招人再开桶子的。”

“没有的事！我有一个台湾的朋友在大陆搞融资，他需要帮手，我就来看看。”

“听说你在大陆有一班人马？”

“没有的事！呵呵。”

“融资”，我喃喃自语一声，他把脸转向了一边，但很快就转了回来。

“对呀。融资才能赚大钱，你们大陆啊，不得了……一个广州，大概就可以干掉整个台湾！”

他所说的“干掉”，应该指经济总量压倒、盖过或超出。我没有发言权，第一不懂经济，第二没去过台湾，无从比较。他对大陆经济的赞美，看来相当真诚。他五指张开，向下一抓，提起，向上拉，最后再把手指张开。这动作重复了三遍，嘴里滔滔不绝：“大楼大楼摩天大楼，一座座，啧啧！”仿佛那些大楼是他从地底下揪起，揠苗助长般拔出地面的。我觉得他比一般台湾人眼界宽广得多。

“你要搭顺风车赚钱啊，可不是搞诈骗。”

“有机会。”

他颇为郑重地点头。

2016 年 7 月 14 日，也就是马来西亚雪兰莪州电信诈骗窝点人员胡富武、汤远翔等人被押解回国刑事拘留之后两个半月，还加上配合台湾有关部门调查并确认无事之后，叶青驯堂而皇之地来到了大陆，在毗邻海市的香山坦洲镇被抓。鉴于今天所聊信息相当丰富，他也到饭点了，我打算让他简单谈一谈被抓的情况就结束今天的工作。

“在坦洲抓的，对呀！我去嫖娼嘛，男人都有这个需要的啦！”

他双手大张，表情愉快。

“今天聊得很好……”

“牛哥，下午接着聊，怎么样？”

我婉拒，直言信息过丰，我得消化一下。最重要的是，两盒烟，只抽得剩下两根了，而我也抽得头昏脑胀。我和他约明天早上，他似乎有点失望。为了表示安慰，我破例和他握手为约。他的手掌不大，肥厚且相当绵软。

“我们台湾，十万人搞诈骗！”

“我也看到了，这数字准不准？”

“台湾媒体报道的，有少没多！你看，我就是十万分之一。”

第二天，我如约而来，他很欢乐。高兴地伸出小拇指，表示十万分之一的自己。他也是有备而来，拿着个大号的塑料杯子，喝一口，放在旁边地上。再喝一口，就索性放到了桌子上，又顺手拿烟。

“台湾业内的说法，十年二十年后，还要骗大陆，还能赚大钱。”

“不可能！”

“牛哥，不要太自信哦。呵呵。十万人，包括所有的黑社会，以前，黑社会是绝对不许诈骗的，那是坏名头的烂事。今天，十个桶子九个有黑道背景。黑道是很强大的……”

“不要十年，你们桃园市观音乡派出所，会跟我们海市公安局凤溪派出所联手，全球通缉尔等。”

“哈哈哈哈……牛哥，话不能这么说嘛。”

他仰天大笑，眼睛眯成了一条缝，头两边摇。不是嘲笑，也不是无奈的苦笑或强作欢笑，那就是聊天开心时的大笑。

“昨天我讲了，诈骗之父是我们桃园人，但电讯诈骗是台中人发明的。1995 年的时候，我哥就到台中去学习，我那时才十八岁。你研究诈骗，肯定知道‘车商’。‘车商’是什么？‘车商’就是‘车行’，真正就是个销售汽车的店——台中市最有名的超级跑车店！不是乱叫的。网上查去，老板有黑道背景。就是他发明了取钱、洗钱，让诈骗真正做大做强做专业化产业化。1997、1998 年，厦门海边的几栋大厦，那就是桶子窝。信号从海对面传过来，你们大陆的电信还不行。我刚退伍，大我几岁的伙伴都去了。赚到大钱了！天，钱在空中飘啊，电波啊，从大陆飘到台湾，从台湾飘到大陆，飘的都是钱啊。现在，二十多年过去了，台湾人的业务都扩展到全球了……钱在空中飘，跨过大海大洋，全世界飘！伪基站知道不？台湾人发明的！2008年四川大地震……”

“我X！”

“当然，很快给打掉了。”

说得畅快，嘴上脱缰了。看到我火了，立即安慰我一句，还稍转头向外。

“大陆现在的防范好很多了，诈骗金额是逐年降低。”

还是安慰吧。

“但是，牛哥啊你们不能太自信，我们很快会研究出新方法的。比如你们以前传统的侦查方式，就是看哪栋房子产生大量的垃圾，但是，很快啊，窝点的垃圾叫车直接开进别墅带走。这就是有对策嘛……道高一尺魔高一丈……”

我不知道该说什么。他也沉默下来，抱臂沉思。

“牛哥，我知道你是想宣导的，我昨天晚上想了一晚上，我有一些很重要的建议给你。”

大概他觉得安慰效果不佳，想讨好我了。我不能再端着了，否则谈话没法继续。

“哦？重要建议？”

“真的很重要。”

“那你不是断自己的财路吗？”

“呵呵，我都这样了嘛。出去还不知道变什么样呢，到时再说。”

“洗耳恭听。”

建议应该来自实战经验，他想了一晚上，大概是反复权衡要不要对我说。

“为什么还敢做？因为能骗大钱！因为骗大钱太容易！因为你们有漏洞！一个是转账，你们金额应当限量。对，你说得对，中国经济总量太大了，金融往来量太大，但是，金融安全了，群众不就满意了吗？！工商界人士也会赞同，因为让他们更安全了嘛！至于U盾、电子商务等，这些有密码的金融网络活动，我告诉你，会被骗得更多更大，植入木马程序不是很容易吗？银行有一定的防范，但我们很快就能找到手段，三线人员会教受害人躲过这些防范。至于大宗的金钱往来，双方还是应该约定到银行，人对人办理。还有一个啊，二十四小时到账制度，你们并没有实施到位，事实上根本没人认真执行。而且，已经有人在研究怎么破解这个了。我不能说太多。还有，手机短信的提醒功能，我劝你们取消，这都能为我所用……”

他的表述不严谨，或许还带有浓厚的某个阶层交流时言传更需意会的风格特征。当然，主要是所涉及的金融知识于我跨界太过，总之我听不大懂，但仍努力记录。他能想到的，国内打击电信诈骗的相关部门人员，特别是金融银行系统的专才，大概早就想到了吧。没准一开始就了如指掌，关键是想不想、要不要去做……毕竟，“在天空中飞来飞去的钱”正是现代金融的本质特征。钱每扇动一下翅膀，都是金融产生所谓的财富的机会……我居然有点感激他，无论如何，他这有点野人献曝的意思。

“以后有什么打算？”

“继续干。”

“还能玩吗？”

“跟你讲牛哥，我本来是准备去俄罗斯开拓市场的，我在大陆已经招了八十多个人了。我要用他们帮我攫第一桶金，玩点江湖手段，跟富哥、阿豺……”

“老江湖，富哥，跟他聊过，居然骗了我。”

“正常嘛！”

“怎么正常？”

“不骗你骗谁？呵呵。富哥绝对是个老江湖，狠角色。知道吗，有一回富哥跟阿豺合作，阿豺想赖富哥的账。富哥是谁啊，就跟阿豺说，你今天不给我钱，我就打电话‘自爆’——就是自己举报自己公司。鱼死网破，大家一起死！阿豺正开桶子赚钱呢，肯定不愿意啦。马上就给了富哥二百六十万。呵呵。”

“桶子里面很热闹啊。”

“牛哥我跟你讲，富哥这一招‘自爆’，比阿豺还差点呢。阿豺在马来，可是玩过断臂求生的狠招的。阿豺开桶子，找的保护伞是当地的‘猛哥’。那阵子经常‘地震’——就是警察搞事啦——生意不大好，你知道阿豺怎么干？自己举报自己桶子！公司除了他，全给抓了，他还让猛哥相信是员工背叛导致人财两失，自己没责任。他当然赔了点钱，没准还不赔，因为骗到的早就入了他的账了，但他这一招达到了两个目的：一是赖掉了该给猛哥的保护费；二是赖掉了给员工的工资和提成。你说狠不狠？”

胡富武曾对我说过，公司底下的员工怀疑李济柴出卖下属，与警方私下交易。原来不是没有理由，这是老江湖的江湖经验啊。

“猛哥是什么人？”

“华人，当地黑道啊。你要知道他……牛哥，你得自学一点马来西亚云顶赌场的历史，还有马来当地的黑帮历史。”

“好的。”

“台湾黑道追杀阿豺，让他还钱。猛哥作担保，说别动他，让他开桶子赚到钱再还大家。台湾黑道也得买猛哥面子。”

“看来是个狠角色。”

“在猛哥的主持正义下，阿豺答应于 2016 年 3 月 31 日还钱——阿豺欠猛哥的赌资，以及保护诈骗的分成，还有欠台湾黑道的钱，都这时候清账。”

“这事你怎么知道这么清楚？你跟阿豺有入股啊？”

“没有——我要有这笔钱早就自己开桶子啦。我帮忙打理，赚点辛苦钱。”

算劳动入股？

“猛哥本身也是台湾通缉的黑社会，到马来后打拼出了一片天地。这次李济柴要开桶子，本来是想请猛哥当保护伞的，可是猛哥要三成的公关费，李济柴嫌贵，认为不合理。他自己找了个保护伞，李济柴脑子坏掉了。你知道是谁？就是‘× 天王’的小舅子。他就是个有钱华人，有点名，黑白两道表面上给个面子，实质上摊上事了没人买他的账。这才叫公司给捣掉了，人也保不出来。没用！开桶子都要付公关费找保护伞，一般是两成，赚一百万给他二十万，该给！关键是找什么样的保护伞！牛哥你知道吗？”

“唔。”

“要找‘枪杆子’！枪杆子里面出政权！”

“哈哈。”

“李济柴根本不懂行，他是刚转型的，不懂的多了。比如，开桶子最重要的是从员工做起，可以说，一个桶子是否能成功，百分之八十取决于员工的素质。”

“你有自己的团队，大陆员工八十人，他们……”

“牛哥你说有就有啦呵呵。”

“你还真想着出去了接着玩？”

“当然。”

“说说你的‘大目标’。”

“我要跟阿豺好好学学。我最近也总结思考了一下，阿豺法术有四大招：一骗中骗；二拆东补西；三找靠山；四一山压一山。一山压一山，阿豺就是拿猛哥压台湾黑道，而且自己还欠着猛哥的保护费呢，还不用还；找靠山，这次我们就找错了；拆东补西好理解，谁都骗，骗了这个还那个，骗了那个还这个，满世界骗，呵呵；这个骗中骗，我刚说了，要带八十个员工去俄罗斯开桶子。等到钱赚得差不多了，我就把这八十个员工卖掉，自己报警，举报自己公司，跟阿豺学。但第二次就不卖了，我只想攫第一桶金嘛。第二次如果赚到更大的钱，我还会陆陆续续补偿第一批员工……”

我想知道他的家庭情况。他兄弟姐妹五个。

老婆孩子不想提？

他刚刚四十岁，没结过婚，但，曾经让女人两度堕胎。说这话时他居然有点伤感，但接着就说，年轻时野心大，不想被家室拖累。如果有了小孩，但又没有教育好，那就是毁小孩。而他根本不可能教育好小孩。

“我有一个朋友，娶了三个老婆，先后生了六个小孩，再加上他兄弟的孩子，八九个。爷爷专门买了台保姆车，每天接送上学放学，看着都觉得累。不过有钱也行，有钱就一切都好。我没钱，还得继续打拼。”

还是先改造好吧。

希望若干年的改造真正有成效，让他放弃继续拿电信诈骗来“打拼”的罪恶念头。

或者，我们对电信诈骗的打击真正有成效，让出狱的他想重操旧业时，发现外面的世界已经彻底“冇呢支歌仔唱”。

第七章

结局：罪之罚

一

2018 年 4 月 10 日，侯定民、于素敏等三十二人诈骗团伙经海市海洲区人民法院一审判决：第一被告侯定民犯诈骗罪，判处有期徒刑十年，并处罚金人民币十万元；第十六被告于素敏，有期徒刑三年三个月，并处罚金一万元；第三十一被告人谢宗左，有期徒刑二年四个月，并处罚金五千元。除了谢宗左与匡妮，其他团伙成员刑期都在三年至六年之间，均并处罚金。另外，各被告人均被法院责令共同退赔受害人损失。

同日，张开捷、吴亭亭等十五人诈骗团伙经海市海洲区人民法院一审判决：第一被告张开捷犯诈骗罪，判处有期徒刑十二年，并处罚金人民币二十万元；第二被告吴亭亭，有期徒刑七年，并处罚金十万元。其他团伙成员刑期在二年一个月至六年之间，均并处罚金。另外，各被告人均被法院责令共同退赔受害人损失。

2018 年 7 月 24 日，叶青驯、胡富武等二十三人诈骗团伙经海市中级人民法院一审判决：第一被告叶青驯犯诈骗罪，判处有期徒刑十三年，并处罚金五十万元；胡富武列第五被告，判处有期徒刑四年十一个月，并处罚金二万元。

2018 年 9 月 11 日，谢元儒、黄重绅等十三人充当电信诈骗团伙“车商仔”，即在大陆从事取钱工作，被以“掩饰、隐瞒犯罪所得罪”起诉。经海市海洲区人民法院庭审，一审判决：第一被告谢元儒，判处有期徒刑三年九个月，并处罚金三万元；第二被告黄重绅，有期徒刑四年，并处罚金三万元。

2018 年 1 月 20 日，赵见成、赵见安等三十八人诈骗团伙经海市中级人民法院一审判决：第一被告赵见成犯诈骗罪，判处无期徒刑，剥夺政治权利终身，并处没收个人全部财产；犯持有毒品罪，判处有期徒刑一年二个月，并处罚金五千元。数罪并罚，决定执行无期徒刑，剥夺政治权利终身，并处没收个人全部财产。第二被告赵见安有期徒刑十四年，并处罚金一百四十万元；其他团伙成员刑期在十三年之下三年七个月之上，并处罚金一百二十万之下五万元以上。赵等上诉，但被驳回维持原判。

……

这就是结局。不法之徒犯罪，人民警察灭罪，人民法院定罪，不法之徒服罪。

所谓“天网恢恢，疏而不漏”，所谓“不是不报，时辰未到”，所谓“别看今天闹得欢，小心秋后拉清单”，所谓“手莫伸，伸手必被捉”，这结局就是最佳诠释。哲理的归哲理，道义的归道义，人世间的罪恶还是应由人世间的律法来定罪量刑。没毛病。

判决之后，“大马专案”的跨国电信诈骗犯，连同我额外采访的赵见成团伙电信诈骗犯，共计一百多人，暂时仍羁押于海市看守所。在上诉、二审等其他法律程序走完之后，他们将被押往监狱——也就是他们自己所说的“上场”——服刑赎罪。这显然不是他们想过的日子，但却是他们应该过的日子。

我想再和他们聊聊。

二

我在看守所见到的第一个“大马专案”对象是马丰。

2018 年 4 月 28 日，海市海洲区法院对他及同伙进行了审判。马丰作为该团伙的第四被告——他所从属的森美兰州诈骗窝点的台湾籍主犯，均于 2016 年 4 月 15 日被遣返回台湾，故而他上升到第四——但在共同犯罪中起次要、辅助作用，是从犯，因而判处有期徒刑二年四个月，并处罚金一万元。他的刑期自 2016 年 3 月 25 日在马来被抓之日起算（几乎所有“大马专案”被告均如此），羁押折抵刑期，判决后将很快获释。判决之时我参加了庭审的旁听，想看看他的表情，但他一直挺着腰，直视前方法官。

经马丰“推荐”，我访谈了台湾籍嫌犯侯永方。

2018 年 9 月 11 日，海市海洲区人民法院对他及同伙进行了审判。侯永方犯掩饰、隐瞒犯罪所得罪，判处有期徒刑三年，并处罚金二万元。

他们，算是我对“大马专案”进行采访的序篇。

2018 年 6 月至 10 月，我择时回访看守所。但没去见马丰——希望他真真切切汲取教训，重新做人——也没去见侯永方。

我第一个找的是谢宗左——他有期徒刑两年四个月，并处罚金五千元。我想，谢宗左差不多要“自由”了。得抓紧见。

他心情大好。三十二人之中，他的女友匡妮刑期为两年二个月，最短，下来就是他。

“马上要‘自由’了。”

“不，我女朋友还得整整一个月，我还得整整两个月。呵呵。”

哦，是的。他并不是 3 月 25 日在马来，而是 5 月 27 日在桂林被抓的。逍遥法外两个月，现在得补回来。公平。

“所以你气色不错。”

“我气色一直不错啊。上回我说的是真的，不是气话——刚进来是有点难受，有点灰心，有点烦躁，但适应了就没啥问题。再关三五年对我来说无所谓。”

“你应该庭审时对法官讲。”

“那没必要嘛。大陆的法律是公平的。呵呵。”

“便宜你了。”

“呵呵。”

“退赃的事，你还认为警察骗你了？”

“也不能算骗吧。警察当时把我所有的钱都扣了，说是用来退赃。但法院认定我和匡妮只需要退一部分。这是警察做得不对吧。”

他退赔了二万元，匡妮被冻结了七万元。但经法院调查认定，他们两人只需承担退赔参与期间团伙的诈骗金额四万六千余元。“在承担了本案退赔及罚金责任后，冻结在匡妮账户内的其他款项予以返还。”他们还不知足呢，谢宗左、匡妮等通过辩护人提出，被告人仅应对其本人直接实施的诈骗行为承担责任。法院未予采纳。

他们俩被轻判，在我看来是因为，一未参与河北燕郊案；二积极退赃。显然，侦查阶段的退赃让法官觉得他们认罪服法态度积极；第三，法官虽然明确否定他们有犯罪中止情节，但他们在团伙时间较短这一事实，恐怕还是予以了考量。不过——“3 月 25 日，侯定民他们被抓，我很快就知道了。”

“国内当时没报道啊……”

“我和匡妮就没回国，我们在印度尼西亚。我们又待了两三个礼拜。”

“干什么？不会……还是搞诈骗吧？”

“呵呵，法律要讲证据啊。”

对于他纠集团伙成员的事实，判决书是认定的，不知为何量刑时没考虑这一情节。需知，他们“拉人头”可不是为了玩，那是有提成收益的——“被告人于素敏的供述证实，2016 年年初谢宗左提及找人去马来西亚做电信诈骗，之后其找到崔桂花、崔燕燕、张震，他们同意一起去马来西亚，并同意再找人……其通过微信与谢宗左联系，并按照谢宗左的指示将护照寄到一家旅行社。办好相关手续后，2016 年 3 月 16 日其和崔桂花、张震等一行十二人乘飞机到达马来西亚。然后分批进入别墅……3 月 17 日开始诈骗。”而谢宗左本人对此也不否认：“被告人谢宗左的供述证实，2016 年 2 月中旬，其和侯定民、徐为车、罗锦红一起坐飞机到马来西亚……匡妮是其女朋友，其通过微信叫匡妮、韦丽丽一起去马来西亚。后来于素敏通过微信说想做诈骗，还说她那里有十几个人，其就告诉了徐为车，徐为车同意他们过来，后来于素敏就带了十几个人到马来西亚。”甚至有侯定民的指证：“谢宗左在徐为车的要求下通过于素敏找了广西籍的一帮人。”

他气色好、心情靓、谈锋健。

他明确告诉我，自己是从 2014 年开始干诈骗的，总计赚了十几万块人民币。

他并不认为自己“被便宜”。他同仓现在还关着两个电信诈骗犯，大陆人，干二线，不是跨国抓捕，是在国内落网的。一个起诉金额是一百九十多万，另一个仅一单案的案值就是一千六百多万，退赃就退了几百万。判了七年，他们喊受不了，闹着上诉。而自己的总案值才十六万，个人直接案值两万多，就要坐两年牢，与他们相比，一点不便宜。

他说，出去以后的打算，得先看看环境，毕竟与世隔绝两年多。以后就在大陆发展，这里好，结婚，再做点小生意——台湾的小吃之类，大陆人还是有新鲜感的。

他突然说：

“你换了块手表啊！”

我不喜欢戴表，一直拿手机看时间。但是，进看守所内区不允许带手机，因此，去年为采访他们，随便买了块戴，壳与盘都是黑色的。表重，磨得腕子起疹子。这一块是银色的，对比太过明显。

“国产表，很便宜——女儿帮我挑的。”

“呵呵，很漂亮啊。”

于素敏，有期徒刑三年三个月，并处罚金一万元，与第十七被告人崔燕燕完全相同。

我预估她会和谢宗左一样——气色不错，谈锋甚健。没有。我有点惊讶。

“我上诉了，量刑过重！”

“天，我本以为你会偷笑呢！”

“你为什么这么说？”

在审讯初期，她是警方眼中的“硬骨头”，不但不供述个人犯罪事实，还不遗余力坚守在马来关押期间与同伙们结成的攻守同盟。她是大部分广西籍同伙的纠集人，按团伙规定能吃他们的回扣，算得上是主犯。她自知不会被轻饶，“国家正在气头上”，“肯定三年起跳”！这才“跳”了三个月，她就受不了了。

在我看来，侯定民团伙中，谢宗左量刑太轻，于素敏量刑过轻。

当然，整体而言，除侯定民适中外，大部分人都量刑较轻。第二被告徐为车有期徒刑六年，并处罚金三万。第三被告李伟轮有期徒刑五年六个月，并处罚金一万五。第五被告付人豪有期徒刑四年六个月，并处罚金一万五。电脑手彭衣国排行第九，有期徒刑四年，并处罚金一万五。

真正“过重”的，或者说稍微有点叫人同情的，是广西那几个五十岁上下的半文盲乡下妇女：崔桂花、杨丽容、全小岚、白梅，都是有期徒刑三年，并处罚金六千元。想想那个愚忠般坚守“攻守同盟”、自始至终没有爽快认罪、就连陪审法官都斥责他“你最不老实”的张震，同样是有期徒刑三年，并处罚金六千元。相比之下，于素敏才比她们多三个月。

“我召集也是谢宗左叫我召集的！他才两年四个月，他老婆才两年两个月！我感到不公平！”

她气色确实不错。所谓“感到不公平”，不过是得陇望蜀、人心不足。

“抹掉三个月也好！明年年初我就能回家！”

明年年初跟崔桂花、杨丽容、全小岚、白梅们一起回家？崔桂花曾希望同她一起回家，不过，这样的话法律就不公平了。

我翻看她的宣判书，这是一本十六开本、厚达九十五页的“杂志”，我一页页翻。她在与自己有关的语句之下都画了线，有些加了惊叹号，有些加了问号。她三年三个月，比她重的有，比她轻的有。老实说，在其内部比较，还算公正吧。当然，与其他团伙比，侯定民、于素敏团伙整体的量刑都较轻——他们被证据证明的诈骗金额较少，只有一百零几万——比如张开捷团伙的“大厨”侯明工，有期徒刑五年，并处罚金五万元。这两个团伙的主审法官及陪审法官都是同样的三个人。一审宣判也在同一天，一个上午，一个下午。

“还有谁觉得重的，也就是说上诉的？”

“我们，二十五个人都上诉了——台湾人都不上诉！”

“为什么？”

“他们都‘赚’到了嘛！”

意思就是说，他们都在偷笑。我不想说什么了，就谈气色。

“你气色不错啊。”

我谈到庭审之时，她曾有两三次回头向旁听席看，眉头皱着，目光阴冷。但她矢口否认。

“我没有回头看，法警不让啊！我也没注意到你。”

生活中的于素敏，应该是个厉害角色。

庭审时，我才第一次见到羁押于香山看守所的罗锦红、白梅和匡妮。

罗锦红位列第七被告，有期徒刑四年，并处罚金二万元。她是侯定民团伙的“大厨”，她还招了员工，甚至曾把自己女儿带入诈骗团伙。不过，细想之下，法官的判决是有法理依据的。

白梅有期徒刑三年，并处罚金六千元。

匡妮是三十二个人中最轻的，有期徒刑二年二个月，并处罚金五千元。

庭审时，匡妮就坐在被告席最后一排最后一位。整个被告席上，似乎唯有她坐不住。她不关心法官、律师在说什么，也不关心她的同伙在辩解什么。甚至谢宗左陈述时，她还把身体往下一缩，而不是伸长脖颈去看前面第一排的他。其他时间，她要么拢齐肩头发，往耳朵上挂，要么往左看、往右看、往后看。左边是公诉人，右边是律师，她其实都不关心。后边是旁听席，她的动作让我判断她的家属来了。可是，我扭头，从一张张无表情的脸孔上扫视而过，并不能确定谁是她的家人。

她和谢宗左都有积极退赔情节。法庭确认时，谢宗左说他和匡妮银行卡里被扣的、作为退赃的钱，都是自己的，本打算为两人在桂林购买婚房。法官向匡妮求证，她却说，办案民警曾告诉她，提取卡里的钱是她姐姐经手办理的。所以，她不知道这些钱究竟是谢宗左的还是姐姐的。

她就说了这些。

最年长的白梅看着并不是最老。崔桂花老，全小岚苍老——她顶着一头白多灰少的头发。整个团伙之中，唯有全小岚坚称去马来之后，她并不想干，而侯定民们使用了威胁、恐吓等方式使她不得不干、不敢不干。另外，罗锦红、崔桂花、白梅、阮涛的辩护人略微辩解他们属于被迫参与诈骗。在法庭上，全小岚的声音有点大，号啕又哽咽。法官多次温言相劝，“被告人控制一下情绪”“控制一下你的情绪”。哭声会传染，接下来，坐在她身边的白梅、崔桂花等人也哭了起来，但还算克制。

全小岚的律师积极为她辩护，在他看来全小岚具有完全正当的轻判甚至免于处罚的情节。首先，他提请法官注意，全是一个年近五十、只有小学三年级文化的乡村妇女；她之所以去马来，是受到于素敏的欺骗，以为是去干一些家政、清洁类的工作，从不知道是去干诈骗；她有抄写、背诵诈骗剧本的犯罪事实，但是正如她所说，她受到了侯定民等团伙首领的威胁和恐吓；她没有诈骗成功的事实。律师还认为，在整个团伙之中，一二三线人员的量刑应当有所区分，特别是一线中初次参与犯罪的中老年妇女们。她们存在被团伙召集人诱骗的情节……律师在辩护过程中，她茫然地听着。

我怀疑她对那些“犯罪预备”“胁从”“主观恶意”“犯罪既遂”等法律术语一个字也听不懂，因为句子中掺杂着这些硬块式的词语，整个句子整段话她也听不懂。律师讲完，法官向全小岚询问确认，法官问：“全小岚，你是被于素敏骗到马来西亚去的吗？”全小岚仰起头认真地回答：“不是，我是自愿去的。”我看到全小岚的律师一脸惊愕，他把双手一摊，重重地向椅子靠了下去。法官索性不问了。

法官没有采信她们的律师的辩解，在判决书中，详细且耐心地解释了原因：团伙成员的护照都由侯定民保管，对因素质不行而业绩不好想回去的人，侯就找到相应负责人，让负责人向想离开的人拿回机票钱；如果不想离开就让负责人帮助他提高。谢宗左、匡妮就因不满团伙管理制度而自由离开。胁从犯是共同犯罪中被胁迫参加犯罪的人。胁从犯主观上虽然明知自己实施的是犯罪行为，但犯意并非由其本人产生，而是由于受到他人暴力、威胁而参加共同犯罪。单纯被诱骗而参加犯罪不应认定为胁从犯，被告人罗锦红、崔桂花、全小岚、白梅、阮涛辩解被迫参与诈骗的意见，均不能成立。

张震始终坚持攻守同盟，真是于素敏的好侄儿或好外甥。不过，在法庭陈述时，我发现他很乖巧地让音量低下去，让口齿含糊起来。他不强硬为自己辩解，但始终没有爽快认罪。法官居然没有当庭斥责他，就这么给他溜过去了。

崔桂花隐在人堆里，我看不到她。她的律师主打悲情牌，说她上有七十岁的老母亲，下有叛逆的儿子，希望能从轻处罚，使其早日回归家庭。不过，似乎无用。刑期仅比于素敏少三个月。

韦丽丽位列第三十被告，有期徒刑三年，并处罚金六千元。与崔桂花、全小岚、白梅这些中老年妇女完全相同。

果不其然，侯定民都不是“气色不错”了，堪称神情愉快，根本不像一个即将面临十年（羁押期折抵后尚余八年）牢狱生活的人。为什么呢？少不更事的乐观主义？在我面前强撑面子？被轻判的庆幸？ 也许都有那么一点点。

“宣判那天，去法院的车上，他们都说：‘小黑，我们知道你想早点上场，服刑、减刑。放心，我们不拖你后腿，判多少就是多少。不上诉，不浪费你时间。’呵呵，一宣判，哇哇哭成一片。大部分都上诉。呵呵。”

我决定打击一下他，以及他们。

“你们都判得不重。”

“呵呵，可能法官对我印象比较好吧。呵呵。”

庭审那天，侯定民剃了个时髦的但也可以说古董的新发型：顶上是极短的平头碎发，周边则剃得光亮，拓展型的阿福头。三十多年前，我和我的小伙伴们就经常被家长剃成这个样子，我记得每次剃头都让我很窘。但这种发型出现在三十年后的法庭上，甚至出现在大街上，则会给人以青春但却非叛逆、守规矩的印象。法官是否如我这般想，不得而知。

“台湾的都不上诉。”

“不不不，付人豪就上诉。我还说你上个鬼啊。呵呵。”

付人豪，现在四十一岁，2011 年就开始干诈骗，绝对资深人士。位列第五被告，有期徒刑四年六个月，并处罚金一万五。“你上个鬼啊”，侯定民说这话时，没有讨厌或不屑。他急着上场开始求减刑的新生活，但对于这些拖后腿的，也大度地表示理解，听之任之。付的上诉，他大概只是觉得一把年纪了还事多。

侯定民曾预估自己会判十三年，他希望是七八年——能把 2015 年在河北燕郊的那宗指控抹掉——十年算是取了个中间值，懂得知足的他当然可以满意。这跟法官对他的印象好有关吗？也许吧。庭审时，侯定民的个人陈述显然出自高人之手，他读道：“当得知要被遣返回祖国时，我万念俱灰。但自从进了看守所，再到现在被审判，我接触到的警察、检察官、法官等所有司法人员，都给我留下了文明、亲切的好印象。他们让我认识到了自己罪恶深重，但同时，又让我燃起重新做人的强烈愿望。我认罪服法，我向受害的同胞真诚忏悔，向他们说声对不起。我希望法官给我改过自新、重新做人、回报社会的机会……”我注意到，主审法官听到这一段时，猛地抬起了头，一直看着他听他朗读。

但，最重要的，还是他的律师厉害吧。他请了两个律师——来自不同事务所，他们分别从不同的角度、互不影响但又相互帮扶地为他辩护。他们话多，但都言之有物。他们的诘难，经常让公诉人离开座位，在身后的文件箱里翻找证据来应答。他们也很讲策略，比如，当庭辩进行得较为激烈时，其中一个突然举手向法官请假——他内急，需要去上洗手间。然后，他迈着八字脚缓缓穿堂而出，堂上堂下百十号人都只能静静地坐着等他。

“在哪儿服刑？律师告诉你了吧。”

“在东莞啊——在那里认识人？”

“什么？！你在那里认识人？！”

怪不得十年刑期他乐观而对，手眼通天的他，将在那里被照顾？

这，怎么可能？！

“不不不。是问你认识不，让他们照顾一下我呗。呵呵。”

“我不认识。只有一个办法：老实服刑，争取减刑！”

他点头。他对减刑抱着相当大的期待。他的心，早已过完了刑期，飞回台湾去了。

“以后你来台湾旅游，我接待你！”

“这，太远了吧。呵呵。”

“不远。”

他挺认真地回答我。好家伙，朝气不减，希望不灭。但是，我想听他忏悔。

“这场事，现在怎么看？”

他略微严肃了一点。或者说，是表现出略微严肃了一点的神情，但不说什么。然后，就开始说别的。

“……我们仓刚进来一个台湾人，五十多岁，绑架罪。他以前犯过杀人罪，就在东莞服刑，十三年，刚出来。他告诉我那里面许多事。这次其实也不是绑架，是帮台湾人讨债，对方报了警……”

“别学他啊。五十多岁，一把年纪了，都该抱孙子了，还干这个—— 你认为这么混到五十岁有意思吗？”

“人，有时候也是身不由已嘛。”

他淡淡地说了这句，显然不同意我的看法。侯定民团伙，我只打算见他们。

三

张开捷团伙，我也打算见三个人：张；吴亭亭——他的女友，团伙的第二被告；吴忆华，学法律的台湾大学生。

第十被告吴忆华被判有期徒刑四年五个月，并处罚金五万元。同时，她有与其他被告共同退赔受害人损失的责任。

她，还是像同仓的徐怀玉所赞叹的“人好定啊”。也就是说，情绪平静，而气色，也不错。

“我现在每天都只想着快点二审、快点上场、快点减刑、快点回家。”

她一气说了四个“快点”，每说一个都伴以重重的点头。“这里，人太多了，三五十号人，地板上都睡满了，转个身都能碰到人。女子监狱里的事，听说了一点，每个人独立一张床，也有个人的空间、个人的闲暇。好很多。”

听她展望，仿佛那里有“新生活”。我也能理解，看守所两年多，空间极为窄逼，谁都会有点厌。我相信，她会是一个楷模式的服刑人员：淡定，有盼望和念想。她诚心认罪，另外，相对于同案，她认为自己被宽大处理了那么一点，为此还有点感恩。这让我很意外。

“我男友跟我犯的罪是完全一样的。我们同时参加团伙，同时离开；再次同时参加，同时被抓。我们的犯罪内容也完全一样，可是他的刑期比我长了一年一个月。”

我记得李杰远成功诈骗过一万元，而她，成功的一单案值是一千元。我说，区别可能在这里。她显出恍然大悟的表情。

还有，在审判之前，大多数被告都“象征性”地退赔了犯罪所得。次序靠前的，包括吴忆华在内，都退了一万元，但李杰远却有点“标新立异”，只退了五千元。

至于回台之后的规划，她说想继续读法律，并以此为业。我问这里的前科会不会影响她从事法律工作，她有点惊讶，怔怔地陷入沉思。

说这话我有点后悔。在我接触的那么多台籍当中，我唯独相信她是能被大陆司法机关改造好的一个。不应该过早破灭她对未来的憧憬。

吴亭亭走出仓门时，我第一感就是她白胖了点。我就那么脱口而出了，这有违现代人情。她红着脸解释说，宣判后就放开了，不管了，该吃吃该睡睡。当然——“出去之前我肯定订个减肥计划嘛”。

她头发剪短了，正中央梳了个冲天辫，粉红色的头绳扎住辫根，给人以情绪昂扬的感觉。这也是宣判之后的释然。释然，还有别的吧——七年刑期，是比她预计的少的意外之喜？有了这样的恶意忖度，让我觉得她的表现有点轻佻。

起诉书中，她在电脑手江宗影之后，列第三被告。一审判决书上，法庭将她提前至第二。其他人最高刑期为六年，江宗影才五年。可见她在这个团伙中的重要性。

庭审之时，当公诉人以激烈、严厉的语言，指责诈骗犯们对世道人心造成的巨大危害之时，整个法庭寂然无声。接着，是被告人的自我陈述，吴亭亭眼泪汪汪、声音哽咽、哭声可闻。当时我猜公诉人大概戳中了她内心中的良知。但是，她否认自己在庭上痛哭。

"我没有哭。"

"啊？"

"我只是哽咽。"

她没哭，她有证明："陈俊免陈述的时候，听他忏悔我觉得好好笑。我忍着才没笑出来。"

第三被告陈俊免有期徒刑六年，并处罚金十万元。法庭认定，2015 年 12 月 22 日 20 时许，二线陈俊免冒充上海青浦区公安分局李庆警官，套取了新疆陈姓老太太的信息。三线吴亭亭冒充上海市检察院何振玲检察官，制作了针对老太太涉嫌洗钱犯罪的财产冻结令，老太太相信后将资金转入吴亭亭提供的所谓安全账户。至 2016 年 1 月 1 日，十天之内，他们俩一直与老太太保持联系，先后将多个账号发给老太太，老太太分七八次汇款共计一百八十六万八千元。陈俊免在法庭上的忏悔，跟他和我谈话时所说的相同，我相信他的诚实性。我和吴亭亭一起重复那些话："我绝不再犯这种罪。不但自己不犯，还会劝身边的人不要犯。假如不听，我会考虑向司法机关举报他们……"

突然，她收起笑容，说她对陈俊免和吴忆华心怀愧疚。"他们本性就不适合干这一行，第一次参加我就看出来了。本来我都想劝他们自己离开，可是，我没有。当初应该把自己真实的想法说出来，说出来，也许他们就没有这一场……"

这话什么意思？是说陈俊免、吴忆华算是良知未泯的那一类人？假如是，那么她的潜台词就是干诈骗需要的是没有良知的本性，比如，像她这种“打通了任督二脉”的，听了别人的忏悔不但不会感动，还会发笑的犯罪分子……在判决书上，我看到吴亭亭的陈述，两次去马来西亚参加诈骗团伙，她都是与陈俊免一起从台湾乘飞机去的。那么，她对陈俊免的嘲笑和愧疚，大概是与其他成员相比，两人关系更好点吧。那么吴忆华呢？只能说她看人挺准，学法律的大学生干诈骗还真不一定行。

“老实说，晚了……”

她应当好好服刑。七年，对她而言还算罪刑相当。

“我当然上诉了。庭审结束，问我们上诉不，我第一个喊要上诉！我觉得七年有点亏。”

“一点都不亏。”

“我自已估计是五到七年，心里愿意接受六年。好嘛，顶格了，七年！有一点难以接受。”

我觉得她这不是叫屈，是矫情。想想看，整个张开捷团伙被法庭认定的诈骗金额是六百多万，她一个人的“贡献”就是四百五十多万。也许，她一开始估计的是十年左右，如今听到才七年，惊喜之余，叫一叫，闹一闹，排遣无聊。一般而言，被告人上诉导致二审加重的可能性几乎不存在，而且，上诉期依旧折抵刑期。所以，上诉，没有成本。不上白不上，诉了没坏处，反正也是闲着。至于侯定民的不上，那是一种风度。

“这是市场买菜啊？想想那些被你们骗的人吧。”

“想想他们，又觉得可以接受。”

也许是我表情严肃，她脸上闪过一道电光石火般的不好意思。但很快又睁大了眼对我喊道：

“出去我都快三十岁了！”

我说不到三十嘛，人生的路还长着呢。

“可是，张开捷是十二年啊，我得等到他出来，这也算是我的‘刑期’……”

这倒也是。

“不是说有减刑吗？你们啊，诚心悔罪、乖乖改造，大概就能获得减刑。”

她的情绪稍微好了一点。

“张开捷写信给我，他仔细算过，自己十二年，最多能减刑一年九个月。”

我内心一震。这个张开捷，重获自由的愿望很强烈啊，第一次跟他谈话时就能感觉得到。按照一审的判决，他的刑期至 2028 年 3 月 24 日。一年九个月我不知道是怎么算的，减刑是一项明确的监狱制度，我觉得惩罚是他该受的，想减刑也是可以理解的，但前提是真正地服刑和悔罪。还有，即便刑满获释，也不是万事大吉，法院认定他们的非法所得是六百多万，责令他们必须退赔。

她说，他们都不打算交罚金，也不打算退赔赃款。对他们而言很简单：回到台湾，再也不来大陆。这笔账，就让它坏死吧。还有，吴亭亭认为，张开捷已经做得足够好了：

“张开捷每个月都给每个成员汇一千块生活费呢……”

十五个团伙成员，每个月每人一千，这是一万五；他们在看守所已待了两年，一万五再乘以二十四……

这不可能是张开捷的“好”。他身陷囹圄，谁帮他汇款，他父母吗？

没这个可能。一定是背后的罪恶势力在按其游戏规则尽道义。最可能的，我说，一定是幕后金主所为。吴亭亭大张着嘴没有说话。

幕后金主还躲在台湾。“天网恢恢，疏而不漏”，希望有朝一日让他们体会到。

像侯定民一样，张开捷也请了两个律师——这应该是来自幕后的支持。

律师自始至终的努力方向，就是抹掉张开捷的主犯指控。他们辩护说，真正的主犯在逃，而张，只不过是一个拿百分之二十抽成的小角色。但是法官给予驳斥：被告人张开捷先后在马来西亚槟城和柔佛州组织诈骗团伙，负责团伙成员的招募、联系改号平台供应商与“车商”、对团伙成员进行诈骗培训、制作绩效表、核发工资提成等。即使张开捷是受他人指使，其在犯罪团伙中也是决策者和核心人物，在共同犯罪中起主要作用，是主犯。

张开捷在第二看守所，我一直在第一看守所忙。最终，我没能见到他。9 月 18 日晨，我按上班时间走进二所，但他，还有他的同伙们，已于半个小时前起程，上场去了。我丝毫不怀疑他对自由的渴望，按照他的自律，减刑或可期也。但前提是，他得交纳罚金和对受害人赔偿，他还得检讨自己“富贵险中求”的人生观。

四

仓门打开着，管教正站在门口说话。我一眼就看到了胡富武，他坐在地板上看书。我一叫，他把书翻过来放在身旁的纸皮箱上，摘掉眼镜，一边往眼镜盒（用牙膏盒剪切粘制而成）里收，一边向外走来。

毕竟五十多了，苍老得有点快，人干瘦下来了，动作迟缓下来了，像个街坊上常见的老年人了。这形象符合我的先入为主：被法律严惩，触及了灵魂和意志，继而反映于动作和形体。

但进谈话室后，坐定，在我准备开场白时，一刹那间，我感觉到他的眼神如灯由晦暗转明亮，那是衰老之狼流露出的警惕。所以，我先回避谈案子，问他刚才在看什么书，他说是《阅读中国》。

他还没宣判。他们在市中级法院庭审，我没有跟进。这倒令我惊讶，2018 年 5 月 15 日，就连网上都报道了他们庭审结束的消息，但报道末尾有这么一句：法庭将择日宣判。

“觉得能判多少年？”

“没啥规律可参照嘛。我仓里有骗一千六百万的，判了五年；侯定民他们骗八十六万，有人判了四年六个月。不知道怎么认定的，不好说。”

一千六百万的案子，谢宗左同仓的判七年，肯定还有更高的，而他只提五年的。侯定民团伙里判四年六个月的，只有第五被告台湾籍的付人豪。老江湖总是话里有话。我猜，他肯定是以此类比，即把自己也定位于团伙中的中间人物，自估的刑期就在四年六个月至五年之间。

“你认为自己该多少年？”

“五六年吧。但不好说。”

“侯定民是十年，可以参照一下。我个人觉得轻了。”

“他写信告诉我了。信里他自己都说‘值了’。当然，他自己干过什么自己清楚。”

他似乎有点解气。

“自己干过什么自己清楚”，说得好！但我不说话，也不看他，拿保温杯倒茶喝。他居然读懂了我的心思。

“庭审时，法官说，当你们嘲笑别人无知被骗，理直气壮花着别人的血汗钱时，可曾考虑过那些受害人的感受？我听得眼泪都掉下来了……”

“唔……”

“这里的医生一直给我治疗，我现在身体好多了。我每天念经，纪念山东和惠来的女孩子……自己做的事，就要负起责任来……不但自己不能再干了，还要劝朋友别干。”

老江湖总能给我整点新东西——在看守所对近百名诈骗嫌疑人的采访中，他是唯一一个主动和我谈起徐玉玉的。徐玉玉，2016 年 8 月，这个十八岁的山东临沂姑娘接到了大学录取通知书。21 日，被诈骗电话骗走学费九千九百元，姑娘受不了打击，心跳骤停。经央视专题报道，她的不幸激起全国人民的广泛同情，也激起全国人民对电信诈骗犯罪的愤怒声讨。现在，他又跟我提起广东惠来的蔡淑妍。2016 年 7 月，同样是接到大学录取通知书的十八岁姑娘蔡淑妍，被诈骗电话骗走学费九千八百元后，心理难以承受，遗书称“无颜面对父母”，于 8 月 28 日蹈海自杀。还有一宗：2016 年 8 月 23 日，山东理工大学学生宋振宁被电信诈骗后猝死。这三宗发生于暑假、针对学生、且令对象死亡的案子被公安部列为电信诈骗标志性案件。2016 年 9 月，公安部发布通报称，徐玉玉、蔡淑妍、宋振宁三起被诈骗案告破，三起案件共二十八名犯罪嫌疑人被抓获。后经法院审理，徐、蔡案的主犯均被判无期徒刑。

我无话想说。

老江湖沉默片刻后，又谈起自己犯罪对整个家庭带来的伤害。

“我女儿大二就辍学了，儿子高三辍学，老婆找了个会计的工作，只能赚一万八，合人民币四五千，在台北，这点钱生活都成问题。”

这个老东西……认识到犯罪对自身的伤害，认识到犯罪对他人和亲人的伤害，因悔罪而流泪痛苦……他对大陆司法机关喜闻乐见的教育改造三部曲理解得很透彻啊。不过，我想起上次的谈话，他的忏悔，听起来就虚头巴脑。我有点忍不住了。

“那么，进来之前呢？那么多年，你老婆儿女都靠你搞诈骗养活？”

他眼睛瞪了起来，立即进行辩解。

“我以前告诉过你的嘛，我曾经做过木材生意……”

他左右晃动着身子，又立即前倾，以示对我的不满。我微微点了点头。他的木材生意，不是一直都不怎么景气吗？我相信其他人的看法，我也相信自己的观察和感受：他绝对是“大马专案”第一资深诈骗犯。理由嘛却不够充分，只来自我的有罪推定：他五十岁了。青年时代好勇斗狠，年岁稍长，还偶尔犯浑，但以其头脑，不可能不加入二十世纪九十年代起源于台湾的电信诈骗恶潮——来钱快、成本低、风险无，他能不干吗？而且，一直干到知天命的年纪。其他台湾同伙也是这么说的。

几天后，胡富武被判有期徒刑四年十一个月，并处罚金二万元。这个结果，想必令他相当满意吧。我不想再去见他，我以最大的恶意忖度：大局已定，我这个打着研究诈骗旗号的目的可疑的警察，已经不可能对他构成任何威胁；且他的刑期比自我预估的还少一个月，简直不能再满意了，他会对我毫不掩饰地表露洋洋得意之情。

他和叶青驯两人均被认定为该团伙的主犯。但叶还是金主，故而获刑十三年。胡则一直试图把“管理者”的罪责推个一干二净，自认是从犯，只负责三线。甚至连“我有很深的歉意”的温渐鸿，他在庭审中也一口否认是自己带进来的。与侯定民团伙一样，他的团伙同样被认定实施了两次诈骗，很“幸运”，他只参加了第二次，且到达窝点的时间较晚，故而得到轻判。

他对不起的温渐鸿，煮饭的，有期徒刑三年，并处罚金八千元。要说无辜——且与罗锦红、侯明工比较——他倒是有那么一点点。但需知，他们这个团伙认定的诈骗金额是七百八十六万余元，这得有多少人受到不法侵害啊！他参与其中，不仅知情，还为诈骗犯们服务，承担法律惩罚理所应当。

“太忙，一直也没空来看你。”

这是我见到陈筝的第一句话。也不知道是否合身份，但于我而言，见她确实仅为践约。她曾叫我常去看她，而我又点头答应。她提到因混血而自幼被歧视，我也一直记着。没错，她是罪犯，但当谈论那些话题时，人性的善是存在的。

她没有表现出特别的表情。很好，这正是我需要的。有管教在，她要是不庄重，我会发窘。

谈话既没有在墙角，也没有在管教谈话室，建立在中央通道上的办公室正在搬迁。据说这里要改建，桌椅都在，但窗帘拆了，办公物件都清走了，显得宽敞、空旷。我坐到一张办公桌侧面的椅子上，她就坐在靠窗的黑皮沙发上。她显然是高兴的，聊着聊着，就从拖鞋中提起双脚，手一撑扶手，两腿一缩，盘在沙发上了。

第九被告，有期徒刑四年四个月，罚金五万元。“轻了，呵呵。”我实话直说。她可是一次性骗过一百七十万的狠角色。不过，与胡富武一比，我又为她叫屈：“胡才罚两万！”当然，这都是闲聊。法律是严谨的，我翻看她的判决书，看到这一句（她在下边用铅笔画了线）：“本案在境外实施，且具有诈骗老人、诈骗患者亲属医疗费等情节，酌情从重处罚。”

康玉凌位列第十，有期徒刑四年一个月，罚金四万五。康比她“挣”得少。

童已修排在汤远翔、林超强之后，但又在胡富武之前，位列第四，有期徒刑五年二个月，罚金六万。我稍稍有点意外。不过，法官的依据是叶、简、童、邱、陈、康“诈骗数额特别巨大”，而胡虽为主犯但“诈骗数额较大”。林超强五年四个月，罚金六万。汤远翔第二被告，五年五个月，罚金六万。相比其他团伙的电脑手，属于重判吧。

林个木有期徒刑三年一个月，罚金八千，徐怀玉与他相同。徐的男友邱家奇四年五个月，罚金五万。跟胡富武一比，恐怕他们都会叫屈。

回到面前的陈筝。

“我出去都二十七了，朋友肯定都嫁人生小孩了。女人最精华的时段就在这里过。我进来的时候 iPhone 才出到 6，现在 7 啊 8 啊都旧款了，到 X 了。等我出去，估计都 iPhone Y 了吧……”

“自己干的事嘛……二十七真不老——再别干这个了。”

“我十七岁出道，啥都玩过了，现在想想，也没劲，肯定不会再沉迷其中了。比如说嗑药啊喝酒啊，以后肯定不会。有些女人啊年轻时候好得很，四十多了，被人带出去玩，一沾上药啊酒啊，那就收不住了。相反，年轻时玩过了，大了就做贤妻良母。”

“最重要的是不能跟这一路的人混。”

“老板我肯定得找一下。别的老板都多照顾啊，在这坐牢还每个月发钱呢。我就得问问他，就算你不给我钱，那这些年给过我老爸钱吗？我老爸有病，没工作，下边还有两个妹妹呢……”

对未来的刑期，她其实没有什么痛悔或抱怨或恐惧，在我看来她整个人都一副听天由命的样子。

“我的印象还定格在 2016 年 3 月 25 日那天。历历在目啊，甚至现在都不觉得自己老了两岁，以为时间停滞了，总感觉还是二十三岁的样子，心里想的啊说话啊都是。可是一出去就二十七了……”

“诈骗 ……”

“你们严打之后，诈骗越来越少。”

“呵呵，是吗？你怎么知道的？”

“能感觉出来嘛。现在进仓的，哪里还有什么诈骗啊。”

“那……进来的是些什么人？”

“有一点诈骗，都是网络、微信上的，骗个一两千块的。现在多得是网络主播，卖淫的色情表演的，刷‘火箭’那种……哎哟，很多。电诈肯定不好做了。”

“什么话。这个真不能再做了。”

“对。赶紧过去吧。”

她挥了挥手，仿佛剩余刑期用手背就能扇走。

“对。以后好好生活。”

“以后啊，出去再说。我可能做不了工厂，可能得干服务行业。听说台湾经济很不景气，我想出去，到日本啊韩国啊打打工。听说新西兰挺好的，很多农场招不到工人，我想去。环境美，人也少，在农场做工。对了，出去了我得先把牙镶上，女孩子嘛，都爱美……”

她上诉了。但是我感觉，跟想早点出去关系不大，她的生命底色似乎就是听天由命。

“理由是什么？”

“一二三喽。”

“说说。”

“叶青驯也上诉了。他说第一他并没有出资，不能算是金主。第一次诈骗只不过是老板阿豺欠他几百万债，就承诺给他桶子的一成股份。钱都没拿到手。第二是他没有参与第二次在马来的诈骗，都是他们‘立功’乱说……”

“你呢？”

“我想减三个月。”

“说说。”

“第一我不是一线的主管，我只是教教新手，又没有工资、提成给我。第二我有立功表现。第三忘了……哦，是律师帮我想的，家里穷，爸爸没工作，妹妹还小……”

关于立功，她说叶青驯、李济柴不是她供出来的，“是男孩子供出来的”。她供的是一些像她一样的员工，公安机关在后续侦查中抓到了两个。但是，法庭并不认可：陈筝所供同案犯信息，属于如实供述本人所参与的共同犯罪行为的组成部分，且该行为仅为抓获同案犯提供一定条件，并非决定作用。

又谈到了 2016 年 3 月 25 日的马来西亚。对她而言，那是在意识中定格的劫难。据此，她将在大陆的监狱里一直待到 2020 年 7 月 24 日。还有——

“我在马来损失惨重。衣服、鞋、首饰、包，全都给他们拿走了。对了，还有台币和两千美金。对了，还有我的佛牌，我估计值二十多万台币……”

当然，损失的都是她诈骗来的。

叶青驯，是“大马专案”抓获的唯一的诈骗集团金主。

“我不认罪！”

有期徒刑十三年，并处罚金五十万。刑期至 2029 年 7 月 18 日。

2029 年，中国、世界会变成什么样子?

他将要上场，故而被转到了后仓。进谈话室，坐下，管教热情地为我开空调，又把遮光帘拉起。等他出去，叶青驯立即疾言厉色，向我脱口而出喊了一句。

他的头发剪短了，这使其面目在我眼里变得清晰。我看到他把眼微微一眯，同时，上眼皮出现明显的折痕，再和一条线似的下眼睑整体看，正是人们俗称的“三角眼”。我想，假如在外面，在生活中，他愤怒起来还是挺凶的。

提他出仓时，管教先从小窗口塞进一把手铐，出来时，叶青驯就戴着它。也不知道是他听到喊名字自己主动戴的，还是轮值员帮他戴的。我曾犹豫要不要向管教求情解了它，好在没有。不过，当他坐下后，管教俯身拉起铁凳子边上的一条铁链，这是想把他固定住。这时我开腔了，我对管教说“没事的，我们很熟”。管教一走，他立即质问我：

“你究竟是干什么的?！”

后仓，环境窄逼得多，谈话室玻璃墙外，隔着一条两米宽的窄过道，就是高大、黑暗的一个帆布大棚，里面上上下下挂满了在押人员换洗的囚服。几个工作的在押人员冷冷地看着我们。

他有点愤怒，有点激动，也有点高兴（自从转到后仓之后，他还从未跨出仓门一步），也有点亲热（毕竟我们相识），当然也有猜疑（我又来干什么），他还有委屈（判太重），有困惑（十三年刑期理由充分吗），有对抗（他可是道上的）。偶尔，他还要表现出江湖风度……之后，在一个多小时的谈话中，这些复合型情绪通过他的表情、动作和言语，一直或强或弱此起彼伏地切换或组合。

“牛领导，抽根烟啦。”

我很想给他烟抽，在这里，烟是他们这些人唯一的精神食粮。但是，今天，是陈副所长亲自带着我直达后仓并把我介绍给管教的，她们都强调不要抽烟，会被监控看见，会扣看守所的分。

“有什么事啊——他们都躲在谈话室抽的！”

他早已跳将起来，将遮阳帘往下扯。

“哇，很久没抽了！”

“这烟，呵呵，比上次的好。”

“我知道。你‘研究’诈骗，升官了。”

“没有没有，嗓子受不了，换烟了。”

“肇庆市副市长，你知道吧，跟我关一个仓的。你们升官发财的套路，我清楚得很。”

“好事啊！——呵呵，给你好烟抽还是我错了？咱还是聊诈骗吧。”

“诈骗，新版本都出来了！你看，我待在这里，外面的信息灵得很。我都知道。新版本！”

“说说看。”

“我不告诉你。我什么都不说——去更远的国家，叫你们抓不到。”

“行，我不问。”

“以前我在三号仓，那是个‘新兵’仓。两年多，七百多天，每天有新人进来。我见到七百多个人，流水一样，什么人都有，还有一个秘书长——你们的套路，他们比我清楚。”

“我确实是研究诈骗的，也许写本书，向人民群众宣导，让他们不要上当受骗……”

“我们永远走在你们前面！”

连抽了两根烟，突然提出要喝水。我带他出来，他俯身把脸凑进监仓的小窗口，说闽南话，语调还很温柔。

“我老乡，一个台湾人。牛领导，你带他出来给他抽支烟吧。”

我当然拒绝。

“那我不跟你说了……要我说总得给点好处啊。”

我解释说我没有这个权限。

“带他出来透透气，给他抽根烟，我给你一个‘劲爆’的。”

我想谈话可以结束了。

“怎么看，十三年？”

“我不认罪！”

喊过之后，他突然伤感或是虚弱起来。

“牛领导，你给我说说。到底是怎么判的？十三年，太重了！你给我讲讲法律。”

主犯、金主，这就是原因吧。我还说，法庭上法官的释解应当是准确而且权威的。另外，我个人觉得，你们，没有一个人是冤枉的。

“法官说话我没有在听哦。宣判之后，我对法官提出想跟我的律师说句话。法官有点吃惊，说你想说什么。我握着律师的手，说‘感谢您’。律师都有点不好意思了，说‘没能帮到您’。你看，握手，不管结局如何，要说感谢。我是很有礼貌的……”

说到同案的“立功”，他的“三角眼”立即瞪了起来。我能感觉到他依然想表现得很有礼貌，但语气中愤愤之情还是难以掩藏。

“我帮他们扛了！要是没有我，汤远翔、胡富武肯定判个七八十年！从法院回来的车上，他们还说以后回台湾要找李济柴要说法，我说别人不找你们要说法就好了！你们咬我们出来干什么？！有什么好处？！台湾那边李济柴都自首了，我这边十三年！如果我们在外边，肯定会照顾你们的嘛……”

似乎是想自我安慰，话题又转了：

“我当时估计是无期。肯尼亚案你知道吧，很多判了无期。你看，我在里面都知道。十三年还好啦，争取减刑到八年。”

“以后，有什么打算？”

“还要坐十年牢，能有什么打算？！明天怎么样还不知道呢，能有什么打算？！我出去都五十岁了！”

又恼怒起来。

“你一辈子都干这个吧？”

“对啊，这个好赚啊。”

“一直开桶子当老板吗？”

“那不是，一开始也是跟人干。2008 年的时候，在菲律宾，我就给‘火锅’打工。‘火锅’你还记得吧，我对你说过。他那时候月入一两千万人民币！那时候好赚啊。也抓，我在印尼、菲律宾被抓过三次，都是拿钱搞掂的。只要钱到账，那边立马放人，还跟我们握手道别呢。干这一行的哪个没被抓过？都是用钱搞掂……”

“这就是症结……”

“我给你曝个料——现在业界老大是谁，2015 年，人家赚了十二个亿！台币！员工五六百，在马来、印尼‘逃难’——就是警察来抓大家转移——雇十几台大巴。年末公司‘打尾牙’，老板给员工玩抽奖，你知道奖品是什么？兰博基尼跑车！”

“哦，谁啊？”

“台北人，小白。呵呵。”

“说说。”

“那我不能告诉你。”

“行。我也不问。”

“你上次问我‘桶子’，我再告诉点我们的行话。台湾，我们叫‘110’；你们大陆，我们叫‘220’。”

“什么意思？”

“电压啊！”

“什么电压？”

他突然直起身，手指戳向我办公桌右侧墙上的插座。我还没来得急制止，他又一屁股坐了下去，顺手抓起桌上的烟和打火机。

电压，大陆民用一般都是二百二十伏，难道台湾只用一百一十伏？照明暗点还凑合，空调能带起来吗？

“不不不。我们台湾也有二百二十伏电压，空调、冰箱要用嘛！意思是说台湾电压小，电量不足，比喻人少钱少，针对台湾骗不到钱；大陆人多钱多，好骗。”

这比喻……挺好。我只有初中物理知识，但知道一百一十伏的电压不一定电死人，二百二十伏的电线、插头可千万别乱摸。就打击电信诈骗的司法力度而言，这比喻堪称绝妙！

我笑了。此行不虚，谈话可以结束了。

“我就不明白，你就非干这个不可？”

“我在台湾欠了两三千万的债啊，只能靠做这个还钱。”

他说，他从小混社会。十余年来干电信诈骗——这是台湾浓厚的社会风气和普遍的生存状态——赚到一些钱。赚到钱怎么办？挥霍，求刺激，抽呗！嫖呗！赌呗！赌当然就得输。欠债多了，比如欠了一千万，那么下一局他就再押一千万。赢了就清账，输了不过是多一千万的债罢了。在社会上混，是要讲信用的。信用他有，人家愿意赊他这个账，他当然也要还人家的钱。电信诈骗来钱快，那就接着干呗！来钱快，得花，得享受，还得还账……压力其实挺大，每天都想着挣钱、还钱、再赚钱。对女人的欲望其实一点都不强烈……

五

谢元儒、黄重绅们被抓捕、判刑，有极大的警示意义：这是对电信诈骗最末环节——洗钱——的沉重打击。搬运诈骗赃款的蚂蚁工兵们被震慑，他们背后为诈骗集团洗钱的“车商”组织就风险激增。洗钱组织不敢肆意妄为，将倒逼诈骗集团前两个环节收敛乃至萎缩。

他们的罪名不是诈骗，而是“掩饰、隐瞒犯罪所得”。

根据海洲区法院一审判决书的认定，我简单统计了一下，谢元儒等十三人从大陆“转走”的金额为人民币四千余万元。这就是在一个月左右时间内，十三个“车商仔”从大陆转向台湾的电信诈骗赃款！被告大都辩称并不明知所搬运的钱款为犯罪所得，因此不存在掩饰、隐瞒犯罪所得的主观故意。法官予以了驳斥：各被告人为获取高额报酬，从台湾地区来到大陆，受他人指使，通过办理多张银行卡的方式，将进入到其银行账户的款取出，交给其上一级被告人或相关人员；对于进入到其银行卡账户的款项的来源，虽然部分被告人辩称不知是犯罪所得，但在案的证据证实各被告人主观上明知是犯罪所得，而帮助进行取现……通过上述事实可以看出，各被告人均明知自己是处于一个有明确分工的组织之中，所起的作用即是将进入其银行账户的款取出并交给向其发出指令的人或其他相关人员，以实现银行账户内资金的现金化。各被告人对这种游离于合法转账之外、分散取出再汇总的资金流转方式的非法性应当是明知的…… 因此，可以证实各被告人对转移的款为犯罪所得是明知的。

令我稍感意外的是，第一被告谢元儒——有期徒刑三年九个月，并处罚金三万元——居然比第二被告黄重绅还轻判了三个月。

其他被告的刑期在三年以上三年六个月以下。给我留下非常老实的印象的许本名，有期徒刑三年，并处罚金二万。法庭认可他立功。

六

诈骗八千万的马来西亚“老祖宗”们，有九个已经获释并回国，其中就包括富家女何晓婷。他们因为涉案较浅，被判处有期徒刑三年七个月，并处罚金五万元。2018 年 4 月 21 日刑满，因此不必上场，从看守所直接回国。

赵见成的小情人梁思仪还在看守所，她被判处有期徒刑十一年六个月，并处罚金一百一十万。刑期至 2026 年 3 月 21 日止，还有漫长的年月。

“我希望三十七岁前出去。我肯定要减刑，我打算三十五岁出去。”

梁长着娃娃脸，广东女孩特有的略黑肤色，故而显得皮肤紧致，现在看，说十七八都不过分。三十五岁时，也许还是这个样子。不过，心里的晦暗浮上来了。我安慰她说，生命还长呢，重新开始认真生活一点都不晚。

十一年，横向对比，比侯定民还多一年。不过，侯定民法律认定的诈骗金额是一百万挂零，而赵见成、梁思仪们，诈骗的可是八千三百九十三万。

她上诉了。理由——在我看来还算正当——她有两个月时间回国带女儿，没有参与实施诈骗。这期间“公司”诈骗所得的四百万马币（合六七百万人民币），应当从对她的指控中扣除，这是其一。其二，她不是主犯，她只是主犯的情妇，帮着打点杂。其三，她在团伙中所起作用不大。其四，同是电信诈骗，但他们这个团伙判得太重……

但是，2018 年 6 月 21 日省高院二审裁定，维持原判。

十八岁时，她把自己交给了赵见成，交给了一个罪恶累累的人，从此，踏上的就是不归路。她谈到一直在和赵见成的母亲（把她当女儿的那个台湾老妇人）通信，她还谈到自己的罚款是一百多万，不想交，大不了以后不来中国。

“让赵见成他妈帮你交。”

她说，赵母在信中说，被查封、没收了所有财产，她自己现在也找了份工作赚取家用。我对这说辞嗤之以鼻。

“不用她交，我交得起。”

“交得起？”

“交得起。”

判决书中认定，抓获她时，扣押的财产就有一百多万元。因此也约略可知，对赵见成八千三百九十三万的指控绝对不是莫须有，而是一定有。

周满，始终不认罪的周满，远程电脑手，获刑六年，并处罚金十万。判决书指出：赵见成做证，周在其公司中工作时月薪两千五，离职后，反而给他五千。他远程维护的 VOS 系统具有改号功能，正规的网络公司用不上。周作为网络方面的专业人员，应该知道做什么用，只是大家心照不宣……周在维护过程中，明知赵见成将境内用户号码改为境外号码，仍提供技术服务，即可以认定周主观上对他人实施电信网络诈骗有明确的认知，应以诈骗罪的共犯论处。

我继续翻看她的终审判决书，找熟人。

梁思仪列第五被告，她前面是林三阳，有期徒刑十二年八个月，并处罚金一百二十万。再前面是方震环，有期徒刑十三年，并处罚金一百二十万，他是仅次于赵氏兄弟的第三被告。梁思仪说，他的学法律的妻子听到宣判后就跟他离了。我冷冷地说："当然了。本身就害了人家了嘛……"采访对象中两个人对自由的渴望令我印象深刻，一个是张开捷，一个是方震环。张呈现为冷静理智型，而方则表现得狂热甚至神经质。

我接触的第一个"老祖宗"黄平伦，有期徒刑五年二个月，并处罚金四十万。何起仁与他完全相同，刑期都是至 2019 年 11 月 21 日。

黄芮玲情绪不佳。她是第六被告，有期徒刑十年，并处罚金一百万。这绝对是晴空霹雳，她从来没想过会这么严重。

"你的律师，事先会知道大概量刑的吧……"

"我没请律师。"

"法律援助的律师一般也会告诉你的嘛。"

"我也没要法律援助。"

"为什么？"

"律师有什么用？！我哥哥花四万块请律师，还不是判了九年？！"

我无话可说。

她可能粗心大意了。黄国祥，是有期徒刑七年四个月，并处罚金八十万元。她的男友蔡宏良长一点，七年九个月，并处罚金八十万元。量刑与他们本人在团伙中的时间长短、期间团伙诈骗所得的总金额以及个人诈骗所得的金额数量相关。判决书上她的诈骗金额是按满额八千三百万算的，与赵见成、赵见安相同。但是，她曾与蔡宏良回国一个月，如果有律师，完全可以帮她把这期间的公司诈骗款减掉。

蔡宏良就获减免，指控诈骗金额才五千三百多万。梁思仪因为回国哺乳也获减免，指控诈骗金额只有五千六百多万。这可不是算虚账，这能换算成年或月的实打实的刑期。

十年，也有点出乎我的意料。我想，她可能是心有点大，也可能是说话不过脑子，又没有律师帮忙，明确对指控金额提出异议，致使口供、证据于己不利，才造成这样的结果。当然，犯罪事实是客观存在的。

“十年，那就是认定你也算主犯。”

她自己的供述，从一开始就是“赵见成、梁思仪不在时，我打打杂”。但赵见成、梁思仪的第一份口供就是：他们不在时，让黄管理公司里的一切事物。“打杂”和“管理”，或许仅仅是口语和书面语，其细微的差别她没当回事，故而没有积极为自己辩解。

她的判决书上没有仔细阅读过的痕迹——下划线、问号、感叹号之类，连翻都不像翻过。她大概只在庭审时晕晕乎乎记了自己和哥哥的刑期。我突然想到，别看这些马来华人同胞能说五六七八种语言，普通话甚至没有一点口音，但都仅能做到浅层次的倾听与表达。阅读勉为其难，书写就不用提了。在复杂的语言场域，比如庭审中，思维的不深入与逻辑的欠缜密非常致命……

我沉默，翻看判决书，翻到第十页，看到了这一行字：翻译人郑小乔，海市某翻译咨询服务有限公司马来西亚语翻译。再往下：上列被告人及辩护人、翻译人员郑小乔等到庭参加诉讼。

她稍稍平复了一点。我请她抽烟，她迟疑了一下，点上了一根，但一点也没有审判前那种享受的样子。

她上诉了，当然一切都晚了。

我终于翻到了与她相关的语句："黄芮玲指出其在诈骗团伙中主要负责录入诈骗业绩、日常生活管理等，并未起到主要作用。"法官并非无动于衷："被告人黄芮玲协助管理所在话务组日常事务的时间相对较短，结合其所获提成远低于其他负责管理话务组日常工作的被告人，在量刑时酌予考虑。"林三阳、方震环的提成是该话务组诈骗总额的百分之一至二，她只有百分之零点一。当然，业绩好时他们的提成都会翻倍乃至三倍。我胡乱翻，又找到一句："黄芮玲掌管的 360 云盘记录的诈骗团伙的业绩表应作为认定诈骗团伙诈骗数额的依据…… 在'2014 —总收入表'中，2014 年 1 月至 9 月公司每月诈骗的金额……以上合计 44450518 马币。"我们一直说的马币，即马来西亚货币林吉特，一百林吉特约为一百六十七元人民币。我网搜了汇率转换器，天，合七千四百多万人民币！这还仅仅是 2014 年前九个月的诈骗所得！

我不看了，打算随便聊聊结束。

她沮丧之极，说她三十五岁才能出去。

刑期至 2024 年 9 月 21 日，我一愣……这账是怎么算的？她生于 1992 年，即便不减刑，三十二岁就能出去。她脑子可能乱了。

"听说，外国人一般都是'减半'。是不是？"

"什么'减半'？"

"就是上场服刑，刑期打对折。"

"这我真不知道——你是听谁说的？"

"很多人说——我关了快四年了，还剩六年，对折三年，总共七年。二十九就能出去。"

这回账倒是算对了。

但就连她自己对刑期五折都不怎么相信，她消沉、失落、愤懑、破罐子破摔。

"反正趁年轻什么都玩过了，也不算太亏。"

我想到了她前夫和现男友，都吸毒，还卖一点。她十三岁打工养活自己，年纪不大又生育了小孩。后来，一路玩，一路滑进泥淖…… 现在这个男人更带她进了诈骗团伙。这人生轨迹，很失败，将要丧失自由十年，当然就是亏。我不以为然地摇了摇头。她激烈地反驳道：

“有什么不好？！不都玩过，我这十年可怎么过？！我出去都三十五了，老了！不玩过才太亏！”

她的脸瞬间涨得通红。

谢宗左与“老祖宗”何起仁同仓。健谈的谢宗左告诉我说，有一天，他俩隔着铁门向外看，五米之外，刚好有人提审赵见成。何起仁说那个就是我老板，骗了八千万的传奇人物。但谢大不以为然，对我谈起时，语气里全是轻蔑：

“傻了吧唧的，窝囊废，嘴脸都蠢的样子，就他能骗八千万？！”

我想，谢宗左看到的应该是被宣判无期徒刑之后的赵见成。

真是消沉得很了。刚刚四十岁，但将来一片黑暗：无期徒刑——你能活多久，就关你多久。活着就能最后自由吗？不能。你活着，惩罚如影随形。或许，它比死刑还令人恐惧。

看守所里全面禁烟。我进来时，负责接待的内勤张警官从办公室追出来告诉我说，不能抽烟了！监控看到了会扣看守所的分。所以，我没有像以前与他们谈话那样，先把烟摆在桌子上。对我来说并不难，所有的谈话都很简短，我还可以让它更短。但是，赵见成，我想多和他聊聊。毕竟，据我所知，这是徐玉玉被诈骗致死案的主犯陈文辉、蔡淑妍被诈骗致死案的主犯陈明慧之外，第三个因电信诈骗而被判处无期徒刑的人。他，貌似没有骗死马来人，但诈骗金额骇人听闻。

“如果能抽一支烟，那，就太好了。”

他的声音卑弱。有气无力，大概就是这种状态吧。老实说我有点同情，惩罚，不应该包括不给他烟抽。不过，我们这间谈话室靠近中央走道，人来人往，罔顾看守所制度不好。我捏着喉结说自己这里也痒得难受。我的动作是示好。他吸毒，判决书指出，公安机关在赵见成豪宅主卧室衣帽间的保险柜中查获一包白色结晶粉末状物质，经司法鉴定中心理化检验，检出氯胺酮成分，净重三百余克。赵见成承认用于自己吸食，因此他还被起诉持有毒品。在没有毒品的情况下，此类瘾君子对香烟的渴望如穿越沙漠的人渴望泉水。

不能吸烟，关系不大吧，他其实也想跟我——也许随便一个人——谈谈案子。

他一张嘴就让我吃惊，他胸藏巨大的不满，但语调还是极度的卑弱。

“我觉得我们国家的法治化还需要进步。你看哦，判决书说我诈骗了八千三百多万，那么，就应该有受害人拿出我骗了八千万的证据吧。应该有汇款凭证，起码应该有他们的报案笔录。可是，马来西亚警方只提供了三十四个人的报案笔录，最终法庭采信的也就二十八个人的，涉案金额也就几百万。也就是说，现有的证据与认定我的罪行之间不相符合。法官也说了，受害人都是外国人，取证有一定的困难。这我完全理解，合情，也合理，但要说到合法，就不能让人信服了。”

法庭采信的马来西亚被害人是二十四人，认定他们被诈骗的金额确实不多，二百多万。法庭判令从赵见成被扣押的财物中扣除，依法返还他们。

“应该还有其他证据能证明……”

“上诉也没有任何用处。这跟国外，你不要说国外，就连我们自己的香港、澳门、台湾都不如。上诉啊，除非是那种六月飞雪的冤假错案，否则一概驳回，维持原判。”

“ 这是程序正义和实体正义的问题……”

“很不合理。我的律师估计就是十来年，他曾对我说过：‘八千万啊，那能看吗？！’意思就是连台面上都说不过去，叫人没眼看嘛。但就这么判。结果出来时，他都大为惊骇！”

胸藏巨大的不满，但话说到此，我都听不出有一丝的情绪激动。

八千万，绝对说少了。他的弟弟赵见安主要负责从海市拱北某地下钱庄提取诈骗赃款。公安机关查实，所谓钱庄挂名某国际旅行社，该社在马来西亚有银行账号。只要在马来向该账户存入林吉特，就可以按相应汇率在该旅行社下挂的一家商行内提取相应的人民币现金。该社负责人及其出具的证据，以及其他工作人员证明：赵见安，赵见成，以及赵见成的妻子，从2013年11月至2014年9月，取走的“货款”总额大概在六千万到七千万人民币之间。法庭采信了这一组证据。而据他自己供述，他从2012年5、6月即开始与马来西亚拿督阿森合伙从事电信诈骗活动。

我开了句玩笑——当然所说是事实：

“大陆的法律啊，也不至于‘蛮横’到你说的这般田地。不可能没道理。”

他微微笑了一下。

我决定和他一起抽烟——玻璃墙外突然一阵暴雨来袭，管教们纷纷回各自的谈话室躲避。中央通道有个人脚步匆匆，但隔着密密的雨帘，别说那人手里拿的是一把黑的还是别的颜色的伞，身上的衣服是浅蓝色警服还是黑色辅警制服，就连是男是女我都看不清楚。外面的监控摄像头，想看清房间内我们手上的烟就更不可能。墙外地面上那个巴掌大的小水洼，一眨眼工夫就车轮那么大了，再眨眼就磨盘大了，仿佛水从地下向上喷涌，监管领导要靠近我们，那得先脱了皮鞋。于是，我让赵见成把遮阳帘下放至腰部，做好保密措施，我给他派烟，他动作轻柔但很坚决地让我先点上。

“你，干这一行有十来年了吧。”

“不算这几年……有十年。”

2004年，赵见成就来大陆参加诈骗团伙，那时，针对的是台湾民众。他说自己也是被台湾人骗过来的——告诉他是有点偏门的生意：服务于地下赌博。他那时大学毕业后又服了兵役，正在寻找创业机会。窝点里的生活他有点接受不了，比如用军事化管理，但最主要的是良心上的，毕竟是骗人。他平复心理就用了一个多月。这次试水他干了三四个月，赚了三万多块人民币。后来，趁着窝点搬家，他“逃跑了”。

第二次，就到了2007年——其间的三年空白，他没有谈——他结识了马来西亚的朋友，当然是搞诈骗的，也因此认识了梁思仪。

他并非资金入股，也不具体从事诈骗，只是提供网络电子软件类的技术支持，盈利靠赚话费。通过网络，一个国际电话资费是两毛八，但他会跟马来的诈骗犯收六毛。

我与赵见成两次谈话中，都注意到他的“留白”，就是小心地隐藏一些自己的经历或案件细节。但谈话毕竟不是审讯，不好穷诘细究。写作本文时，我细看了他的判决书，在“综合证据”一节，提及公安部港澳台办出具的《〈海峡两岸共同打击犯罪及司法互助协议〉案件转办通知单 [2015 年 18 号]》，此通知证明赵见成、赵见安在台湾涉嫌犯罪及被通缉。我没有去中院调阅这份通知，因此不知罪名为何。不过，据此可知，兄弟俩所谓因喜欢、习惯大陆而愿意放弃台籍，这……能不愿意吗？！

“话费，这你能赚多少钱？”

“一个月十来万。”

他说正式开始做是在 2011 年。

“一个重要的人生岔路口。人生，就是不断地做选择题。后来回头看，是对是错一目了然，但当年不可能啊。当年不成熟，判断力不高，极有可能选错。选错了，就只能一路错下去，直到下一道选择题摆在你面前。”

这话不乏哲理。我点了点头。

这一年，他开创的网络软件公司已经颇具规模，从二三人的小店，做成有二十多个专业员工的公司。游戏软件开发等做得风风火火，每个月能收入三十万元。他说了点题外话：“直到现在，我的香港合伙人还在等我呢，这也真叫人感动。我干软件绝对差不了。”但他结识了马来西亚拿督阿森，他忍不住插了一句评价阿森：“绝对是个人才！”算是惺惺惜惺惺呢，还是狐朋狗友臭味相投？两个“人才”很投缘。最重要的是，阿森在搞电信诈骗，并且钱来得太过容易。他们最终走到一起，用电信诈骗疯狂敛财。他为两人的合作划定了一条自以为万全的底线：坚决不碰大陆，侵害对象选定为马来西亚人。

“那么，三年时间，你赚了多少？”

“不多。第一我不占大头；第二我主要还是提供技术支持，赚个技术股的钱。”

“不多是多少？”

“也就几百万吧。”他轻描淡写。

我们又都点上了烟。突然，但也是不经意地，我问了一句：“你没收所有家产，房产、汽车、现金，总共有多少？”

“一个亿多！”

他有点傲然。

哦，这样啊。他一直申辩自己诈骗所得没有八千万，也就几百万，但其个人资产却上亿。而从他讲述可知，他那合法的、“每个月能收入三十万元”的网络公司，三五年内，无论如何不足以让他家财上亿。

他没有察觉到我的“偏侧一击”。

“指控你八千万，不可能是空穴来风。”

“这应该是阿森赚的。2014 年 1 月至 9 月，他来公司，把自己的资料存入了 U 盘，刚好放在我公司里。警察扣押后，就认定我赚了八千万……”

他笑着说，在我看来，笑得有点不好意思。我不看他，不想他过分难堪。我认为这一段很重要，也就是说，他并不否认他和阿森的这个诈骗团伙 2014 年就诈骗了八千万乃至上亿元的犯罪事实。那么，他作为股东，当然就是主犯。另一个主犯再逃，与他需要承担八千万乃至上亿元的案值不矛盾。

关于他的罪行认定及辩解，我不想听了，这宗案子毕竟不是我的“正业”。我想探究一下背后的东西，心理的东西——一个江洋巨骗是如何炼成的。

“想过收手吗？”

“这个……”

“现在会不会悔不当初？”

“唔……”

“你觉得自己人格上，或者观念上，有没有扭曲的地方？”

“什么？”

“你看，我是研究犯罪的……”

“我受的家庭教育非常正面。刚才我也说了，第一次干诈骗我内心非常痛苦，非常长的时间都接受不了。”

“正面教育？我相信。但是你家发生过重大变故，这种现实的教育不是正面的吧？”

“哦？”

“是你弟弟告诉我的，但你没跟我提过。我还挺佩服你的，一个人扛着一个家。你的员工都叫你‘老大’，我知道这不仅仅是因为你是老板，这一声还包含着对你的人格、风度、能力的一种认同。”

“呵呵 ……”

“变故，其实是被诈骗了吧。你弟弟说的。”

“其实不能确定是不是被诈骗，都是我们的猜测——除了被骗还能是什么呢？那是 1999 年的事。我们也问过父母，但他们什么都不说，只是自己承受。但家里发生了重大的变故是一清二楚的。我可以告诉你，我母亲是台湾地方上的官，家里也很有钱，几个亿的家产，从小感觉到家中该有的都有，不该有的也都有。突然之间一切都没了！也不是都没了，我父母做了很正确的事，他们离了婚。按台湾的法律，我母亲宣布个人破产，但我父亲的一些财产，比如在深圳的厂子保住了。”

“如果受到的是不法侵害，应该报警……”

“好像没什么用——我小时候什么都有，但父母从没宠溺过。上次我跟你说过，上高中时，寒暑假我都到深圳父母的厂子里打工，他们要我靠自己的努力来生活。我的家庭教育很正面。”

“那么，你后来干这个，有没有一丝报复他人的，报复社会的，怎么说呢，阴暗心思？阴暗，毕竟这不是什么正大光明的事。”

“报复？报复？可能潜意识里有一点点。我否认你也不会相信。呵呵。”

“这也能解释为什么你第一次干诈骗会非常痛苦，因为你知道这不是好事，是害另一个无辜的人的事，是很坏的事。”

“可能……”

“然后，是诈骗来钱快来钱容易——所有干诈骗的都被这吸引。你希望能快速地积累巨额财富，既解救家庭的困苦，又享受追逐财富的快感。”

“我对财富并没有追逐的欲望。有句老话说得好，‘人只有两条腿，钱有四只脚，追不上的’。我生活很简单，日常七块钱的盒饭我也吃。不过爱玩车，买了几辆好车。”

“财富，哪怕来路不正，让你有安全感，也有成就感。”

“我受的教育很正面，我不是想发财，我只是想把一件事干好。”

“把诈骗的事干好？”

“既然做嘛……”

他对我的讽刺不以为然。

“……其实在高中的时候，我还受过一次大挫折。我一边上学，一边搞商品直销，赚了几十万，那时候十六岁。我脑子好，也想锻炼自己的能力。我觉得这个很简单，想做得更好。十九岁时，就自己开了个直销公司，借了亲戚好多钱，加上我的，大概五百万，全赔了。人生第一个大败仗，但学到很多东西，比如要能吃苦，要有专业能力，要积极乐观。还有，人必须不断地给自己定立高远的目标。有人会说这是好高骛远，不对。高远的目标不一定要实现、会实现，但在努力的过程中，你一定能达到较高的成就。假如目标太低，成就只可能会低。”

“你的案子，八千万，更高的目标是？”

“我其实一直在考虑转型的问题。我也有了新的高远的目标：做房地产。从小城市做起，找了合伙人，他有一块地，先要盘活它，我跟那里的领导、公安都接上了关系，吃了饭，意思了，本来慢慢就能做开……”

应该为人有进取心点赞。不过，他……

“说点不留情面的话，你这一生，刚满四十岁，遭了三次变故，或者直说，是人生破产。十九岁的直销店，母亲被骗的家庭巨变，还有这一次……”

“人生破产？是，算是。我现在每天看书，看经济类的，电子科技类的，我对金融、证券等很感兴趣，也有这个能力。我得积累，这些时间不能白白浪费。我不悲观，有些事我无力改变，有些事我能做。十几年后……呵呵……也许做这些。”

从无期减刑到有期二十年，都是很难的事……十几年，这算是，非常积极的心态吧。

我想问问他对家人怎么想，家人又对他怎么看，父母、弟弟、大陆的老婆、马来西亚的情人，以及她们生育的四个孩子……可是，我觉得这问题有点无情或残忍吧。不，只能算是不给面子，刺激性太强，可能一下就坏了他夸夸而谈的心气——我等着听他主动忏悔呢。其实，有什么呢？应该问。某种程度上说，他们都是赵见成犯罪的利益共享者，分享过他依靠诈骗积累的巨额财富的滋润。

“你怎么看？你调研诈骗很久了，你没谈过你的看法。”

我略一犹豫，他立即发问。

上一次，他也曾反问我。这一回，我不能不回答了，还不能敷衍了事。因为，这次谈话，他没有称呼我“牛警官”，他一直用“你”或者偶尔的、很含糊的“您”。所谓“涵养”要求的最低限度的客气。

稍有阅历或曰江湖经验，对我的调研者身份，大概始终都半信半疑。胡富武、叶青驯如此，赵见成也不例外——“调研”，没准就是“补充侦查”甚或“庭前摸底”的幌子。确实，在一系列正式审讯笔录固定的罪证之外，他们多多少少对我“吐了点东西”。因此，后来的重判，我的调研有没有起“坏作用”？莫须有、莫须无，但他们有情绪、没奈何。而眼下，最重要的则是，他们上诉后的二审的结局，我的二度调研是否能发挥“好影响”？宁信其有，不信其无吧。所以，叶青驯才一边对我狂怒喧嚣，一边又明示他有“猛料”可以检举，企图待价而沽。所以，赵见安——他更沉得住气——才会按捺着性子，顺着我的“身份”循循发问，而他则伺机指出我——司法者——“未得正解”，故而对他的重判存在巨大的谬误。

采访写作以来，我还真的从未向任何人明确地、概括性地阐释过我的调研成果。牛刀初试，必须给这个仍无悔意的电信诈骗无期犯的心里留下印痕。

我说——

现代电信诈骗犯罪起源于台湾、发展于台湾、先祸害台湾、后走出台湾、走向全球，祸害对象开始主要针对大陆人民。我不好意思说这是我的调研成果，因为，这差不多是一个众所周知的客观事实。强调这一事实，是为了正确掌握此类犯罪的某种规律，为了对症下药、有的放矢地打击并最大程度地消灭此类犯罪。你呢，走出台湾，认同或自认大陆人，创造性地祸害马来西亚人民，并不能改变电信诈骗犯罪的总体特征。相反，还让所有人认识到，台湾不法分子“发明”的电信诈骗，已然成为全球公害。打击这种犯罪，惩罚像你一样的罪犯，在全世界范围内都是无限正义。

我是一个干了二十四年的警察，打击犯罪是我的职业。什么是犯罪？就是伤害他人——伤人身体、侵人财产、害人心理。犯罪就应该受到惩罚，这是天经地义。因此，我一点都不同情你们。虽然，经过与你们交谈，我承认你们一个个都是丰富的人，各有各的思想、情感、人生经历，我尊重这些人的属性，但我主要是从中探究犯罪：疯狂的电信诈骗分子究竟是些什么人、他们为什么要干这个、他们是怎么干的。我有责任把这些研究结果告诉更多的人民群众，让他们的情感受到一点安慰，同时，使他们避免再受到此类侵害。

诈骗是一种古老的犯罪形态，电信诈骗与其一脉相承，只是借助了现代的电信和金融工具。就传统诈骗而言，因为要与被骗人面对面接触，行骗者必须具备灵活的应对能力，必须具备一定的表演才能，还必须具备一定的心理学或其他社会科学方面的知识与训练——未必科班训练，完全可以从恶劣的社会环境中习得。总之，他们是人精。而电信诈骗不同，骗与被骗两造在物理上是隔绝的，故而大量的行骗者不需要多么聪明多么智慧，他们只需像工业流水线上的普工一样，接受一些程式化的、普通的训练就能胜任。他们是零部件式的存在，每个人发挥一点人性的贪与恶，共同服务于一个以疯狂攫取不义之财为目的的现代化企业或公司——诈骗集团。

组织、操控这些集群化、工业化、现代化电信诈骗集团的，就是像你这样的组织者、谋划者、领导者。你们心更恶，危害更巨大，你们是诈骗犯罪的元凶巨恶。有了网络通信科技和现代金融的支持，你们这种人将诈骗犯罪的广度和危害拓展到令人瞠目结舌的程度。网络电信诈骗对人们财产的侵夺、对世道人心的伤害、对社会人文生态的败坏、对司法制度的挑衅，是前所未有的，其罪恶程度是难以估量的。

犯罪，是私有制社会很难根除的一种病毒式存在。诈骗，电信诈骗，就是病毒之一种。它还不是稳定结构，它时时发生基因式裂变。它让社会肌体饱受痛苦，它让医生——警察——疲于应对，它让社会运行成本不断增高。道高一尺，魔高一丈，我相信电信诈骗还会不断翻出新剧本，还会不断寻求新形式新载体，因为支撑这种犯罪的，是人性中的贪欲，是人性中无底线的恶与毒。但我们有理由乐观。现在政府相当重视——以中国共产党的能力，有什么事干不成呢？！ 警察的不懈打击之外，还必须更多地宣传民众、教育民众，在源头上压缩电信诈骗的生存和资源土壤——我要做的工作就是如此。我相信经过警察、各部门的共同发力，发端于台湾、十数年来横行无忌的电信诈骗犯罪狂潮，一定会受到较为彻底的遏制……

七

2018 年 6 月 8 日，我又到海市反电信诈骗中心采访。一位值班民警正在按其工作流程处理一宗诈骗案，他对我说："最近的一单，昨天刚报的警。"又一个重复了一万遍的套路、故事，一年多来我每天都在听，都在记，难免有点麻木，所以只随口问骗了多少钱。答二十一万。金额也不够惊悚。我想看看他在电脑上操作，前进一小步，只见民警在拖动一张银行柜台的录像截图——一个穿白衬衣的年轻女子的大头照，还算清晰。于是我又随口问："被害人啊？"答是骗子。有点意思，这不合常理——我整本书都在强调，电信诈骗的特征就是骗子与受害人的非接触式的物理隔离，骗子不会走上前台。我打圆场说："取钱的，车手啊……"答不是，民警回过头来看着我说："一线诈骗人员！"

哇！

钟先生，七十一岁。5 月 22 日，他与家人从国外探亲后回到海市。次日上午，他到宁溪中国电信营业大厅开通家中固定电话。25 日电话恢复正常运作，27 日上午 10 时许，一个自称电信局工作人员的女子打来电话，先自报工号，又报钟先生的信息——电话号码及开户地址、个人身份证号码。都准确无误，钟先生相信她就是电信局的人，也许前两天他们还在营业大厅碰过面。但是话入正题，钟先生就震惊了，女子问他是否在云南昆明招商银行开过一个账户。现在，这个账户涉嫌电信诈骗犯罪，警方正在调查。也就是说，钟先生现在是警方眼中的犯罪嫌疑人！

钟先生极力否认，理由也很正当：他在国外待很久了，根本没去过云南，更没在昆明开过银行账户。女子表示愿意相信钟先生，为他着想，她可以将电话转到昆明市公安局，由钟先生向办案警察解释。与他对话的警官自称林晨，钟老先生对他一通斥责，因为，他明显办了冤假错案。林晨态度非常好，说你跟我领导说吧。领导自称叫赵强，是昆明市公安局刑警第一中队的指挥官，全权负责一宗跨国电信诈骗案件。钟老先生的招商银行账户涉嫌帮助诈骗犯洗钱。根据法律授权，他完全可以不听钟老先生的任何辩解——所有的犯罪分子都会狡辩——立即对他实施抓捕。但是，人民警察不会放过坏人，也不会冤枉好人，不过钟先生有义务配合公安机关调查。

钟老先生愿意全力配合，以消除自己的犯罪嫌疑。赵指挥官将自己的手机号码留给了钟老先生，怕他不信，又留下了办公室座机号码：087163575……

自5月27日开始，至6月4日，赵强指挥官不断与钟先生通话，钟越来越觉得问题严重，根本不可能一言两语就解释得清楚。另外，赵反复强调，钟必须保密，不能向任何人提起此事，否则，将以泄密罪立即逮捕。

4日中午12时许，赵打来电话，说为了照顾钟先生年老体衰，他将命令云南昆明公安局驻海市办事处的工作人员提供上门服务。他让钟找一家酒店，开个钟点房，带上自己的存折、身份证在房中等候。

15时许，钟先生在家附近的环卫酒店开房。十五分钟后，一个女子来敲门，自称是昆明市检察院的专员郭金莲。她三十岁不到，干练，有亲和力，出示了带照片的工作证，打开手提电脑，让钟先生和她的上司昆明市检察院检察官夏文聊案情。夏文穿黑西装，打红领带，背后的背景墙上写着大字“昆明市检察院”。他说钟先生认罪态度较好，可以暂时不执行逮捕，让他一心一意配合郭专员的工作。钟先生放心地将中国银行两本、工商银行一本共三本存折——当然包括密码——以及身份证交给了郭专员以接受司法调查。

因为要“保密”，他没有跟家里任何人提起这事。但是，三天之后，他发现什么指挥官、检察官、郭专员都联系不上了，这才感觉出事了……经调阅银行监控，看到正是郭专员拿着他的身份证、银行卡，光天化日之下到柜员机或银行柜台，将其存款二十一万二千八百零四元提取一空。

我拿着值班民警打印下来的报案笔录反反复复看，还拿手指搓A4纸，仿佛想确认它是否真实。

本书所揭示的电信诈骗案模式（细节处会有小小不同），一般仅靠一二三线诈骗分子来执行。至于是否成功，他们只能被动地等待被害人钟先生的行动——他深信不疑，便会按照指令将自己的钱转账至诈骗分子提供的账户；他中途醒悟，或被外力干预，则诈骗夭折。

2018年6月海市这宗最新的诈骗案，却衍生出第四个环节：郭金莲专员。她仿佛是为了给整个诈骗流程打补丁而来——进一步打消钟先生的怀疑，或阻拦钟先生受外因的干扰；又仿佛是将车手的角色提前上演——不需转账汇款，诈骗分子直接上阵，到ATM机甚至到银行柜台提取赃款。她们的存在，会使读者对我一直总结强调的电信诈骗的固有特征产生怀疑吧。她们的胆子真是太大了，因为，谁都知道，银行周边都有摄像头。她们露面一定会留下影像信息，到柜台提取钱款，还会留下影像之外的笔迹、言语等信息，这都会成为警方侦破案件的重要的线索和证据，而她们居然就敢这么干。我只能感叹一声：诈骗分子真是太猖狂了！

道高一尺，魔高一丈，但自古邪不能压正，道长魔消才是人间正道。所以，从另一角度想，电信诈骗分子不惜冒大风险从幕后走向前台，难道不正是因为受到我各地公安机关的沉重打击，其“生存”环境急剧恶化所致吗？我想到一句千年俗语：狗急跳墙；我还想到一个时髦新词：裸奔。他们这做派好比奄奄一息时的回光返照，或者死而未僵时的诈尸——2018年7月12日，“郭金莲专员”在广东阳山县被捕，当晚被带回海市刑事拘留。所以，电信诈骗分子或许还会“创意”百出，但是，有必要认清形势：政府高度重视，有关部门齐抓共管，公安机关不懈打击，对人民群众持续宣传（也许本书就能发挥一点正能量）……电信诈骗这头肆虐十余年的罪恶狂魔，结局已经注定，我们且看它在穷途末路垂死挣扎。

八

2022年9月2日，第十三届全国人民代表大会常务委员会第三十六次会议通过《中华人民共和国反电信网络诈骗法》，该法自2022年12月1日起施行。

2023年，我们看到了该法无远弗届、虽远必诛的锋芒和威力……

作为一种犯罪类型，“电信诈骗”也许到了退出历史舞台的时候了……

2017 年 8 月至 12 月看守所采访嫌犯

2018 年 1 月 1 日至 10 月 31 日采访民警、罪犯及写作

2019 年 8 月一稿

2021 年 10 月二稿

2023 年 3 月三稿

2023 年 9 月定稿

跋

依公安纪实、报告文学惯例，书中写及的嫌疑人、在押人、罪犯的名字，均作化名处理。

第三章，与林个木交谈时，不得不出现一位警官的全名“龙军”——遵其工作单位的要求，也是化名。其他警方人员，都是“牛警官”“杨管教”“任队长”“陈副所长”这类称谓法。同理，省级以下的许多地名，比如“海市”“香山”“海洲区”“梅花路”等，也是化名。

除此以外，作者保证：书中述及的案件，绝对真实；采用的数据，绝对有据；对采访情境的描摹，绝对写实；与骗子罪人的对话，绝对实录。当然，我不可能像监控器摄像头一样“忠实于时空，尽收音与像”；口语到书面，也总有取舍、整合，总得文从字顺，但以“纪实”“采访”“报告文学”的行规来看，称得上真实无虚构。

吸烟，于我算是个人的不良习惯；于在押人员，算是特殊环境中的亚文化；于这部文学作品，貌似是颇为重要的“道具”，这与讲文明、有秩序的海市看守所的实情稍有龃龉——采访之时，该所正在逐步推进先监室（仓）再监区最终全所的禁烟工作，而我因为“身份特殊”，并没有被强烈干预。总之，在这件事上我令人遗憾，我深感不安。

2023 年 9 月 29 日